文春文庫

とっぴんぱらりの風太郎

上

万城目　学

文藝春秋

上　もくじ

とっぴんぱらりの風太郎　上

イラスト・中川 学

第一章

そもそもが、こんなはずじゃなかった。

何がどう間違って、こうもにっちもさっちもいかぬ羽目に陥《おちい》ってしまったのか。あまりのどうしようもなさに、自然と笑いがこみ上げてくる。ほとんど感覚がなくなった唇の端をひん曲げ、無理に笑ってみるが、もちろんおかしいことなんて、これっぽっちもありゃしない。

まったく、俺はどこで何をしくじったのだろう。身体がそのまま地面に吸いこまれてしまいそうな重い感覚が腰のあたりから這い上ってくる。自然とまぶたが落ちてきて、あまりいい具合じゃないなと思いつつ、少しだけ目を閉じてみた。すると、思い返すべきことは他にたくさんあるだろうに、脳裏に「ぽっ」と浮かんだのは、よりによって一個のにんにくの絵だった。

そうだ——、にんにく。

すべての間違いの元は、あのにんにくにあった。

あの日、俺は黒弓《くろゆみ》にらっきょうを買ってこいと言った。

にもかかわらず、あいつはにんにくを買って宿に戻ってきた。見たこともないくらい大きなにんにくだったから、ついらっきょうよりこっちのほうに手が出てしまって、とどこか得意げな表情すら漂わせ、奴は土のついたにんにくを手のひらで転がして見せた。

「こんなに大きいのは滅多《めった》にないよ。ほら、ほとんど拳ほどもある」

「でも、それは俺が頼んだものじゃない」

「別にらっきょうも、にんにくも同じじゃないか。さっさと準備を終わらせて、使わない残りの分は温めていただいてしまおう。ほら、こんなに丸々と太っているわけだし」

呑気なあいつの提案に、「あ、うまそうだな、それ」とうっかり思ってしまったのが、ケチのつき始めだった。俺はあのとき、奴の尻を蹴飛ばしてでも、市《いち》までらっきょうを買いに戻らせるべきだった。むかしから伝えられてきた教えには、何かしらの根拠がある。らっきょうを使えと言われたなら、素直にらっきょうを使う。大人しく従っておけば、まわりまわって、こんな厄介ごとに首をつっこむ目にも遭わなかった。

かつての先達連中は体臭が漏れるのを嫌って、普段も決してにんにくを食さなかったという。ましてや、こんな大仕事の前に口にするなど言語道断の仕業だっただろう。しかし、血で血を洗う争いに明け暮れた、忌まわしき天正の時代ははるか昔、今や日々平安なる慶長の世だ。柘植《つげ》屋敷で修行に明け暮れていた頃、ときどき顔をのぞかせた、そろそろ八十になるかという村の長老は、俺が文禄生まれだと聞くと、

「忍びの連中がまだ何とかまともだったのは永禄生まれまでだな。あとはもう、どうし

ようもないハズレばかり。天正生まれはとにかく腕が悪い。文禄生まれはそれに加えて頭まで悪い」

と口の中に一本だけ残った歯を天に突き立て、ずいぶん辛辣な評を授けてくれたものだが、蓋《けだ》し慧眼《けいがん》と言うべきだったろう。

時は過ぎゆき、万物は流転する。古きは新しきに生まれ替わり、大事な教えもやがてないがしろにされる。らっきょうはいつしかにんにくに変化し、忍びの頭も悪くなる。いずれも長き平穏無事の時間がもたらした、致し方ない副産物である。

宿の台所に下りていた黒弓が、さっそく煎ったにんにくを茶碗に入れて戻ってきた。よい香りを存分に放つにんにくは、確かにうまかった。奴には内緒で、俺のほうがひと粒多く食べてしまったくらいだ。

「お前が市に使いに出ている間に、常世《とこよ》が顔をのぞかせた」

あっという間ににんにくを平らげたのち、俺は懐から三角に折り畳んだ紙を取り出し、板間に置いた。

「あ、今日も来たんだ。会いたかったなあ。この前は、少ししか話せなかったから」

荷物からビードロの器を引っ張り出しながら、甘ったるい声を上げる黒弓に、「相変わらず、不憫《ふびん》な奴よ」と憐れみの視線を投げかけ、俺は器の底に紙の中身を開けた。そこへ黒弓がゆっくりと水を注ぐ。ビードロの底に小山を作っていた粉が溶け、器を満たす白く濁った水に、俺は炙《あぶ》らずにひと粒だけ残しておいたにんにくを沈めた。

「常世殿、拙者のこと何か言ってた？」

「何も。薬を届けに来ただけだ。その足で大坂に戻っていった」

帰っちゃったんだ、とつまらなそうにつぶやいて、黒弓は板間にごろりと寝転がった。

それから、二人して一刻ばかり昼寝した。

宿の外からのどかに響く鐘の音に、目を開けた。

足を伸ばして、指の間に挟んだすだれをずらすと、夜に掻き消されつつある西の茜空《あかね》に、か細い三日月が浮かんでいた。

「もう染みこんだかな？」

身体を起こした黒弓が、ビードロの底をのぞきこんだ。

「らっきょうなら確かだろうが、にんにくは知らん」

黒弓は俺の皮肉に動じることもなく、器からつまみあげたにんにくを小刀で手早く二等分すると、鼻に近づけた。

「うわ、これはきつい」

と顔を顰《しか》め、慌ててにんにくを離した。

俺は懐紙でにんにくを包み、紙の上から二十ほど短い針を打った。すべての準備を終えた頃には、とっぷりと日が暮れていた。すでに二人とも、全身、暗い藍染めの忍び装束である。顔には炭まで塗りこんでいる。この格好で宿の人間に出立の挨拶を告げるわけにはいかないので、宿賃を板間に置き、「行くぞ」と窓枠に手をかけた。屋根に出ると、三日月がいよいよくっきりと光を放っていた。腰を屈め、夜に背中をこすりつけるように屋根を走る。通りの外れの寺まで屋根を次々と伝い、境内に降り立った。本堂の向こう側に、ひときわ高く松の木の影が数本伸びている。裏庭を突っきり、松の根元までたどり着くと、今度は一気に幹を駆け上った。

俺の方が先に登り始めたにもかかわらず、隣の木のてっぺんに、先にたどり着いたのは黒弓だった。相変わらずとんでもない身の軽さである。親から鍛えられたのはもちろん、海の上で身につけたという敏捷さには、俺もまったくと言っていいほど敵わない。

「拙者はこの眺めがあまり好きではないよ」

本堂の屋根をはるか下に望む、松の頂上から四方を見回し、黒弓は風のような声でつぶやいた。すでに上空は闇である。星がちらちらと瞬いている。黒弓に倣《なら》って首を回すと、黒々とした山の影がぐるりと盆地を取り囲んでいるのが見えた。

「でも、お前はこれが見たくて帰ってきたんだろ？」

「いくら何でも、全部山はないよ。やっぱり、どこか一方に海が見えてほしいな」

「そんなに海って、いいものか？」

「海を見ていると嫌なことを忘れられる。山を見ていると、逆に、無用にあれこれ考えてしまう」

生まれてこのかた、俺は海というものを見たことがない。俺が知るのは、ただこの狭い伊賀一国のみだ。はるばる海を越えてやってきた黒弓とは、見てきた世界の広さがまるで違う。

「念のため言っておくが、火事は絶対になしだぞ」

「わかっているよ」

「いくつ仕こんだ？」

「五つ」

「五つも？　そりゃ、やりすぎだ。二つでも多い」

「だって、これは戦いだから」

「戦い？　待て待て。忍びは戦わん。言葉のとおり、ただ忍び入って帰ってくるだけだ。おい、柘植屋敷で俺たちが何度も聞かされた、伊賀で最も優れた忍びと呼ばれた男の話を教えてやる。名は上野の彦といってだな、終生一度も刀も持たず、クナイも持たず、常に丸腰で敵陣に入って仕事を済ませたそうだ。つまり、それくらい自然に忍びこんで帰ってくる技こそが至上であり、刀を抜くような騒ぎを起こすのは忍びとして下の下ということだ――、わかるか？」

俺の真面目な説教に対し、黒弓は退屈そうに腰にひっかけた火打袋の石をからからと鳴らした。

「ああ、心配だ。何でお前なんかといっしょに仕事する羽目になったんだか」

「仕方ないだろ。拙者だって、組めるものなら常世殿と一緒に仕事がしたい」

そのとき、会話を遮る太鼓の音が、彼方でひとつ派手に鳴り響いた。

はるか遠方に篝火《かがりび》が焚かれた大手門が見える。日中、城内での作事に携わっていた人足連中が、打ち鳴らされる太鼓に追い立てられるように、ぞろぞろと門から湧き出てくる。

「お前には言ってなかったが、城には百《もも》がいる。あと、蟬《せみ》の野郎もいる」

黒弓は一瞬、驚いた視線を向けたが、

「ひょっとして、それを知っていて、今日を選んだの？」

と急に声を落として訊ねてきた。

「まあ、そんなところだ」

太鼓の音が途切れ、大手門の巨大な扉がゆっくりと閉められる。門番が厳めしく扉の両側に立ち、仕事を終えた人足たちのやかましい話し声が城下に流れていく。

「始めるか」

背中の忍び刀の紐を結び直し、頭巾の布で口元を覆った。

「Ｂｏａ《ボア》 Ｓｏｒｔｅ《ソルチ》――、風太郎《ぷうたろう》」

黒弓が妙な言葉を唱えた。

「何だ、それ？」

「向こうの言葉で、『幸運を』っていう意味だよ」

なるほど、とつぶやいて、俺は彼方に山を背負うようにしてそびえ立つ、巨大な天守の影に視線を定めた。

俺は足元の枝を蹴った。

身体がふわりと宙を舞い、風を感じながら、頭から一気に降下した。寺の本堂の屋根に着地するや、もう一度力を溜め、闇夜目がけ「よッ」と跳躍した。

＊

犬が遠くで吠えていた。

三つ吠える声を数えたとき、伝った屋根から外堀の前に降り立った。四つ吠えるのを聞いたとき、堀に架かる橋の下に潜りこんだ。五つ、六つ、七つとどこか訴えかけるような鳴き声が続く合間に橋脚から橋脚へと渡り、八つめを最後に犬が大人しくなった頃には、俺は高さ三間の土塁を越え、二の丸へと入りこんでいた。

その間、大手門とは異なり、ひとりしかいない京口の橋番は当然、俺に気づかない。橋の下に注意を払うどころか、自分の足元さえおぼつかなくなっている。男にはすでに吹き矢の針を打ちこんでおいた。針は懐に潜ませた、痺れ薬が染みこんだにんにくから一本抜き取った。下手に薬が効き過ぎて眠ってしまうと、潜入が露見する。常世には、ほんのひとときだけ意識が朦朧《もうろう》とする薬をお願いした。微妙なさじ加減が必要になるとかで、ずいぶんふっかけられたが、これを成し遂げたあかつきに得るものを考え、俺はなけなしの金を払った。

出来上がった薬を宿まで届けにきた常世に「大坂はどうだ」と訊ねると、「別に」とつまらなそうに答え、さっさと帰っていった。玄関から立ち去る常世の後ろ姿を、囲炉裏端で食い入るように見つめていた宿の主人が、

「あんな別嬪《べっぴん》とお知り合いとはねえ」

とずいぶん不満そうにつぶやいた。俺が言葉を返さずにいると、何を勘違いしたか、

「今日びはあんたのように、葱《ねぎ》みたいに頼りないのがいいのかねえ」といよいよ不愉快そうに、主人は胡坐《あぐら》をかいた膝の上に肘をついた。

常世の薬はよく効いた。高い金を払ったのだから当然なのだが、針を吹いて間もなく、橋番の男の視線は定まらなくなった。おかげで易々《やすやす》と二の丸に侵入し、お偉方が住む屋敷を抜け、作事小屋の屋根を伝って造作なく内堀の手前までたどり着くことができた。

地面に降り立つと同時に身体を伏せた。腹這いの姿勢のまま内堀まで進み、身体を「く」の字にして頭から水に滑り落ちた。澱《よど》んだ香りが鼻を撲《う》つのを感じながら、水面から顔を出すと、堀の向こう側に、巌《いわお》のように高い石垣の影がそびえ立っていた。その高さは実に十五間、本邦随一の高石垣だという。こんな鄙《ひな》びた土地に到底必要とは思えぬ、常軌を逸した石垣の幅と高さだが、あの御殿《おんとの》のやったことと聞けば何もかもが納得だった。

遠くにかすかな足音を感じ、唇の下まで水に浸かった。しばらく様子をうかがうが、どうやらこちらに向かっている様子である。俺は舌打ちして、背中の石積みに身体を寄せると、大人しく気を消した。

見回りだろう、ゆっくりとした間合いの、草履が土を擦る音が近づいてくる。ああ、腹が冷える、と心のなかでぼやきながら、暗い水面に視線を据えていると、不意にむかし柘植屋敷で竹《たけ》が語った話が蘇ってきた。

竹というのは、俺がともに忍びの術を学んだ男の名だ。ひょろりと背が高く、しゃべるときはいつも、上体が不必要に前後に揺れていた。身体の線が細いので、「竹」だった。自分は忍びとしてよりも、帳面づけの才に恵まれていると信じこんでいる、妙な男だった。

竹はあるとき俺に言った。気を完全に消し去ったとき人はどうなるのか、と。当時、気を消すという行為と、軽い眠気にまどろむ状態との区別すらまともにつかなかった俺は、「さあ」と首をひねって、話を適当にやり過ごしたが、今となって思い返すと、あの時点ですでに、竹は屋敷を「抜ける」ことを目論《もくろ》んでいたのだろう。

竹は言った。儂《わし》は気を消す術を極めたい、聞いた話だと、かつて果心居士《かしんこじ》は気を完全に消し去る術を体得していたらしい、その効果はおそるべきもので、居士が目の前を横切っても、門番はいっこうに意識を向けず、居士は平気でその前を歩いて門を潜《くぐ》り城内に入りこむことができたそうだ——、うんぬんかんぬん。

「また果心居士か。だから、いないって、そんな野郎」

俺は竹の話を即座に一笑に付した。

果心居士という男が活躍したのは、はるか三十年もむかし、もはや存在自体が眉唾ものである。百歩譲って実在したとしても、俺からすればどこまでも嘘くさい、むしろ、とんだまがいものだった。本当に優秀な術を使う男なら、どんな技を持っていたか、逆に誰も知らないはずだ。俺が思う最高の忍びとは、誰にもその名を知られることなく、稼ぐだけ稼いでさっさと隠居した人間だ。これほどまで名が知れているということからして、嘘っぱち以外の何者でもない。にもかかわらず、竹はそのまがいものが至ったという境地を信じた。いや、信じたかったのだろう。あの場所から逃れるために。

それから、ふた月後のことだった。

夜明け前に起床し、揃って母屋に向かっていた俺たちは、途中の廊下から裏庭にうち捨てられた竹の死体を見つけた。左腕が付け根から、右脚が膝の下から失われていた。屋敷を抜け出し、近江へと逃げようとしたところを斬られ、死体となって戻ってきたのだ。

竹を斬った目付の男は、死体のそばから俺たちを見上げ、

「最後まで情けない奴だった。追いつかれても、刀を抜くでもなく、そのまま半目を開けてふらふらと歩いてやがった。腕を斬ってもまだ歩いていて、仕方ないから脚も斬った」

と不愉快そうな声で告げた。

誰もが無言で廊下から竹を見下ろした。これまで幾度となく繰り返されてきた光景を前に、各人が冷たい現実を嚙みしめていた。生きているうちに散々殴られたのだろう、

すっかり形が変わってしまった竹のどす黒い顔を、俺は柱の陰から見つめた。きっと本人は果心居士気取りだったんだろうな、と目付が語った竹の最後の姿に思った。どこまでも滑稽で間抜けな話だったが、もちろん竹を笑う気にはなれなかった。ただ、弱い心に無用の希望を宿らせた、果心居士というまぼろしにやり場のない憎しみを感じた。

竹が死んで、もう三年になる。

見回りの男が頭の上を通過し、やがて足音が完全に消え去るのを待ってから、俺は鼻から息を吸いこみ、水の中に顔を沈めた。

あの屋敷に、俺より腕がいい人間はいくらでもいた。竹だって、俺よりきっと上だった。にもかかわらず、俺がこうして五体無事のまま柘植屋敷を生きて出られたのは、結局のところ、誰よりも肺が強かったから――、その一点に尽きる。

そう、柘植屋敷で育てられた連中のなかで、俺は一等長い時間《ま》、息を止めることができた。おかげで、袋に詰められたまま川に流されたときも、毒霧の撒かれた谷底に突き落とされたときも何とか生き延びた。あらゆる忍びの技よりも、頬をめいっぱい膨らませ、息を止めておくことがいちばん役に立ったというのは、まったく身も蓋もない話だが、それが真実である。

内堀の底は、御殿《おんとの》のやることらしく、切っ先鋭い杭が隙間なく打ちこまれていた。重い鎧《よろい》を纏《まと》っていたなら、さぞ難儀しただろうが、こちらは年季ものの忍び装束一枚である。杭の先端をつかむことで、逆に思いのほか早く対岸までたどり着くことができた。

もちろん、途中の息継ぎはいっさいなしである。

休む間もなく、石垣の間に指を入れ、身体を水から引き上げた。真下から仰ぐと、高石垣はほとんど垂直にそそり立つような印象を与える。濡れた顔を拭いたかったが、塗りたくった炭が取れてしまうので我慢した。滴《しずく》を垂らしている装束が少しでも乾くようにと、石の表面に身体を擦りつけながら、俺は上を目指した。深夜に一度、明け方に一度、見回りが気怠そうに歩くのみで、高石垣に常時の見張りがつかないことは、黒弓と交替で三晩、観察し続けたことで確認済みだった。馬鹿高く石垣を拵《こしら》えてくれたおかげで、宿の屋根からでも、警固の人間の有無を易々と見極められたのである。

最後の石に手をかけ、俺はゆっくりと顔を持ち上げた。

正面に、ようやく目的の建物――、五層の大天守がそびえていた。

城は今も、去年から猛烈な勢いで続けられている普請と作事の真っ最中である。御殿好みと言われる白亜の天守も然り、足元から三層までは、ぐるりと四方を足場に固められ、すでに完成した四層、五層目だけが幕から顔をのぞかせていた。

そのとき、目玉が何かに引っかかって、急に動きを止めた。

そのまま、天守の最上層を見つめる。屋根の両端には、勢いよく海老反る鯱《しゃちほこ》が、ぼんやりと影を浮かび上がらせている。その二体を比べたとき、なぜか遠いほうの鯱が、手前のものよりも太って見えた。

思わず、口の端から舌打ちが漏れた。

蟬、だった。

単に互いの影が重なり合っていただけで、蟬の野郎が、鯱の頭の部分に尻を置き、胴体にもたれ座っていたのである。うたた寝でもしているのか、脚まで組んでずいぶんと優雅な格好だ。

俺は首をねじり、背面の西の空を確かめた。闇夜に三日月が笑っていた。俺と黒弓が宿を出たときより、その位置は下方へと沈み、山の端の影に接するまであとわずかだった。

考えるより先に、俺は行動に移った。石垣から飛び出し、音を消して足場を覆う幕まで走った。天守台へ続く入り口を警固する二人に気づかれることなく、藤堂蔦《とうどうづた》が描かれた幕に潜り、縦横に組まれた足場を一目散に駆け上った。

蟬のことだから、どこかで必ず顔を出してくると踏んでいたが、こういう形で登場するところが、まったく奴らしかった。だが、どのみち、奴とは決着をつけなければならなかった。足場を抜けて、四層目の屋根に立った。すぐさま壁の漆喰《しっくい》にクナイを突き立て、足で蹴る。斜め方向に庇《ひさし》の端まで跳んで、そのままの勢いで五層目に登った。

最後の屋根を見上げ、蟬の気配を探ったが、相手の動きを感じ取ることはできない。時間が惜しかった。俺は白壁を蹴り、最上層ゆえに短くなった庇の端をつかむと、一気にてっぺんの屋根まで躍り上がった。

「ずいぶん遅かったな、風太郎」

聞き慣れた、どこか鼻にかかった声が、身体を起こす前に俺を出迎えた。

顔を上げると、地表から確かめたときと同じ姿勢で、奴は鯱にまたがるように座っていた。

そのへらへらと笑う、いけ好かない泥鰌《どじょう》面に向かって、

「よう、蟬左右衛門《せみざえもん》」

と俺は軽く右手を挙げて応えると、そのまま背中の忍び刀に持っていき、柄《つか》を握ると同時に鯉口を切った。

＊

「おやおや、ひさしぶりの再会というのに、ずいぶん剣呑だな、風太郎」

「悪いな、蟬。ちょっと急ぎの用があるんだ。つもる話はまた今度で頼む」

「相変わらず、余裕というものがない男だな、おぬしは」

俺と同じ柘植屋敷の忍び装束を纏った蟬は、組んでいた片足のつま先を俺に向け、薄く笑った。

「だいたい、おぬしはむかしから何をやるにも手際が悪い。この本丸までだって、もう少し早く上ってくることができただろう。堀に入るところも、ここから全部丸見えだったぞ。まさか、あれで真面目に隠れていたつもりだったとか言わないよな？　いつまで経っても現れんから、待ちくたびれて眠ってしまったわ」

海老反った鯱の背骨に頭を預け、蟬はいかにもわざとらしくあくびの真似をして見せた。

くわっと頭に血が上り、そのまま突きかかりそうになったが、すんでのところで怒りをこらえた。こうやって、相手を興奮させ己の術中に誘いこむのが、いつもの蟬の手だと気づいたからである。代わりに、素早く斜め下方を確かめた。案の定、ここからは、俺が堀に侵入した場所は視界に入らない。

おおかた、俺の装束が濡れているのを見て、堀から上がってきたと読んだのだろう。いとも容易く口車に乗せられかけたことなどおくびにも出さず、「嘘つき野郎め」と鼻で笑って返したら、蟬は何ら悪びれた様子もなく、

「何を勝手にいらいらしているのだ？　今日はおぬしに話したいことがあってここで待っていた。おぬしがこれから天守に忍びこもうと、そんなこと、儂にはもうどうでもいい」

と一転、妙なことを言い出した。

「仕事だ、仕事。百がめっぽういい話を仕入れてきた。尾張の商人からの依頼だ。あいつら相場を知らんようで、普通じゃ考えられないような金を積んできた。必要な人数は三人。ことによっては、おぬしを入れてやってもいい。どうだ、話を聞くか？」

鯱から屋根のへりに立つ俺を見下ろし、奴は穏やかな口調で問うた。

先ほどから、蟬にはいっさいの殺気が感じられない。五月の終わりに柘植屋敷を離れ

て以来、およそ三月ぶりの再会になるが、以前はこんなまろやかな気配を放つ男では決してなかった。屋敷を出て、短いながらも市井《しせい》の空気を吸ったことで、ようやく最低限の人に接する態度というものを身につけたのか。蟬は俺より二つ年を食っている。つまり、今年で二十歳になる。相変わらず貧相な生え具合の髭を、へなへなと伸ばしている。しかも、その髭というのが、唇の両脇からのみ、まとまって生える体質らしく、さながら泥鰌の如く、ひょろひょろしたのが二本、唇の端から垂れている。当然のように、柘植屋敷における蟬のあだ名は「泥鰌」だったわけだが、それを奴に面と向かって告げる者はいなかった。なぜなら、一度そのことを本人の前で散々茶化した男が、翌日、山での修練の際、落石の下敷きになってあえない最期を遂げたからだ。蟬がやった証《あかし》はどこにもなかったが、以後、奴を表だって泥鰌呼ばわりする人間はいなくなった。

「おい、風太郎。いい加減、その刀を収めろ。大人しく儂の話を聞くなら、仕事の中身を教えてやろう」

落ち着いた相手の言葉にも、俺は刀の切っ先を向けたまま、油断なく顔を観察した。

夜目に加え、蟬も顔に炭を塗っている。さらに、先ほどから泥鰌髭の片方をしきりに指でしごいている。手が邪魔になって、表情がなかなかうかがえない。俺をはめようとしているのか、それとも本当に仕事に誘おうとしているのか——。少なくとも、俺の行動を徹底して邪魔するつもりはないらしい。というのも、この屋根に上がってから、俺と蟬は忍び言葉で会話を続けているからだ。普通の人間には、かすかな風のうなり声としか理解できない話し方だ。もしも、何としてでも俺を阻止するつもりなら、下の番兵に大声のひとつもかけたらそれで済む。

俺は正面に構えたままの刀の刃を、さりげなく傾けた。刀身にかすかに映る、背後の月の位置を確かめた。

あとほんの少し、時間はある。

俺は腕の力を抜き、刀をだらりと下ろした。

「わかった、話を聞こう」

「なら、おぬしもそこに座れ」

蟬は正面に海老反っている、もう一基の鯱の頭を指差した。

俺は甍《いらか》を踏み、鯱の隣に立った。その大きさは実に九尺近くに及び、見事に反り返った尻尾の先をただ見上げるばかりである。立派な鱗が並ぶ胴体に手を触れ、俺は何気なく刀の峰の部分で鯱の頭を撫でた。

額に盛り上がった眉を経て、左右に大きく広がる鼻へと段を降りるように刀を滑らせたとき、不意に小さな抵抗に出遭った。一見したところ何もないが、なぜか刃の動きがそこから先へ進まない。俺は身体を屈め、向かいの蟬のように、尻を置くにはぴったりの、まんじゅうを潰《つぶ》したような形の鼻に、無意識に顔を近づけた。

黒く塗られた短い針が、鼻の表面に幾本も仕こまれているのを発見するのと、視界の隅、泥鯰髭をもてあそんでいたはずの蟬の右手に、何か筒のようなものが現れるのを認めるのが同時だった。

蟬が筒を口に当てたとき、俺は屋根瓦に胸がつくまで身体を落とした。海老反った鯱の背中に、何かが弾かれるかすかな音が響き、俺は棒手裏剣を三本放ち、鼻から針が生えている鯱の裏側へと甍を這って逃げこんだ。

蟬が座っていた鯱の背中に、今度は三度立て続けにか細い金属音が鳴った。こちらも空振りかと、わずかに顔をのぞかせると、元いた場所に蟬の姿はなく、上空の尻尾の部分に、悠然と立つ蟬と目が合った。

「儂としたことがぬかった。なるほど、刀を先に収めさせるべきだったわけだな」

人を小馬鹿にするような笑みを浮かべ、蟬は背中の忍び刀を抜いた。

やはり蟬はどこまでも蟬だった。俺が屋根に上ったときから、とっくに奴の術は始まっていたのだ。もしも奴の言葉に乗せられ、馬鹿正直に鯱に座っていたら、たっぷりと毒を塗った針に尻を刺され、今ごろ俺は昏倒していただろう。

蟬に対して頭に来るのも当然だが、それよりも自分の間抜けぶりに腹が立った。蟬のやり方は、まさしく柘植屋敷でさんざん叩きこまれた、忍びの作法そのものだった。刀を用い、膂力《りょりょく》を恃《たの》み相手を無理に黙らせるのも、舌先三寸でもって相手を毒針の上に座らせ、勝手に大人しくさせるのも、ともに目指すものは同じ。手段にこだわらず、ただ目的を達すること、それこそが忍びが果たすべき唯一の使命――、とは柘植屋敷にて、俺たちがまさに命を懸けて習得させられたものの根幹だったはずだ。

「さあ、どうする風太郎。ここで儂と刃を交えるか?」

依然、忍び言葉で話すことを変えない蟬に、

「なぜ、声を出さない」

と鯱の陰から問いかけた。

「当たり前だろう。他の連中が気づかぬうちに、おぬしを捕らえたほうが儂の株が上がる」

「お前になんか、死んでも捕まらんわ」

「おいおい、柘植屋敷で一度も儂に勝てなかったことをもう忘れたか?」

相変わらず頭に来ることばかり言う奴だ、と一瞬眦《まなじり》が吊り上がるも、俺は蟬の言葉を受け流し、鯱の陰から姿をさらした。

「なあ、蟬よ。ひとつ訊いていいか?」

「何だ」

「月はどこにある?」

「何?」

「俺の後ろに、三日月が見えるだろう。山の端にかかりそうか?」

依然、鯱の尻尾に高々と立ちながら、蟬は怪訝《けげん》な表情を浮かべたが、俺の言葉に釣られ、わずかに視線を動かした。

「もう、少しだけ重なっている」

「なら、そろそろ時間だな」

「時間って――」

続いて蟬の口が「何が」と小さく動こうとしたとき、突如、周囲の空気を震わせ、巨大な爆発の音が彼方で鳴り響いた。

わかっていたはずの俺でさえ、思わず一歩後退《あとずさ》ってしまうほどの迫力だった。何も知らぬ蟬が音に釣られ、首をねじったのも宜《うべ》なるかな、その隙を逃さず、俺は対面の鯱の頭を蹴って真上に跳ぶと、尻尾をかすめるように刀を真横に薙《な》ぎ払った。

一拍、反応が遅れるも、さすがは蟬である。見事な跳躍とともに、俺のひと太刀を避けた。しかし、不用意に宙に舞ったのを見逃さず、尻尾に手をかけ躍り上がった俺は、降下する途中の奴の胸に勢いのまま蹴りを入れた。鈍い音とともに、蟬の身体が吹っ飛んだ。そのまま蟬は、漆黒の闇へと落下し、あっという間に姿が見えなくなった。

もちろん、こんなことで死ぬ蟬ではない。俺が先ほどまで隠れていた鯱の前に戻り、刀の柄の頭で蟬が仕掛けた針を除いていると、屋根のへりから黒い影がむくりと現れ出でた。無言で蟬は刀を抜き、屋根の傾斜を上ってきた。すっかり表情の消えたその顔から見て、どうやら完全に頭に来ている様子だ。

「蟬よ、何を勝手にいらいらしているのだ？　あ、これ、さっきお前が言ってた言葉だけど」

「おぬしを殺す」

忍び言葉ではない、蟬の暗い声が響いたとき、そこへ二度目の爆発が重なった。もはや蟬は毫《ごう》も反応せず、「何だあれは」と訊ねた。

「黒弓だ。あれで下にいる番の連中の気をそらさせて、一気に天守に入りこむ算段だった」

「あんな南蛮帰りの出来損ないと組むとは、おぬしらしいわ」

いかにも蔑《さげす》みの色をその言葉の端に添え、蟬はフンと鼻で笑った。

「そういう区別は好きじゃないな。確かにいろいろ足りないところはあるが、あいつはおそらくこの伊賀にいる誰よりも、火薬の扱いに長けている。それに身のこなしも、相当なものだ」

俺は手にした刀を背中に戻すと、先ほどまで針が仕こまれていた鯱の鼻に尻を置いた。

「取引だ、蟬左右衛門」

依然、殺気を漲らせたまま、刀を下げて立っている蟬に向かって、俺は鷹揚《おうよう》な口調で呼びかけた。

「今日のところは、見逃してくれないか。お前とまともにやり合うつもりはない。代わりに、これを成し遂げたあかつきに、采女《うねめ》様からもらえる仕事の報酬の半分をお前にくれてやる。どうだ？　損はあるまい」

「それだと、儂がおぬしにまんまと出し抜かれ、忍びこむのを許したことになる」

「細かいこと言うなよ。いいだろ、一回くらい」

「五回だ」

「え？」

「これからおぬしがやる仕事五回分、報酬の半分を儂に寄越せ」

「そ、それは強欲が過ぎるだろう」

ゆらゆらと刀の切っ先を揺らし、蟬はいよいよ殺気を高め、こちらを睨みつけている。

「じゃあ――、二回ならどうだ」

「五回だ」

蟬は刀を構え、一歩踏み出した。

「わ、わかった蟬左右衛門――、取りあえず、ちと話し合おう。お前もそっちに座れ」

俺は軽く咳払いすると、目の前の鯱を指差した。

しばしの沈黙ののち、蟬は刀を背中に戻した。依然、俺からは一時も視線を外さず、対面の鯱に向かうと、つきたての餅の固まりのような形をした鼻にどかりと腰を下ろした。

「クァッ」

その瞬間、蟬の口から短い叫び声が漏れた。

「おや？　どうかしたか？」

蟬は食らいつくような表情とともに、見開いた眼をこちらに向けている。腰を上げようとするが、身体が動かないらしく、手が妙な具合に震えていた。

俺はゆっくりと立ち上がり、腰に巻きつけていた荒縄の結び目を解いた。

「悪い。言うのを忘れてた。お前が戻ってくる間に、そっちの鼻に針を仕掛けておいたのだが、ひょっとしてその上に、うっかり腰を下ろしてしまったか？」

蟬の口から、形にならぬうなり声が聞こえた。先ほどの勢いだと、おそらく五本は一気に尻に突き刺さったはずだ。常世の薬の効き方も格別だろう。その証拠に、早くも蟬の頭はぐらぐらと円を描き始めている。

「柘植屋敷で何度も言われただろう。刀を使う奴は下等、頭を使う奴こそが上等だと――」

縄を手に蟬の前に立ったとき、奴はもはや胡乱《うろん》な眼差しを向けていた。

「お前のせいで、せっかくの黒弓の仕掛けが台無しだろうが、この泥鰌野郎」

と顔の真ん中に拳を叩きこみ、一気に眠りの世界へ導いてやった。

＊

もしも、お前の見こみが甘かったのだ、と言われたならば、まったくもってそのとおりで、俺はぐうの音も出ない。

何よりも反省すべきは、蟬と百が城のどこかにいるとわかっているのに、三日月が山の端にかかったときを黒弓との行動開始の合図にしたことだ。たとえば、少し遅らせて月がすべて隠れたときにでもしておけば、蟬の登場があっても、時間に余裕をもって肝心の天守に取りかかることができたはずだ。もっともその場合、爆発の機に乗じ一撃を加えることができなかったから、蟬の始末に手こずることになっただろうが。

蟬は鯱に厳重にくくりつけておいた。もちろん猿ぐつわも忘れない。毒への耐性なら、死人が出るほど厳しい修練のなかで鍛えられた俺たちゆえ、念のため蟬の首筋にはさらに一本、針を突き刺しておいた。

屋根のへりに立ち、俺は真下の様子をうかがった。

最上層に物見のための回り縁でもあったなら、このまま屋根をひとつ下りて容易く侵入できただろうが、いかんせん、この城はそういう造りをしていない。壁面にあるのは格子窓のみで、白亜の外観のとおり、格子は土と漆喰でぶ厚く塗り固められ、内側から板で閉め切られている。つまり、城への入り口は一重目の唐破風《からはふ》屋根を掲げた玄関一カ所しかない。

さすがに狭い入り口を、誰にも気づかれずに忍びこむことは難しい。ゆえに火薬を囮《おとり》にして、番をする連中に何かしらの動揺を与えるつもりだったのに、蟬の登場のおかげで何もかもがご破算になってしまった。

しかし、運は俺に味方した。

寺の松の上で言い含めたとおり、てっきり二発で打ち止めかと思っていたら、盛大に三度目の爆発が鳴り響いたのである。
一、二発目が東南の方向であったのに対し、今度は北東の裏山方面からだった。この短時間でそれだけ位置を変えて点火したのだから、おそるべき黒弓の足の速さと言えた。

二度目の爆発のときからすでに、騒然とした城内の雰囲気は最上層まで伝わっていた。三度目の爆発で、それはよりはっきりとした動きとなって現れた。叫び声を上げ、人影が二の丸の堀端を駆けていった。いくつもの松明《たいまつ》が揺れながら、最初の爆発があった東大手門の方面へ集まっている。さらには天守の真下から、持ち場を離れ走り出す黒い人影が見えた。その数、四人。まだ普請中の天守ゆえ、それほど人数が詰めているとも思えない。これは相当守りが手薄になったと見ていい。

「でかした、黒弓」

この機を逃すまいと、急いで屋根から飛び降りた。どうやら、玄関に残った守りは若い男がひとりだけ、しかも持ち場を離れ、天守を支える土台の石垣から身を乗り出し、騒ぎの行方をうかがっている。

足場を伝って難なく背後を取り、気絶させた。音を立てぬよう男を地面に寝かせ、入り口からそっと天守の内部をうかがう。灯りもなければ、人気《ひとけ》もない、がらんとした暗がりが茫洋《ぼうよう》と広がっていた。

手早く男を縛り上げ、肩に担いで天守の中に足を踏み入れた。真新しい木の香りが鼻腔に入りこむのを感じながら、急な勾配の階段を見上げた。玄関が開け放たれているため、闇の度合いが少し薄まっている一重目に対し、階段の先の二重目には、息苦しいほどの漆黒が詰まっていた。男を隅に転がし、意を決して階段を上る。二重目に出るや、俺は天井に跳んだ。天井を渡る梁《はり》に身を隠し、下の様子をうかがう。誰もいない。三重目に向かう。やはり無人である。

四重目もまた無人だったが、階段を上りきるなり、俺は壁まで跳び退《の》き身を屈めた。天井に浮かぶ、最上層につながる方形の入り口から、かすかに灯りが漏れていた。

今まで鳴りを潜めていた百かと一瞬勘繰ったが、さすがに天守のてっぺんまで勝手に入りこむような真似はすまい。それに加え、あの蛇の如き狡猾で抜け目ない百の性格だ。こんな相手をじっと待ち構えるなどという素直な策を、あの女が用いるとは到底思えなかった。

俺は懐から煙玉を取り出した。

素早く着火し、最上層へ投げこんだ。ひい、ふう、みい、と数えながら、背中の刀を抜いた。しゅうしゅうと煙が発する音に紛れ、一度だけ、かすかに天井の板が軋《きし》んだ。

相手はひとり。

煙玉は黒弓に頼んで、すべての煙を吐き終えたのちに破裂するよう改良を加えてもらった。十まで数えたところで、俺は階段の板を蹴った。頭の上に「ぼん」と思いのほか大きく火薬が爆《は》ぜる音を聞くと同時に、俺は最上層に躍り上がった。

待ち構えている相手が、火薬の音に一瞬注意を逸らすことを期待したのだが甘かった。板間に着地した途端、正面に強烈な殺気を感じた。煙がもうもうと立ちこめる中、おそろしく巨大な影が至近に迫っていた。

ろうそくの灯りが影を大きく引き延ばしているのか、と思ったがそうではない。それが等身大の影であることは、斜めからいきなり刀が下りてきたことで、否応なしに知らされた。

柘植屋敷で指南役の刀を何度も受けてきたが、ただの一撃にこれほどの圧を感じたことはなかった。

刃を合わせた途端、身体が吹き飛んだ。最上層の狭い間取りゆえに、すぐさま背中に壁が迫った。体勢を整える間もなく、煙の向こうから次の刺突《しとつ》がやってきた。なるたけ相手の刃を引きつけてから、横に跳んだ。相手の切っ先が壁を突いた鈍い音を聞いたとき、俺はすでに天井の梁に跳んでいた。

左右に組まれた梁のどこかに貼られているはずの札を、頼りなげな灯りが揺れる煙の先に探した。同時にたった今、真正面に捉えた相手の肉厚な手を、無意識のうちに思い返していた。

刀の柄を握る右手の指が二本、欠けていた。

さらに、六尺を優に超えていると思われる、その身の丈。

自分が刃を受け止めた相手について、おぼろげながら心当たりがあった。しかし、その先へと考えを進めることがおそろしかった。

さいわい柱と梁が交わる継ぎ目にお目当てのものを見つけたことで、俺の思考は中断された。飛びかかるようにして、柱に貼られた白い札を手に取ったとき、

「それまで」

と部屋の隅から低い声が発せられた。

まったく把握していなかった二人目の登場に、俺はギョッとして動きを止めた。

「降りてこい、風太郎」

と今度は真下から同じ声に呼びかけられた。やはり、いっさいの移動の気配を感じ取ることができなかった。

刀を背中に収め、俺は梁から降りた。すぐさま隅に控え、膝をついて顔を伏せた。

格子窓の引き戸ががたがたと開けられる音のあとに、

「狼藉《ろうぜき》の限り、申し訳ございませぬ。ただいま窓を開けまする」

と抑えた調子の声が続いた。

二つ目の窓が開かれると、空気の流れができたことでようやく煙が動き始めた。か細い燭台の灯りが、薄れゆく煙を照らす。その向こうに、二人の男の姿が浮かび上がるのを、俺は視界の上端で捉えた。

ひとりは釆女様だった。

引き戸の前を離れた釆女様は、壁に突き刺さったままの刀を引き抜き、膝をつくと両手を添えて捧げた。

何かぶつぶつと聞き取れぬ言葉をつぶやきながら、もうひとりの人物がそれを受け取り、鞘に収めた。俺は素早く相手の足元に視線を走らせた。あくまで面を伏せたまま全身を視界に収めるはずが、思わず天井まで顔を向けてしまった。

それほどとてつもない巨軀の持ち主が、部屋の中央に立っていた。身の丈は六尺を優に超える。重さも三十貫目は下るまい。

煙幕が晴れ、その表情がはっきりと認められるようになる前に、俺は慌てて顔を戻した。途中、相手の両手を確かめた。右手の薬指と小指が欠け、さらに刀の柄にかけた左手の中指も一寸ほど短かった。ゆらめく燭台の灯りを受け、欠けた部分が影を生み、異様な迫力を醸し出していた。

もはや目の前の人物が誰なのか、考えるまでもなかった。いや、考えたくても頭が働かなかった。とんでもない相手に煙玉を投げつけ、刀を受けてしまったという事実に、頭の内側が真っ白に染まりつつあったとき、

「玄関の守りの者は？」

という采女様の声に、一気に意識が引き戻された。

「は、皆どこかへ」

「爆発の音に釣られてか」

「左様でございます」

「あれは、すべておぬしか」

「は、黒弓とともに仕掛けました」

「ずいぶん派手にやったな。あれでは、訓練と思わぬ者も大勢出てきそうじゃ」

「も、申し訳ございませぬ」

「儂と殿がここにいると知っていながら、まんまと釣られてしまうとは……、どいつもこいつも、阿呆どもめ」

何気なく「殿」という言葉が含まれていたことに、いよいよ身を固くしつつ、火影の揺れる板目を見つめた。苛立ちを帯びた采女様の声を浴びただけで、早くも脇の下から汗が染み出し、あばらの上を垂れていった。改めて己《おのれ》が、どれほど采女様に怖れを抱いているかを痛感した。四年前、この柘植屋敷のあるじが、修練の途中で足の骨を折り、歩けず板に乗せられて屋敷に戻ってきた者を、「要らぬ」のひと言で斬り捨てた日のことを忘れることはできなかった。斬られたのは俺よりもずっと年若で、おそらく十にも満たぬ子だった。うずくまって足を押さえている子の首筋に、采女様は何の躊躇《ちゅうちょ》もなく刀を振り下ろし、すぐさま大人たちと屋敷の修築の話を再開した。

「とにかく、ここまでたどり着いたのは上々というところじゃ。ところで、他の連中はどうした？　蟬左右衛門や百市《ももいち》が今日は城に詰めていたはずだが――」

その問いに答えようとしたとき、

「うぬは臭う――」

というしわがれた声が、突如として「殿」から放たれた。

つい面を上げてしまった俺に、

「臭うわ、うぬは――」

と「殿」は二本の指がない右手を突きつけた。

慌てて袖のあたりを鼻に近づけた。確かに、ほんのかすかながら堀の水の匂いがする。

「もうよい。明日、改めてまた人をやる。義左衛門《ぎざえもん》のところで待っておれ」

すぐさま、采女様が押し殺した声を発した。はじめて聞く焦りの調子に、俺は札を床に置き、ほとんど逃げるように階段へ向かった。一重目まで一気に段を駆け下り、ようやく詰めていた息を吐き出した。また堀に潜ったのかというほど、全身が汗に濡れていた。玄関で番をしていた男の縄を解いておこうと隅に向かうと、なぜか板間の上に転がっている数がひとつ増えていた。しかも、忍び装束である。つま先でひっくり返すと、縛られた黒弓がこちらを見上げ、ふがふがと不明瞭な声を発した。

「何しているんだ、お前?」

と思わず呆れた声を上げたとき、ひんやりとした刃の感触が首筋に吸いついた。

「はい、今のであんた死んだ」

案の定、百の声が耳元でささやいた。

もう終わったぞ、と俺が低い声で告げると、「みたいね」とつまらなそうにつぶやいて、百は小刀を収めた。

ふう、と息をついて振り返ると、すでに百は玄関に向かっていた。忍び装束ではなく小袖姿という、何とも呑気な格好である。

「蟬は鯱にくくりつけておいたぞ」

と教えてやったら、

「だから何？　風《ぷう》のことは自分に任せろ、とか豪語していたくせに、本当にヘボな男」

と振り返りもせずに出ていってしまった。

他の守りの連中が戻ってくると厄介なので、転がっている二人の縄を手早く解いた。猿ぐつわを外すなり、「ごめんよ」と言い訳を始める黒弓を「あとでだ」と叱りつけ、急ぎ天守を出た。

いまだ騒然とする城内の空気を感じながら、西面の高石垣へと向かった。先ほどの侵入の際に仕掛けておいた縄を引っ張り上げると、眼下の内堀を横断するように縄が一直線に空を渡った。縄の向こう端は、堀を隔て二の丸側の石垣まで続いている。こちら側の端を、石垣を築く途中で放置されたままの巨石にくくりつけると、さっそく黒弓が縄にぶら下がって宙に舞った。

あっという間に黒弓が堀を横断するのを見送ってから、俺も頭巾を取り外し、縄に引っかけ両端を握った。真っ暗な堀の上を、縄に従って一気に滑り落ちた。終点の石垣が目の前に迫ったところで俺は跳んだ。身体をねじりながら堀端に着地したときには、すでに黒弓が縄を切り落としていた。縄が力なく堀へと沈むのを見届ける前に、俺はふたたび走り始めた。

爆発の現場に大勢が集まっているせいか、まったく人影の見当たらない二の丸を駆け抜ける間じゅう、

「ああ、拙者はもう子をもうけることができないかもしれない」

と黒弓は隣で意味のわからないことをつぶやいていた。

来た道をたどるように京口橋に戻ると、なぜか橋番の姿が見えなかった。薬の効き目は切れたであろうに、どこへ行ったのか、と腑に落ちぬものを感じたが、黒弓を追って橋を渡りきったときにはすでに番の男のことなど忘れ去っていた。

一気に町を抜け、はずれの川原まで出たところで、ようやく足を止めた。装束を脱ぎ捨て、川の水で顔の炭を洗っていると、寺に隠しておいた二人分の荷物を手に黒弓が合流した。

闇夜の下、水浴びをしながら、「そろそろ、聞こうか」と俺は話を促した。先ほどから、黒弓は下帯を外し、股のあたりをしきりにうかがっていたが、「今日はごめんよ」と改めて謝罪したのち、ぽつりぽつりと事の次第を語り始めた。

四発目の点火を図るべく、二の丸を勇躍移動している最中のことだった。前日に火薬を仕こんだ茂みに到着したところで、黒弓はばったり百に出くわした。

身構えるよりも先に放たれた、

「ねえ――、風から聞いてる?」

という相手の声に、

「え、何を?」

と返事してしまったとき、すでに黒弓の命運は決した。

あれほど口を酸っぱくして、百がいかに奸智《かんち》に長けた女であるか教え諭《さと》したにもかかわらず、黒弓はまんまと相手の術中に陥ってしまったのである。

「さっき天守のところで風に会って、もしも見逃してくれたら金《こがね》をやる、って言われたの。しかもあんたを手伝ったら、五割増しだってさ。なら、手伝うしかないじゃない――」

「おい、ちょっと待て」

俺は堪らず黒弓の言葉を遮《さえぎ》った。

「まさか、そんな簡単な作り話に引っかかったんじゃないだろうな」

「だって、風太郎が天守に向かっていたのは本当だし、百は忍び装束じゃなく小袖を着ていたし、あと、金で手を打つ、ってのがいかにも風太郎っぽいじゃないか。だからつい、あれ、そうなのかな？　って思っちゃったんだよね」

と黒弓はまるで俺に非があるかのような口ぶりで、自身の不明を棚上げした。

「どうして、あと少しの警戒の念を持たない？　忍び装束じゃなかったからというが、小袖のほうが余計にあやしいだろうが。あんな時間に城内を女ひとりで歩くはずがない、って普通は考えないか？」

「でも、百は普段、女房衆として城内で働いているんだろ？　なら、その格好で抜け出してきても変じゃないかなあ、なんて思うわけだよ」

もはやいちいち言い返すのも馬鹿馬鹿しく、俺は「それで」と冷たく先を促した。黒

弓は股のあたりに視線を落とし、

「大丈夫かなあ」

と急に心細げな声を上げた。

「さっきから何を心配しているんだ？」

聞いておくれよ、黒弓は悲痛な調子で百から受けた仕打ちを訴えた。

俺と交わしたという会話を再現しながら、百はいかにも自然な足取りで近づいてきた。

と思ったら、急に頭上を仰ぎ、

「あ、雨」

とつぶやいた。

火薬を扱う際、もっとも注意すべきは湿気と雨である。それゆえに、

「え」

と黒弓がつい夜の空に顔を向けたとき、突然の金的への攻撃が襲ってきた。

黒弓の視界に火花が散り、思わず屈んだところへ、今度はのど元に手刀を受けた。声も出せずにさらに身体を折り畳んだら、最後にみぞおちへ膝がめりこんだ。

息できぬまま、黒弓は地面に倒れこんだ。百は黒弓の首の後ろを足で踏みつけ、容赦なくその顔を土に食いこませた。おかげで、奴の頬にはずいぶんな擦り傷が残り、水で洗っては「痛い、痛い」と情けない声を出していた。

「それで難なく縛られ、運ばれたわけか」

「頭が朦朧として、気がつけば天守まで担がれていた。あんな衝撃は生まれてはじめてだった。真下からこう、痛みが一気に心臓まで来るんだ。感覚がなくなって、下半身がどこかに消えたかと思ったよ――」

俺は顔を顰め、なぜか内股気味になりながら川から上がった。黒弓に同情する気にはなれなかったが、これ以上非難する気にもなれなかった。

「明日、萬屋《よろずや》へ行く。そのときに薬をもらえ。売り物にいい軟膏《なんこう》があったはずだ」

荷物の中から着物を取り出し、袖を通して振り返ると、黒弓は依然、流れにたたずんでいた。なぜか股を大きく開き、じりじりと川面に向かって腰を落としている。

しばらくして、

「冷たい！　感覚が戻っている！」

という歓喜の声が川原に響いた。

奴は放っておくことにして、土手の草むらに寝転がった。ようやく、「成し遂げたのだ」という充実の感覚が、じっとりとした疲れとともに身体の底から湧き上がってきた。頭の後ろに手を組んで雲のない星空を眺めていたら、ものの二十も数えないうちに、俺は眠りに落ちていた。

＊

翌日、黒弓と連れだって萬屋を訪れた。

采女様の使いが来るまで、俺は裏庭で薪《まき》割りの手伝いをして時間を潰し、黒弓は店の者から渡された軟膏を手に、「まあ、念のためだけど」と誰への前置きなのかわからぬ言葉を残し、やけに長い時間、厠《かわや》にこもっていた。

萬屋の主人は義左衛門という名の、六十手前の親父である。一見すると笑顔の人懐っこい好々爺《こうこうや》だが、この男もかつては忍びをやっていた俺たちの先達だ。

義左衛門は忍びの出身としては、極めてめずらしい、陽の気質を持った人間だった。はじめて紹介されたとき、俺が柘植屋敷出身と知ると、「あそこの連中の顔をしとるわ」と渋そうな表情を見せながら、

「よいか、ここでは笑ってええんじゃ。むしろ、もっと笑え、そうでないと客が買わん」

とこちらがいちばん苦手とする作法を真面目な顔で説いてきた。今の御殿《おんとの》、すなわち藤堂《とうどう》家が四年前にこの伊賀の地にやってきてからというもの、忍びはすべて采女様が統括し、さらには萬屋の人間を装って諸国へ商いに出かけ現地で仕事を行うのが定型となった。店の人間は、すべて忍びの筋のもので固められている。ゆえに昨夜采女様は、「義左衛門のところで待っておれ」と言いつけたのだ。

そもそも、昨夜の天守への侵入自体が、俺がこの萬屋で働くための試験だったと言っていい。采女様からの命によると、本来の目的は、城の守りの配置を定めるために、夜中の城に忍びこみ、その弱点を探ることにあったが、俺にしてみれば城の守りなどどう

でもいい話で、己の腕を証明し、今後任せられる萬屋での仕事に反映させること、つまり金のいい仕事をつかむ足がかりを得ることこそがいちばんの大事だった。それゆえに、わざわざ蟬と百が城に詰めている日を選んだ。より困難な状況のもとで天守への侵入を果たし、まさかその場に御殿までいるとは思わなかったが、采女様の目の前で結果を示すことができた。柘植屋敷を出てはや三月、ようやく他の連中より一歩先んじる道が開けたのである。

采女様の使いは昼前にやってきた。

店の人間に呼ばれ、黒弓とともに玄関に急ぐと、「儂も呼ばれたわ」と義左衛門が登城の準備をして立っていた。

「先ほど店の者から話を聞いたが、昨日の騒ぎはおぬしらの仕業らしいの。まったく、無茶をしおる」

城への途中、使いの者に聞こえぬ忍び言葉で、義左衛門が振り返り話しかけてきた。

「あんな火薬まで使いおって。それで城が少しでも傷んでみよ。おぬしら今ごろ首がなかったぞ」

俺は曖昧な笑みを返しながら、一方で隣の黒弓の脇を強く小突いた。

「何？」

伊賀で修練を積んでいないこの男は、忍び言葉を使えない。俺は耳元に口を近づけ、押し殺した声で訊ねた。

「確認し忘れたが、お前、昨日の爆発で城のものを傷つけたりしていないよな」

「当たり前じゃないか。全部、空に高く飛ばしてから爆発させたから大丈夫だよ。でも、何で？」

「何で？　城狂いで有名な御殿だぞ。傷ひとつでもつけたことがバレたら、すべてがお釈迦だ」

怖い御殿だねえ、と他人事のようにつぶやく奴の脇を、もう一度、小突こうと肘に力を入れたとき、

「そう言えば――、昨夜城で遅番をしていた男がひとり死んだそうじゃの。何でも急な心《しん》の発作だったとか」

と義左衛門が口を開いた。今度は普通の語りだった。何気なく、

「それは御不運でございましたな」

と俺が合いの手を入れると、

「京口橋の番をしていた男でござる。まだ働き盛りの者だったそうで」

と使いの男が詳細を教えてくれた。

「それは何とも気の毒な。南無阿弥陀仏、南無阿弥陀仏」

と義左衛門がさっそく手を合わせる横で、顔から静かに血の気が引いていくのを感じた。無性に嫌な予感がした。

「義左衛門様――、ちょっとお訊ねしたいことが」

とあまり力の入らぬ忍び言葉で問いかけた。

「何じゃ」

「柘植毒がありましょう」

「ああ、あるな」

「溶かした毒を、らっきょうに染みこませて使いましょう」

「ああ、使うな」

「にんにくに染みこませて使うとどうなりましょう」

「にんにく？」

義左衛門は驚いた顔で振り向くと、

「いかん、いかん」

と思わず忍び言葉を忘れて、大きく手を振った。その声に、往来を行き交う人々がいっせいに顔を向け、義左衛門は慌てて忍び言葉に戻った。

「柘植毒は気を失わせるときに使うものじゃ。なら、柘植毒とにんにくは絶対にいかん。にんにくの精が加わって血の巡りがよくなり、毒の強さが何倍にもなってしまう。言ってみるなら、相性が良すぎる。だから、皆らっきょうを使う――が、何でそんなことを訊く？」

「いえ、何でもございませぬ」

急に激しさを増した胸の動悸を何とか抑えながら答えたとき、黒弓が横手に延びる辻

の先を指差し、

「あ、風太郎。あそこでゴザを敷いている野菜売りのおばあさんいるだろ？　あの人から拙者、昨日のにんにくを買い求めたんだよね」

とやけにうれしそうな声で説明を始め、俺は絶望とともに奴の脇腹に肘をめりこませた。

義左衛門は何も言わなかった。ちらりと俺を見遣ったきり、腕を組み、使いの男に従い西大手門をくぐった。

「天守の前まで案内せよとの御命でござる」

使いの男によると、采女様は朝から天守台で武具の搬入の指揮を執っているという。ずらりと軒を並べるお偉方の屋敷の塀越しに、大工たちの威勢のいいかけ声が、鋸《のこぎり》を挽く音とともに間断なく響く。通りを人足たちがせわしなく往来し、その合間を縫うようにして、食材を山盛りに積んだかごを頭の上に載せ、女房衆が一列になって進んでいく。すれ違いざま尻でも触られたのか、女の甲高い叫び声のあとに、男が早口で何か返し、わっと野卑な笑い声が盛り上がった。楽しそうな様子が、いちいち癇《かん》に障る。屋敷の区画を抜け表門前の開けた場所に出ると、あたり一面に木材が山のように積まれ、今は男たちがめいめい腰かけ食事の最中だ。豊かな木の香りを嗅ぎながら、本丸につながる表門をくぐったところでようやく、

「先ほどのことを、他に知っている者は？」

と門の庇を見上げ、義左衛門が忍び言葉で長い沈黙を破った。

「まだ、誰もおりませぬ」

と俺は硬い表情で首を横に振った。

義左衛門は俺の顔に視線を走らせ、「まったく、余計なことをしたのう」と今度は普通の口調で低くつぶやいた。

忍びだった頃の覚えもすっかり消え失せたか、ここまでの緩やかな勾配を上っただけで、すでに義左衛門の額にはうっすら汗が浮かんでいた。もっとも、外からは決してうかがえぬが、俺も同じくらい冷や汗を全身から噴き出させている。天守へと続く坂道の左右に、石垣を築くため持ちこまれた巨石が置き去りになっているのを眺めていると、まるで今の自分の姿そのものに思えた。この先、見栄えのいい場所に使ってもらえるか、それともまったく目立たぬ隅に押しこめられるか、はたまた結局使わぬことになって土に埋められるか、もしくは堀に沈められるか――。

対して黒弓は、今ものめずらしそうに左右を見回し、無邪気に感嘆の声を上げている。はじめてこの男の噂を聞いたのは、ほんの十日前のことだった。南蛮帰りの変わり種の忍びがいる、ひと月前に伊賀に到着したばかりだが忍びの技は確かで、とにかく火薬を扱う腕が抜群だ――、そんな評判だった。

采女様の命で、その噂の人物と組むことになったと知ったときは、俺にも運が回ってきた、と密かに思ったものだ。萬屋での仕事は、常に二人の忍びが組になって行う。柘植屋敷からの縁で蝉と組まされるのではないか、と内心ひやひやしていただけに、将来がすっと見通しのよい風景を提示してくれたように感じられた。だが、今となってはとんだ貧乏くじを引かされたとしか思えない。こんなことなら、百と組んだほうが余程マシだった。

対面の場所は、萬屋の裏庭だった。何せ相手は南蛮帰りだ。自然と身構える気持ちで向かったら、あまりに平凡な見た目の男で拍子抜けした。対面の前に、厠で入れ違いになった際、店の下男だと思って無視した相手が当の黒弓だった。

南蛮のどこから来たと訊ねると、天川《あまかわ》からだと言う。どこだそりゃと重ねると、琉球よりも遠く、呂宋《るそん》やシャムよりは近いところだ、と説明された。

「これが支那の大陸とすると、この下の端のへん。むかしは明《みん》の土地だったけど、今はポルトガル人がたくさん住んでいる。日本人も住んでいる。拙者は天川と呼ぶより、ポルトガルの人が使うMACAU《マカオ》の方がしっくりくるかな」

と頼んでもいないのに地面に線を描き始めたが、伊賀の外を知らぬ俺にとって、まったく理解できぬ世界の話だった。

奴の父親は、伊賀で育った忍びだった。堺の商人に護衛として雇われ、三十年以上もの間、その商人に従って南洋を巡り続け、二年前に天川で没したらしい。天川で生まれた黒弓は、この伊賀を出た父から忍びの基本を叩きこまれ、十歳の頃から水夫として南蛮船で働いていた。火薬の精製に必要な硝石《しょうせき》を運ぶ船だったゆえに、嫌でも火薬の扱いに慣れたのだそうだ。さらには、奴の父親と釆女様が、どういうわけか旧知の仲だった。それをつてに、黒弓はここ伊賀の国にやってきた。その話を聞いてようやく、俺はこの限りなく閉ざされた忍びの輪の中に、易々とこの男が途中参加できた理由を知った。

それにしても、広い南洋を舞台に活躍できる男が、なぜにわざわざ伊賀に戻ってきたのか、と訊ねると、

「父の育った国を一度、見たかったから」

と黒弓は簡潔に答えた。

その一念で、遠く海を隔てた異国の地から、この小さな盆地を目指したのか、とほんの一瞬でも好感を抱いた自分が、今となってはとても腹立たしい。こんな男、死ぬまで海の向こうに放っておけばよかったのだ。

石段の先にいよいよ天守の姿が現れ、それに気づいた黒弓が、

「昨夜はちゃんと近くで見ることができなかったけど、やっぱり立派だなあ」

などと、またぞろ余計なことを口走り始めた。事情を知るはずもない使いの男が怪訝な表情で振り返り、慌てて誤魔化《ごまか》そうと、間に入ろうとしたとき、

「何か、火薬の匂いがしない――？」

と黒弓がささやくように声を発した。空気を嗅ぎ取るべく鼻の穴を広げようとする前に、銃が発射される轟音とともに、先頭の使いの男が「ギャッ」と悲鳴を残し地面に倒れた。同時に、

「うぬらかあッ」

という腹に響く塩辛声が、突如、上方から聞こえてきた。

「お、御殿だ」

義左衛門の声に顔を上げると、天守の四層目、足場を覆う幕がちょうど切れたあたりに、異様に大きな男が突っ立ち、こちらに銃筒を向けていた。

「儂の城に傷をつけおってッ」

ふたたび銃声が轟《とどろ》き、耳のすぐ脇を弾が抜け、背後の地面にめりこんだ。

「これは、うぬらの仕業じゃろうがッ」

と遠目にもはっきりとわかる憤怒の表情をさらし、声の主は撃ち終えたばかりの銃の先を、背後の漆喰に向け指し示した。

「あれ、クナイじゃないの？」

海で鍛えたゆえか、俺よりもさらに目のいい黒弓が、確かに白い壁に食いこむ黒い点の正体を言い当てた途端、昨夜、城の壁にクナイを打ちこみ、それを足がかりに蟬の待つ屋根を目指し跳んだときの感触がまざまざと蘇った。

「おぬしら逃げろッ」押し殺した声とともに、義左衛門が振り返った。「城のことはいかんッ。何を言っても無駄じゃ。おぬしら御殿に殺されるぞ」

「で、でも、どこへ」

「堀じゃ、それでもって石となれ」

一瞬のやりとりで、俺はこれからすべきことを了解した。

「黒弓、走れッ」

三たび銃声が鳴り響き、二の腕あたりを押さえうめいている使いの男の真横で、土が勢いよく跳ねた。

「に、逃げるってどこへ？」

「堀へ飛びこめ、急げッ」

黒弓の襟を引っつかみ、俺は昨夜往復したばかりの高石垣を目指した。

天守からまたもや銃声が放たれ、今度は太ももを弾がかすった。確実に背中を狙われている恐怖に駆られながら、死にものぐるいで走る。石垣の開始を示す地面の終点、堀を隔てた先の二の丸、さらに伊賀の町の遠景――、と一気に視界に広がったとき、

「堀の底には杭が埋めこまれ、こんな高さから飛びこんだら、まんまと串刺しになってしまう」

という重大な事実にハタと気がついた。

「駄目だ、黒弓ッ」

という叫びを、数えて五発目の銃声がかき消した。俺の制止が届く前に、黒弓は追い立てられるように、「ひゃあ」と甲高い声を残し、石垣のへりから空へ舞った。

斜め上方に大きく跳んだ黒弓とは逆に、俺は真下へ身体を落とした。足の裏を石垣の表面から決して離さず、ほとんど身体を真横に傾けながら、高石垣の勾配を駆け下りた。

五度狙撃されるも、一発も当たらなかった幸運が、まだ残っているほうに俺は賭けた。

果たして、幸運は続いていた。

ほとんど垂直に近い石垣を斜めに駆け抜ける先に、昨夜の脱出の際に用いた縄が誰にも回収されずに垂れ下がったままでいるのを発見した。石垣の頂上から放物線を描き落下する黒弓が、頭から着水すべく姿勢を整えるのを横目に見ながら、俺は飛びかかるようにして縄をつかみ、力の限りに石垣を蹴った。

「黒弓ッ」

まさに着水しようとしていた奴の細い足首を、間一髪のところで片手でつかんだ。いや、頭だけはすでに水に浸かってしまったようで、「げぶっ」と湿った声を上げている黒弓もろとも、いったん大きく石垣から離れ、ふたたび振り子のように石垣へと戻った。

「な、何するんだよ」

「底は杭だらけだ」

すぐさま状況を了解した黒弓は、逆さに吊り下げられた格好のまま懐から小さな玉を取り出した。素早く着火して放った火薬玉は、着水すると同時にちょうど二人が飛びこんだくらいの水しぶきを派手に噴き上げた。

しぶきが収まったときにはすでに、俺と黒弓は堀の水に潜りこんでいた。そのまま一度も顔を上げず、内堀をぐるりと回り、西面からもっとも遠く離れた北面まで移動した。着物は堀に残し、下帯一枚の格好で這い上がった。汗にまみれた人足を装い、ときおり本当に木材を運びながら、一刻かけてようやく城から抜け出した。

＊

夜半、黒弓を連れて義左衛門に会いにいった。

「石になる」

とは、死んだふりをしておく、という忍びの隠語だ。あのとき義左衛門は「石になれ」と言った。つまり、俺に生きろと伝えた。こうしてのこのこと萬屋を訪れることに危険が伴わぬ保証はどこにもなかったが、俺にも他に行く場所などなかったのだ。

義左衛門は店の玄関を入ってすぐの帳場に座り、手燭《てしょく》を灯し帳面をめくっていた。俺と黒弓の顔を認めるなり、「やっと来たか」とため息をつくようにつぶやき、次いで「飯は食ったか？」と訊ねてきた。黙って首を横に振ると、

「災難じゃったの。おぬしらが消えてからも、しばらく御殿はずいぶんな荒れ様じゃったわ」

と苦笑しながら、人を呼んで食事の用意をさせた。

下帯一枚で半日近くうろうろしていたため、何も食べていない。むさぼるように飯を食う俺たちを眺めながら、

「城の件は不運じゃったな。あんなことでいちいち咎めておっては、伊賀から忍びがいなくなってしまう。もっとも、いちばん不運なのは、あの使いの者じゃろうが。さいわ

い、腕の肉が少し飛んだだけで済んだようだわ」

と義左衛門は低い声で笑い、丸い身体を揺らした。

あっという間に食事を平らげると、音もなく女が現れ、器を下げていった。

「あのあと、采女様と話をした」

義左衛門の言葉に、俺は慌てて居住まいを正した。黒弖も先ほどから無駄口を叩かず、神妙に隣に控えている。

「御殿には、おぬしらは死んだと報告したそうじゃ。堀に飛びこむ派手な音は、儂のところまで聞こえてきたからの。御殿の耳にも届いたはずじゃ。杭の餌食になって、死体がすぐには上がらない、とでも話を作ったのじゃろうな」

堀に飛びこむ音とは、黒弖の火薬玉のことだろう。まさか、あんな物騒なものをいつも懐に潜ませているとは思わなかったが、咄嗟《とっさ》の機転のおかげで、石垣の上の人間をだますことができたわけである。

「まあ、ずいぶん乱暴な始末のつけ方じゃが、やむを得んところだな。そうでもせんと御殿が納得すまい。おぬしらには、采女様から伝言を預かってきたわ。しばらくの間、大人しくしておけ、とのことじゃ」

俺は「は」と板間に平伏し、次の言葉を待った。ならばその間、たとえばこの萬屋で下働きでもせよ、と指示があるかと思ったが、待てども続きが聞こえてこない。

「あ、あの……、では、我々は何の仕事をすれば」

と俺はおずおずと面を上げた。ロクに住む家もなければ、明日の食い扶持すら定かではない身である。何か仕事をしないと、飢え死にしてしまう。

「仕事？　何の話だ？」

と義左衛門は心底、訝《いぶか》しそうな声で返してきた。

予想しない反応に、俺は言葉の接ぎ穂を失った。戸惑う俺の顔を、義左衛門はしばらく見つめていたが、

「わからんか。二人とも伊賀を出ていけ、という命じゃ」

と幾分、声の調子を落として告げた。

「え？」

と俺は思わず素《す》っ頓狂《とんきょう》な声を上げてしまった。

「例の京口橋の件がちとマズいことになっているそうじゃ。どういうわけか、死んだ男の家の者が毒のことを嗅ぎつけたようでな。忍びの毒にやられた、と言い騒いでおるとか。おぬしも聞いておろう。ただでさえ、忍びなんてものはもういらん、という声が近ごろ家中にはある――」

御殿が率いる藤堂家は、四年前に伊予からこの地に国替えとなった。当然、忍びとは縁もゆかりもない人々が、大勢引き連れられやってきた。それに対し、采女様は生粋の伊賀の人間だ。ただでさえ、クセの強い輩《やから》が揃う土地柄である。御殿は采女様に、郷土の人間を束ねる仕事を任せた。忍びの統括も委ねた。柘植屋敷に采女様がときどき顔を

出すようになったのも、今思うとそのあたりのことだ。

「儂の目から見ても、お偉方同士、まだしっくりこぬ様子じゃ。おぬしらにしてみれば、とんだとばっちりだろうが、采女様もこれ以上、面倒な話が持ち上がるのは御免ということじゃろうな」

話を聞くうちに、自然と頭が垂れ下がってきた。采女様の命に従って城に忍びこみ、その役割をまともに果たした結果がこれである。やっと手のひらにつかみ取ったと思った采女様の信頼が、音もなく崩れ去るのを感じながら、いよいよ深くうなだれていると、義左衛門が懐から取り出した袋をぽんと放った。

「中を確かめい」

板間に落ちたときに響いた音から、すでに中身は察することができた。俺は誘い出されるように膝を前に進め、藍染めの袋を手に取った。思いのほかずしりとくる手応えに戸惑いながら袋を開けると、中には長細い、黒ずんだものがいくつも入っていた。光が届かずとも、その形からすぐさま、それが丁銀《ちょうぎん》であることが知れた。

「今度の駄賃じゃ」

驚いて俺は顔を上げた。昨夜の天守への潜入は仕事ではない。今後の仕事の振り分けを決めるための、謂わば腕試しだ。采女様がそれに金を払うはずがなかった。

「儂からの餞別のようなものじゃ。おぬしなど、どうせこの伊賀しか知らんのじゃろう。他の土地に慣れるまで、しばらくかかる。それまで、その金でしのぐがよい。騙されて、悪い連中に持っていかれるなよ」

とどこかいたずらめいた響きを声の底に潜ませ、義左衛門は「誰か」と手を叩いた。

「ど、どうしてこれほどの――」

「おぬしは柘植屋敷を出たんじゃろ。あの地獄を生き残ったのだ。ならば少しくらい、己の生を愉しんでもバチは当たらんじゃろう。おぬしは知らんじゃろうが、あの火事で生き残った者どものことは、忍び連中の間でも有名じゃからな」

俺は袋を一度押し頂くと、黙って懐に収めた。奥から下男が現れ、登城する際に預けていた俺たちの荷物を、投げ捨てるように置いていった。

「慌ただしい話だが、今夜のうちに出立せよ、との命じゃ」

萬屋を訪れる前には想像さえしなかった展開に、朦朧とした頭のまま身支度を始めた。それでも、ここに来る途中、ずっと疑問に感じていたことを、俺は義左衛門に思いきってぶつけてみた。

それは、どうしてあのとき、御殿は俺たちに鉄砲を向けていたのか、ということだ。俺が城に傷をつけたこと、さらには采女様に呼ばれ登城する時間――、たかが半人前のつまらぬ忍びの行動を、なぜ御殿がいちいち把握していたのか。あともうひとつ、俺たちが堀に飛びこむまでに御殿は五度も銃を撃った。とにかく弾ごめが面倒な火縄銃だ。あの短い間なら二発が限度のところを、どうやって五発も撃ったのか――。

俺の問いかけに、義左衛門は「ああ」と苦笑し、あご下の余分な肉をさすりながら答えた。

「そのあたりは、采女殿もご立腹の様子じゃったな。どうも、おぬしへの腹いせだったらしい。蟬という男を知っておるか？」

いきなり登場した泥鰌野郎の名前に、そう言えば今日になって一度も奴の存在を思い返さなかったことに気がついた。慌てて昼間の天守の記憶を蘇らせた。金色の立派な鯱が二基、てっぺんの屋根に堂々と反り返っていたほかに人影はなかった。つまり、蟬は死んでいない、ということだ。

「その蟬とやらが、小姓として御殿のお側に仕えているそうじゃ。その男が、御殿にそれとなく知らせ、案の定、御殿は烈火の如くお怒りになった。蟬は間違いなくおぬしを仕留めようと、わざわざ三丁も火縄をあの場に用意して、順繰りに御殿に鉄砲を渡していたそうじゃぞ。まったくずいぶん、恨まれたもんじゃのう。ひょっとしたら、そやつが京口橋の件も漏らしたのかもしれぬ」

膝の上に置いた拳を、力の限り握りしめた。あんな泥鰌野郎、残りの針を全部打ちこんで、鯱を枕に往生させるべきだったのである。

「達者でな」

義左衛門からはなむけの言葉をもらい、俺と黒弓は裏口から萬屋をあとにした。城下は暗く、家々の戸は閉め切られ、人の気配はかさりともしない。町のはずれに出たところで、

「追い出されちゃったね」

と黒弓がぽつりと放った。

「お前、これからどうするんだ？」

よくよく考えたらこの男、天川からはるばる海を越えてやってきたのに、たったひと月そこらで追い出されることになったのだ。実に気の毒な話だが、すべての発端は、この男がらっきょうではなくにんにくを買ってきたから――、という思いを捨てきれていないゆえ、奴に向ける声色はどこまでも素っ気ない。

「また天川に戻るか？」

「次に船が来るのが早くても一年後だから、もうしばらくこの国にいなくちゃいけないかな。風太郎はどうするの？」

「俺か？　俺は、そうだなあ――」

どうしようかと空を仰ぎ途方に暮れかけたとき、黒弓が急に飛び跳ね、俺の後ろに身を潜めた。何ごとかと正面に視線を戻すと、ちょうど鍵屋《かぎや》ノ辻《つじ》あたりに女がひとり立っていた。

「あの女、嫌いだ――。あんな美人なのに、あんなひどいことするなんて、信じられない」

と奴にしてはめずらしく険のこもった表情の声が後ろから聞こえてきた。

往来の真ん中に、ぽつんと百がたたずんでいた。

「何の用だ」

俺はじゅうぶんな距離を取って声をかけた。

「別に。見送りにきただけ」

百は口元に薄笑いを浮かべ、小袖を纏った細い身体を揺らした。

「ふん。ずいぶん耳が早いな」

「これから、どこへ行くつもり？」

「お前には関係ない」

「どこへ行ってもいいなんて、うらやましい限り」

「うらやましい？　何言ってんだ？　追放されたも同然だぞ」

自ら口にすると、改めて失意の念が両肩に重く暗くのしかかり、姑息な手を使って俺を追い落とした蟬への怒りがまたぶり返してきた。

「だって殺されもせずに、この伊賀から出られるなんて、それって竹とか、あの屋敷の連中みんなが望んでいたことじゃない」

思わず言葉を吞みこみ、暗闇に浮かぶ蒼白い顔を見つめた。百の口からいきなり「竹」という名前を聞くなんて、思いもしなかったからである。

俺はフンと鼻を鳴らし、

「蟬の野郎に、今度会ったときは覚悟しろ、その鬱陶《うっとう》しい泥鰌髭を引きちぎってやる、と伝えておけ」

と告げ、手であっちに行けとやった。百は「はいはい」といい加減な返事とともに城への道を戻っていった。

俺は黒弓にこれから近江に行くと伝えた。竹が目指そうとした道を代わりに歩いてやろうと思ったのである。

「じゃあ、近江のあとは？」

俺はさして深く考えることもなく、

「京かな」

と答え、草鞋《わらじ》の紐を締め直し出発した。

第二章

鴨川のほとりに座り、頬杖をつきながら、俺はぼんやりと鳶《とんび》の動きを目で追っていた。

先ほどから、一羽の鳶が執拗にサギをいじめていた。川の流れにたたずみ、長い首をもたげているサギの上を、低い高度を保って旋回している。サギがそれを嫌って、優雅に白い羽を広げ場所を移動しても、鳶はさらに勢いをつけてサギの頭をかすめにやってくる。いい加減、頭に来たのかサギが悲鳴のような声を上げたが、鳶は素知らぬ顔でぷかぷかと空を回るばかり。何度か弧を描いたのち、飽きもせず脅かしにやってくる。サギは視界に入るだけでも他に二羽、突っ立っているのに、そちらは一顧だにしない。どうも、一羽だけが特別気に入らないらしい。

陽が暮れ始めたのを見て、腰に魚籠《びく》を引っかけた老人が釣り竿を肩に、流れから上がってきた。俺の視線に気づき、首をねじった老人は、鳶の様子を見て、

「性悪な奴じゃわい」

と魚籠から獲物の小魚を取り出すと、川の中央に顔をのぞかせている洲に向かって投げこんだ。

「ほれ、食べい」

おそらくいやがらせを受けているサギに声をかけたのだろうが、ほんの一間隣に魚が落ちたのに、サギは気づかない。挙げ句が、まんまと鳶にかっさらわれてしまった。

そのまま対岸の土手を覆う竹林へ鳶は飛び去り、「間抜けめが」と老人が忌々《いまいま》しそうに吐き捨てた。こういうのろまはどこにでもいるよなあ、と今も黄色いくちばしを神経質そうに左右に振るサギを見つめ、俺は立ち上がった。

淡い夕焼けを描き始めた空を仰ぎながら、帰路についた。

鴨川の流れに沿って進むと、やがて横手から別の川が近づいてくる。ちょうど川が合流する地点、三角の形をした糺《ただす》の河原に出ようとしたところで、俺はふと足を止めた。

砂利道の真ん中に、黒く細長いものが落ちている。

誰かが帯でも落としたのかと、一歩足を踏み出したとき、帯の先端がむくりと頭をもたげた。

蛇だった。

細いくせに、やけに長い蛇で、自分の身体をもてあますように、折り重なっては地面でとぐろを巻いている。複雑に弧を描く様子を目で追うだけで気味が悪い。確かにここ数日陽気続きだったが、まだ二月に入ったばかり、とにかく気の早い蛇である。冬眠から目覚めたてで寝呆けているのか、微動だにせず鎌首をもたげたまま止まっている。

俺は足の裏で地面を叩いた。

それが合図となって、蛇が急に動き始めた。はじめはうねうねとのたくっているのが、方向を定めた途端、一直線の棒のような格好になって、滑るように地面を走り、あっという間に脇の茂みに消えてしまった。

京に来て蛇を見るのははじめてのことだった。果たしてこれは吉兆なのか、それとも凶兆なのか、と考えながら、川面に顔を出す飛び石を渡り、吉田山の麓《ふもと》のあばらやへ戻った。吉田山の北西のへり、木々の間にへばりつくようにして俺のあばらやは頼りなく建っている。入り口の戸替わりに使っている筵《むしろ》に手をかけると、

「おかえり、風太郎《ぷうたろう》」

といきなり声に出迎えられた。

まさか、と思って筵をめくり上げのぞくと、

「やあ、ひさしぶり」

と狭い板間に黒弓《くろゆみ》が胡坐《あぐら》をかいていた。まるでここが自分の家であるかのような鷹揚さで手を挙げている。

戸口から半身だけを差し入れ、

「どうして、ここがわかった？」

と声を落として訊ねた。

「昨日、ひさしぶりにこっちに来て、公家の屋敷に荷物を届けに行ったんだよね。そうしたら、玄関先でばったり萬屋《よろずや》の商人《あきんど》に会ったんだ。向こうは拙者の顔を知っていたみ

たいで、風太郎がここにいるって教えてくれた。それにしても狭いね、ここ」

俺は俄《にわか》に高鳴り始めた鼓動を抑え、「それで？」と努めて落ち着いた口調で先を促した。

「それでって？」

「そのあと何か言われなかったか？」

「狭いところでさびしそうにやっているから、気が向いたら訪ねてやれ、って。せっかくだから、今晩、泊めてくれるかな？　まあ寝ようと思えば、二人分の場所取れるよね、ここ」

と俺の返事も聞かず、さっさと荷物を解き始めた。

やはり、蛇が吉兆であるわけなかった、とため息とともに土間に足を踏み入れた。てっきり、ほとぼりが冷めて伊賀に戻ってこいという知らせかと、一瞬でも心ときめかせた己がくやしかった。

「さすが萬屋だね。ここに風太郎がいることを探し当てるなんて」

俺は甕《かめ》の水で乱暴に口を漱《すす》いだ。以前、町でたまたま見かけた萬屋の者を追いかけ、ここに住んでいることを義左衛門《ぎざえもん》への言伝として頼んだのは俺自身である。無論、相手がいつか俺に連絡を取る必要が生じたときに備えてのことだ。

「それにしてもいつ以来だろう。大津から京に入ったのが九月の終わり頃だったから、ほとんど一年半ぶりの再会ってことかな」

黒弓の言葉に、俺は思わず草鞋の紐を解く手を止め、顔を上げた。まるで三日ぶりに会ったような気分で話しているが、それほど時間が経っていたとは。確かに伊賀を出るときは十八だった俺が、二度の冬を越え、今や二十歳である。

黒弓は荷物のひとつを俺の前に置くと包みを解き始めた。内側から使いこまれた重箱が現れ、蓋を開けるとそこには、煮魚に貝に山菜に練り物、さらにふっくらした米が隙間なく詰めこまれていた。

「な、何だ、これは」

あまりにうまそうな眺めに、俺は堪らず唾を呑みこんだ。はずかしいくらいのどが大きな音を発した。

「今日はいろいろ高値でさばけたからね。ご馳走だ」

「お前、今いくつだ？」

「十九だけど」

「十九でこんないいもの食ってる奴なんかいないぞ」

「別にいいだろ、拙者が自分で稼いでいるんだから。いらないの？　いらないなら、拙者がひとりでいただくけど」

「そんなこと言うな。ひさしぶりの再会だ。積もる話をしよう」

「最近、どうしているんだい？」

「俺の話はいい。お前の話をしろ」

俺はさっそく魚に手を伸ばし、口に放りこんだ。

「うまいな」

しみじみとつぶやく間に、早くも手は次に伸びていた。最近、口に入れるものといったら、茹でた山菜ばかりだったから、まともな食事のありがたみに頭が痺れた。

「だが、いったいどうしてこんなに羽振りがいいんだ？」

と次々にご馳走を放りこんではあごを忙しく動かしながら、俺は率直な疑問を投げかけた。それに対し、黒弓が語ったところによると、南蛮語ができることを活かして、近ごろは渡来品を売ることを専《もっぱ》らの商いにしているとのことだった。しかも利口なことに、品物を売った公家の屋敷で、不要になった絵入りの扇子などを引き取り、それをまた大坂や堺に持ち帰り、都の公達《きんだち》からの掘り出し物として好事家に売りさばくのだという。そこで得た金で、ふたたび公家がよろこびそうな南蛮渡来のものを買い求め、京に売りに来る。それをせっせと繰り返し、いつの間にか、名前を告げるだけで公家の屋敷の門をくぐれるほど、信用を勝ち取るに至った。この重箱も、顔馴染《なじ》みになった公家屋敷の人間に金をつかませて、厨房で用意させたものらしい。

「すごいな、お前」

思わず漏れた本音に、

「別に普通のことをしてるだけだよ。ポルトガルや大陸の連中はみんな、このやり方だね。行きも帰りも是《こ》れ商い。船の底に空きを作るほど馬鹿なことはない、って言うよね」

と黒弓はことさなげに言い放ち、煮貝をつまんだ。

「灯りはある？　暗くて何を食べてるのか、わからなくなってきた」

「そんな贅沢なものあるわけないだろ」

黒弓は「仕方ないなあ」と身体をねじると、隅に寄せた荷物からろうそくを取り出した。見たこともないくらい太さのある一本だ。これは羽振りのよさもいよいよ本物だ。

「で、どうやって食べてるの？　さすがに、萬屋からもらった金も、とうに底をついてるだろ？」

俺は箱の隅の味噌を舐め、それから米を口に詰めこんだ。頬を膨らませたまま、「見たらわかるだろ」とろうそくの火影がゆらめく、みすぼらしい調度の様子を箸の先で示した。

「そうだ、知ってる？　伊賀の御城の天守のこと」

いきなり何の話だと訝しむ俺に、

「やっぱり、知らないんだ」

と黒弓はやけに含みのある声で返してきた。

「何だよ、勿体ぶらずに教えろ」

「もうないんだよね」

「ない？　何のことだ」

「だから、天守だよ。壊れちゃって、何も残っていない」

あごを動かすことも忘れ、ぽかんと口を開けている俺に、

「続きは、やっぱり風太郎の話を先に聞いてからかなあ」

と黒弓は魚を指でつまみ、大口を開けて放りこんだ。

＊

伊賀から放逐され、近江で半月ほどふらふらと遊んだのち、山中越《やまなかごえ》からはじめて京を目にしたときの妙な気分は、今でも忘れられない。

京の町全体が一瞬、竹の上に浮かんでいるかのように見えた。

というのも、京の町は御土居《おどい》と呼ばれる、高さ二間はある土塁にぐるりと四方を囲まれている。鴨川に沿うように築かれた御土居には、なぜかそのてっぺんに竹が植えられていた。それが右から左へ、見渡す限り続いている。風が吹くと、御土居じゅうの竹がいっせいに鳴る。その竹の流れの向こう側に、まるで町が浮遊しているかの如く広がっていた。背の高い仏塔が彼方に淡い影を描き、町の端がかすんで見える。堺と大坂はすでに訪れたことがあると言っていた黒弓でさえ、「すごいね」と立ち止まるほどの偉容だった。

山中越の終点である荒神口《こうじんぐち》まで、自然と早足になって都を目指した。鴨川に架かる橋を渡り、まさに「口」と表現するに相応しい、御土居が左右にぱっくりと割れた入り口

から、吸いこまれるように足を踏み入れた。

その先に展開された都のにぎわいは、俺の想像をはるかに超えていた。

今日は祭りか何かかと黒弓に訊ねたくらい、度肝を抜かれる人の多さだった。人々の着ているものがとにかく色鮮やかだった。伊賀ならば、身に纏うだけで誰かに詰《なじ》られそうな明るい色が平然と使われている。往来は店に埋め尽くされ、足袋《たび》屋、玩具屋、綿屋、小袖屋、提物《さげもの》屋、傘屋、紐屋、扇屋、紙屋、両替屋――、それこそ、ありとあらゆるものが売られている。商いの声は絶えることがなく、荷駄を運ぶ牛や馬がひっきりなしにすれ違う。特に目立っていたのが煙草売りだ。伊賀では城下に二人しかいなかった煙草売りが、ここでは二つ辻を越えるたびに、道ばたに筵を敷いて商いをしていた。煙草の葉を刃で刻みながら、「ええい、たばこぅ、ええい、たばこぅ」といがらっぽい声で男が呼んでいた。

しかし、人の多さ、品物の多さよりも何よりも、俺が目を見張ったのは道行く女たちの美しさだった。目元が涼やかなことはもちろん、とにかく顔が白い。この世に、これほどの白さがあるかというほど女の肌が白かった。すれちがったときの白粉《おしろい》の香りにくらくらきた。いい町だと、心の底から思った。

宿に荷物を置き、黒弓と競うようにして外に繰り出した。さっそく、黒弓は着物を鮮やかな萌黄のものに新調した。俺もボロ布のようになっていた着物を、帯も含め買い直した。派手な色合いは気が引けたので、着物は地味に、帯だけを明るい色にした。伊賀に比べ値は倍近くしたが、模様といい、色合いといい、たかが帯の一本にも、伊賀ものとは決定的にちがう何かが漂っているのだった。

俺と黒弖がともに都で過ごしたのは、せいぜい半月くらいの間だった。

黒弖と別れた理由は、とても単純なものだ。

俺はこのまま京に留まりたいと主張した。黒弖はさらに他の町も見たいと主張した。

確かに、天川《あまかわ》からやってきた黒弖が、あちこちを見て回りたいと望むのは道理だった。しかし、俺の場合はあちこち行くと、相手に自分の居場所がわからなくなってしまうおそれがある。相手とは、もちろん伊賀を指す。

「父が生まれた土地をひと目見たかっただけだから、伊賀はもういいかな。伊賀には風太郎ひとりで戻りなよ。それよりも拙者は次は伏見に、それから奈良に行きたい」

と今後の予定を楽しそうに語る黒弖を見て、俺は義左衛門から頂戴した丁銀を折半し、また機会があれば会おうと告げ、三条大橋の上で奴とお別れした。

「チャウ、風太郎」

と黒弖は心なしか潤んだ瞳で手を振った。

「何がちがう」

「チャウはポルトガルの言葉でさようなら、という意味だよ」

異国の水を飲んで育ったからか、どうにも妙な男だったし、こいつがにんにくを買ったせいでこんな目に遭ったのだと、二日に一度は必ず思い起こし、やりきれぬ怒りをいまだ維持していたが、それでもおよそひと月の旅路を振り返り、多少は俺も感傷的な気分になって、「じゃあな」と手を挙げて応えた。

かくして、俺の京での新しい生活が始まった。

ものごころついたときから柘植《つげ》屋敷で育てられたため、ひとりで暮らすのははじめての経験である。かといって、何か仕事を始めるわけでもなく、義左衛門の金がまだ少し残っているのをいいことに、安宿でひたすらごろごろとする毎日だった。

気がつくと、伊賀を出て半年が過ぎていた。

俺は改めて、京という町に驚嘆した。

この町は、俺がどこから来た誰であろうと、何もせず日々ぶらぶらしていようと、誰も何も言わなかった。金がある限り、いっさい世と関わりを持つことなく生活ができた。そんな土地がこの世に存在しているなど、伊賀にいるときには想像さえしなかった。

たとえば、俺のような来歴の不確かな男が、何をするでもなく伊賀の城下の宿に泊ったとしよう。ものの三日でまわりに噂が立つ。もちろん、よからぬ質《たち》のものだ。五日後には、目付の侍が乗りこんでくる。ゆえに、城に潜入する下準備の際、俺と黒弓はわざわざ商人の格好に変装してから投宿した。

京の町が醸し出す、不思議な居心地のよさに俺はすっかり馴染んだ。いや、泥《なず》んだ。人に干渉されぬ暮らしが、これほど気楽なものだったとは。だらだらと毎日が流れ去ることに、俺は何の不審も抱かず、京の町が放つ毒気にすっかり取りこまれたまま、半年という時間をあっという間に浪費した。

しかし、ある日のこと、宿の入り口脇の広間で、都にやってきたばかりだという若い男二人を相手に、古参の連中が車座になって京のしきたりを得々と教えているのを見たとき、俺は不意に興醒めた。

ほんの半年前、俺もあの二人のように、彼らに酒をご馳走し、近くで安く物が買える場所をあれこれ教えてもらったものである。そのときは、都の商人のこすっからい手管に精通する彼らの知識に舌を巻き、先達として尊敬の念を抱いた。彼らのゆるい着物の着こなしも、賭場に通う話と重なって、剛気の証にさえ感じられた。

だが、差し入れられた酒に相好を崩し、かつて俺に話した内容を、都の心得と称し勿体ぶって聞かせる連中のだらしない姿に、俺は何とも言えぬ腐臭を嗅いだ。感嘆の表情を浮かべ、話のいちいちに無邪気にうなずく若い男たちの顔は、かつての無知な自分を鏡映しにしていた。

その夜、俺は近所の寺に忍びこんだ。境内の隅に立つ杉の高木に向かって跳び、伊賀を出て以来、ひさしぶりに術を試した。結果は散々だった。身体は重く、手裏剣の代わりに放った礫《つぶて》はすべて的を外れ、挙げ句が足を踏み外し、杉のてっぺんから落ちかけた。

一刻も早くここを出よう、と思った。

翌朝、俺は宿をあとにした。精算すると、義左衛門から貰った金はほとんど底をついた。これからどうするべきかと考えたとき、ふと、近江から京に入る際、山中越沿いに見かけた小さな集落のことを思い浮かべた。場所としては御土居の外、すなわち洛外にあたる。洛中で浴びた毒気を払うには、ちょうどいいところだと思った。集落が吉田山の麓にあるのも好都合だった。衰えた腕を戻すためには、山にこもるのがいちばん手っ取り早い。

俺は半年前にやってきた道を引き返すように、荒神口から都を出た。吉田山の麓に、長らく誰も住んでいないと思われるあばらやを見つけ、土地の世話役と交渉した。はじめは渋い顔をしていた男も、残っていたわずかな金を全部渡すと、取りあえず一年住むことを許してくれた。

すっからかんになっただけに、生活はもちろん苦しかった。だが、まさか本当にこの場所に一年も住み続けるとは、そのときは夢にも思わなかった。腕も戻った頃には、伊賀から使いがやってくるものだと思いこんでいた。義左衛門が萬屋で告げた、「しばらくの間、大人しくしておけ」という采女《うねめ》様の伝言を俺は信じていた。

しかし、便りはついぞ届かなかった。代わりにやってきたのは、最近は滅多に思い出すこともなくなっていた、この黒弓だったというわけである。

「ふうん、なるほどねえ」

沸かした湯をお互いちびちびとすすりながら、あらかたの話を聞き終えた黒弓は、

「金はどう工面してるんだい？」と茶碗を置いた。すでに重箱のご馳走は、きれいさっぱりなくなっている。

「そりゃ、働くしかないだろう。霞《かすみ》を食って生きられるはずがない」

「働くって、どこで？」

「都は今、あちこちで作事が盛んだからな。公家の屋敷に武家の屋敷、神社仏閣、力仕事ならいくらでもある。これまでどこで働いたか、自分でも覚えてないくらいだ。試しに明け方に三条大橋の西詰の河原に行ってみたらいい。俺みたいな連中が、何百人もわらわらと集まってくる。それを親方衆が分けて、それぞれの現場に連れて行くわけだ。そうだな、今なら方広寺《ほうこうじ》の大仏殿の仕事が、中身はきついが金はいいと聞くぞ」

俺は茶碗の湯をぐいと飲み干すと、

「もう、俺の話はいいだろう。それより、お前の番だ。さっさと城のことを話せ」

とあごで促した。

「ああ、そのこと――」

黒弓は重箱の蓋を閉めると、広げた布の中央に箱を置き、丁寧な手つきでそれを包んだ。

「覚えてるかなあ？　拙者と風太郎が伊賀を出てからのこと。近江に入って、瀬田の橋を見にいったろ。たぶん、その次の日くらいだったと思う。ひどい雨で宿にこもるしかなかった日があったじゃない。あのときの台風で、天守が倒れてしまったんだ。伊賀じゃあ、とんでもない風雨が襲ってきて、三重目から上がそのまま吹き飛んだらしいよ。残った部分も倒壊して、下敷きになって大勢の人が死んだって」

黒弓は食事も終えたことだし、もったいないとばかりにろうそくの火を吹いて消した。視界の端に、灯りの残像が、黄色や赤の紋に化けて漂うのを感じながら、俺は呆然として薄闇に座る黒弓の顔を見つめた。

城に傷をつけ、御殿《おんとの》から直接の勘気をこうむったこと、さらに橋番を死なせてしまったことが、俺が伊賀を去った理由である。しかし、天守はもはやこの世に存在せず、橋番の件だって、俺の吹いた針が原因と決まったわけではない。運悪く心の発作が起きたことだってあり得るはずだ。

俺を遠ざける理由は明らかに薄まったにもかかわらず、俺はいまだここにいる。なぜなのか。

これまで敢えて目を背けていたひとつの答えが、ひたひたと足音を忍ばせ近づいてくるのを、もはや無視することはできなかった。すなわち、自分はとうに采女様から見放されたという、あっけらかんとした事実と、伊賀を去って一年半が経ってようやく、真正面から向き合ったのである。

＊

俺は頭《こうべ》を垂れ、胡坐をかいた股間からのぞく真っ暗な板を見つめた。

こちらの気持ちを知ってか知らずか、「はあ、食った食った」とごろりと横になった黒弓が、

「それにしても、風太郎がまだ京にいてくれてよかったよ。もしも、伊賀に戻ってしまっていたら、たぶん二度と会うことはなかっただろうからね」

と呑気に口にしたとき、さすがに堪忍袋の緒も切れた。

「出ていけッ」

俺は目の前の重箱の包みを引っつかみ立ち上がった。そのまま、筵を蹴ってあばらやの外に思いきり投げつけた。

「な、何するんだよ」

慌てふためき、奴が裸足のまま飛び出してこようと構わず、残りの荷物もすべて外に放り出してやった。

「で、出ていけッ。二度と俺に近づくな、この疫病神め。お前といっしょにいると、いつだってロクなことが起きない。ああ、チクショウめ、蛇を見たのはそういうことだったのか」

「な、何だよ、蛇って」

「うるさい、何もかもお前のせいなんだ。お前があのとき余計なものを勝手に買ってきたから、こんな目に――、ああ、もうそんなことどうでもいい。とにかく、お前の顔なんか見たくない。だいたい、何でまだこっちにいるんだ？　一年後に船が来るからそれで帰るとか何とか、言ってただろうが」

「ああ、そのこと――、それなら拙者、去年の夏に、実はいったん長崎から船に乗って天川に帰ったんだ。母に伊賀のことを報告して、また別の南蛮船で、ふた月前に戻ってきた」

「何で、のこのこ戻ってきた。お前みたいな迷惑な奴は、ずっと天川に引っこんでいたらよかったんだ」

「な、何だよ、急に。さっきまで、拙者の差し入れを食べながら、さんざん『でかした黒弓』って連呼していたくせに、ひどい手のひらの返しようだな」

「うるさい、さっさと消えろ。金輪際《こんりんざい》、俺の前には現れるなッ」

暗い地面に散らばった荷物を集めている黒弓を放って、俺はさっさとあばらやに戻った。

「絶対に入ってくるなよッ」

と怒鳴ってから、俺は板間に大の字になった。

しばらくの間、外からごそごそとする音が聞こえたあと、荷物をまとめたのか、こちらの様子をうかがう気配が壁越しにありありと伝わってきたが、俺が無言を貫くと、草葉を踏む足音が少しずつ遠ざかっていった。

しんとしたいつもの静けさがあばらやを包んだ。

俺はじっと暗い天井を見つめた。

黒弓が去った代わりに遅れて訪れたのは、胸のあたりにしこりのように集う、みじめったらしい悲しみだった。それが実感を伴わぬ痛みとともに、のど元までじりじりと這い上がってくる。何か大きなものを失ったというよりも、もはや自分が何者でもない、身体全体が砕けていくような感覚に打ちのめされた。目を閉じると、暴風雨に吹き飛んだ天守が、嵐の中で分解され、ちりぢりになる姿がまぶたに浮かんだ。俺の知っている伊賀はこの世になく、俺自身、すでに伊賀には存在しないものと成り下がったのだ。もはや起き上がる気力もなく、そのままの姿勢で朝まで眠った。

鳥のさえずりに目が覚めた。

外はまだ暗かった。寝返りを打った拍子に、足の甲に何かが触れた。視線を向けると、黒弓のろうそくが、板に立っていた。蹴り倒すと、何の抵抗もなく、ろうそくはころころと土間に落ちていった。

ふたたび、俺は目を閉じた。

昼過ぎまで寝て、ようやく起き上がった。

板間に上体だけを起こした姿勢で、四半時ぼうっとした。このまま日が暮れるまで座っていてもいいと思ったが、小便を我慢できず、しぶしぶ外に出た。

裏手に回り用を済ませ戻ってきたとき、ふと筵の手前で足が止まった。

何か丸っこいものが落ちている。

俺は屈んでそれを拾い上げた。

手のひらで表面の感触を確かめながら、あたりを見回した。他に同じようなものが落ちている様子はない。黒弓の荷物から落ちたのだろうか、と両の手のひらに丸いふくらみがすっぽりと収まるひょうたんを眺めた。見た目よりもずいぶん軽いひょうたんは、くびれの部分を藁紐《わらひも》で縛られ、木の栓で口を塞《ふさ》がれていた。何気なしに振ってみると、種が入ったままなのか、からからとかすかに騒ぐ音が聞こえた。

土間に転がっていたろうそくとともに、板間に並べて置いた。ひょうたんは立てようとしても、底が丸くすぐに倒れてしまう。どうやって黒弓に返そう、と考えようとして、二度と俺の前に現れるなと昨夜言いつけたばかりだったことを思い出した。ひょうたんとろうそくはひとまず脇に寄せ、それよりも腹が減ったので、干し大根を囓りながらまた横になった。

夕方、あれこれ考える前に、当の黒弓がやってきた。

俺があれだけ怒鳴り散らしたことなど、まるでなかったかのように、

「やあ、風太郎。ろうそくを忘れたことを思い出して取りにきたよ」

と平然とした様子で、筵をかき上げ顔をのぞかせた。

俺は板間に寝転がったまま、「そこの隅のところに置いてある」と伝え、奴に背中を向けるように体勢を変えた。さっさと取って帰るかと思いきや、ぎしりと板間が軋む音がする。驚いて顔を向けると、黒弓がこちらに尻を向け屈みこんでいた。

「おいおい、何のつもりだ。草鞋を脱いでどうする?」

「いや、ちょっと用があってさ」

「俺にはない。ろうそくとひょうたんを持ってとっとと出ていってくれ」

「あ、ひょうたんも落としていたんだ。気づかなかった」

草鞋を脱いだ黒弓は、背中に担いでいた大きな布袋を「よいしょ」と板間に置いた。

「これ、風太郎のだから」

黒弓は胡坐をかき、ろうそくとともに手に取ったひょうたんを正面に置いた。しかし、やはり転んでしまう。

「俺に？」

「そう、義左衛門殿から」

思いもしない言葉に、俺は上体を跳ね起こした。

「どういうことだ」

「これも全部そうだから」

袋の口を解くと、丸みを帯びた物体がわらわらと姿を現した。どれも高さ八寸ほど、形のよいひょうたんばかりだ。ざっと数えただけで三十はある。

「萬屋の人に会ったって言っただろ？　ちょうど公家の屋敷に入るとき、向こうが商いを終えて出てきたところだったんだ。そこではあいさつ程度で別れたけど、拙者が用を終えて外に出たら、向こうが待っていてね。これを渡された」

とひょうたんの山を指差した。俺は黙ってひとつを手に取った。拾ったものと同じように、藁紐でくびれの部分を縛られている。振ってみると、やはり軽い音がした。

「そのとき、風太郎がここに住んでいると教えてくれたわけだけど、ついでにこれを持っていってくれ、そうしてくれると己の仕事も減ってありがたい、って頼まれた」

「なぜ、俺にひょうたんを？　こんなもの、欲しくも何ともないぞ」

「誰も風太郎にあげるなんて言っていないだろ」

「何？」

俺はひょうたんの表面を撫でる手を止め、黒弓の顔に視線を向けた。

「他に届けてほしいところがあるんだ」

「届ける？　どこへ？」

「清水寺に行く途中にひょうたん屋があるから、そこへ届けるように、との義左衛門殿からの伝言だって。要はお遣いを頼まれたんじゃないの？」

俺はさらにひとつ、ひょうたんを手に取ると、ひょうたん同士の腹をぶつけ、かつかつと乾いた音を鳴らしてみた。

「何で——、俺がそんなことをしなくちゃいけない」

「拙者だって、知らないよ」

「少しくらいは相手に訳を訊くものだろう。ひょうたんだぞ？」

「風太郎のところに持っていったら銀一粒やる、って言われて、そのままよろこんで引き受けちゃった。ひさしぶりに風太郎に会えるわけだしさ」

「じゃあ、昨日もお前はこの荷物を持ってきていたのか？」

「もちろん」

「なぜ昨日のうちに話さなかった」

「よく言うよ。こっちが伝える前に、いきなり追い出したくせに」

したたかに切り返されて、ああ、そうだったと思わず黙りこむと、

「ひょっとして、ひょうたんって忍びの符丁か何か？」

と黒弓が声を潜め訊ねてきた。

「知らんな。そんなの聞いたこともない」

「じゃあ、義左衛門殿が仕事をくれたのかも」

「仕事？　何の？　ひょうたん運びの仕事なんてあるものか。だいたい、金をもらったのは俺じゃなくて、お前のほうだろうが」

「どちらにしろ、店に持っていったらわかるよ」

「店の名前は？」

「瓢六《ひょうろく》――、産寧坂《さんねいざか》の途中にあるって。どうする、風太郎？」

「取りあえず、これは俺が引き取っておこう。まあ、時間もあることだし、行ってもいいかもな」

義左衛門の名が出たときから、急速に胸の鼓動が高まっていることなど、おくびにも出さず、俺は極力声を低くして答えた。

「拙者もついていってあげるよ」

「いや、俺がひとりで行くから心遣いは無用」

「そういえば、昨夜も拙者、風太郎にご馳走したよね。さらに今日もご馳走してもいいかな、と思っているんだけど……、その割に風太郎って、拙者に対し態度がすげないと思うんだ」

「ご馳走？　何のことだ？」

「そこの袋――、通りで初ものだって、物売りが歩いていたから、たけのこを買ってきた。ついでに米も。公家屋敷の厨房の人に教えてもらったんだ。いっしょに炊きこむととてもおいしいらしいよ」

「へえ、そんな食い方があるのか」

想像しただけで、朝から干し大根を半分放りこんだだけの腹が急に騒ぎ出し、俺は慌てて座り直すふりをして、音のありかを隠した。

「食べたい？」

「何が望みだ。ひょうたん屋の話なら、俺はぜひお前といっしょに行きたいと思ってるぞ」

「当然だよ。ここまで拙者が運んできたんだから。それとは別に付き合ってほしいことがある」

黒弓は床に転がったひょうたんを袋に戻しながら、その内容を語った。

「断る、そんなもの――。どうしてそんなことを、わざわざしなくちゃいけない」

黒弓は素早くひょうたんの袋の口を閉め、立ち上がった。

「あ、そう。じゃあ、今日はこれで帰る。邪魔したね」

「ま、待て、わかった、やろう、行こう」

「今夜はここに泊まる。飯の準備は全部お願い。それと風呂に入ってくれないか。さっきから、ときどき臭うんだわ、風太郎――」

矢継ぎ早に繰り出される黒弓の要望を俺はすべて呑んだ。すなわち、たけのこを切り刻み、鍋に米といっしょにどっさり入れ、薪の火加減を見て炊き上がるまでに井戸に急いだ。そこで久方ぶりに水浴びをしたのち、さすがに公家も食べるだけあって美味なたけのこ飯を食し、一年半ぶりに聞く奴のひどい歯ぎしりを我慢しながら次の朝を迎えたのである。

＊

黒弓の付き合ってほしいこととは、「都を回る」というものだった。それも町中を巡るのではなく、全体をぐるりと囲む御土居を一周したいのだという。

「やめろ、そんなことして何になる」

と考えを翻させようとしても、「健康のためだよ」と黒弓は意味のわからないことを言って聞かない。

「健康？　疲れるだけで逆に身体に悪いだろうが」

と俺が返すと、黒弓は「わかってないなあ」とことさらに頭を振って見せた。

「天川からこっちに来て何に驚いたって、散歩する人がいないことだよね。都はまだ河原をぶらぶらする人がいるけど、伊賀じゃ、誰ひとり見かけなかった。天川じゃ、ポルトガル人が夕暮れどきになったら散歩していたよ。丘に登ったり、逆に海辺に下りたりしてね。そうすると自然、健康になる。だから、公家だって散歩したらいいんだ。若いうちから病気がちだってよく聞くけど、屋敷の中にずっと閉じこもって、ほとんど身体を動かさないからだよ」

公家連中も妙な男に心配されたものだと思っていたら、

「じゃあ、行こうか」

と黒弓がいきなり腰を上げた。

「今からか？」

二人してさんざん寝坊したのち、やっと遅い朝食を平らげたばかりである。天川の連中は夕方に散歩するんじゃないのか、と反論したかったが、黒弓はさっさと支度を調え外に出ていってしまった。仕方なく俺も渋々立ち上がる。

鴨川へ向かう道を下りながら、まだ残る眠気を取っ払おうと、あくびとともに空を仰いだ。確かに、あの陰鬱としたあばらやでじっとしているには惜しいほどの晴れ模様だ。振り返ると、薄青の空を背景にして山肌に大文字がくっきりと浮かんでいる。

荒神口が見えてきたところで、黒弓は「外を回ろう」と都には入らずに、御土居とは川を挟んだ河原に沿って進むことを宣言した。

「京という町を把握するんだ」

と勇ましく決意を述べる黒弓だったが、その実やることと言ったら、ひたすら歩く、ただそれだけである。

砂利を蹴りながら河原を進むと、正面に三条大橋が見えてきた。そのたもとでは、サギが流れに突っ立ち、くちばしを水に差し入れ魚を探している。川辺に大きな桶を並べ、洗濯している女たちが、突然ギョッとするほどけたたましい笑い声を上げ、お互いの肉づきのいい肩口を叩き合った。草むらでは、浪人風の親父が刀を抱いて寝転んでいる。川の向こう側に、小さな子どもたちが筵を引きずり、御土居の土手を駆け上がっていく姿が見えた。何をするのか眺めていると、てっぺんから筵を尻に敷いて、草に覆われた斜面を滑り降りてくる。途中で筵が先に行ってしまった子どもが、尻をしたたかにすりむいたのか、滑り終えたあと、派手な泣き声が川の音を押し切ってあたりに響いた。

「改めて訊くが、なぜ都を一周なんだ？　健康にいい散歩とやらをしたければ、他にいくらでもやり方があるだろう。だいたい、都を把握したいなら絵図を買え」

「拙者はこれと決めた町はいつもまわりを歩くんだ。そうすると、何だか愛着が湧く。道を覚えるのも早くなる。呂宋《るそん》やシャムや交趾《こうち》でも同じことをやった。どれほど大きな港に入っても、意外と行動する範囲って限られるものだからね。風太郎だって、都の西端まで行ったことないだろ？」

「行くはずないだろう。だいたい、用事がない」

一年半も京の町に住みながら、黒弓の言うとおり、俺が歩いた範囲は驚くほど狭い。名所と呼ばれるところも、ほとんど行った覚えがない。たとえば清水寺にしてみても、山の上に茫洋とその建物がのっかっている姿を遠目に眺めるだけで、どうやってたどり着くのかすらロクに知らないくらいだ。

「それにしてもお前、ずいぶんあちこちに足を運んだんだな。何だって？　呂宋やシャムにも住んだことがあるのか？」

「住むと言っても、船が出るまでのひと月かそこらだけどね。水夫をやっていた間に、あらかたのところには行った」

「また海が恋しくならんのか。ここだって、伊賀と同じ盆地じゃないか。まあ、おかげで俺は心が落ち着くが。近くに山があると安心する」

「そりゃあ、拙者だって海が見えたほうが気持ちいいけど、しばらく住もうと決めたから」

「住む？　どこに？」

「都に決まってるだろ。だから、こうして歩いているわけじゃないか」

「おい、先に言っておくが、俺のところはゴメンだからな」

厄介な話になる前に早々に先手を打つと、

「本当にそういうところ、風太郎って伊賀の狭い気風が身体に染みついているよね」

と黒弓は詰《なじ》るように視線を向けた。

「話をおおげさにするな。俺はお前という存在が嫌なんだ。お前に関わると運気が逃げていく。ただ、それだけだ」

「それってひょっとして、まだ采女様から帰参の命が下らないことを言ってる？」

四条の河原には、猿楽と歌舞伎の芝居小屋が合わせて三つ出ていた。定紋を染め抜いた幕に覆われた芝居櫓《やぐら》から、毛槍やら長刀やらが高々と空を突き刺すのを見上げながら、

「付き合ってほしいなら、余計なことは言うな」

と俺は低い声で告げた。

「前から不思議だったんだけど、風太郎はこれまで采女様に何をしてもらった？」

「何？」

「どうしてそんなに伊賀にこだわるの？　覚えてるかなあ、伊賀から近江に向かう途中、柘植に寄ったとき、屋敷の焼け跡の前で風太郎が言ったこと。ここで死ぬような目に遭った——、って。義左衛門殿も、萬屋で柘植屋敷での修練がとても過酷だったと口にしていた」

黒弓はそこで言葉を区切ると、「わからないなあ」といかにも芝居がかった態で首を傾げた。

「何が言いたい」

「どう考えたって、伊賀にいるよりも、今のほうが余程いいってことだよ。風太郎は采女様から何の利益も受けていない。修練とはいえ柘植屋敷で殺されかけて、そこを出た

ら今度はあっさり捨てられた。そんな薄情な仕打ちしか受けていない場所に、どうして戻りたいと思うのか、拙者には理解できない」

と黒弓はどこまでもからりとした口調で言い切った。

俺は黒弓をカッと睨みつけた。だが、何ら悪びれた様子もない相手の間抜け面にぶつかり、

「お前には、わからん」

と吐き捨てて目を背けた。

それからしばらくは会話もなく河原を歩いた。笛と鼓の音に合わせて、夕刻の公演を知らせる猿楽師の声が、川の流れにまぎれて背後に消えていった。黒弓が口にした「利益」という言葉が、やけにくっきりと頭に残った。そういう捉え方で、采女様との関係を考えたことなどなかった。俺は忍びとして育てられ、忍びとして生きてきた。ただ、それだけの人間だった。実際に、捨て子だった俺がここまで育つことができたのは、柘植屋敷に引き取られたおかげだ。そうでなければ、俺も含め、あの屋敷にいた全員が、どこぞでとうに野垂れ死んでいた。

きっと二日前までの俺なら、黒弓の言葉を聞いた途端、怒りに任せつかみかかっていただろう。しかし、今の俺は不貞腐《ふてくさ》れた表情で奴の隣を歩くのみである。もちろん、黒弓の勝手な言には腹も立つし、自分の根本を損なわれた気分にもなる。その一方で、俺はもはや伊賀を弁護する言葉を持たない。たとえ俺にそのつもりがあったとしても、向

こうがそれを必要としていないのだ。

沈鬱な思いにひとり沈みながら、急に西に曲がった御土居を追って、七条の橋を渡った。川から離れると急に周囲の風景がさびしくなった。一気に人の往来が少なくなった道の先に、巨大な塔がそびえていた。あれは何だとようやく黒弓と口を利くと、有名な東寺《とうじ》の五重塔だ、と教えてくれた。

右手には堀を隔て依然、御土居が続く。左手には、ときどき畑がのぞくほかはだだっ広い荒れ地だ。いよいよ何のために歩いているのかわからなくなってきた。遠くの民家が連なっているあたりを指差し、あの道を行くと伏見へつながるんだ、さらに進むと大坂だね、と黒弓が頼んでもいないのに説明を始めた。そのまま伏見の町についてひと講釈ぶったのち、話題はさらに大坂にまで飛び、

「縄張りにしても、あれだけ大きな城は大陸にもないんじゃないかな」

となかでも天守の立派さについて、黒弓は熱心に語った。当然ながら、天守という言葉にいい思い出などこれっぽっちもない。大坂の城がどれほどの偉容であれ、何の興味も湧かなかったが、

「西側がすべて海に面しているから、大坂の夕焼けはすごいんだ」

と聞いたときだけは、少しだけ大坂を見てみたいなと思った。

東寺の前を過ぎると、御土居はふたたび直角に曲がり、北へと進路を取った。竹林の向こうに遠ざかっていく五重塔を、首をねじって見遣っていると、

「今も常世《とこよ》殿は大坂城で働いているのかなあ」

と黒弓がつぶやいた。

「だろうな。まだ暇《いとま》を乞うには若い」

「どういうこと？」

「大坂城の奥には、御殿が伊賀に入る前から、常に忍びが送りこまれていたらしい。聞いた話だと、二十年近く勤め続けたばあさんの忍びが、腰を悪くしてもう無理だということになった。それで故郷に置いた孫娘を代わりに紹介するということで、常世が後釜として送りこまれた」

「それって風太郎たちが柘植屋敷にいたときの話？」

「そうなるな」

大坂に勤めに出てからも、半年に一度、祖母を見舞うという名目で、常世は城中の動きを報告すべく伊賀に戻ってきた。一年半前、ちょうど帰っていた常世を捕まえ、俺は毒の手配を頼んだ。毒の調合に関し、常世が大人でさえ敵わぬほどの抜きんでた技量を持っていることは、柘植屋敷の頃から知らぬ者のいない話だった。

「あれから風太郎は常世殿に会ってないの？」

「会っていない。別に会いたくもない」

「拙者はまた会いたいなあ。伊賀の宿屋で一度言葉を交わしただけだけど、なかなかあんな美しい人は見ないよ」

俺はひさしぶりに、常世の小柄で華奢な身体つきと、常に伏し目がちに語る、あのどこか陰を帯びた横顔を思い返した。おそらく、今も変わることなく、常世は大坂城の奥で忍びの仕事を続けているのだろう。常世だけでない。蟬《せみ》や百《もも》も伊賀で引き続き仕事に励んでいるはずだ。翻って、今の俺は何だ？　竹が野放図に生えた土塁を横目に、澱んだ水が引かれた堀端を何の目的もなく、ただぶらぶらと歩いている。

足元から石を拾い上げ、御土居の堀に向け斬りこむように投げつけた。七間近い幅の堀の水面を石が走っていく。八度水を切ってから、石は小さなあぶくを残し沈んでいった。

もう伊賀の連中とは会うことはない、ととても自然に感じた。

「ねえ、風太郎」

黒弓の声に、ふたたび水を切ろうと石を構えた手の動きを止めて振り返ると、

「さっきから、何を考えている？」

とやけに深刻そうな奴の顔とぶつかった。指の間に挟んだ石の感触を確かめながら、俺が黙っていると、

「たぶん二人して同じこと考えていると思うけど、拙者に遠慮しているのなら、はっきり言ってくれていいよ」

と気味の悪いことを言ってくる。

「ちなみにお前は何を考えているんだ？」

「飽きてきたよね」

「何？」

「だって、ずっと同じ風景ばかりなんだもの。もう少し変化があるかと思っていたけど、これはさすがに厳しいよ。風太郎だってそうだろ？」

俺は完全に言葉を失った。いったい、どこを歩いているのかさっぱりわからぬところまで引っ張り出しておいて、この男、今さら何をほざいているのか。

「お前――、いい加減にしろよ」

「風太郎はこのまま御土居を一周したいの？」

「したいわけないだろ、何が楽しくてこんな土くれのまわりをうろうろしなくちゃいけない。ただお前に付き合っているだけだ」

じゃあ、あそこから戻ろう、と黒弓は堀に架かる橋を指差した。もちろん俺が反対する理由はどこにもなく、もはや呆れを通り越した気分を従え橋を渡った。

洛中に入った俺を迎えたのは、鬱蒼《うっそう》たる森だった。

「ここ、北野社だね」

木々の向こうに現れた、檜皮《ひわだ》で葺《ふ》いた大きな屋根を指差す黒弓の声に、ははあ、とうなずく。これまで訪れたことはなかったが、北野の天満宮といったら、俺でも知っている名所中の名所である。

ちょうど梅が見頃で、境内は紅白の花盛りだった。あちこちで花見をしながら酒を飲んでいる男たちの姿が見える。大勢の人の流れに加わり広い境内を横切り門を出ると、道の左右に筵を敷き、物売りの列が俺たちを待ち構えていた。蕨《わらび》を筵に並べたまま居眠りしている女、四角い刃でもって葉を細かく刻んでいる煙草売り、その隣で、茶釜で湯を沸かしている親父が、

「一服一銭、一服一銭」

と渋い声で繰り返していた。

「のどが渇いたな」

と俺がつぶやくと、黒弓が「拙者も。一杯飲もうよ」とうなずいた。

「俺は何も持ってないぞ。急な出発だったからな」

「わかってるよ」

黒弓は嫌そうな顔を見せながら、懐から銭入れを取り出した。

二銭受け取った親父は、茶入れから緑色の粉をさじですくい、茶碗に落とした。茶釜にかけていた柄杓《ひしゃく》で湯をどっぷりと注ぎ、茶筅《ちゃせん》で豪快にかきまぜてから、無愛想に差し出した。

「いいよ、先に」

と譲られて、俺は一杯目を受け取った。黒弓に知られるのが癪《しゃく》であえて口にはしなかったが、生まれてはじめての茶である。一杯一銭で飲めるものとは知らなんだ。もっとも茶にも上等下等があるだろうし、これはまちがいなく下のほうだろうな、とひと口含

む。

おそろしく、まずかった。

思わず、これでいいのかとわけもなく周囲を確かめてしまうほどの味だった。飲むふりをしながら、黒弓が茶碗を渡されるのを待った。俺と同じ白い茶碗に黒弓が口をつける。横目で様子をうかがうが、奴はしずしずと茶を飲んでいる。ということは、これが正しい茶の味らしい。

なぜ、こんな苦いだけのものがうまいのか。世の中には理解できないことがまだまだある、と思いながら、俺は黒弓に背を向けた。隣で退屈そうに客待ちをしている八卦見の親父が、手にした算木《さんぎ》をじゃらじゃらと鳴らしている。俺は算木が散らばる台の前に屈み、のぞきこむふりをしてこっそり足元に茶を捨てた。

飲み終わった黒弓の袖を引っ張り、口直しに向かった。まんじゅうを並べた桶を頭にのせ、背中に乳飲み子をおぶって立つ女から、まんじゅうを買った。今度は当たりだった。うまいうまいとまんじゅうを頬張りながら、物売りをひやかし先へ進むうちに鳥居を出た。鳥居前の広場には歌舞伎の芝居櫓が組まれ、これから演目が始まるのか、大勢の人間が列を作って開場を待っている。

すっかり食い意地が高まった俺と黒弓は、鳥居脇で炉に串を並べ、「御餅ぃ、御餅ぃ」と売っている若い男から、さらにあぶり餅を二本ずつ買い求めた。

「拙者ばかり払って、何だか腑に落ちない。この餅代からはツケだから」

とそろそろ不平を漏らし始めた黒弓を「細かいこと言うな」となだめ、俺はあぶり餅を両手に受け取った。鳥居柱に背中を預け、香ばしい焦げのついた餅を串から歯でそぎ取った。

あっという間に一本目を平らげ、二本目に入ろうとしたとき、急に芝居櫓のほうから女たちの悲鳴が上がり、それにまぎれて野太い男の怒声が聞こえてきた。

「てめえ、何食わぬ顔して、横入りするんじゃねえッ。ぶっ殺すぞ」

思わず視線を向けると、胸元をはだけた大男が顔を真っ赤にして喚《わめ》いている。

大男の前には、黒い長羽織を纏った細身の男が突っ立っていた。背中には、大きな金色の鶴の刺繍が羽ばたいている。長羽織の男は大ぶりな梅の枝を右手に持っていた。大男が怒鳴り散らすたびに、まるで相手を嘲笑うかのように赤い梅の花がしゃらしゃらと揺れた。

すでに歌舞伎待ちの列はちりぢりになり、二人の男を大勢が遠巻きにしていた。いよいよ興奮した大男がさらに声の調子を荒らげる。それに対し長羽織が何か言い返したのか、大男が奇声とともに腰の刀を抜き放った。

悲鳴がいっせいに沸き起こり、二人を囲む人の輪が一気に広がった。

そのとき、長羽織がゆっくりと右腕を上げた。それに合わせて、梅の花が静かに揺れた。

次の瞬間、大男の刀を持った手が宙を飛んでいた。

一拍の間を置いて、大男は不思議そうに自分の右腕を見つめた。そこにあったはずの刀を握る手が、肘からまるごと消えているのを理解したとき、それを待ち構えていたかのように斬り口から盛大に血が噴き出した。

＊

今の見たか、と隣で同じく餅を手にする黒弓の耳元でささやくと、「ずいぶん荒っぽいね」と奴も低い声でうなずいた。

あまりの速さに、その場にいた人間は誰も気づかなかっただろうが、すべて長羽織の男の仕業だった。梅の枝を耳の横あたりで手放し、胸の位置でふたたび捕えるまで――、まさに瞬きさえ許さぬ間に、刀でもって大男の腕を斬り離した。

真横で見ていた者も、梅の花が風を受け、かすかに靡《なび》いたくらいにしか感じなかったはずだ。それほどまでに、すさまじい抜刀術だった。右手の梅の枝を放すと同時に、長羽織は刀を抜き、肉と骨を断ったのち鞘に収め、また梅に戻ったのである。

無造作に地面に転がった、刀を握ったままの毛むくじゃらの腕に眉をひそめながら、「おっかない、おっかない」と俺は串に残った最後の餅を歯で引きちぎった。

もはや広場は歌舞伎どころではなかった。

すでに入場待ちの列は影も形もなく、女たちは叫びながら逃げていった。戸板を持って駆け寄った男数人が、いまだ腕を押さえ喚いている大男を何とか板に乗せた。地面に残された腕は、大男の知り合いらしきひとりが拾い上げた。刀の柄を握ったまま離そうとしない指を、男はほとんど泣きそうな顔でこじ開けると、長羽織に向かって何事か叫び、運ばれる戸板を追って走り去っていった。

長羽織の男はそれらの様子を突っ立ったまま、梅をしゃらしゃらさせて眺めていたが、芝居櫓の内側から幕をめくり、外の様子をうかがおうとした男を見つけると、ひとことふたこと声をかけた。相手が騒ぎの張本人とは知らぬのだろう。二階の位置から顔だけ突き出した男が、何度か首を横に振るのを見て、長羽織は梅を揺らしながらゆっくりと踵《きびす》を返した。

その視線が向けられる寸前に、俺は面を伏せた。

すでに何も残っていない串の先を口に突っこみ、鳥居の柱に背中を預け、意味もなくあごを動かしていると、男はこちらに向かって歩き始めた。たった今、人の腕を斬ったとは思えぬ、悠然とした足取りだった。依然、男の顔を見ることはできなかったが、いかにもかぶき者らしい長い着流しの上に、やけに白い顔が浮かんでいるのを、うつむきながらも感じ取ることができた。

大振りな梅の枝が揺れながら近づいてくる。ちょうど相手が鳥居を潜ろうとする頃合いを見計らって、俺はさりげなく面を上げた。

紅梅の花を背景に、端正な造りの横顔がゆっくりと前を通り過ぎた。そりゃあ、白いはずだ。この男、薄く白粉を塗っていた。唇にもたぶん紅を差している。年は俺よりも、二つか三つ上くらいか。顔の化粧は、町でもときどき見かける、かぶき者のいけ好かない格好そのままだが、連中とはひとつだけ異なるところがあった。たいていのかぶき者は、長い着流しに似合うように、好んで長大な刀を携えるものである。そのため、長羽織を重ねたとき、まるで鳥の尾っぽのように鞘が裾を持ち上げる。しかし、この男は腹の横から小振りな柄がのぞいているだけで尾っぽがない。つまり、携えているのは脇差し一本、しかも普通は身体の左側に差すものを、あべこべに右側に差していた。

黒弓は同じく鳥居柱に寄りかかり、食べ終えた串で歯の間をほじくりながら、平然と男を見つめていた。それどころか、男に話しかけようとする素振りさえ見えたので、俺は慌てて脇腹を小突いた。「何?」と面倒そうに奴は顔を向けた。「もう一本食べないか」と適当に話を返すと、

「まだ食べたいの？　拙者はもういいよ。食べたいなら、風太郎が自分の金で払ってよ」

とあろうことか俺の名前を口にした。

その声に、男がふいと顔を向けた。

動揺で目が泳いだついでに、男と真正面で視線を合わせてしまった。一重まぶたの向こうから放たれる冷たい光に、串をくわえたままの前歯を思わず噛みしめた。俺はそれと似た眼差しを知っていた。ほとんど懐かしさすら覚えた。強い緑が覆う山を背に、無表情にそびえる柘植屋敷の藁葺きの屋根が、知らぬうちに脳裏に蘇った。

男は何の反応もなく顔を正面に戻すと、そのまま境内へ向かった。参道の人々は誰もが慌てて脇に寄り、男に道を譲る。長羽織の裾がゆらゆらと翻りながら遠ざかるのを見送っていると、

「相変わらず無茶な野郎だ」

と餅売りがぼそりとつぶやいた。知っているのかと訊ねると、このへんで大きな顔をしている、月次《つきなみ》組なるかぶき者連中の頭目なのだという。

「残菊《ざんきく》って名だ」

炉の真ん中に新たな炭をくべ、餅売りは吐き捨てるように告げた。ずいぶんと風流な名前だな、ともう一度背中を追うと、梅の枝がちょうど門を潜るところだった。紅梅が揺れる下で、羽織の背中に描かれた金の鶴が大きな羽を広げていた。

どちらからともなく、このまま帰ろうという話になった。芝居櫓の前では、小屋の連中がかご一杯にかき集めた落ち葉で、今も赤黒さを保っている土を覆っていた。

「風太郎は気がついた？」

ちょうど北野の森が途切れ、往来に出たところで、それまで腕を組みずっと考えごとをしていた黒弓が口を開いた。

「気がついた？　何に？」

「さっきのあの男――、忍びだよね」

俺は通りの真ん中に立ち、どちらに向かえばいいのかと左右を確認した。左手の道の

はるか先に如意《によい》ヶ嶽《たけ》がそびえ、大文字が浮かんでいる。あれ以上わかりやすい目印はない。俺は東を目指し、ふたたび歩き始めた。

しばらく無言で黒弓と歩を合わせたのち、

「どうしてそう思う」

と声を落とし訊ねた。

「刀さばきの速さ、正確さ、刀の持ち方。あの男、ただの乱暴者じゃない。人を斬る修練をちゃんと受けている」

黒弓は明快な口調で、矢継ぎ早にその根拠を並べると、最後に、

「あの若さであんなことができるのは、忍び以外にいない」

と結論づけた。

俺は少なからず驚きをもって、黒弓の顔を見た。まさか、猿のように歯を剝き出しにして、呑気に串の先で掃除する傍ら、こうも冷静に観察しているとは思わなかった。

確かに黒弓の言うとおり、残菊の刀の持ち方は、剣先が下になる、逆手の形だ。しかも身体の右側に刀を携え、柄に右手をかけたその勢いで、真下から撫で上げるように相手の腕を切断した。抜刀の速さを求めるには、実に理に適ったやり方だ。見かけ倒しが信条の、ただのかぶき者ふぜいの技ではない。

「風太郎はどう思う？」

「さあ、どうだろう」

俺はいかにも興味がないという声を返した。黒弓もそれ以上、同じ話題を続けることはなかった。それよりもたまたま通りがかった南蛮壺を扱う店の前で足を止めると、食い入るように品物に顔を近づけ、主人にいちいち値を訊いては「うわ、高いなあ」となり始めた。

主人によると、品物はどれも呂宋から運ばれた南蛮物なのだという。そう聞いてもまったくピンとこない、野暮ったい色合いの壺を眺めながら、おそらく黒弓の見立ては正しい、と密かに思った。刀さばきの件もあるが、何よりもあの目だ。俺が柘植屋敷で腐るほど見てきた、暗く乾いた、相手を不安な気持ちに陥らせる眼差し。もちろん、あの長羽織が柘植屋敷にいたという意味ではない。刀の持ち方ひとつとっても、あんな曲芸のような真似をする忍びは伊賀にはいない。

「じゃあ、これをお願いするよ」

単なるひやかしかと思いきや、さんざん値切った末に、黒弓は並んだ品物のなかでいちばん小さな壺を買い求めた。木箱に入れてあとで使いの者に運ばせるという親父の言葉を断り、黒弓はさっさと支払いを済ませると、両手にちょうど収まるほどの壺をそのまま懐に入れ、「行こう」と先だって歩き始めた。

しばらくして、隣の黒弓が小刻みに震えていることに気がついた。さらには、「クケケ」と妙な笑い声まで上げ始める。

「どうした、何をひとりで笑っている？」

「あの店は早晩潰れるね。だって、いちばん上等なものに、いちばん安い値をつけているんだもの」

黒弓は懐から壺を取り出すと、「逃げろ、風太郎」と相変わらず笑いを嚙み殺しながら、歩みを速めた。

「いちばん上等？　その不格好な壺が？　おいおい、冗談だろ。呂宋の痰壺《たんつぼ》だと紹介されても、俺は疑わんぞ」

「案外、そうだったかもよ」

本気か冗談かわからぬ口調で返してくる黒弓に、それでその痰壺はどのくらいになるのか訊ねた。黒弓は鼻の穴をひくひくさせながら、「この大きさだと、茶道具として売れるから」ととんでもない値をさらりと口にした。

「う、嘘だろ。それ、今買ったやつの何十倍だ？」

「それが本当なんだな」

俺は改めて黒弓が大事そうに撫でる、くすんだ土色の塊《かたまり》を見下ろした。

「さっきの餅、お前の奢《おご》りでいいか」

黒弓は手をひらひらさせて、「もちろん」とうなずいた。あんな苦くてまずい茶をありがたがって飲み、さらには痰壺に桁外れの金を払う。茶をやる奴にまともなのはいない、と決めつけ、俺は御所の北面を抜け吉田山へと戻った。

その夜、黒弓は俺のあばらやに泊まった。義左衛門のひょうたんを届けるまでここにいる、と黒弓が言い張るので、「わかった、ひょうたんは明日届けに行く」と告げ、今夜限りで出て行くよう約束を取りつけた。

今日こそは、何としても奴より先に寝ようとしたが、駄目だった。意識すればするほど目は冴え、やがておそれていた歯ぎしりが、真横から盛大に響き始めた。俺は頭をかきむしって起き上がり、小便でもしようとあばらやを出た。裏手の斜面に回り、用を足した。やけに自分の影がはっきりと見えるなと思ったら、空にぽっかり満月が浮かんでいた。小便の間じゅう、頭の上から枝葉ががさごそ揺れる音が聞こえてきた。案の定、白い布のようなものが右から左へと、幹を伝うように飛んだ。むささびである。むささびの一家が俺のあばらやの真上に住んでいるようで、暗くなると毎晩活動を始める。白い腹を見せ、今度は子どもらしき小さな四角形が、意外な速さで木立を抜けるのを目で追っていると、

「ずいぶん、長い小便だな」

と突然、背後から声がした。俺は咄嗟に前に跳んだ。むささびが飛び去ったばかりの木の幹の裏に回りこみ、とにかく足元に転がっている太めの枝か石を拾おうとしたとき、

「慌ただしい奴だ」

と呆れるような声が聞こえてきた。

俺は動きを止め、しばらく様子をうかがったが、相手がずっと同じ位置に立っているようなので、おそるおそる顔をのぞかせた。

月明かりに照らされ、俺が小便をしていたほぼ真後ろに、老人が立っていた。あれほど距離を詰められても、まったく気づかなかった。いくら油断していたとはいえ、考えられぬことだ。

「何もせん。早く出てこい。その前に、身支度を整えよ」

老人は己の股間のあたりを指で示すと、顔をしかめた。満月の淡い光のせいで、しわに巣食う影が、その表情によりいっそうの不気味さを加えた。

「何者だ」

幹に身体を隠したまま、急いで下帯の位置を戻し、俺は低い声で訊ねた。

「儂《わし》か？」

老人は茶筅のように長くまばらに伸びたあごのひげを、「そうじゃのう」と指先で弄《もてあそ》び、

「因心居士《いんしんこじ》という者だ」

と答えると、何もおもしろいことなどないのにかっかっかと笑った。

木の幹を盾に隠れたまま、どうするべきか迷っていると、いつまで隠れている、という老人の苛立《いらだ》った声が聞こえてきた。

「何も持っておらんよ、ただの年寄りじゃ」

害意はないと知らせたいのか、老人は今にも折れそうな細い両腕を、ひょいと挙げて見せた。

因心居士と相手は名乗ったが、どう見てもその格好は居士ではない。居士衣を着るわけでもなく、ただ粗末な野良着姿で立っている。背中も曲がっていて、身体も小さい。頭も禿《は》げている。殺気も感じ取れず、どこまでもただのじいさんだ。なのに、俺は動くことができない。冬の間にさんざん積もった落ち葉が、今も地面を隙間なく覆い尽くしている。にもかかわらず、老人はいっさい音を立てずに近づいてきた。これほど見事に背中を取られたことなど、柘植屋敷の頃からも覚えがない。

俺が依然、動けずにいると、小さな舌打ちとともに、

「もうよい、そこで聞け」

と突き放したように老人は告げた。

「明日、おぬしはひょうたん屋に行く。ついでに届けてほしいものがある」

老人は腰の帯にくくりつけた巾着袋を解くと、「ほれ」と俺の足元に投げて寄越した。

「中に箱が入っている。それを——、そうじゃな、店のあるじに渡してくれ」

落ち葉の上に、乾いた音とともに着地した袋の影を見下ろし、

「なぜ、俺がひょうたん屋に行くことを知っている？」

といよいよ用心を深め訊ねた。

「さっきまで、あのそそっかしいもうひとりと、さんざんその話をしていたじゃろうが」

「お前のそばでは話していない」

「それはおぬしらが気づかなかっただけだ」

「出鱈目《でたらめ》をぬかせ」

いくら間抜けな俺たちでも、外でまんまと立ち聞きされるほど腕は落ちていない。

「出鱈目ではない。儂が真後ろに立ってもまるで気づかず、呑気に小便をしていた奴が何を言う」

その言葉に、思わず唇を噛んだ。忍びにとって、これほどの侮辱はなかった。もっとも、俺はもはや忍びではないのかもしれないが、今もってくやしいことに変わりない。

「どうじゃ？　ひょうたん屋へ行くついでに、その袋を持っていく。それだけだ。断るほどのことでもあるまい」

「なぜ、俺に頼む。これくらい、己で持っていけばよかろう」

「それができんから、頼んでおる」

「清水寺までも歩けぬほど、足腰が弱っているようには見えんが」

「人には誰しも簡単に説明できぬものというやつがある。おぬしにも覚えがあるはずじゃ」

老人は目を細め、「そうじゃのう」とあご髭を左手の人差し指と親指でつまんでいたが、

「たとえば、そこに立派な槐《えんじゅ》の木が生えておろう」

と急に斜面に生い茂る木々に顔を向けた。

「あの槐の根元のあたりに、お前さんが後生大事に埋めているものは何じゃ？　すぐに説明してくれと言われて、できるかのう――？」

俺は最後まで老人の言葉を聞いていなかった。足元から目星をつけていた石を素早く拾い上げ、老人に向かって立て続けに飛ばしながら木から転がり出た。ひょうたんの件ならまだいい。だが、地中に埋めた忍び道具まで知られては、このまま黙って帰すわけにはいかなかった。礫《つぶて》を避けようとして老人が腕で顔を覆う隙に、俺は地面を蹴り間合いを一気に詰めた。

相手が年寄りであろうと容赦なく、俺は野良着からのぞくごぼうのように細いすねを、蹴りでもって払った。

しかし、俺の一撃はあっさり空を切った。

寸前までそこにあったはずの貧相なすねが突然消え、枯れ葉が虚しく風を受け靡いた。

「こっちじゃよ」

背後から響く声に首を回そうとしたとき、尻の上のあたりにトンと何かが当たった。

それで終わりだった。

中腰の姿勢のまま、下半身の力が急に抜けた。それでも何とか首を曲げると、淡い月明かりに照らされ、背後に立つ老人の姿が見えた。片足の先がちょうど俺の腰のあたりに添えられている。たったそれだけで、なぜかまったく力が入らない。

「まだまだじゃのう」

と老人は足を離した。さらに握っていた手のひらを開くと、俺が投げた礫が三つこぼれ落ちた。

「あの袋を届けさえすればよい。そうすれば悪いようにはせん。よいな」

枯れた声が、ずいぶん遠くに聞こえた。次に、顔じゅうがやわらかい感触に包まれた。鼻腔に入りこむ土くさい香りに、ああ、俺は今、頭から落ち葉に突っこんだのだな、と了解したときには、すでに深い眠りの底に落ちていた。

＊

目が覚めたのは、すっかり陽が昇ってからのことだった。

「おい、風太郎――、どこで寝ているんだよ、起きろ」

肩のあたりを強引に揺さぶられ、重いまぶたを持ち上げると、黒弓が呆れた顔で見下ろしていた。

「大丈夫かい？」

ふたたびぐらぐらと身体が揺れる。奴の草鞋が胸の上にのっているのを見て、「どけろ」と手ではたいた。

身体じゅうが気怠く、起き上がる力が湧いてこない。左右に首を回し、どうしてこんな枯れ葉の上に寝転がっているのかと考えようとして、昨夜の出来事が一気に蘇った。

「そんなところに寝ていたら、拙者の小便が流れていくぞ」

という声に、俺は上半身を跳ね起こした。

「起きたらいないから、てっきりどこかへ出かけたのかと思ったら、こんなところで寝ているんだもの。びっくりしたよ。ひょっとしてひと晩中、ここにいたの？　だいたい、何でそんなもの持ってるの？」

「持ってる？」

何を言っているのか、こいつは、と黒弓に訝しげな視線を向けようとして、「わッ」と思わず声を上げてしまった。なぜなら左手が、一個のひょうたんをつかんでいたからである。

慌ててひょうたんを地面に捨てた。落ち葉の上に、軽い音を立ててひょうたんが転がった。

「ひょっとして、狐か狸に化かされた？　このへんなら、いくらでもいそうだよね」

と黒弓は笑いながら、下帯をごそごそと探り、離れた木の根元に向かった。しばらくすると威勢のいい小便の音が聞こえてきて、妙なものが流れてくる前にさっさと腰を上げようとしたとき、

「何だろう、あれ？」

と黒弓がこちらに背を向けたまま、顔だけを横にねじった。何となく視線を追うと、落ち葉の上に、紫がかった色合いの巾着が転がっていた。

尻や背に貼りついた枯れ葉や枝が、細かい屑となって落ちていこうと構うことなく、

俺は吸い寄せられるように足を動かした。用を終え近づいてくる黒弓の足音を背中に聞きながら、俺は巾着を拾った。いかにも高価そうな分厚い布地を撫でると、内側に硬い角張ったものの感触がした。昨夜の出来事が夢ではなかったという証を前に、手のひらがじっとりと汗ばむのを感じながら、俺は巾着を懐にしまいこんだ。

「何が落ちていたの？」

「ただの巾着だ。このへんのばあさんが山菜採りにきたついでに落としたんだろう」

「ただの巾着にしては、とてもいい色をしていたように見えたけど。ちょっと見せてよ」

食い下がる黒弓を「先に戻っていてくれ、俺もゆっくり用を済ませたい」と場所を探すふりをして、斜面を少し上ったところに立つ槐の裏手に回った。不満そうな表情を残して黒弓があばらやに戻るのを待ち、素早く地表を覆う落ち葉を手で払った。顔を近づけ、注意深く土の様子を確かめる。目印として地面にめりこませた大中小、三つの石は、一年前とまったく同じ三角の位置を保ち続けていた。

この下に、俺は伊賀から持参した忍び道具を隠した。なぜそのことを、あの老人は知っていたのか。しかも、まるで中身まで承知しているような口ぶりだった。このあばらやを借りることが決まった夜にこっそり埋めたきり、俺ですら一度も目にしていないものだ。もちろん、誰かに話したこともない。俺のほかにこの世で埋めたことを知っているのは、それこそ頭上にねぐらを構えるむささび一家くらいだろう。

まさに黒弓の言うとおり、狐狸の類に化かされたことにしたほうが、よほど簡単に説明がつきそうだった。手っ取り早く本人の口から、そのからくりを吐かせようとしたら、返り討ちに遭ってこのザマである。俺は両手いっぱいに落ち葉をつかんだ。埋める場所を変えるべきか、と一瞬手を止めたが、もう二度と使わないではないか、と苦笑しながら落ち葉を地面にまいた。

地べたで寝ている間に握っていたひょうたんを拾い上げ、あばらやに戻ると、黒弓が湯を沸かしていた。ひとまず落ち着こうと、茶碗に湯を注ぎ、ちびちびとすすった。

「あ、さっきのやつ、持って帰ってきたんだ」

板間に転がしたひょうたんに気づくなり、黒弓はさっそく手に取って眺め始めた。

「これ、風太郎の？」

「そんなわけないだろう」

「拙者が持ってきたやつともちょっとちがうかな」

黒弓が持参したひょうたんは、どれもどこかつるりと清潔な印象がするのに比べ、奴の手にある一個は、全体が黒ずんでいるうえに、大きさもひとまわり小さい。くびれの部分も、藁ではなく、古ぼけてはいるが朱色の絹紐で縛ってある。

「あ、種が入っている」

耳の横で縦に振ると、かさかさと結構な音が聞こえた。それから黒弓はひょうたんを板の上に置いた。底の形がいいのか、倒れずまっすぐ立った。

ふと、巾着を入れっ放しだったと気づき、懐から取り出すと、すぐさま黒弓が、

「さっきのやつ？」

と身を乗り出してきた。

俺は黒弓を無視して、巾着の口を緩め中をのぞいた。逆さにすると、かたりと音を立てて箱が落ちた。ちょうど手のひらに収まる大きさの、老人が言っていたとおり、古い木の箱だった。

俺は腕を組んで、箱を見下ろした。

「開けないの？」

老人は中身を見ろとも見るなとも言っていなかった。ただ、ひょうたん屋に持っていけ、それだけだった。黙って表面の木目を見つめていると、「じゃあ、拙者が」と横から手が伸びてきた。それを素早く叩き落とし、俺はおもむろに箱を手に取った。

はじめは固かったが、力をこめると空気が抜ける音とともに蓋が開いた。

「わッ」

のぞきこんでいた黒弓が、大げさな仕草でのけぞった。

「な、何だよ、それ――」

箱の底には、黄ばんだ綿が敷き詰められていた。その綿をすべて覆い尽くす勢いで、蛾が一匹、それも胴体が特別太いやつが、毒々しい紋様が躍る羽を上にして箱に納まっていた。

「気持ち悪い、気持ち悪い」

と黒弓がじりじりと座ったまま後退っていく。確かに、羽の中央に浮かぶ目玉のような紋様は見るからに毒々しく、左右に開いた長い触角はいかにも禍々《まがまが》しく、羽の間にのぞく細かい毛に覆われた胴体のぶくぶくとした様子に至っては、正視に堪えないものがあった。

「それ、絶対に山菜採りのおばあさんの持ち物じゃないだろ」

黒弓のまっとうな指摘を受けながら、俺は箱の蓋で蛾の羽をつついた。思わず確かめずにはいられないほど、箱の中の蛾は生々しい存在感を放っていたのだ。

「死んでる？」

黒弓がおそるおそるといった様子で、膝を戻しながら訊ねてきた。

「うむ。死んでも、水気がなくなって萎《しぼ》んだりはしないのだな」

乾燥で羽が崩れるといったこともなく、まるまると肥え太ったままの胴体に向け、俺がつぶやいたとき、

「ぶぇっくしょんッ」

と黒弓がいきなり大げさなくしゃみを放った。腕がびくりと勝手に反応し、箱が手元から転げ落ちた。「あ」と声が漏れたときと同時に、からんと床板に跳ねた箱から、死骸が飛び出した。

板の上に、腹を天井に向け蛾は着地した。だが、明らかに形がおかしい。

胴体がぱっくりと折れていた。

先細った尾の部分が胴体から離れ、完全に二つに割れていた。輪っかを描く胴体の内側には、暗いがらんどうがのぞいていた。果たして中に詰まっていたものなのか、断面から粉のようなものがこぼれ落ち、黒ずんだ板に鮮やかな白を放った。

「な、何しやがるッ」

抗議の声とともに顔を上げると、なぜか正面の黒弓は大きくのけぞっていた。首筋に浮かぶ貧相なのどぼとけをさらし、手を口のあたりにひらひらさせながら、天井に目を向けている。さらには、「ぶ、ぶえ……」とふやけた声を発し始めた。

相手がくしゃみの準備の真っ最中であると気づいたとき、盛大な音とともに黒弓の上体が戻ってきた。

その瞬間、まるでくしゃみに合わせるかのように、ごおっと鳴る風の音があばらやを包んだ。屋根の上を獰猛《どうもう》な風が吹き抜け、貧弱な茅屋《ぼうおく》の構えががたがたと揺れた。尋常じゃない震動に、思わず腰を浮かしかけたとき、戸口の筵をひっぺがす勢いで、強烈なつむじ風があばらやになだれこんできた。

「わッ、な、何だ――」

腕で顔を覆おうとするよりも早く、目の前の蛾が風に煽られ吹き飛んだ。胴体から流れ落ちた白い粉も煙となって四散した。煙は真下から鼻腔を直撃し、俺は堪らずくしゃみした。妙にキラキラしたものが宙を舞っている。続けざまにくしゃみをした反動で、俺は大きく息を吸った。すると、それらキラキラとしたものが、まるで意思を持っているかのようにいっせいに俺ののどを目がけ飛びこんできた。風は容赦なくあばらやに吹きこみ、埃っぽい空気のせいで今度は咳が止まらない。耐えきれなくなって俺は土間に飛び降り、戸口で翻る筵を払いのけ外に走り出た。

途端――、それまでごうごうと鳴り響いていたはずの風の動きがぴたりとやんだ。

咳とくしゃみのせいで涙が滲《にじ》む目頭を拭いながら空を見上げると、さんざん騒いでいた木々の枝葉が、何ごともなかったように凪《なぎ》の気配を取り戻そうとしていた。

口の中がやけにまずかった。唾をかき集めては、落ち葉の上に吐き出していると、

「な、何だったんだよ……、今の」

と黒弓が、なみなみと水を湛えた柄杓を手に、あばらやから出てきた。

「何だか、口の中が変な味」

と顔をしかめながら、黒弓は柄杓の水でうがいすると、「いる？」と残った分を差し出した。遠慮なく柄杓を受け取り、口を漱ぐ。

「あんなふうに、ここってたまに風が突っこんでくるの？」

「いや、はじめてだ」

しばらく空模様を見守ったが、今度は一転、そよ風すら吹いてこない。首をひねりながら戻ったあばらやは、まさしく嵐が去ったあとの眺めだった。崩れた薪を積み直し、土間に転がり落ちた茶碗を桶に突っこみ、甕の足元に散乱した干し大根を壁に吊った。

板間には紫の巾着袋が、箱や蓋とともに壁際まで追いやられ、俺の草鞋の片方までが板の上でひっくり返っていた。

案外短い時間で片づけは済んだが、ただひとつ不思議だったのは、蛾の死骸が行方知れずだったことだ。吹き飛ぶところを目撃したにもかかわらず、板間にも土間にも見当たらない。見た目にはふくよかに映っても、簡単に胴体が折れてしまったくらいだから、ひょっとしたら、つむじ風を当てられ粉微塵《こなみじん》になってしまったのではないか――、そんな推測を冗談半分で俺が口にすると、

「それって、蛾の死骸を拙者たちが吸ってしまったかもしれないってこと？　だから、口の中で、気持ち悪い味がしたってこと？　うわあ、最悪だ」

と黒弓は裏返った声を上げた。あの毒々しい蛾の一毛でも口の中に入ったかと思うと、言い出したこちらまでが気分が悪くなってきた。

残された巾着袋と箱を前にして、どうしたものかと腕を組んだ。これをひょうたん屋のあるじに手渡すよう、俺は求められた。つまり、あの気色の悪い蛾を届けることが、使いの目的だったのだ。だが、肝心の蛾は風に吹き飛ばされ、箱には綿が所在なげに詰められているばかりである。箱だけ届けても意味がなかろう、と箱をつかみ、薪の山の上に放り投げた。薪の替わりにする――、それがこの件に関する俺の答えだった。

隅のひょうたんの袋を肩に担ぎ、立ち上がった。中が空っぽのひょうたんは、一個一個が非常に軽い。しこたま詰めこんでいても、見かけに比べ、袋は拍子抜けするほどの

重さしかない。

「これを、届けに行くぞ。まだ口の中が気持ち悪いから、飯はあとでいいか」

「場所、わかってるの？　産寧坂だから、清水寺への参道の途中になるのかな」

「なら、行けばわかるだろう。店の名前は？」

「瓢六」

「そうだった——。嫌な名前だな」

え、何が？　という黒弓の声を無視して、俺はあばらやを出た。柘植屋敷では出来の悪い連中を、大人たちが「表六《ひょうろく》」と呼んで蔑んだ。役立たずの間抜け、という意味だ。その言葉のとおり、「表六」と呼ばれた者は、たいてい死んだ。修練を生き残ることができなかったのだ。

俺も大人たちに「表六」と呼ばれていた。

だが、俺は死ななかった。いつか修練で死ぬよりも先に、柘植屋敷のほうが火事で焼失してしまったからである。

だから、今でも俺は「瓢六」という名前が嫌いだ。

第三章

清水寺の門前町だけに、産寧坂《さんねいざか》の両側には店がひしめき合い、参道は上りに下りに老若男女でたいへんなにぎわいようだった。坂に面した茶屋からは鼓を叩く音がのどかに響き、経文を売る店で番をしているじいさまは、そのまま往生してしまったのではないかというほど静かに目を閉じて、畳の向こうに座っている。その隣では焼き物を売る店が皿や壺をいっぱいに並べ、さっそく黒弓《くろゆみ》が誘われそうになるのを、「あとでだ」と襟を引っ張り、俺はゆるやかな石段を上った。

一軒一軒を確かめながら坂を進むうちに、ひょうたん屋くらいすぐに見つかると思っていたが、案外手こずったのは当のひょうたん屋が途中に何軒もあったからである。ひょうたん屋は、いずれもひょうたんだけを売っているのではなかった。軒先にひょうたんをずらりと並べ、

「音羽《おとわ》の延命水」

と銘打って、中に詰めた水で商いをしていた。

「こちらにございますは清水名物、音羽の延命水。一つ飲めば三年、二つ飲めば六年、

三つ飲めば九年、寿命が延びる有り難き代物なり——」

と店先から、威勢のいい女の声が聞こえてきた。清水寺の音羽の滝といったら、寺を訪れたことがない俺でさえ聞き覚えのある、その水を飲めば病が治る、寿命が延びる等々、とにかく霊験あらたかなことで有名だ。その水をひょうたんに詰めこみ、その場で喉の渇きを潤すもよし、みやげにひょうたんごと持ち帰るもよしといった売り方をしているのである。ひょうたん屋だけではない。茶を売る店もまた、音羽の名水を使った天下の銘茶であると謳《うた》っていた。坂を上る間も、前方から天秤棒を肩に担ぎ、水桶を運んで坂を下りてくる男たちと何度もすれちがった。どこぞの店に水を届ける途中なのだろう。

目指す「瓢六《ひょうろく》」は、坂下から四軒目のひょうたん屋だった。それまでの三軒と同じように、手前にひょうたんを並べ、「名物瓢六乃延命水」と書かれた札を天井からぶら下げていた。店番はいない。板間の奥には棚が設けられ、目の前の水を詰めただけの無粋なひょうたんとは異なり、表面に装飾を施《ほどこ》した華美なひょうたんが並べられている。大小に加え形もさまざまで、黒漆に赤漆、さらには金箔で覆われたものまである。畳の隅には、赤子をまるまる呑みこみそうなくらい巨大なひょうたんが、わざわざ座布団を敷かれ鎮座していた。これで水を売ったら、さぞかしたくさん入りそうだな、と眺めていると、

「水か」

といきなり横から声がした。

思わず顔を向けると、目の前に桶があった。

桶になみなみと湛えられた水が、目線の位置で揺れている。

何だこれはと思わず一歩後退《あとずさ》ると、桶の下から女の顔が出てきた。

「水か」

頭に載せた布の上に桶を担ぎ、女はふたたび口を開いた。

色の黒い、とても目つきの鋭い女だった。

大きくも小さくもない目の白目の部分が、驚くくらいに鮮やかだった。つい引きこまれるようにのぞきこむと、ほとんど青さすら帯びた白目の真ん中で、黒い目玉が強い光を放っていた。その背丈といい、一瞬、童かと思ったが、声は大人のそれである。ならば大人びた声の童なのかとも考えたが、水がたっぷり入った桶を支える汗ばんだ首には、くっきりと筋肉の陰影が浮かんでいる。やはり、童ではない。

「店の人かい？」

黒弓の問いかけに、女は一度だけまばたきをした。

頭の桶があるのでうなずくことはできないが、「そうだ」と声を発するのも億劫、ゆえにまばたきで済ませる――、そんな女の意図が、まぶたの動きひとつで不思議と伝わってきた。黒弓にも同じように伝わったのか、

「拙者たちは客じゃないよ。これを届けにきただけだから」

と俺の背中の袋を叩いて見せた。

「はん」

と女は鼻の奥に引っかかったような、くぐもった声を放った。そのまま、俺と黒弓の間にずいと割りこむと、一度も振り返ることなく店に入っていった。

ずいぶん愛想の悪い女を雇う店だ、と少々気圧《けお》されながら、手前にずらりと並んだ、水を詰めたひょうたんを手に取った。長さは八寸ほどで、なかなか立派な形をしている。そういえば、袋の中のひょうたんもすべてこれと同じくらいの大きさのものばかりだったな、と手のひらに収まる感触にふと思ったとき、

「お待たせでございます」

という声が奥から聞こえてきた。

ひょうたんを元に戻そうとした手が止まった。なぜか、相手の声に聞き覚えがあった。しかも、つい最近聞いたばかりのものだ。

どこでだろう、と考える間もなく、声の主は土間から畳に上がり、俺たちの前で膝を揃えた。

因心居士《いんしんこじ》だった。

ほんの昨夜、あばらやの裏で出会ったばかりの老人が、居並ぶひょうたんを控えさせるように座っていた。

「へい」

と因心居士は小さく頭を下げた。

さすがに野良着ではなく、まともな着物を纏っているが、髪の薄い頭頂部といい、しわに覆われた顔といい、何より印象的な茶筅《ちゃせん》のようにまばらな髭といい、何もかもが昨夜、月光に照らされたたたずんでいた姿そのままである。

手にしたひょうたんを戻し、俺が一歩下がるのと入れ違うように黒弓が進み出て、

「萬屋《よろずや》に頼まれまして、これを持って参りました」

と俺の背中を指差した。

「萬屋殿から？　はて、何じゃろ？」

と怪訝な顔をする老人を前に、黒弓は俺の脇を小突いた。「ほら、下ろして」と耳元でささやかれ、ああ、と俺は店の縁側に袋を置いた。

黒弓が口を縛った紐を解き、袋の中身を老人に向けた。老人は膝を進めると、袋をのぞきこみ、一拍の間をおいたのち、

「ははあ、あの話か――」

と声を漏らした。

何か合点するところがあったのか、老人はうなずきながら面を上げると、

「で、おぬしが、これを持ってくるよう、言われたんじゃな？」

と黒弓の顔に視線を向けた。

「いえ、拙者はついてきただけで、頼まれたのはこっちで――」

と黒弓は俺の脇から半歩離れ、指で示した。

「ふむ……、そっちのさっきから何ものを言わぬ唐変木《とうへんぼく》より、おぬしのほうが如才ない感じがして、儂《わし》としてはありがたいんじゃがな」

何がありがたいのか知らないが、老人は遠慮なく俺に視線を投げかけると、「まあ、どちらにしろ、助かったわい」と袋を引き寄せ、茶筅髭を弄びながらかっかっかと笑った。

聞き覚えのある笑い声に、俺は奥歯を強く嚙んだ。「ものを言わぬ唐変木」でいるのも当然だろう。その仕草、その笑い声、いちいちが昨夜の記憶を蘇らせる。俺が手もなくひねられた相手が目の前にいる。どうしてへらへらと口を利くことなどできようか。

「去年はひょうたんの育ちがひどく悪くてな、今年になってから、思ったほど数が集まらんで心配しておったんじゃ。それを萬屋殿にこぼしたら、ならばどこかで見かけたら集めておこう、と言ってくれてな。それでこうして届けてもらったというわけじゃ」

老人が袋を逆さにすると、がらがらと勢いのいい音とともに、ひょうたんが畳の上に転がり出た。萬屋とつき合いがあるのか、という黒弓の問いかけに、

「ほれ、後ろの棚に漆を使ったものが並んでおるじゃろう。お前さんたちくらいだとまだわからんだろうが、隠居した武家や公家への贈り物としてなかなかの人気でのう。ひょうたんはひとつ持つと一瓢息災《いちびょうそくさい》、六つ持つと六瓢《むびょう》息災と言って、それはそれは縁起がよい、ありがたいものなんじゃ」

と老人は慣れた手つきでひょうたんをひとつずつ品定めしては袋に戻していった。

「六瓢息災、そこからの『瓢六』じゃ。決して、阿呆の意味ではないぞ」

と例のかっかっか笑いとともに、老人は手にしたひょうたんの表面をぽんと叩いた。

いったい、いつまで空々しい芝居を続けるつもりだといらいらしてくるが、まったく昨夜のことなどあずかり知らぬ、それどころか、いかにもはじめて会ったという顔で話しかけてくる老人を前にすると、そのあまりに自然な語り口に、本当は別人なのではないか、と急に自信がぐらついてくる。

しかし、間違いなく正面の相手は昨夜出会った因心居士だった。袖から伸びる、枯れ枝のように細い右手の薬指が半分欠けている。月明かりの下、俺に巾着袋を放り投げた因心居士の指も、同じ部分にだけ影が差していた。

「萬屋殿は、ときどきウチでひょうたんを仕入れてくれてのう。地方の大名連中に、縁起物として評判がよいそうじゃ。そうそう、あれは年始のあいさつに萬屋殿が訪れてくれた折じゃったか……。ひょうたんの収穫の話をしたついでに、店の男手が足らんとこぼしたら、機会があればひょうたんを集めておく、そのときはここで使えそうな者に運ばせるから、雇うかどうかは好きにしてくれ、と言ってくれてな――。もっとも儂のほうも、その話を今の今まですっかり忘れておったが、つまり、それがおぬしじゃろ？」

と因心居士は持っていたひょうたんの口の部分を、いきなり俺の顔に突きつけた。

「え？」

まったく予想だにしない方向から話が飛んできて、俺はつい素っ頓狂な声を上げてしまった。

「何じゃおぬし、何も聞いておらんのか？」

老人はひょうたんを袋に放りこむ手を止め、いかにも驚いた顔をして見せた。

「おぬし、今仕事はどうしておるのじゃ？」

俺がどこに住んでいて、どういう姿勢で小便をするかまで知っているくせに、どこまでも白々しい奴だと思いつつ、

「別に、何もしていない」

と俺はぶっきらぼうに答えた。

「なら、萬屋の義左衛門《ぎざえもん》殿とはどういう関係じゃ？」

「義左衛門殿？」

「正月明けにここに来て、さっきの話をして帰ったのが義左衛門殿じゃ」

突然、義左衛門の名前が出てきたことに面食らいつつ、

「さあ、そんなのは知らん」

と俺は咄嗟に首を横に振った。まさか義左衛門がこの店に直接商いに赴いているとは思わなかった。義左衛門がここでどういう身分で活動しているか不明である以上、下手なことは言うべきではあるまい。

因心居士はしばらく俺の顔を眺めていたが、

「まあ、ええわい」

とつぶやいて、最後のひょうたんを手に取った。

「そういえば、ひとつ思い出したわ。義左衛門殿が言っておった。どうにも気の毒な男がひとりいる、仕事にもあぶれているようだから、そやつに使いをさせるやもしれん、その際はどうか頼む、とな」

その言葉を聞いた途端、頰にさっと血が上るのを感じた。義左衛門が俺にひょうたんを託した理由がようやく吞みこめた。忍びのことなど、はじめからまるで関係なかった。俺はただ、義左衛門からたっぷりの憐憫《れんびん》の情を与えられただけだったのだ。

「これは義左衛門殿からの駄賃と思うてよい。ひょうたんの金は、使いの者に渡してくれ、と言っておったからな。まだまだ数が欲しいところじゃが、取りあえず助かったわい。どれも形がいいことだし、少し色をつけて買い取ってやろう」

懐から取り出した銭入れから、銅銭をつかみ取り、「ほれ」と差し出した。手のひらの銭と、半分が欠けた細い薬指を俺はじっと見下ろした。「おい、風太郎《ぷうたろう》」と催促する黒弓の声が聞こえても、俺は手を伸ばすことができなかった。ひょっとしたら、伊賀に戻る機縁でも生まれるのではないか、と一瞬でも期待した自分をつくづくお目出度い奴だと感じた。いつまで経っても、俺は変わらず「表六」のままだったのだ。

俺は一歩下がると、踵を返した。

そのまま石段を駆け上がった。後ろから黒弓の呼ぶ声が聞こえたが、一度も振り返らず、参拝の連中の間を走り抜けた。立ち止まるわけにはいかなかった。どうしていきなり走りだしたのか、と訊ねられたとしても、そんなこと俺にだってよくわからなかったからだ。

人の流れに従って石段を上り続けると、知らぬ間に、清水寺の境内に入っていた。大勢でにぎわう寺の本堂の欄干《らんかん》の前でようやく足を止めると、回廊の柱の足元に陣取っていた琵琶《びわ》弾きがべんべんと悲しい曲を奏で始めた。

それを待ち受けていたかのように、欄干を背に座りこんだばあさまの二人組が、鉦《かね》を鳴らし経を読みだした。陰鬱な濁声《だみごえ》が真横から響いてきて、いよいよ気分が落ちこんでくる。欄干の下には一面の梅が広がっていて、実に清々しい眺めなのに、どうしてこんな陰々滅々とした音にばかり囲まれなくちゃいかんのだ、と大きくため息をついたら、

「やっぱり、ここにいたんだ」

と隣に黒弓が現れた。

「清水にはまだ行ったことがない、って言っていたから、きっと寄るだろうなと思って」

俺は正面に顔を戻し、欄干に肘をついた。こちらが無視を決めこんでいようとお構いなしに、黒弓は欄干から上半身を乗り出し、「わ、すごい」と感嘆の声を上げている。

「これが清水の舞台かあ。いやはや、絶景、絶景」

彼方に霞のように広がる洛中の様子を、黒弓は手のひらを庇《ひさし》のように額に押し当て眺

めていたが、

「あれは無礼だったと思うよ」

とつぶやいた。

「あんなふうに言われたら、誰だって傷つく。金を受け取らなかった風太郎は正しい」

思わぬ言葉に、驚いて奴の顔を見た。黒弓は目を細め、「あ、御土居の端が見える」

と遠くを指差した。

「あのじいさん……、怒っていたか？」

「瓢六殿からは、伝言を預かってきたよ」

「瓢六殿？」

「あの主人、名前も瓢六って言うんだって」

「出鱈目だろ、そんなの」

黒弓は声を出さずに「だろうね」と笑った。

「いつでも来い――、だって」

「いつでも来い？　何のことだ？」

「店先での話の続きだよ。あそこで雇ってくれる、ってことだろ。『どうもめんどうな男のようじゃ、また気分が向いたときに、顔を出すよう言っといてくれ』だって。あと、これを預かった」

視線を落とすと、先ほどのひょうたんの買い取り分だろう、奴の手のひらに銅銭が重なり合っていた。ただでさえ生活が苦しいところだ。それこそ喉から手が出るほど金は欲しい。だが、お情けの末の駄賃かと思うと、いよいよ心が依怙地《いこじ》に傾いて、どうしても手を出すことができなかった。

黒弓は咎めるような、呆れたような眼差しとともに、俺の顔を眺めていたが、

「あ、そう、いらないんだ。じゃあ、あそこの賽銭箱に全部入れてくる」

と欄干を離れ、さっさと歩き始めた。

「ま、待て」

俺は慌てて奴の腕をつかんだ。

「まあ、取りあえず今日のところは、預かっておこう。俺が後日、賽銭箱に放ってもいいわけだしな」

黒弓はこれ見よがしにため息をつき、「めんどうな男だなあ」と手のひらの銅銭を差し出した。視線を合わさずにつかみ取り、改めてあの老人は何がしたかったのか、と思った。俺と会うとわかっているのに、わざわざ小便をしているところに顔を出す。これを届けろと巾着袋を預けてきたが、届けるも何も、要は己のものを己に返すだけの話である。しかも、肝心の箱の中身は、黒弓のくしゃみのせいでどこかに消えてしまった。まったく、骨折り損もいいところだ。

考えれば考えるほど、辻褄《つじつま》の合わぬことばかりで、さっぱりわけがわからない。いっそのこと、店先で直接、意図を確かめるべきだったのだろうか？ だが、あれほどの腕

を持つくせに、呑気にひょうたんを扱っているなど、見るからに尋常ではない。関わっても、きっとロクなことにならない。わざわざ都まで出て、面倒事につき合わされるのはまっぴら御免である。

ばあさんたちの陰気な読経が二周目に入ったところで、俺は欄干を離れた。帰りは鴨川べりまで出て、「やっぱり、もうしばらく風太郎のところにいようかな」などと言いだす黒弓を、約束だ、と三条河原で追い払った。

去り際に黒弓は、

「瓢六殿のこと、どうするの？」

と訊ねてきた。

「どうするもこうするもないだろう。俺はあんなところで働くつもりはない」

「瓢六殿も別に悪気があったわけじゃないよ。だいたい、向こうは風太郎の事情なんて、知りようがなかったわけだしさ」

「さあ、それはどうかな」

「それ、どういう意味？」

「別に、意味なんかない」

「あの店、品揃えを見ても、結構儲かっているみたいだったし、金の払いは悪くないんじゃないかな。瓢六殿も怒っている様子はなかったし、また暇なときにでも顔を出してみたら？　あ、風太郎はいつでも暇か」

「うるさい。俺は行かん。それに用があるときは向こうから勝手に来る」

来る？　何で？　と黒弓はふたたび訝しげな視線を向けたが、俺が「ほら、さっさと行け」と急き立てると、不承不承《ふしょうぶしょう》といった様子で三条大橋を渡っていった。

「また、しばらくしたら遊びにいくよ」

と手を振る黒弓を無言で見送り、俺は吉田山に戻った。

あばらやに戻ると、ひさびさに広さを取り戻した板間の真ん中に、黒弓の仕業か、ひょうたんがまっすぐに立っていた。今朝、拾ったばかりのやつである。瓢六の袋に入れてもよかったが、どうにもみすぼらしいので置いていくことにした。因心居士などという妙な因縁がついたことだし、こんなものはあの蛾を収めた箱といっしょに火にくべてしまおう、と俺はひょうたんの栓をつまんで持ち上げた。すると、栓だけがすっぽりと抜けた。栓を戻そうとして、何気なく、唇をすぼめたような形の、どこか愛敬があるひょうたんの口をのぞいた。

突然、周囲が暗くなった。

まるで夜がすとんと訪れたかのように、一切合財が闇に覆われた。太陽が雲に隠れたのだろうか。いや、それにしては暗すぎる。しばらく待ってもいっこうに目が慣れない。ひょっとして、目が見えなくなったのではないか、と手で床を探ってみたら、何だか柔らかい感触が返ってきた。

指の腹でなぞってみるに、どうも畳の目のようである。どうして、板間に座っているはずの俺が、畳の上にいるのか。俺はそろりと腰を浮かした。体重をかけた拍子に、つま先が畳に沈みこむ。いつの間にか、古い畳の匂いが俺を包んでいた。依然、闇に見えるものはない。俺は息を殺し、気配を探った。慎重に一歩を踏み出す。

途端、三尺ほど先にぽっと灯りが点った。

ろうそくなど見当たらぬのに、畳自体が発光するかのように明るく照らされ、その真ん中にひょうたんが置かれていた。

俺がたった今、手にしていたものとはまるでちがう、渋みのある金に彩られたひょうたんだった。なぜか口の部分に木の棒を突っこまれ、なかば打ち棄てられたかのように、畳の上に無造作に転がっている。

俺は用心深くにじり寄り、俺の顔よりも、ふたまわりは大きなひょうたんに手を伸ばした。

その鈍い金色を放つ表面に触れたとき、

「風太郎――、儂を捨てるなよ」

としわがれた声が、いきなり耳の後ろでささやいた。

昨夜、因心居士に背後を取られたときと同じ感覚に、ギョッとして振り返った。

元のあばらやに戻っていた。

いつもの板間に膝をつき、首をねじった視線の先には、みすぼらしい壁があるだけだ。

体勢を戻し、床に立ったままのひょうたんの中を、おそるおそる確かめた。真っ暗な虚空が、小さな穴の向こうに詰まっていた。

ひょうたんの栓を閉め、そのまま隅の薪の山に放り投げようと振りかぶったが、しばらく同じ姿勢で固まったあと、俺は手を下ろした。今のは夢だったのだろうか。まるでひょうたんそのものに術をかけられたような気怠さが、身体のそこかしこに残っている。

取りあえず、捨てるのはやめにした。だが、始終《しじゅう》視界に触れるのも嫌なので、壁に吊した干し大根の裏に隠しておくことにした。

ひょうたんを片づけ、ごろりと板間に寝転がった。まるで「それでよい」と告げるかのように、窓の外で鶯《うぐいす》が短く「ほけきょ」と鳴いた。

この春はじめての鶯の声だった。

＊

土佐のほうではそろそろ桜が満開らしい、とずいぶん遠い場所の知らせを伝えてくれたのは、下のばあさんだった。

俺のあばらやから斜面を下ったところに住んでいるので、勝手に下のばあさんと呼んでいるが、実際は井戸を挟んで半町くらいは離れている。そのばあさんと、井戸へ水を汲みに下りたところで、ばったり出くわした。いつもどおり代わり映えのしない天気の話をしながら、ばあさんはのろのろと水を汲んでいる。俺はそれが終わるのを待つしかないわけで、黙って木の根元に腰を下ろしていたら、昨日、娘から教えてもらったと前置いて、土佐の桜の話を始めた。どうして、ばあさんの娘がはるか遠い土佐の桜の様子なんぞを知っているのか、と訊ねると、何でも娘が六角《ろっかく》の魚市に用があり、店先で魚を眺めていたら、今朝土佐から着いたばかりだという武家が、店の主人と世間話をしていた。訛《なま》りがきつくて何を言っているのかほとんどわからなかったが、二日前に男が土佐を出発したときには、すでにあと数日で桜が満開を迎えるほどの咲き具合だったらしい。

海がないのに、京に魚がたくさん売っているのを見て驚いていたそうじゃ、まったく田舎侍が、と案外意地悪な言葉を残して、ばあさんは桶を両手によろよろと帰っていった。

水を汲み、あばらやへの斜面を上る途中、偶然小ぶりな桜の木を見つけた。思わず立ち止まって枝の様子を確かめたが、まだ固いつぼみをつけたばかりで満開などはるか先の話だ。いったい、土佐とはどれほどの陽気なのか。伊賀に、京に、盆地の暮らししか知らぬ俺にとって、南海の土地はほとんど異国のようなものである。満開まであと十日はかかりそうだ、と目星をつけ、あばらやに戻って甕に桶の水を流しこんだ。ふうとため息をついて振り返ったとき、俺の視線は正面に釘づけになった。

板間に女が座っていた。

咄嗟に戸口を確かめた。静かに垂れ下がったまま、筵は風にも揺れていない。

「どうやって、入った」

俺は声を押し殺し、戸口の前に素早く移動した。狭いあばらやだ。筵をくぐった瞬間に、すべてが視界に入る。戻ったとき、女の姿など、影も形もなかった。

「ずっと、ここにいた。お前さんが気づかなかっただけだ」

ひとつしかない退路を塞がれても、女は動じた様子も見せず、どこまでも落ち着いた口調で答えた。

「嘘をつけ」

と俺は即座に返したが、ふと、女の声に聞き覚えがある気がした。

「お前――、瓢六にいた女か」

この前は桶を頭に担いでいたため、すぐにはわからなかったが、確かにその色の黒い顔は、瓢六で言葉を交わした相手である。

地味な色合いの小袖を纏った女は、眉にかすかなしわを寄せ、

「そうだが、そうではないな」

とわけのわからぬことを言った。

「何の用だ。人のところに勝手に上がっておいて、ずいぶん偉そうだな」

女は少し驚いた顔で、

「偉そう？」

と声を上げた。先日は頭の桶に隠れ髪型がまったくうかがえず、小柄な体格も相まってまるで童のように見えたが、今日は長い前髪が真ん中で分けられ、少しは大人びて感じられる。

女はしばらく俺の顔を眺めていたが、

「まあ、そのとおり偉いのだから仕方ない」

と今度は肩を細かく揺すって、ヒヒヒと妙な笑い声を漏らした。

どこか具合が悪いのではないか、この女、と少々気味悪く感じ始めたところへ、

「儂が誰かわからんか」

と女は己のあごを指差し訊ねた。

「だから、瓢六の店先で桶を担いでいただろうが――」

「ちがう。おぬしらはすぐに目にしたものに惑わされる。心で相手を直接見るということを知らん。儂じゃ――、因心居士じゃよ」

といまだ自らを指差したまま、女はにやりと笑った。

「何？」

「忘れたか。この前、満月の晩に、そこの裏で会ったじゃろう」

もちろん、あの夜のことを忘れるはずがない。だが、因心居士は老人である。一方、目の前にいる相手は女だ。「因心居士じゃよ」と勝手に名乗られても、うなずけるはずがない。だが、なぜこの女があの夜のことを知っているのか？　考える間もなく、俺ははあと了解した。よくよく考えると、この女のあるじこそが因心居士ではないか。話を聞いていたとしても、何もおかしくない。

しかし、女は俺の心を読み取ったかのように、

「おぬしがひょうたん屋で会ったあるじは儂ではないぞ。ただ、あの晩だけ男の身形《みなり》を少し借りただけじゃ。どうして、天下の因心居士があんな老いぼれでなくてはいけない」

とあごを突き出し背中を丸め、恥ずかしげもなく、翁《おきな》の面のように顔をくしゃくしゃにして、老人の顔を忠実に真似て見せた。

京にきて最初の春に、俺が発見したことがひとつある。

それは、この町では春が訪れ、日々暖かくなるにつれ、往来をひとりでにやにや笑って歩いていたり、ぶつぶつとつぶやいていたりする輩が急に増えるということだ。伊賀ではそんな奴はついぞ見かけなかった。皆、口をへの字にして、いつだって不機嫌そうな顔を貫いていた。やはり、浮き世を離れた暮らしができる場所では、本当にそのまま彼岸へと旅立ってしまう連中がいるらしい。さだめしこの女も、春の息吹に舞い上がってしまった類だろう。

「すまない、ちょっとほかで用があることを思い出した」

「どこへ行く。話は何も済んでおらんぞ」

すぐさま言葉が飛んできたが、俺はそのまま筵をかき上げ外に出ると、たった今、桶を手に上がってきた斜面を一気に駆け下りた。井戸の前でようやく足を止め振り返ったが、追ってくる気配は感じられない。ほっと息を吐いて正面に顔を戻したとき、俺はギョッとして立ち竦んだ。

「話が済んでいないと言ったろう」

井戸のへりに腰かけ、女が不愉快そうな顔で腕を組んでいた。

相手は小袖姿である。まともに走れる格好ではない。あり得べからざることに、「ど、どうやって」と声を発する前に、

「戻れ」

と女が冷たく告げた。

「お前――、何者だ」

「だから、因心居士と言っておる」

女が面倒くさそうに答えたとき、俺は踵を返し、ふたたび下ったばかりの斜面をめいっぱいの速さで駆け上がった。あばらやの前にたどり着くまで、背後の音を漏らさず聞き取った。今度は完全に置き去りにしたと確信しながら、俺はあばらやの前で振り返った。

「戻れと言ったが、別にそんなに急がなくてもよいじゃろう」

走り過ぎたばかりの木の幹に、女が背中を預け立っていた。息を乱している俺を見て、女は平然とした様子でヒヒヒと笑った。

「な、なぜ、俺につきまとう?」

「儂はひょうたん屋のあるじにあの袋の中身を届けよ、と言った。たったそれだけのことを、おぬしはできなかった」

「あ、あれは渡すものがなくなったからだ」

目の前の相手が先の老人ではないことをすっかり忘れ、俺は慌てて反論した。

女はフンと鼻を鳴らし、

「そうだ。だから、こうして会いにきたのだ」

とあからさまに不満げな表情で俺を睨みつけた。

「いいか、二度と言わんぞ」

と俺は一歩前に踏み出した。

「俺はお前になど用はない。お前のあるじのじいさんにもだ。だから、さっさと立ち去れ。俺は忙しい身なんだ」

「忙しい？ 毎日何もせずに、この一年、そこでただ寝転がっていただけのおぬしが？ いや、この十日ほどは働きに出ておったか……。さすがに金がないとお前さんも気楽にできんか。そう言えば最近、あまり夜中に修練しておらんのう。冬の頃は、よく木の上を元気に跳び回っておったが」

俺は女に背を向けた。不意打ちを食らい激しく動揺する心を悟られまいとする狙いもあったが、それよりもこれ以上、相手に好き放題しゃべらせるわけにはいかなかった。

あばらやの脇には、薪割り台に使っている切り株がある。斧が振り下ろされた格好で、年輪に刃を食いこませている。俺は刃の頭を残したまま、斧の柄の部分だけを取り外した。

「おやおや、懲りん男じゃのう」

三尺ほどの木の柄を手に向き直った俺に、女はいかにも余裕ぶった笑みを浮かべ、背中の木からゆらりと身体を離した。

「この前、手も足も出ずにひねられたばかりじゃろうが。お前さんのような未熟者では、儂の身体にも触れることもできんよ」

「わけのわからんことばかり言って、俺につきまとうな、今すぐ帰れ。女でも容赦はせん」

「帰らんよ、それに儂の住みかはここだからな」

女が鼻で笑いながら、一瞬視線を山全体に向けたとき、俺は相手との間合いを一気に詰め、斧の柄を突き出した。

真正面の胸をえぐったと見えた俺の一撃だったが、一転、固い感触が手首を襲った。女の背後にあった樹皮が削れ、白い幹がのぞいていた。

視界から消えた女の動きを、俺はいっさい目で追うことができなかった。だが、きっと背中を取られたという咄嗟《とっさ》の確信があった。俺は躊躇なく反転し、背後に打ちかかった。

案の定、俺の一間後ろに回りこんでいた女が、

「ほ」

と驚いた声とともに、ひらりと後退った。

「少しは頭を使うようになったな」

俺は相手に休む間を与えず、二の手、三の手を繰り出した。

しかし、これがまったく当たらない。間合いはこちらのものなのに、かすりもしない。ただ摺り足と、ときどきほんの一尺ほど短く跳ねる動きだけで、俺の攻撃をすべて避けてしまう。

相手が女で、さらには徒手であることも忘れ、俺は必死で柄を振るった。その甲斐あって、横に払った一撃を曲芸のように胸を反らし避けた際、女が地面のくぼみに足を取られた。その機を逃さず、俺は渾身の力で突きを放った。

しかし、外しようがないと思われた至近からの刺突はあっさり空を切った。

俺はあんぐりと口を開けて、視線を持ち上げた。

女が乗っていた。

俺が突き出した細い柄の先端に、女が立っていた。自分の腕が相手の全体重を支えているはずなのに、不思議と柄からは何の重みも感じられなかった。

目が合った瞬間、女はふふっと笑った。

そのまま、まるで往来を進むような気安さで、女は俺の頭を踏み、背後に降り立った。

俺は振り向かなかった。

あまりの力量の差に、もはや戦意を失っていたのである。

女が俺の首筋をそっと撫でた。

それだけで、身体じゅうから力が抜けた。前に突っ伏しそうになるところを、何とか片膝をついて踏みとどまった。

「まだまだじゃのう」

あのとき、満月の夜に老人が放ったものとまったく同じ言葉が、澄んだ女の声とともに頭の上から聞こえてきた。

「風太郎、ひょうたんを育てよ。そして、儂を連れていけ」

「連れていくって……、どこへ？」

言葉を発する力すらも、喉の奥から消えているのを感じながら、ほとんど吐息のような声で訊ね返した。

「大坂の果心居士《かしんこじ》の元へじゃよ」

まぶたが今にもひっつきそうになるのを必死でこらえながら、俺は首をねじった。

女が冷厳な眼差しとともに、見下ろしていた。白目がとても鮮やかだった。

そうか、因心居士と言うが、単に果心居士とともに「因果」を二つに分けただけの話ではないか、と朦朧とする頭の隅で気づいたとき、ねじれた体勢のまま俺は地面に沈んだ。

*

目が覚めたら、すでにあたりは暗くなっていた。

身体を起こし、頰に張りついた木の葉を払った。口の中に不味い屑が入りこみ、何度も唾を吐きながら起き上がった。

あばらやに戻ると、暗い板間の真ん中に何かが置いてあった。

女が残していったものだろうかと顔を近づけると、何てことない、ひょうたんだった。しかも、その黒ずんだ様子に加え、倒れることなく立っている影の大きさから見て、干し大根の裏側に隠していたやつのようだ。結局、捨てそびれ、そのまま放っていたやつを、あの女が引っ張り出したのだろうか。

俺はひょうたんを手で払いのけ、板間に大の字になった。

土間に落ちたひょうたんが、軽い音を立てて転がっていくのを聞きながら、そういえばあの女、ひょうたんを育てろと言っていたなと思い出した。

だが、そんなことよりも、斧の柄の先に立ち、余裕の笑みを浮かべる女の姿がまぶたに焼きついて離れなかった。完敗への怒りと悔しさが、今ごろになって押し寄せてきて、俺は壁を思いきり蹴った。蹴った壁板とはだいぶ離れた天井の梁が、嫌な音を立てて軋んだ。このあばらやなら本当に崩れかねないので、壁に当たるのは一度きりでやめにした。

二日後、また女がやってきた。

前回と同じように、水汲みから戻ると、あばらやの前に女が立っていた。ちがっていたのは、女があばらやの外で待っていたことと、何かの枝を手にしていたことである。

目が合うと、驚いたことに女は軽く頭を下げた。

「どうした。今日はずいぶん殊勝な態度だな」

女は訝しげな眼差しで俺の顔を見上げると、

「瓢六の使いで来た」

とどこかぎこちない、くぐもった声で告げた。

フンと鼻で答え、あばらやに入った。桶の中身を甕に流しこみ、一杯柄杓で水を飲む。その間、女は姿を現さなかった。筵をかき上げ、外をのぞいたら、同じ位置で立っている。

「なぜ、入らない」

「別にここでよい」

誘ったときは入らぬと断り、誘わないときには勝手に入ってくる。まったく、妙な女である。

俺は女の言葉に従い外に出ると、切り株に刺さった薪割りの斧の隣に立った。

「何しにきた。前の続きか?」

「続き?」

「またこれに乗りにきたのか?」

と俺は斧の柄の先に、手のひらを置いた。

女は返事をせず、眉をひそめ、探るような眼差しを向けた。

そのまま、しばらくの間、沈黙が続いた。

放っておいても次から次へとしゃべっていた二日前とちがい、女はずいぶん寡黙である。

「何だよ、さっさと用を言え」

と無愛想に告げると、女は一瞬、不愉快そうな色を目元に浮かべたのち、

「われに仕事を持ってきた」

と俺に輪をかけて無愛想な声で答えた。

「仕事？　そんなものを頼んだ覚えはない。ああ――、お前のあるじがこの前、言っていた話か。先に断っておくが、俺はお前の店で働くつもりなんかこれっぽっちもないぞ」

「儂だって、われとなんぞ働きたくないわ」

即座に返ってきた言葉に、俺は大いに鼻白むものを感じながら、

「じゃあ、何の仕事だ。まさか、またひょうたんを育てろとか言いにきたわけじゃないだろうな。しつこい女だ。そんなの絶対に御免だぞ、俺は」

と強い調子で突っぱねた。

「また？」

どこに驚くところがあるのかさっぱりわからぬが、女はやけに驚いた声を上げた。

「今の話――、誰か、われにしたのか？」

「誰かって……、お前しかおらんだろうが」

人をどこまで馬鹿にするのかこの女は、といよいよ心中に険しいものを溜めこみながら、俺は相手を睨みつけた。

「知らん」

女は素っ気なく首を横に振った。

「儂は今日はじめて、ここの場所を教えられたんじゃ。われといっしょに来た、愛想のいいほうのが、どこに住んでいるか言い置いていたのを――」

「いい加減にしろッ」

俺はたまらず声を荒らげた。

「いつまで茶番に付き合わせるつもりだ。お前だ。お前がここにきて、この柄の上に乗って、へらへら笑ったあと、やれひょうたんを育てろ、やれ大坂へ行け、あと何だ？　果心居士がどうのとも言っていたか？　好き放題しゃべり散らして帰ったんだろうが。何が、はじめてだッ」

と唾を飛ばして一気に言葉を放った。

しかし、女は臆する様子もなく、

「われは……、酒を飲んでいるのか？」

と真面目な表情で訊ねてきた。

「誰が？　俺が？　ふざけるなッ」

「なら、常にそんな感じなのか？」

「うるさいッ、いつまでとぼけているつもりだ？」

女は眉間にしわを寄せたまま、じっと俺の顔を見つめていたが、手にした一尺ばかりの枝を突き出した。

「何だ、これは」

「桜じゃ。花が咲き始めたら、これを蒔《ま》け」

無理矢理、俺に枝を持たせたのち、腰にくくりつけていた巾着袋を外した。中身が見えるよう俺の顔の前に近づけ、

「ひょうたんの種じゃ」

と袋を振った。確かに、白く、薄っぺらいものが底の方で重なり合って揺れていた。

「これを俺に蒔けというのか？」

「そうじゃ」

結局のところ、この女は本当にひょうたんを育てろと言いにきたのだ、と心底呆れながら、

「やるわけないだろ。何で俺がひょうたんなんかを育てなくちゃいけない」

とうんざりした口調で返した。

「金になる」

そのひと言に俺の耳がぴくりと反応した。まるでそれを見透かしたかのように、女は

巾着袋の口を閉めると投げて寄越した。

「その種を蒔いて、実がなったときは買い取る」

俺の右手の巾着袋と左手の桜の枝に順に視線を置き、女は告げた。桜の枝先に固まったつぼみは、井戸への途中にある桜より少しは膨らんでいるが、開花にはまだ数日かかるだろう。

「種を蒔いて、実がならなかったときはどうする？　育て損じゃないか」

「育てる手間賃も払う」

「いくらだ」

女は短く数字を口にすると、「月に」とつけ加えた。この十日ほど、公家屋敷での作事の仕事で、毎日もっこやら材木やらを担ぎ働いたが、そこでの稼ぎよりもよほど割がよい。

ふうむ、とことさら関心のないふりを装いながら、

「ひょうたんなあ……。でも、どうして俺なんだ？　百姓の真似ごとなど、したこともないぞ」

とそれとなく細部を訊きだす方向に舵を切った。

「ひょうたんは育てるのに手間がかかる。種を蒔いてから実を穫るまで四月《よつき》はかかる。それに、たとえ実ができても形がよくないと売り物にならぬ。時間がたっぷりある者が、ちゃんと世話をせねばいい実がならぬ。われは時間がたっぷりあるのだろう」

俺はフンと鼻を鳴らし、あさっての方角に顔を向けた。わかっていたこととはいえ、今回も俺が暇だからというのが、白羽の矢が立ったいちばんの理由らしい。

「ついでに説明しろ。どうして二日前、はじめからその話をしなかった？　何だあの追いかけっこは？　俺を試したのか？」

「さっきから、われが何を言っているかまったくわからん」

「俺には、お前がとぼける理由がわからん」

「儂がわれに会うのは、半月前に店先で見かけて以来じゃ」

「フン、なら俺が証拠を見せようか」

切り株の斧に手を伸ばしたとき、相手が一歩、後ろに下がった。間合いを取るつもりか、と素早く斧の柄を外す。

俺と目が合うなり、女は踵を返した。

そのまま、さっさと歩き始めた。

「お、おい。待て」

俺が声をかけても、一度も振り向かず斜面を下っていく。小さな背中があっという間に見えなくなるのを、ただ見送るしかなかった。足音が完全に聞こえなくなってから、むなしく斧に柄を戻した。ひとり勝手に肩を怒らせる男を小馬鹿にするように、「ほけきょ」と鶯がのどかに鳴いた。

＊

井戸に水を汲みにいったら、下のばあさんに出くわし、もう弥生じゃ、早いのう、とあいさつ代わりに言われてはじめて、いつの間にか月が替わっていたことに気がついた。

あばらやに戻り、窓の外にぶらさげている竹筒に桶の水を足してやった。竹筒には瓢六の女にもらった桜の枝が差してある。ついでに、ひょうたんもくくりつけてある。どちらも捨てるに捨てられず、そのまま外に放っておいたら勝手に花が咲いた。女に渡されてから十日くらいになるだろうか。まだ三分か四分咲きといったところだ。あれから女は姿を見せていない。もちろん、花が咲いてもひょうたんの種は蒔いていない。

三月に入ったこともあって、外の空気もめっきり暖かくなってきた。辛気くさいあばらやに引っこんでいる気にもなれず、薪を割っていると、このあたりでは見かけない坊主頭の餓鬼が斜面を上ってきた。

「おぬし、風太郎か」

俺の顔を見るなり、餓鬼が口を開いた。

「何だ、お前は」

「儂は黒弓の使いだ。さっき三条大橋で声をかけられた。言伝を引き受けたら駄賃をやると言われた」

いくらもらった、と訊ねると、俺が思っていたより三倍は多い額が返ってきた。奴め、いよいよ羽振りがいい様子である。

「フン、それで何を頼まれた」

「本日中の刻、糺《ただす》の河原で花見をしよう、重箱を用意して待ってる――、だとさ」

餓鬼はそれだけ言うと、だらしなく開いた胸元に手を突っこみ、脇を掻きながら去っていった。

黒弓とは産寧坂の瓢六に出向いて以来、ひと月近く顔を合わせていない。餓鬼の言っていた重箱とは、以前、公家屋敷で作らせたやつのことだろうか。奴の顔など当分見たくないと思っていたが、そう無下《むげ》に扱うのも狭量というものかもしれない。何しろ、この前食った重箱は本当にうまかった――。

薪割りを終え、俺は黒弓の招きに応じ、鴨川に向かうことにした。

二つの川が合流する場所に開けている糺の河原には、いつの間にか見世物小屋が建っていた。蜘蛛舞《くもまい》の最中らしく、土手からも小屋の中央に立てられた杉の高木が見える。地面から杉のてっぺんに向けて斜めに張られた綱の上を、紅白の彩り鮮やかな着物を纏った男が器用に上っていく。だが、てっぺんに近づいたところで急に姿勢を崩し、小屋の観衆からいっせいに悲鳴が響いた。男は腕をばたばたさせ、ついには頭から真っ逆さまに落ちた――、と思いきや、綱に足をかけてぐるりと回って元の位置に戻ってきた。小屋からはもちろん、土手で見物している連中の間からも、やんやと拍手と歓声が湧き上がる。

土手を下り、水面から顔を出した飛び石を伝って対岸に渡った。

黒弓がどこにいるのか、わざわざ探すまでもなかった。見世物小屋を取り囲む竹矢来《たけやらい》の前で、ひとりだけ真っ赤な南蛮の合羽《かっぱ》のようなものを纏い、熱心に蜘蛛舞を見上げている男がいた。嫌な予感を抱えつつ、横に回るとやはり黒弓だった。

「お、風太郎」

俺に気づくなり、ひょいと手を挙げた黒弓に、

「何だ、この格好は」

と俺は眉間にしわを寄せ、合羽の裾をつまんだ。

「目立ちすぎだろう。今さらかぶき者にでもなるつもりか？」

「最近、南蛮物の商いをする日は、これを着て相手の屋敷に行くことにしているんだ。この格好で天川から来たことを強調すると、客が勝手にこっちを目利きの商人と勘違いして、高値で買ってくれるんだよね」

黒弓は得意げにヘッヘッヘと笑い、合羽を翻して見せた。相変わらず抜け目のない商いをしてやがる、と感心するやら呆れるやらしていると、

「それにしても、よく来たね。出不精極まりない風太郎のことだから、無理かなと思っていた」

と黒弓は先だって歩き始めた。

「いや、俺はこう見えて交誼《こうぎ》を大事にする男だ。せっかくのお前からの誘いを断るはず

ないだろう。ところで、使いの餓鬼が言っていた重箱というのはどこだ？　見たところ、そんな荷物を持っているようには見えないが」

俺の言葉に黒弓は振り返り、ハハアと目を細めた。

「やっぱりね」

「何が、やっぱりだ」

「拙者の重箱が目当てだったんだ。まあ、そうでも言わないと、絶対に来ないだろうと思っていたけど」

と黒弓は妙に勝ち誇った顔で、両の鼻の穴を大きく膨らませた。

「ないのか」

「ないね」

「謀《たばか》ったな――、黒弓」

「風太郎は交誼を大事にする男なんだろ？　重箱のありなしなんて、それこそ重箱の隅をつつくような話じゃないか」

お互い白けた視線を存分に交わし合ったのち、

「すまない、黒弓。たいへん大事な用を思い出した。帰るわ」

と俺は踵を返した。だが、「待ちなよ、せっかく来たんだから」とすぐさま黒弓に腕をつかまれ、「離せ離せ」とやってるうちに、見世物小屋からひときわ大きな歓声が沸き起こった。何事かと見上げると、杉の高木のてっぺんにて、紅白の着物の男が扇子を掲げ、得意満面の笑みで決めの姿勢を取っている。

「あのくらいなら風太郎だってできるだろ？　いっそ、小屋で雇ってもらったらいいんだよ」

同じく男を見上げての黒弓の言に、まったく、どいつもこいつも俺のことを暇だと決めつけやがってと、

「悪いな、俺にも仕事ができたんだ。それに、俺はあんな放下師《ほうかし》になるために腕を磨いてきたわけじゃない」

腹立ち紛れに言い返したら、急に腕をつかむ力が消えた。

「えッ、そうなの？」

まじまじと向けられた視線にたじろぎつつ、

「う、うむ」

と口にしてしまった手前、仕方なしにうなずいた。

「それって作事の手伝いとか？」

「いや、そうじゃない」

「じゃあ、何の仕事？」

「それはだな……、ひょうたんを育てる仕事だ」

「あ、それってひょっとして瓢六殿のところにあれから行ったの？」

「行くはずないだろ。向こうから勝手に来たんだ」

もはや引くに引けず、俺は瓢六の女から提案された、ひょうたんを育てその手間賃を貰う話をそのまま説明した。もちろん、一度目の訪問の際、指一本すら触れられぬまま女に簡単にあしらわれた部分はそっくり抜き取り、あくまでお願いされ渋々引き受けたという態を崩さずに伝えた。

「いやあ、それはめでたい。じゃあ、これはお祝いということで――、重箱じゃないけれど」

黒弓は袖から紙に包まれたまんじゅうを取り出し、俺は大いにバツの悪いものを抱えたままそれを受け取った。

川沿いにしばらく北に向かい、ちょうどこの男と再会した日に蛇を見たあたりで腰を下ろした。あばらやの竹筒に差した桜とは異なり、日当たりもいいせいか、両岸に並ぶ桜はすでに八分咲きの模様である。満開を待たずとも、あちこちに幕が張られ、大勢が花見に興じている。開花に合わせて種を蒔け、と瓢六の女は言っていたが、もう何日経っただろう、と心の中で指折りながらまんじゅうを頰張った。

「最近、ポルトガルの言葉がいくつもこっちの国に入りこんでいることに気づいて驚いた。この合羽だって、ポルトガルのcapaから来てるけど、誰もそんなこと知らずに使っているだろ？　他にも、軽衫《かるさん》や襦袢《じゅばん》もそうだよね。そうそう、たんとお食べの『たんと』も、ひょっとしたらtantから来ているんじゃないかなと拙者は思うんだ。tantってのは向こうで、たくさんという意味なんだけど――」

と何やら長講釈を始めるのを適当に聞き流し、そう言えば、お前は普段はどこで寝起きしているんだ、と前から気になっていたことを訊ねた。それに対し、黒弓は六条にある宿の名を答えた。さらりと口にしたが、値が張ることで有名な宿である。

「黒弓よ、ひとつお前に訊きたいことがあるのだが」

「何？」

「お前はいつも俺の仕事について、要らぬ心配をしてくれるが、どうして己の商いの手伝いをしろと言わない？　いや、これは別に羽振りのいいお前にくっついて、おこぼれに与かろうなんて、狭い了見で言っているわけではなく、本当に純粋な疑問として訊いている」

黒弓は残りのまんじゅうを一気に口に放りこみ、頬をもぐもぐとさせながら、ちらりと視線を向けた。目が合うと急に顔を正面に戻すので、

「何だ、別に正直に言ったらいい」

と促すと、

「そんなの言わなくてもわかるだろう。商人に必要なのは、一に愛想、二に愛想。風太郎みたいに、ぶすっとしているのを連れていったって、何の役にも立ちやしない」

と思いのほか辛辣な言葉が返ってきた。

黒弓と商いをする気などハナからなかったにもかかわらず、妙に落ちこんだ気分になって俺は川を見つめた。流れの真ん中で、ぼけっと突っ立っているサギの姿が、己を映

していうようでむやみに腹立たしかった。サギから目をそらし、代わって空を仰いだ拍子に、ふと本当にひょうたんを育ててみるのもいいかもしれないな、と思った。忍びではない現実なら、とうに受け入れた。ならば、次は新しい現実のなかで生きる番だ。

日が暮れる前に、黒弓と別れた。

その足で、あばらやを借りる際に面倒を見てもらった、吉田山の世話役のもとを訪れた。耕《たがや》す土地を貸してくれないかと申し出ると、

「何を育てるつもりじゃ」

と訊ねられ、正直にひょうたんを育てると答えたら、

「あんな食えんものを育ててどうするつもりじゃ」

と大笑いされた。百姓仕事をやったことがあるのか、と問われ、ないと返すと、

「麓の斜面に近い場所なら別に金もいらん、ただし最初から掘り起こさんといかんがな」

と山の南側あたりにある場所を教えてくれた。道具はあるのかと問われ、やはり首を横に振ると、ならば古いやつを持っていけと言われた。ただし、道具に関してはしっかり金を取られた。うまい具合にがらくたを払い下げられただけの気もしたが、礼を言って辞去した。

それから三日かけ、俺は土を掘り起こした。金が要らぬのも宜《うべ》なるかな、与えられた場所は、平地のはじまりというよりも、山の終わりと呼ぶに相応しく、日当たりは良く

ても、土はめっぽう固く、少し掘ると木の根にぶつかり、実際に鍬を入れて土を耕せるのは、全体の半分にも満たないくらいだった。

俺が悪戦苦闘する土地の前には、小径を隔てて畑が広がっていた。枯れ草が好き放題覆っていても、試しに掘ってみたら、まるで別物のやわらかさだった。やはり金を払ってこちらを借りるべきだったと後悔したが、そもそも金がないので後悔するだけ無駄である。

三日目、昼過ぎになってようやく猫の額ほどの広さなれど、土を耕し終えた。滴《したた》る汗を拭き取りながら小径に腰を下ろし、種蒔きは明日でいいかと、情けないことに左右の手に数えて五つもできたまめを撫でていると、足音が聞こえてきた。

何気なく、俺は首をねじった。

ちょうど親指で、ひときわ大きなまめを押したにもかかわらず、痛みも忘れ、赤い合羽を翻し、小径を近づいてくる男を凝視した。

「やあ、風太郎。拙者もひょうたんを育てることにしたよ。あ、風太郎の畑はそっちなんだ。拙者はこっちの畑を借りた。わあ、草でいっぱいだね」

と勝手に言葉を並べ立て、黒弓は小径の向こう側の畑に下りていった。声も出せず、ただただ呆然とする俺に、黒弓は「わざわざ買ってきたよ」といかにも新調したての鍬を掲げて見せ、さっそく「よっこらせいのどっこいしょう」という掛け声とともに、勢いよく畑に振り下ろした。

＊

いやあ、疲れた働いた、と板間に腰かけ、柄杓の水をうまそうに飲んでいる黒弓を、俺は先ほどから腕を組んで、仏頂面《ぶっちょうづら》で眺めている。

こちらが三日もかかってようやく耕し終えたところを、もともと土も柔らかいまっとうな畑だけあって、黒弓はわずか一日で、俺とほぼ同じ広さの土地を耕してしまった。ただでさえ、彼我の持ち分の差を見せつけられて気分が悪いのに、野良仕事を終えたその足であばらやを訪れた黒弓は、ひょうたんの種をくれないか、とぬけぬけと申し出てきたのである。

「何で、俺がそこまで面倒を見なくちゃいけない。自分で瓢六に行ってもらってこい」

俺が腹立ち紛れに返しても、

「それをすると瓢六殿のもとで働くことになってしまうだろ。拙者は別に手間賃なんて要らない。ただ、ひょうたんを育てたいだけなんだ」

とよくわからぬ理屈で突っぱねてくる。

「育てたいだけ？　金まで払って、わざわざ畑を借りてか？　お前、頭がどこかおかしいんじゃないのか」

「この前訪れたとき、瓢六殿が、ひょうたんは縁起物として売れるって言っていただろ？　あれを聞いたとき、いいなそれ、と思ったんだ。南蛮物だけの商いだと、どうしても年寄りの公家の食いつきが悪くてさ。だから、ひょうたんを扱うのもいいかもしれない。もっとも、うまく育てられたらの話だけど」

と実に商魂たくましい動機を述べ立てる黒弓だったが、徹頭徹尾、俺とは何の関係もない話である。

「知らん。お前は片手間なのだろうが、俺は仕事で育てるんだ。自分で手配しろ」

と冷たくあしらい、瓢六の女から受け取った、ほとんど重みを感じられない袋の口を開け、中身を板間の上に広げた。

「へえ、これが種なんだ。ずいぶん、薄っぺらいね、小さいね」

とのぞきこんでくる黒弓とともに、十粒ごとに種を分けると、ちょうど四つのかたまりができた。もちろん、これまで何かを種から育てたことなど一度もない。まともに最後まで育て上げる自信もない。これらを植えても、全部が全部、芽が出るわけでもなかろう。とてもじゃないが、種をくれてやる余裕はなさそうだ。

「ご覧のとおり、俺ひとりの分しかない。すまないな黒弓、お前は大根でも植えてくれ」

とけんもほろろに突き放したら、

「そう言えば、風太郎のひょうたんは？」

と黒弓は妙なことを言いだした。

「俺のひょうたん？　何のことだ？」

「外で風太郎が寝ながら握っていたやつだよ。あれ、振るとずいぶん音がしたろ？　もう捨てちゃった？」

「それなら外の竹筒のところに、ぶらさがっているぞ。でも、いつのものかもわからんひょうたんだぞ？」

「少しくらい古くても大丈夫だよ。じゃあ、あのひょうたんの種なら、いいかい？」

「別に構わん。好きにしろ」

俺の言葉に黒弓はさっそく外に出て、ひょうたんを携え戻ってきた。「ほら」と俺の目の前で振ると、確かに、そこそこ詰まっていそうな音がする。

黒弓は栓を抜き、口を下にして振ったが、何も出てこない。そこで土間に降り立ち、桶に甕の水を移し替え戻ってきた。何をするつもりかと眺めていると、桶にひょうたんを沈めている。

「なるほど、水といっしょに吐き出させるわけだな」

桶の底で押さえたひょうたんの口から、ぷくぷくと空気の泡が上ってくる。黒弓は「これ借りるよ」と壁にかけてあった編笠を手に取り、逆さにして土間に置いた。その上で勢いよくひょうたんを振る。躍るように水が噴き出すついでに、ひとつ、またひとつと種が飛び出してきた。外に雨ざらしにしていたせいで、余計にすすけて見えるひょうたんとは異なり、編笠の上に散らばった種は、どれもきれいな色合いで、大きさも俺がもらったものとほとんど差はない。だが、いかんせん、もの自体が古そうである。果たして苦労して取り出したところで、ちゃんと芽生えるのかどうか。

「まあ、がんばれよ」

と声をかけ、俺は外に小便に向かった。用を済ませ、あばらやの脇で薪を割っていると、「これだけ取れた」と黒弓が編笠を手に出てきた。

笠の中央に固められた種をつまみながら、

「全部で二十しか入ってなかった。思ったより、少なかった」

と黒弓は不満そうにつぶやいた。

黒弓の肩越しに、窓の脇にぶらさげた竹筒から伸びた桜が見えた。あと二、三日で満開といった具合だ。瓢六の女は開花とともに種を蒔け、と言っていた。いい加減、期限も迫っている頃かと思われる。

その晩、黒弓はまたもあばらやに泊まっていった。俺が「明日種を蒔く」と告げたら、

「拙者も」とすぐさま乗ってきて、そのまま帰らなかったのである。

「おい黒弓、お前は素直に大根を植えろ。俺の半分の種しかないのに、あの畑は広すぎだろう。大丈夫、大根ができたときは、俺がちゃんと食ってやる」

とからかってみたら、奴め、フンと鼻を鳴らしたきり、いかにも不貞寝するように、こちらに背を向けたので気分がよかった。しかも、いつもの歯ぎしりが聞こえなかったおかげで、ぐっすり眠ることができて、余計に気分がよかった。

翌日、黒弓を連れて畑に向かった。

途中、俺は黒弓に少し気になっていたことを確かめた。いくら休ませていた畑とはいえ、黒弓は実に手際よく一日で仕事を終えた。道具の扱いにしろ、耕す手順にしろ、非常に手慣れているように見えたが、経験があるのか——、という問いかけに、経験も何も、天川《あまかわ》じゃ今でも畑を持っているよ、と黒弓はつまらなそうな顔で答えた。

「向こうではポルトガルの連中が大きな顔をしていて、それ以外のみんなは肩身が狭いんだ。日本人もたくさんいるけど、あまり認めてもらえなくて、教会や城壁を造る力仕事か、畑を耕すくらいしかできることがないんだよ。それが嫌なら拙者みたいに外に出るしかない」

と黒弓はめずらしく暗い声色で言葉を連ねた。

天川といったら南方の海に囲まれ、ここと違って、さぞのんびりとした豊かな暮らしがあるのだろう、と勝手に思いこんでいたが、決してそうではないらしい。普段なら、ひとつものを訊ねると必要以上に答えを返してくる黒弓が、もう語ることはないとばかりにうつむいて歩いている。どこか怒っているようにも見えるその横顔を前に、いつも脳天気に振る舞っている黒弓だが、天川を出るに際し、それなりの葛藤があったのかもしれぬ、と今さらながらに思い至った。

そもそも黒弓にしてみれば、この都自体が異国そのものである。奴の母親は堺の生まれだそうだし、言葉も何不自由なく通じるため、普段はそのことに気づかないが、たとえば俺が呂宋《るそん》の町でひとり商いをしているのと同じなのだ。そう考えると、生まれ故郷から遠く離れ、たくましく生き抜こうとする男に、俺は冷たく当たり過ぎかもしれぬ、と少しばかり反省した。今後はなるたけ寛容に接するように心がけよう、と思いも新たにするうちに、畑の前に到着した。

「じゃあ、俺はこっちで蒔いているから」

と黒弓と別れようとしたら、

「待って、拙者の分をくれないか」

と呼び止められた。

「何を言っている。昨日、自分で取り出したやつがあるだろう。それを蒔け」

「だから、拙者の種も、風太郎の袋に入ってるんだって」

畑に下りようとした足を止め、

「何?」

と振り返った。

「どうして、俺の袋にお前の種が入っている」

「あれ? まだ言ってなかったっけ? 包むものが見つからなくて、風太郎の袋にいっしょに入れておいたんだ」

「何だと?」

慌てて懐から取り出した袋の口を開けた。確かに、昨日よりも種の量が増えている。

「じ、冗談じゃないぞ。芽が出るかどうかもわからん、お前の種なんかと混ぜられてたたまるか」

俺は袋に指を突っこんだ。昨日水といっしょに吐き出させたばかりだから、黒弓の種はまだ乾いていないはずである。取り分けられないかと指の先で様子をうかがったが、なぜか全部の種が濡れているように感じられた。手を抜いて改めてのぞくと、一目瞭然だった。昨日まで白く乾いていたはずの種はどこにも見当たらず、すべてが湿った色に染まっている。

「黒弓——、お前の仕業だな。わざわざ全部濡らして、区別がつかないようにしやがったな、この野郎」

と俺は声を荒らげて、奴の顔の前に袋の中身を突き出した。

「はて、何のことだろう」

いかにもわざとらしい声を上げる黒弓を、嚙みつかんばかりに睨みつけた。

俺ははっきりと覚えている。今日起きてから、袋は常に俺のそばにあった。出発のときまで、黒弓は一度も袋に近づいていない。ならば、奴はいつ種を紛れこませたのか？　夜だ。俺が寝ている間に、こっそり袋に忍びこませたのだ。ご丁寧に全部を湿らす小細工まで施して——。歯ぎしりが聞こえず気分よく寝られる、などとよろこんでいた俺は、何とお目出度い男だったのか。そりゃ、聞こえないはずだ。こっちが寝入るのを、この男、すねたふりをしてじっと待っていたのだから。

「ずいぶん、悪辣な真似をしてくれるじゃないか」

「大根を植えろなんて馬鹿にされたら、男として黙ってられないからね」

もはや開き直ったのか、黒弓は腕を組み、傲然《ごうぜん》とした態度で言い返した。

「それに同じひょうたんなんだから、そんなに目くじら立てることじゃないだろ？ どちらの種でもいっしょだよ」

いっしょなら、どうして全部を濡らす必要がある、と詰め寄りたかったが、元に戻すことができない以上、話すだけ無駄である。何ら悪びれた様子を見せぬ黒弓を前に、ああ、こんな男に寛容であろうと一瞬でも心を許した己が愚かだった、と激しい後悔に襲われつつ、袋から二十粒、きっちり数を揃えて種を渡し、目の前から追い払った。「ようし、植えるぞう」と意気盛んに自分の畑に下りていく黒弓の後ろ姿に、改めてこの男が俺にとっての疫病神だったことを思い出したが、すべてはあとの祭りだった。

＊

齢《よわい》二十にして、はじめて知ったことがある。

それは案外、自分がこまめな性分の持ち主だったということだ。

吉田山の南麓にひょうたんの種を植えてからというもの、俺は毎日畑に赴いた。水を丁寧に撒き、少しでも陽差しがよく当たるよう、山の斜面から張り出した枝葉を刈り取った。ほんの二、三日で芽が出てくるはずもないのに、水をやったあと、四半時ほど土を眺めて回った。

それに対し、黒弓はほとんど畑の面倒を見なかった。

「放っておいたって、芽くらい出るよ」

とのたまい、十日に一度しか水をやらなかった。

そのうえで、俺が残念でならないのは、種蒔きから半月ほどを経て、ともに芽生えのときを無事迎えてしまったことである。それどころか、最初の芽は黒弓のほうが一日早かった。ロクに面倒も見ていないのに、さっさと先を越されたことに、やはりまともな畑には勝てぬかと口惜しくて仕方がなかったが、あきらめるのはまだ早い。結果が出るのはまだ先の話である。

先陣に続けとばかりに二、三日のうちに、続々と小指の先くらいの小さな芽が土から顔を出した。蒔いた四十の種のうち、数えてみたところ三十七の芽を確認できた。心配していた、ひょうたんの種が混ざった影響は、さほどなかったということだ。黒弓のほうは、二十のうち十八が芽生えた。暦は四月に入り、この種を蒔いてからひと月の間、瓢六の女は一度も姿を現さなかった。つまり、俺が仕事の話に乗ったという事実を、瓢六の人間はまだ誰も知らない。

困った、と思った。

このままだと、俺はただのひょうたん好きの若年寄になってしまう。

女が訪れるのを待っていても埒があかぬゆえ、仕方なく、ひょうたんを届けて以来、ほぼ二月ぶりに産寧坂に向かった。めっきり暖かくなったこともあり、参道は清水詣での人でごった返していた。途中のひょうたん屋で、ひょうたんに詰めた水を飲む武家の姿を横目に捉えながら、結局は義左衛門の温情にすがって仕事をもらうことになってしまった己が情けないやら、みっともないやらで、まわりの華やいだ空気とはうらはらに、坂を上る足取りは重かった。

　瓢六の店構えが、人の頭の向こうに見えてきた。

　しかし、俺はそのまま店の前を素通りした。

　なぜなら、あの色の黒い女がひとりで店番をしていたからである。

　一方、女のほうは俺が店の前に差しかかったときから、こちらに気づいていた。相手の視線が頰に突き刺さるのを感じながら、通り過ぎようとしたとき、

「われ、何の用じゃ」

と声をかけられた。

　今さら、立ち止まるわけにはいかないので、聞こえないふりをして、そのまま無視して進むと後頭部に何かが当たった。

「む」

　思わず振り返ると、人の流れの向こうで、女が何かを放ったように、宙に手を掲げたままこちらを睨んでいた。足元に目を遣ると、手のひらにすっぽり収まるほどの、小さなひょうたんが落ちている。これを投げてきたらしい。もはや知らぬふりもできぬので、

「おお、こんなところに店があったか、気づかなんだ」

とことさら大げさな声を上げてひょうたんを拾った。

「うむ、ひさしぶりだ」

店の前に立ち、空のひょうたんを差し出すと、女は目線を合わさずにそれを受け取った。

「何しに来た」

うつむいたまま放たれた短い言葉から、できることなら俺と口を利きたくない、という気配がありありと感じられた。俺は居心地悪く、店の奥に飾られたひょうたんを眺めながら、

「瓢六殿にお会いしたい」

と控えめな口調で告げた。

女はちらりと面を上げ、

「用は？」

とぶっきらぼうに訊ねた。

「その……、あれだ。お前がこの前、持ってきたひょうたんの種を蒔いてだな。無事に芽が出た。だから、今日は――」

「金か」

俺の声を遮り、女はにべもないひと言で続きをまとめた。

「う、うむ……、まあ、そんなところかもしれぬ」

女は黙って立ち上がった。いかにも蔑むような一瞥を残し、土間に降りてそのまま奥へ消えてしまった。

俺は詰めていた息をふうと吐き出した。

あの女は苦手だ、と改めて思った。勝手にあばらやに押しかけられ、散々な目に遭ったのはこちらなのに、どうしてこんな負い目に似た気持ちを抱かされなくちゃいかんのか、とひとり腹立たしさを募らせていると、奥から「やっと来たか」という声とともに人影が現れた。

俺が立っている店の縁側の脇には、土間へと続く大きな深緑色ののれんがかかっている。「瓢六」の名前そのままに、ひょうたんが六個、白の線で染め抜かれている。そののれんが二つに割れ、瓢六が顔を出した。

老人はひどくぎこちない動きで往来に現れた。それもそのはずで、杖をついている。俺と目が合うと、

「この前、荷物を担いで歩いていたら転んでしまっての。そのとき膝を打ったんじゃが、いくら寝てもちっとも痛みが引かん」

と右の膝をさすり、「年じゃな」と苦笑して見せた。

布でくるんだ膝頭から、細枝のようなすねが伸びている。そのすねを見ると、今でもあばらやの裏で蹴りを入れようとしたときのことを思い出す。果たしてこの老人が因心居士なのかどうか、俺にはよくわからない。次にそれを名乗った女は、どうして因心居

士があんな老いぼれでなくてはいけない、と憤慨していたが、俺からしてみれば、老人だった因心居士が、半月経ったのちに説明もなく若い女になってしまったことこそが第一の不思議である。

老人は縁側に並べた延命水入りのひょうたんを後ろに押しやり、そこへ大儀そうに腰を下ろした。膝を曲げる際に、息を止めて痛みを待つその仕草からして、本当に膝の調子が悪いようだ。因心居士なら荷物を担いで転ぶなんてヘマはしないだろう。が、もはやどうでもよい話である。俺はあいさつも抜きに、単刀直入にひょうたんの種を蒔いたことを老人に伝えた。さっさと用を済ませ、金を貰うことだけが、今の俺にとって唯一の大事だ。

「うい奴じゃろう。ひょうたんというものは。今、どのくらい育っている?」

「二葉が開いて——、その間から本葉がわずかにのぞくくらいだ」

「なら、まだそれほど手間はかかっておらんな。少しくらい水をやったら、あとは勝手に芽が出たじゃろうから」

と老人は黒弓のようなことを言って、かっかっかと何もおもしろいことなどないのに笑って見せた。ひょっとして、手間もかかっておらぬのなら、手間賃も払わん、という流れに持っていかれるのではないか、と警戒の念を強めた矢先、

「心配するな、金はちゃんと払うわい」

と老人はこちらの心の動きを読んだかのように、またかっかっかと笑った。

「もともと萬屋の義左衛門殿には、ひょうたんといっしょに、男の人手が足らぬから、いいのはおらんかということを頼んでおった。今、儂がこんな具合で、あとは女がひとりしかおらぬ。どうじゃ、ここの仕事も少し手伝わぬか？　もちろん、金はそのぶん払う」

「店番なんかできぬぞ、俺は」

「当たり前じゃ。おぬしのようなにこりともせん男を座らせたら、売れるものも売れんようになるわ」

　これも黒弓とまるで同じことを言ったのち、

「義左衛門殿が寄越したということは、おぬし、ひょろひょろしてそうに見えて、力仕事もできるということじゃろ？　やってもらいたいのは、専らそっちじゃ」

　と懐から銭入れを取り出した。以前、女が言っていたとおりの額を数え、俺の前に差し出した。頭を下げて受け取ろうとすると、ひょいと手を引っこめられた。

「種を蒔いただけで、これは貰い過ぎというもんじゃ。人間、働いた分と稼ぎは等しいのが正道だ。どうじゃ、今回だけは足りない分を少し働かぬか。何、簡単な使いの仕事だ」

　俺が黙って老人の顔を見下ろしていると、

「荷物を持ち帰ってほしい。儂の代わりに女に力仕事を頼むわけにはいかぬからな。先方に笑われてしまうわい」

と行き先の寺の名前を口にした。

「裏門で、瓢六の使いで来たと言えばよい。渡された荷物を持って帰ってくるだけじゃ。どうじゃ？」

どうじゃ、などとうかがっておいて、申し出を引き受けない限り、明らかに金を渡さない構えである。仕方なくうなずくと、瓢六はにやりと笑って、右手を俺の前に持ってきた。

「おぬし、名は？」

「風太郎」

「くれぐれも粗相のないように頼むぞ、風太郎」

半分欠けた薬指に気づかないふりをして、俺は銅銭を受け取った。

坂のすぐ先の寺じゃ、わからんほうが難しい、という老人の言葉に見送られ、俺は瓢六を出発した。金だけを貰って帰るはずが妙なことになったと思いつつ石段を下った。

瓢六の言っていた寺はすぐにわかった。それどころか、産寧坂の入り口に構えているため、つい先ほども、その前を通ってきたばかりである。

「ここは高台寺《こうだいじ》か」

念のために餓鬼を捕まえ訊ねると、「そうじゃ」と当たり前だろうという顔で返された。表門はぴたりと閉じられている。裏門はどこだと訊ねると、餓鬼は「あっちじゃ」と指差し、走り去った。

門構えからも推し量れることだが、とにかく大きな寺だった。築地塀に沿って坂を上ると、表門からずいぶん歩いた先に、ようやく裏門が見えてきた。

門は開け放たれていた。一歩足を踏み入れるなり、

「何者じゃ」

と鋭い声が横手から響いた。

首をねじると、武家が三人、荷物を運んでいる。そのうちのひとりが、こちらを睨みつけていた。瓢六の使いで来たと告げても、「瓢六?」と眉間にしわを寄せるので、「ひょうたん屋でございます、産寧坂の」と慌ててつけ加えると、

「ああ、あのじいさんのところか」

とようやく相手の険しい表情が少し緩んだ。

「その瓢六が何の用じゃ」

「受け取る荷物があると聞いて参りました――」

男は俺の姿をつま先から頭まで遠慮なく見回したのち、

「そこで待っておれ」

と残し、建物の奥へ消えてしまった。

手持ち無沙汰のまま、門の脇に突っ立ち、目の前で二人の武家がせっせと動き回るのをぼんやりと眺めた。俺と建屋の間には、大きな長持ちが四つ、いずれも蓋が開いた状態で置かれていた。そこへ二人はものも言わずに荷物を運び入れている。

「そろそろ出立の時間です。お急ぎくだされ」

急に軽やかな声が響き、驚いて顔を向けると、色鮮やかな小袖を纏った女が四人、奥の廊下から一列になって縁側に姿を現すところだった。

「これもいっしょに入れてもらえませぬか」

と先頭の女が、後ろに続く者が手にした包みを振り返って示したとき、俺は息を呑み、咄嗟に顔を伏せた。

ほんの一瞬、列から顔をのぞかせた三番目の顔を、俺はよく知っていた。伊賀以来、ほぼ一年半ぶりの再会であってもわからぬはずがない。何しろ奴とは柘植《つげ》屋敷で十年以上もずっといっしょにいたのだ。

それにしたって――、なぜ常世《とこよ》がここにいるのか。

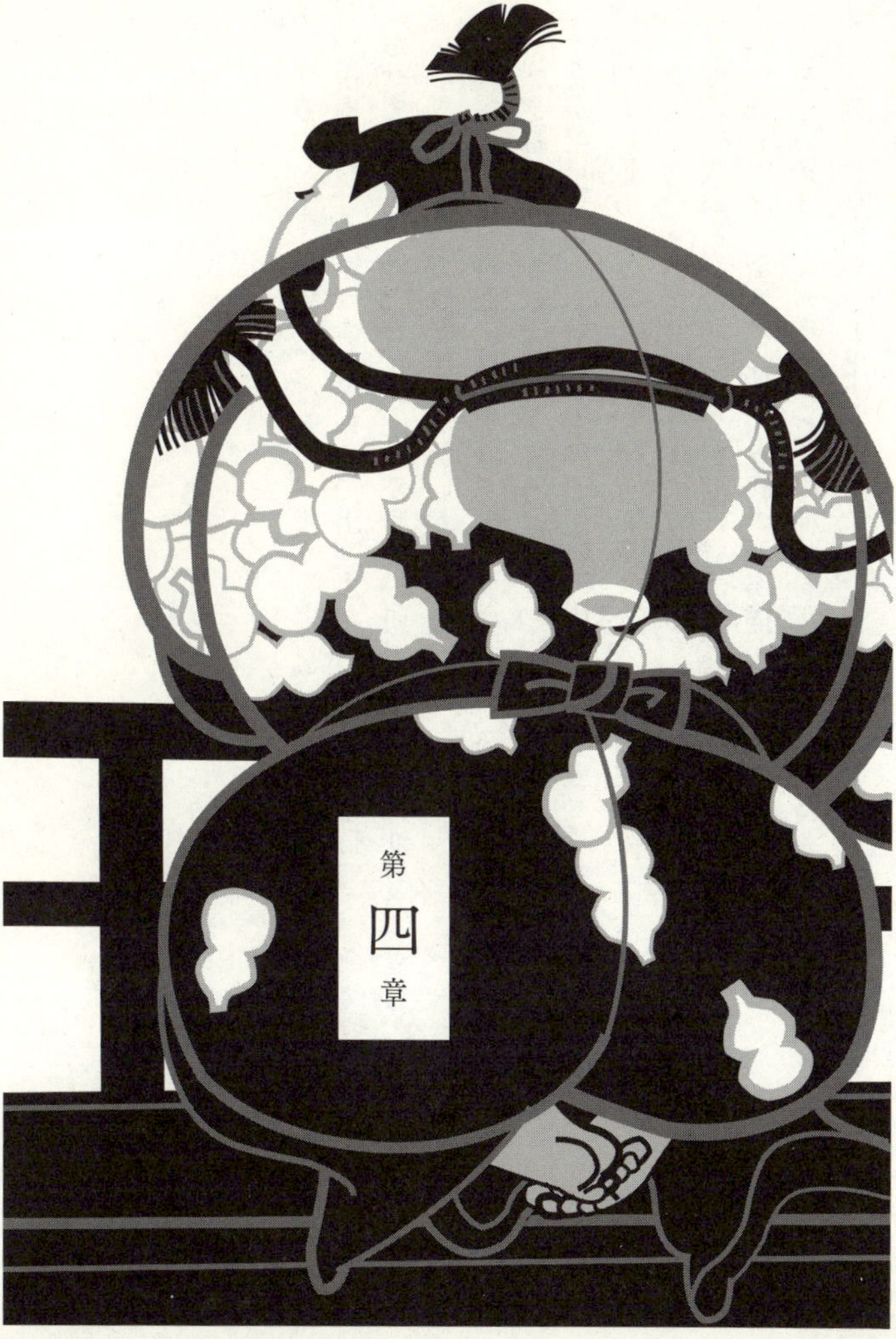

第四章

産寧坂を上って瓢六《ひょうろく》に帰ると、女がひとりで店番に戻っていた。

相も変わらぬ無表情な眼差しで出迎えた女に、荷物を持って帰ってきた、瓢六殿に知らせてくれと告げたら、今しがた町内の寄合に呼ばれ出かけたと言う。

「取りあえず、これを置いていいか」

両手の荷物を持ち上げて見せると、女は黙ってうなずいた。左右の荷物に、背中の一等大きな袋を縁側に下ろし、ふうと息をついた。

女が素早く包みを解く。右手の荷物の中からは、三つ重ねた木箱が出てきた。女が次の包みに取りかかった隙に、木箱の蓋をそっと開けてみた。大きさの割に重みがなかったから、きっとそうだろうと思っていたが、案の定、中身はひょうたんだった。わざわざ木箱に収めるだけあって、表面に立派な装飾が施されている。ちらりと隙間からのぞいた部分には、金地に鮮やかな鶴の羽が描かれているのが見えた。

そういえば、高台寺《こうだいじ》でこれらの荷物を下男とともに持ってきた武家が、

「今回は二個所望されるとのことじゃ。金は月の終わりにまた取りに来い」

と言っていたことを思い出し、忘れぬうちにとそれを伝えた。女は「はん」と曖昧な声を発し、積み上げた木箱を畳の上を滑らせるように奥へと押しやった。

「二個って、何のことだ？」

「先月、寺に持っていった十四のひょうたんのうち、桔梗と女郎花《おみなえし》の柄のやつを二個、買ったということじゃ」

と女は背を向けたまま答えた。

「何で、買ったものの中身までわかる」

「寺まで儂《わし》が全部運んだ。桔梗と女郎花が戻っていない」

「蓋を開けていないのに、中身がわかるのか？」

「毎日、見ていたらわかる」

簡単そうに女は言うが、どの箱にも筆書きなどなかった。ただ、大きさと木目の色合いのちがいがあったのみである。それだけでよく中身を判別できるものだなと感心していると、

「瓢六から、われへの伝言がある」

と元の座っていた場所に戻り女は告げた。

「十日後にまた来い。荷物を運ぶ仕事がある」

その件に関してまだ何も返事をしていないのに、気の早い伝言だと思いつつ、「ふうむ」とことさらに考えるふりをして、俺は縁側に腰を下ろした。

「なぜ座る」

荷物を包んだ布を畳もうとする手を止め、女は咎めるような眼差しを向けた。

「あの高台寺ってのは何なんだ？　いや、中にいるのは武家ばかり、寺なのにひとりも坊主を見かけなかったゆえな」

「われは阿呆か」

「だ、誰が阿呆じゃ」

「ねね様を知らんのか」

「ねね様？」

「太閤の奥方のねね様じゃ。あれは、ねね様の寺じゃ」

一拍置いて、俺は相手の言わんとすることを理解した。ねね様は知らんが、太閤ならもちろん知っている。太閤秀吉――、かつてこの国のあるじになった男だ。死んでからすでに十六年の歳月が経つが、この京においてその名を知らぬ者は、たとえ六歳の餓鬼であっても、皆無であろう。

とかく時勢に疎い俺が、はっきり「十六年」と覚えているのには理由がある。

太閤の死を契機に、柘植《つげ》屋敷に大勢の新入りがやってきた。俺が四歳のとき、つまり十六年前のことだ。あとで聞いた話だと、太閤の死によって世が乱れることを見越し、忍びの数を増やそうと考えたらしい。そのとき、新たに屋敷に連れてこられた連中のうち、俺と同じくらいの年の餓鬼の中に、百《もも》がいた。蝉《せみ》がいた。ほかにもたくさんいた。

そのいちいちを思い出すことはしない。なぜなら、百と蟬を除いて、全員が死んだからだ。

なるほど、太閤の奥方がこの京に住んでいようとは思いもしなかった。なら寺の中にどれほど武家がいても不思議はない。なぜなら、寺の正体が武家そのものだからだ。

「お前——、名は何という」

ふと思いついたついでに訊ねてみた。

女はしばらく俺の顔を用心深げに見回していたが、

「芥下《げげ》じゃ」

とくぐもった声を発した。

「芥下？」

芥下とは履物のことである。やけに変わった名前だと思いつつ、

「芥下よ。お前にあとひとつ、訊きたいことがある」

と勢いに任せ言葉をぶつけた。

「何じゃ」

「これまで俺のあばらやに何度来たことがある？」

「一度きりに決まっておろう」

眉間にくっきりとしわを寄せながら、女は即答した。

「では、因心居士《いんしんこじ》という名を聞いたことは？」

女は黙って首を横に振った。座った姿勢から俺を睨み上げたついでに、白目の鮮やかさがぐっと増し、よりいっそう相手の抱く不審の感情が伝わってきた。

「わかった」

とうなずいて、俺は腰を上げた。女は何か言い返したそうだったが、入れ違うようにばあさま三人組が、「ああ、喉が渇いたわい」と口々に放ちながらやってきて、否応なしにその応対にかかることになった。

参拝の連中の間をすり抜け、俺は産寧坂を足早に下った。

あの芥下という女は因心居士ではない。

同じく、あるじの瓢六もまた因心居士ではない。

はっきりとした理由はない。

ただ、俺のあばらやに一度しか来ていないという、その言葉を信用してもよいと思った――、それだけである。ならば満月の夜、俺の前に現れた老人や、斧の柄の上にのっかった女は誰なのかという話になるが、そんなこと俺にもわからない。わかるのは、あの女に訊ねても無駄ということだけだ。

坂下に、高台寺の築地塀が見えてきた。

果たして、あのとき常世《とこよ》は俺のことに気づいていたのだろうか。

女たちが縁側に登場したわずかな時間、互いにいっさい視線を合わさなかったが、奴のことだ、きっと抜け目なく俺の存在を確かめていたはずである。

今も常世は、大坂で忍びの仕事を続けているらしい。というのも、女たちが立ち去ったのち、武家とともにひょうたんの荷物を運んできた寺の下男に、

「さ、先ほどまでここにおられた別嬪《べっぴん》な皆さまは何者じゃ。天女が舞い降りたかと思ったわい」

と田舎者風情を丸出しにして耳打ちすると、

「豊臣家にお勤めの方々じゃ」

といかにも誇らしげな口調で説明してくれたからである。すかさず、さすがじゃのう、豊臣のおなごは元がちがうのう、と精一杯感心して見せてから、

「なら、わざわざ大坂からお越しということか」

とついでを装って訊ねると、

「もちろんそうじゃ」

と下男はあっさりとうなずいた。ちょうどそこへ、「こらッ、何を無駄話しておる。こっちを手伝わんかッ」と武家の濁声が響き、下男は慌てて走り去ってしまったが、常世が変わらず大坂に勤めていることだけはわかった。

現在、大坂城にいる豊臣家のあるじは、言うまでもなく太閤秀吉の子である。一方、高台寺のあるじは太閤の奥方のねね様だという。ならば、あの寺と大坂城は同じ豊臣の身内同士、母と子の間柄ということになる。縁側に現れた女の言葉からして、あの長持ちはこれから大坂に運ばれるものだったのだろう。見るからに上等な布で包まれた荷物

は、母から子への贈り物だったのか。常世はそのやりとりのため、大坂から送られてきたといったところか。

京の町中でも滅多に見かけぬほどの、艶やかな小袖を纏った女の肩越しに、ほんの一瞬、常世の整った顔を認めたとき、不思議なほど俺は懐かしさを感じなかった。

わずか数間の距離に立っていたにもかかわらず、常世ははるか遠くにたたずむ存在に見えた。くやしいとか、うらやましいとかいった感情は何も沸き起こらなかった。もはや、比べるものが何も見つからなかったからだ。

どこまでもみじめな話だと思った。帰るべき道はすでに閉ざされたことを頭ではとうに理解しているのに、俺は今もふたたびあの世界に戻ることを心のどこかで待っている。だからこそ、女の格好をした因心居士に、斧の柄に乗られ完膚《かんぷ》なきまでにやられてからというもの、夜中密かに忍びの修練を再開しているのだ。でも、それはいったい何に備えてのことなのだ？

帰りに畑に寄るつもりだったが、ひょうたんを眺めても、余計に気が滅入りそうで、そのままあばらやに戻った。

筵を潜って中をのぞくなり、板間の上にひょうたんがひとつ転がっているのが目に入った。外の様子を確かめると、案の定、窓の脇に竹筒といっしょにぶら下げていたひょうたんがなくなっている。留守の間に黒弓《くろゆみ》が来たのだろうか。板間に腰を下ろし、雨ざらしにしたせいで、すっかり薄汚れたひょうたんを拾い上げた。

「風太郎《ぷうたろう》」

ギョッとして、ひょうたんから手を離した。

なぜなら、ひょうたんがものを言ったように聞こえたからである。乾いた音を立てて板間に転がったひょうたんの口がこちらを向いていた。栓はいつの間にか抜けている。

俺は板間に頬をあて、おそるおそるひょうたんの口をのぞいた。

「重畳《ちょうじょう》、重畳じゃ——、風太郎」

確かにひょうたんが言葉を発した。

しかも、やけにうれしそうな声色で。

＊

床に頬を張りつけた姿勢のまま固まっている俺の前で、

「儂が誰かわかるか、風太郎」

とふたたびひょうたんがものを言った。

間違いなく、ひょうたんの内側から声が漏れ聞こえてくる。俺はひょうたんの口にそろりと顔を近づけた。ほんの一寸離れた位置から、おそるおそる小さな穴の奥をのぞきこんだとき、

「わからぬか、儂じゃ、因心居士じゃ」

とひょうたんが笑った。

その瞬間、周囲から光が消え、のぞきこんだ奥の暗がりが、一気に外へ溢れ出たかのように、突然の夜が訪れた。

まったく前が見えなかった。

ひょうたんがあった位置に手を伸ばしても虚空をつかむばかりである。それどころか、今まで膝をついていたはずの床板の感触すら消えていた。もはや、自分が座っているのか、立っているのかさえもわからない。そう言えば、以前もこんな目に遭ったことがあるぞ、と記憶を蘇らせようとしたとき、

「ひさしぶりだのう、風太郎」

と頭の上らへんで声が鳴った。

そう、鳴ったとしか表しようがなかった。一点から聞こえるのではなく、まるで頭の上に大きな梵鐘《ぼんしょう》がぶらさがっていて、それが鳴るかのように声が降ってくる。

「だ、誰だ、お前はッ」

「だから、因心居士と言っておる」

「どこだッ、姿を現せッ」

「それは無理じゃよ。おぬしは今、儂の中にいる。必然、おぬしは儂の姿を見ることはできぬわけだ」

「儂の中……？」

思わず漏れた声に対し、

「ひょうたんの中ということじゃよ」

とまるで俺をからかうように、漆黒に塗り潰された闇がほっほっほと笑った。

俺は懐を探った。瓢六でもらった銅銭を収めた袋が指先に触れた。もったいないと思いつつ、袋から一枚取り出して、前方に力いっぱい放り投げた。いつになっても音は返ってこなかった。もう一枚、今度は足元に向かって投げつけた。驚いたことに、こちらも何の音もしなかった。俺は腰を屈め、足元に手を伸ばした。何ということか、地面がない。さらには、足の下に手を泳がせることもできる。では、どうやって俺は立っているのか。もはや、天地すらも定かではなくなってきた。

「だから、言ったであろう。おぬしは儂の中にいると。妙なものを撒き散らすでないわ」

という声とともにいきなり額に何かが当たった。慌てて手を伸ばすと、丸くて薄い形のものが二枚、額に貼りついている。

「今、おぬしが投げたものじゃ。しまっておけ」

相変わらず光はなく、目が慣れることもない。果たして俺が投げた銅銭なのかどうかもわからなかったが、言われたとおりに薄っぺらいものを袋に戻した。

「おい――、因心居士とやら」

「何だ」

「下らぬ術はやめろ。お前がえらく腕のよい使い手であることはよくわかった。最初はじいさん、次は女、そして今度はこれだ。俺は素直に負けを認めるよ。どれも、いつ術をかけられたか、まったくわからなかった。だから、そろそろ姿を現したらどうだ。こんな回りくどいことをやって、いったい何が目的だ？　言いたいことがあるなら、さっさと出てきて話せ」

「術じゃと？」

いかにも呆れたような声とともに、四方すべてを覆う闇の向こうから、苦笑が聞こえてきた。

「まったく面倒なことを考える男じゃのう。確かにおぬしの身には、どこまでも幻術を仕掛けられた者と同じ効果が現れているかもしれぬ。しかし風太郎よ、幻術ならばいつか目が覚めて、元の世界に戻ることができよう。これはちがうぞ。試しにそこで一日でも二日でも、突っ立っているがよい。たとえ一年立ち続けても、この暗がりで息をするだけの日々に変わりはないぞ」

妙な脅しをかけてくる相手もいたものである。どうあってもこれを術とは認めたくないらしい。逆に、何としてもひょうたんの中にいると思いこませたいらしい。

「そもそも、おぬしは何か勘違いをしているようじゃ。儂はおぬしに何の害意もない。それはおぬしがいちばんわかっているはずだ」

「害意がない？　毎度、俺をこてんぱんにやっつけておいて、どの口が言っている」

「大げさな男じゃな。二度、軽く撫でたくらいじゃろう。儂が本気なら、とうにおぬしは死んどるわい」

あまり触れられたくないところをまっすぐに突かれ、俺は黙りこんだ。その拍子に、先ほどから聞こえる相手の声に何ら覚えがないことに、今さらながら気がついた。若くもない、年をとってもいない。甲高くもない、低くもない、まったくもって特徴というものが感じ取れぬ声だった。これが因心居士の本当の声なのか。

「フン、なら俺をさっさと元に戻せ。こんなところに閉じこめられて、害意がないとか言われても、誰が信じるか」

「そう、焦るでない。心配せずとも、話が済んだら帰してやる。儂だって、己の中におぬしのような辛気くさいのを、いつまでも住まわせておくつもりはない」

俺はフンと鼻を鳴らし、好きにしろとばかりに腕を組み、どかりと腰を落とした。尻を置くべき地面はないのに、どういうわけか胡坐をかいている。水の中で身体が回転しているような、奇妙な感覚のまま俺は相手の言葉を待った。

「儂はおぬしに希望を託したのだよ――、風太郎」

「希望？ 何の話だ？」

「長らくここで待ち続け、ようやくおぬしとあの黒弓というのが現れた。おぬしらが産寧坂のひょうたん屋に向かうと聞いたときは、儂もひさしぶりに胸が躍ったわい。とうとう、この吉田を去るときが訪れた――、とな。だが、儂の希望はいきなり一歩目で潰《つい》えかけた。覚えているか？ 儂が届けるよう言ったものを、おぬし、もう少しで塵《ちり》にするところじゃった」

　何のことだと一瞬、暗闇で首を傾げたが、ああ、箱に入っていたあの気色の悪い蛾のことかと合点した。

「言っておくが、あれは俺のせいじゃないぞ。目の前で下品なくしゃみをする奴がいたからだ。それにいきなり風が吹きこんできて、蛾も勝手にどこかへ飛んでいった。俺は何もしていない」

「馬鹿者、あれは儂が吹かせたのじゃ」

「吹かせた――、風をか？」

「儂がひょうたん屋に届けたかったのは蛾ではない。あの腹に詰めていた粉だ。あれに儂はできる限りの力をこめた。それをおぬしは勝手に箱の蓋を開けるだけでは飽きたらず、中身を落とし、あろうことか腹の粉を露《あら》わにさせおった。あのときばかりは、儂も気が遠くなりかけたわ。咄嗟に風を起こして、塵になるのだけは何とか防ごうとした」

「逆だろう。それこそ風のせいでちりぢりになってしまったんだろうが」

「そうじゃ、ああやるしか、おぬしに粉を吸わせる方法が残っていなかったからな」

　何――？　と俺は闇の中で固まった。

「ど、どういうことだッ」

「あの粉を吸ったおぬしには、儂の力が及ぶようになる。だから、こうして好きなときにひょうたんの中に呼ぶこともできるわけじゃ」

あまりの内容に、俺は頭上を仰いだままぽかんと口を開けた。

「もともとは、ひょうたん屋のあるじに、あの粉を吸わせるつもりだった。おぬしが産寧坂の店に箱を届け、それをあるじが開ける。あの店にはひょうたんがたくさんあろう。おかげで離れていても、儂の力が少しは届く。そこで蛾の身体を開き、風を招き入れ、否応なしにあるじに粉を吸いこませる手はずじゃった。しかし、おぬしが何もかもをご破算にした。ならば、おぬしを代わりに選ぶしかなかろう」

「ま、待て——、選ぶって何のことだ？」

相手が何を言っているのかさっぱりわからぬが、じりじりとよくない方向に進んでいることだけはわかる。俺は首筋に手を伸ばした。嫌な具合に肌がじっとり汗ばんでいた。

「心配せずとも、おいおい説明する。だが、長い話ゆえ、今日はここまでじゃ。とにかく、儂はおぬしがことのほかよくやっていることを伝えたかった。だから、わざわざこの場所に招いてやったわけだ」

確かに、最初にひょうたんが口にした言葉は「重畳じゃ」と俺をねぎらうものだった。もちろん、どれだけ褒められたところで、うれしい気持ちなどいっさい沸き上がらない。俺は口の中に溜まった唾を呑みこみ、

「お前は……、何者なんだ？」

と声をひそめ訊ねた。

「風太郎よ、ようやく儂のことを認めたか。そうじゃ、儂は決して幻術使いなどではな

いぞ。勝手な想像ばかり膨らませずに、最初からそう訊けば、儂も素直に答えたのだ」

ほっほっほと闇が愉快そうに笑った。

「儂はな――」

つい引きこまれるように、俺は空の声に耳をそばだてた。

「ひょうたんじゃよ」

「ふ、ふざけるなッ」

「ふざけてなんかおらぬ。ひょうたんに身体を宿している以上、ひょうたんと名乗るほかない。もともと名前もないゆえ、もっとも近いところを取って因心居士と称している。だから、儂のことは因心居士と呼ぶがよい。さて――、そろそろ、おぬしを元の世界に帰してやるとするかな。風太郎よ、おぬしの働きにはとても満足している。このまま日々、励むがよい」

何やら話を締めるような雰囲気に、

「は、話は終わっていないぞッ」

と怒鳴り返した。あれこれ相手は勝手に話しているが、どうして俺にちょっかいをかけてくるのか、という根本の部分は何もわかっていない。

「まだ道のりは長い。また会おう、さらばじゃ、風太郎」

と一方的なあいさつが闇から届いたとき、俺は唐突に元のあばらやに戻っていた。

床板に顔を近づけ、尻を突き出した間抜けな格好で、ひょうたんの口をのぞきこんでいる。

「おい」

と転がったままのひょうたんに呼びかけた。

何の返事もない。じっくりと穴の向こうを眺めたが、まさか蟻のように小さなじいさんが顔を見せるはずもない。

「おい、因心居士。話はまだだ。もう一度、出てこい」

馬鹿馬鹿しいと思いつつ、俺はひょうたんの表面を叩いて訴えた。乱暴に振ってみた。さらに壁に投げつけてみた。それでも、ひょうたんはうんともすんとも言わない。

「まあ、ひょうたんがものを言うはずないわな――」

ひょうたんを板間に置き、夕餉《ゆうげ》の支度にかかることにした。竈《かまど》の薪に火をつけ、その前に座った。一本、二本と薪を足し、火の勢いが大きくなるのを、ぼんやりと眺めていたが、ぱちりと爆《は》ぜる音が聞こえた瞬間、地面を蹴って板間のひょうたんに飛びかかった。ひょうたんをつかむなり、めんめらと燃える薪の炎に向け投げつけた。

「無駄じゃよ――、風太郎」

途端、頭の上から笑いをこらえるような因心居士の声が聞こえてきた。

「おぬしの考えなど、とうにお見通しじゃ。確かにひょうたんを燃やせば、わしも消えてなくなるじゃろう。だが、どれほどおぬしが速く動こうとも、儂はそれより速く、おぬしをひょうたんの中に閉じこめるぞ」

俺はフンと鼻を鳴らし、せいいっぱいの仏頂面を作って腕を組んだ。

俺の視界に、すでにひょうたんはなかった。薪の灯りもあばらやの調度もいっさい見当たらなかった。ふたたび引き戻された完全な闇の中で、ほっほっほという因心居士の笑い声ばかりが盛大に響き渡った。

＊

要領を得ない話をいちいち聞かされるくらいなら、いっそ根こそぎ面倒ごとを取り除いたほうが早い、と荒っぽい手に打って出たわけだが、ものの見事に失敗した。

「よく聞け、風太郎。もしも、おぬしを閉じこめたまま、ひょうたんが焼けたときは、儂にもどうしようもできぬぞ。儂はもちろん、おぬしもあの世行きじゃ。そんなことになってもよいのか？　よいはずなかろう。ならば、下手なことはせんことじゃ」

相変わらず一寸先も確かめられぬ頭上の闇から、しっかり説教を食らったのち、気がついたときには、放り出されるようにあばらやに戻っていた。

それからというもの、俺はひょうたんを燃やしたり、砕いたりする気を起こすこともなく、心穏やかに日々を過ごしている。ただ、あの薄汚れたひょうたんを見るのは、前にも増して気が進まないので、薪の山に隠すことにした。薪の底にひょうたんを埋める最中に周囲がまた真っ暗になるかと思ったが、何事もなく過ぎたので、相手にとっても許容の範囲のことだったらしい。

それにしても腹が立つのは、あのうさんくさい因心居士の存在を、いつの間にか自分が認めてしまっていることだ。かつて、あれほど果心居士《かしんこじ》のいんちき話を嫌っていたにもかかわらず、よりによってその片割れのような輩に、首根っこを押さえつけられる羽目になってしまった。

もうひとつ気に入らないのは、すっかり瓢六の世話を受ける身になっていることである。

五日に一度、俺は瓢六に向かう。

最初は十日に一度という話だったが、事情が変わった。

瓢六を訪れた俺は、あるじの言いつけに従い、都大路のあちこちに店の使いとして赴く。荷物を引き取りにいくこともあれば、ひょうたんの入った袋を担ぎ、絵付けの工房に預けにいくこともある。高台寺にも、あれから一度だけ荷物を届けた。もちろん、常世に会うことはなかったが、下男との無駄話の合間にさりげなく探りを入れるに、今もふた月に一度くらいは大坂から人がやってくるとのことだった。

あるじ瓢六の膝の調子は、いっこうに上向かない。それどころか、いよいよ具合が悪くなっているらしい。ならば俺がいないとき、代わりに誰が荷物を運んでいるのかと訊ねたら、芥下にすべてやらせているのだという。何軒も回ったあとでは、両手と背中がすべて荷物で埋まることもあるのに、それをあの小柄な身体に任せるというのは、さすがに俺も気の毒に感じた。瓢六が体裁が悪いことを気にして、俺を雇いたがったのもわかる。それはたいへんだ、と俺が思わず女への同情の言葉を口にすると、ならばおぬしが代わりにもっと働け、と返ってきた。その結果、俺は五日に一度、瓢六に顔を出すことになった。まるで瓢六の使用人にでもなったようで不本意なのだが、とにかく金がいいので断ることもできない。まったく、ひょうたん商いとはこれほどまでに儲かる仕事なのか。

五月に入り、梅雨の訪れと歩みを同じくするように、畑のひょうたんに髭《ひげ》が生えた。茎が分かれる部分から、まるで髭のようにか細いものが突き出している。何だこれは、と思っていたら、黒弓が「髭じゃなくて、つるだよ」と教えてくれた。ひょうたんとはつるがあちこちに伸びて絡まり、その身体を支えながら実をならせるものらしい。

空はぶ厚い雲に覆われ、梅雨の長雨が飽きることなくあばらやの屋根を叩く。黒弓とのひょうたん競争は今も続いている。やれ先に本葉が三枚開いた、やれ先に地面からの高さが一尺を超えた、などといちいち張り合っている。残念ながら、いい土で育っているせいか、奴のひょうたんのほうが生育の具合がわずかによい。ゆえに、ひょうたんに瓜葉虫《うりはむし》を見つけたときは、殺さずに隣の畑に持っていく。橙色の甲虫である瓜葉虫は、小さな身体のくせに葉やら茎やらを好き放題齧る憎き敵だ。金の力にあかして調子に乗っている輩には少しお灸を据えてやらねばならぬ、と俺は黒弓のひょうたんに瓜葉虫を置いてから、あばらやへの帰途につく。

五日、雨が降り続いたのち、ようやく空を覆っていた雲が退散した。

あばらやを出て、杉木立を仰ぐなり、見事な五月晴れが俺を迎えた。ひさびさの陽気に当てられながら畑に向かうと、ひょうたんは一気に大きさを増していた。いちばん下の葉などは、手のひらよりもひとまわり大きくなっている。小指の爪ほどの長さしかなかったつるも、ゆうに二寸を超えて、竹を割って作った支え棒にぐるぐる絡みついていた。これまでいかにも子どもの風貌だったひょうたんが急に男臭くなったようで頼もしさを感じながら、俺は畑から小径に上がった。桶を手に水汲みへ向かおうとしたとき、急に名を呼ばれた。

振り返ると、径の向こうから赤い点が近づいてくるのが見える。

案の定、黒弓だった。

今日は公家への商いの帰りなのか、恥ずかしいくらいによく目立つ、例の合羽を纏っている。

「やっぱり拙者のほうが、よく育っているね。ほら、こうして左右をいっしょに視界に入れてみるとよくわかる。拙者のほうがどれも大きいし、葉っぱの緑も強い。風太郎にも、そう見えるだろ?」

出会うなり、さっそく気分の悪い奴である。

「うるさい、お前のひょうたんなんて、全部瓜葉虫に食われてしまえ」

と言い捨て、さっさと水汲みにいこうと足を踏み出したとき、ふと「この男は、どうなのだ?」という疑問が頭をかすめた。

俺があのひょうたんに閉じこめられたのは、因心居士の言によると、蛾の腹に詰めていた粉を吸いこんだからなのだという。ならば、あの煙たいあばらやの中で、この男も同じものを吸いこんだはずではないか。

「おい、黒弓」

俺は畑に降りようとする相手を呼び止めた。

「最近身のまわりで妙なことが起きていないか？」

「妙なこと？　たとえば？」

「そうだな……、ひょうたんが勝手にしゃべりだす、とかだ」

「ひょうたんがしゃべる？　何言ってるんだよ、風太郎。ひょうたんはしゃべらないぞ」

まったくの正論である。

「じゃあ、因心居士ってのは知っているか？」

「え、誰？」

「因心居士だ。名前も聞いたことはないか？」

まわり道することなく、俺は単刀直入に話をぶつけた。そのうえで、奴の表情の揺れを毫も見逃すまいと視線を鋭くしていたのだが、「さあ……」と首を傾げる奴の表情といったら、見逃しようがないほど間抜けなものだった。

「もう、いい」

俺は舌打ちとともに、話を切り上げた。

いったい、なぜ俺だったのか――？

改めて考えると、むらむらと腹が立ってくる。そもそもの原因は、目の前の赤合羽野郎なのだ。この男がいきなりくしゃみをするから、俺は驚いて箱を落としてしまった。挙句、蛾の粉の始末をひとり押しつけられる羽目になったのだ。だが、俺は確かに聞いた。あのとき、遅れてあばらやから出てきた黒弓が、変な味がすると言っていたのを。ならば、黒弓も間違いなく粉を吸いこんだはずだ。それなのに、どうして俺ひとりだけがこんな面倒事を引き受けなくちゃいかんのか。

「そうだ、忘れていた。これ、三条の河原で買ってきたんだ。食べる？」

黒弓が袖からチマキを二つ取り出した。奴の手から糸でぶらさがっているチマキを、礼も言わずにつかみ取った。黒弓と並んで小径に腰を下ろし、糸で縛った笹の葉を広げる。そう言えば、まだこいつに高台寺で常世に出会ったことを告げていなかったな、と餅米にかぶりつきながらそのことを教えてやったら、

「拙者も会いたかったなあ」

と黒弓は心底うらやましそうな声を上げた。あんなに美しい御方は南海じゅうを巡ってもいないよ、と口を極めて常世を褒め称える黒弓の横顔を眺めながら、たったの一度、伊賀の宿屋で会っただけで、よくこれだけ執心できるものだな、と滑稽に思うやら、不憫に思うやらしていると、

「あれ、瓢六の女じゃない？」

と急に黒弓が指を差した。

釣られるように首をねじると、黒弓が来た道を、橙色の小袖を纏った女がこちらに向かって歩いてくる。黒い髪に橙の小袖という組み合わせが、まるで黒弓のひょうたんになすりつけてやった瓜葉虫の頭と胴体みたいだな、と思ったが、その正体はあの芥下という女だった。

何しに来たのかと訝しがる俺の視線をものともせず、いつにも増して無愛想な顔つきで、芥下は俺と黒弓の前で足を止めた。

「どうした？　瓢六に手伝いにいくのは明日のはずだぞ」

芥下は俺の言葉をまるで聞いていないかのように左右の畑に視線を走らせたのち、

「これは全部、われの畑か？」

と訊ねた。

「いや、俺はこっちで、道の向こうはこいつの畑だ」

女は「はん」とくぐもった声を発し、俺の畑に降りた。いちばん手前のひょうたんで足を止め、何やら指で葉を数えている。

下からたどっていった人差し指が、茎の先端のところで止まった。

そこには、これから大きくなる葉が、産毛のようなものに包まれ、まだ小さく折りたたまれた形で、まさに「葉のつぼみ」のようにうずくまっている。

そのまま何の断りもなく、芥下は「葉のつぼみ」を引きちぎった。

「わッ——、な、何しやがる」

俺の声などそっちのけで、芥下は隣のひょうたんに移動し、同じように先端の「葉のつぼみ」をちぎり、先の一個といっしょにぞんざいに地面に投げ捨てた。

俺は慌てて斜面を駆け下り、無惨に放り出された二個を拾い上げた。威勢よく伸びる二、三本のつるといっしょにちぎられたそれは、まるで羽化したての蝶に似ていて、やわらかな葉の感触が、否応なしに息の根を止められたことを伝えているようで、いかにも哀れだった。

「お、おいッ、何のつもりだ」

声を荒らげ、相手の肩に手をかけようとしたとき、

「それでいいんだよ、風太郎」

と黒弓の声が背後から響いた。

「何？」

黒弓は芥下にいくつか問いを投げかけた。それに対し、芥下も短く答える。二人の会話にやたらと「こづる」と「まごづる」という単語が出てくると思って聞いているうちに、

「そういうことだよ、風太郎」

と黒弓が小径の上から笑顔を向けた。

「何がそういうことだ。説明しろ」

「花をたくさん咲かせるための処置だよ。いちばん最初に伸びている茎には花がつきにくい。それを敢えて摘んで、上に伸びないようにする代わりに、脇から新しい茎を伸ばすんだ。ひょうたんは、その脇から新しく伸びるほうに、よりたくさん花がつくんだってさ」

「どうして、そんなに花を咲かせることにこだわる必要があるんだ？」

「だって、花が咲くから、実がなるわけだろ？　風太郎は、ひょうたんをたくさんならせるため、育てているわけじゃないのか？」

ああ、そういうことか、と合点したとき、不意に記憶の底のほうで因心居士の声が蘇った。あの真っ暗な闇の中で、俺の働きに満足しているとのたまい、「このまま日々、励むがよい」と残した言葉の意味を、突如として理解した気がしたのである。

ひょうたんだ。

俺が日々、励んでいることといったら、せいぜい毎日の水やりくらいのものだ。この畑には奴のひょうたんから取り出した種も育っている。ひょっとして、ひょうたんを大過なく育てさせることこそ、奴の狙いなのではないか。


その効果はてきめんだった。

＊

これから育たんとする若い芽をあっさり摘んでしまったことへの俺の心配などよそに、気味が悪いくらい、ひょうたんは急に大きくなり始め、芥下が来て六日後には、何とひょうたんに花が咲いた。

瓢六で日が暮れるまで仕事をした帰り道、畑の前を通ると薄闇にぼんやりと白いものが浮かんでいた。蝶でも止まっているのか、と近づいてみたら、それがひょうたんの花だった。

ひょうたんの花とは夜開くようで、花びらに触れると、いかにもか弱そうに指の先で震えた。少しつまんで引っ張ると、簡単に破れてしまい、「いかん」と思わず声を上げた。黒弓の畑も確かめたが、まだ花は咲いていない模様である。うれしい先駆けに、ほくそ笑みながら水汲みに向かった。もっとも、一日天下もいいところで、翌日には黒弓の畑にも三つ花が咲いていたが。

花が咲いて、次は何をしたらいいのか。瓢六での仕事の合間に、俺は店番をしている芥下に訊ねた。

「雌の花はもう咲いとるのか」

うつむいたままの格好で、芥下は返してきた。

「何だ、雌の花って？」

机の上で、ひょうたんのくびれの部分に組み紐を結ぶ手を止め、芥下は面倒そうに顔を上げた。

「われはひょうたんに、雌の花と雄の花があるのを知らんのか」

「あの白い花にそんな区別があるのか？」

返事をするのも億劫だと言わんばかりに、芥下はひょうたんに視線を戻し、結びかけの目を最後まで細工して、箱にぞんざいに放った。

「花びらをちぎったらわかる。黄色の粉がたくさん吹き出ているほうが雄じゃ。雌の根元は、小さなひょうたんのように少し膨らんでいるから、普通は気づくじゃろうが」

「なるほど――、では雌の花があったとしてどうしたらよい？」

これぱかりは芥下に頼るほかなく、頭を低くして今後の育て方の教えを乞うていると、店の奥から瓢六が顔を出し、次の使いの場所を告げた。

「ねね様のところじゃ。ただし、今日は寺ではなく、御屋敷のほうへ行ってくれ」

ねね様の御屋敷とは何のことだと思ったら、高台寺とはあくまで亡き夫太閤の菩《ぼ》提《だい》を弔う場所で、普段、ねね様は内裏近くの屋敷に住んでいるのだという。

背中にしこたま大きな袋を担ぎ、もちろん両手も塞いだ格好で、瓢六を出発した。

なぜ、ねね様はこうもひょうたんが入り用なのか。俺は一度、瓢六に訊ねたことがある。

「なんと、おぬしくらいの年の連中だと、もう知らんのか」

と瓢六は驚きと呆れが入り交じった顔とともに、

「ひょうたんは太閤の馬印じゃ」

とその理由を端的に説明してくれた。今もその名残で、太閤の月命日に合わせ、ひょうたんを必ず二個か三個買い求めてくれるのだという。ねね様は野草の意匠を特に好むから、それに合わせた絵つけをしている、と瓢六は上得意への工夫を語っていた。

鴨川を渡り、荒神口から洛中に入った。

人の流れに従って進むと、瓢六が教えてくれたとおり、すぐさま築地塀にぶつかった。塀に沿って延々歩き、やっとのことで勝手門を見つけた。高台寺もかなりの縄張りを誇るが、こちらの屋敷に至ってはほとんど城かというほど広い。さすがは太閤の奥方、往時の権勢がしのばれるというものである。

貧乏公家の屋敷の正門よりも、はるかに立派な構えの勝手門の前で人を呼んだ。閉めきられた門の脇のくぐり戸から、やはり武家の男が顔を出した。瓢六の使いであることを告げると、一度引っこんだのち、「入れ」と手だけが戸の向こうから伸びて招かれた。

くぐり戸を抜け、番所のような建屋を過ぎた先には、埃《ほこり》っぽい外の往来からは想像だにできぬ眺めが広がっていた。建屋と建屋の間に橋が架かっている。その向こうには池が見える、丘が見える、林が見える。池のほとりには東屋《あずまや》が建ち、舟までつながれている。何なのだ、ここは。

「こらッ、何を見ておる」

先導の武家に注意され、慌てて前に向き直った。庭に面した建屋の縁側に荷物を置き、十日したらまた取りにくるがよい、と追い立てられるようにして、来た道を戻り屋敷をあとにした。

翌日、間のいいことに、畑で黒弓と出くわした。棚をこしらえるための竹やら材木やらをすでに畑の脇に用意していたので、さっそく奴とともに棚作りに取りかかった。土台を組み上げたのち、黒弓は荒縄を使って、あれよあれよというちに、骨組みしかなかった天井の部分に細かい編み目を作り上げた。これなら、どれほどひょうたんがつるを伸ばしても支えることができるはずだ。こんな特技もあったとは、と俺が密かに感心していると、南蛮船ではこの編み目を伝って、帆を支える柱に設けた物見台に上るんだ、と黒弓が得意そうに語った。柱から柱への移動には、張られた一本の綱の上を走って渡るそうである。以前、どこでそれほどの身軽さを身につけたのか訊ねたとき、

「船で働いているうちに勝手に」

と当たり前だろと言わんばかりの顔で返されたのだが、今になってその言葉の一端を理解できた気がした。作業がてら、荒神口のねね様の屋敷に瓢六の使いで赴《おもむ》いたことを話し、

「お前もあそこで商いをしているのか」

と訊ねると、

「まさか」

と黒弓は笑いながら手を振った。

「あのくらいになると、よほどのところからの紹介がないと、あいさつも受けつけてく

れないよ。拙者が付き合いがあるのは、もっと小さな屋敷に住んでいる公家だね。たぶん高台院屋敷ひとつの敷地に、三十から四十くらい、他の公家の屋敷が入るんじゃないかな」

「さすが、大坂城のあるじの母ともなると、格も違うな」

「でも、あの方は生みの母じゃないよ」

「そうなのか?」

「生みの母のほうは今も大坂城にいるはず。ねね様とは仲がいいとか、悪いとか」

互いの畑に棚を完成させたのち、黒弓は商いの約束があると言って、忙しそうに立ち去っていった。小径に座り、奴がみやげに置いていったまんじゅうに嚙りついた。花が咲いてからというもの、ひょうたんは一日に三寸も背丈が伸びている。この調子だと、あっという間に地面に差した支え棒を伝って天井の網に届くだろう、と想像をたくましくしていると、背後から静かに土を踏む音が聞こえた。

俺はまんじゅうを咀嚼《そしゃく》しながら、何気なく首をねじった。

黒弓の畑を囲む畦《あぜ》をゆっくりと歩いてくる相手を見て、俺は思わず立ち上がり、残りのまんじゅうを口に詰めこんだ。

「ひさしぶりだ、風太郎」

「と、常世――」

畦から小径に上がったところで、常世は足を止め、

「風太郎、おぬしに話があって来た」

とほとんど抑揚のない声で告げた。

「だが、ここでは無理そうだ」

常世が顔を向けた先を目で追うと、鍬を持った親父連中が三人、大声で話しながら近づいてくるのが見えた。

「俺のあばらやに来るか。ここからすぐだ」

「そうしよう」

向かってくるのはいずれも吉田村の顔見知りである。すれ違いざま、きっと何かからかわれるだろうと思ったが、意外やいっさい言葉を交わすことはなかった。三人とも常世に視線が釘づけになっていた。高台寺で会ったときと異なり、地味な藍染めの小袖を纏っていても、その美貌に完全に肝を奪われている様子である。先頭のひとりは目をまん丸にして、残りの二人は口を開けていた。すれ違ったのち、先頭の親父が担いだ鍬を落とし、それが後ろの親父の足を直撃したようで大騒ぎしていた。

吉田山に入り、人気《ひとけ》も絶えたところで、

「それにしても、まさかお前とこうして京で会うとはな。まだ大坂城で働いているんだろ？　わざわざ京まで、ご苦労なことだな。今日も大坂からの使いの仕事か？　そうだ――、俺のことは聞いているか？　当然、聞いているよな」

と振り返ったとき、常世の右手で小刀の刃が光った。

俺が声を上げるよりも早く、常世の刺突が襲ってきた。

咄嗟に真横に飛び、木立の間へ逃げこむ。

「ま、待てッ。理由を教えろッ」

常世からの返事はない。息を殺して、幹から顔をのぞかせようとした瞬間、木膚をえぐって棒手裏剣がかすめていった。

どうやら俺と会話するつもりはないらしい。左右に視線を走らせ、使えそうなものを探した。村人が柴刈りに頻繁に訪れる斜面ゆえに、憎らしいほど何も落ちていない。悠長に木の枝を折っている暇はない。そんなことをしている間に棒手裏剣が襲ってくる。

一気に間合いを詰めてきた足音に、俺は幹から飛び出した。「なぜ」は頭の中から消した。俺の姿を認めるなり横に薙がれた小刀を、腰を落としてかわすと同時に、奴の膝目がけ蹴りを繰り出した。

鈍い音とともに、常世がひっくり返った。小袖の裾が乱れ、白い脚が露わになる。お構いなしに、もう一撃加えようとしたが、逆に転んだ姿勢から放たれた常世の足払いを食らい、背中からもんどり打って倒れた。

痛みを確認する間もなく、後転しながら素早く常世との距離を取った。已の油断に、心で舌打ちした。相手が小袖姿であるため、それ以上、足を開くまいという思いこみで間合いを詰めたが、そんなことを常世が気にするはずがないではないか。

「何のつも――」

奴も体勢を整え、蒼白い顔の正面に小刀を構え直す。その口元には、妖艶な笑みが浮かんでいた。そうだった。常世は刀を抜いたときだけ、笑うのだ。

「待て」

常世はすうと小刀を下ろすと、頭上に張り出した木の枝に手をかけ、身体を預けた。派手な音とともに一尺半ほどを折り、何を考えたか、俺の足元に放って寄越した。

「ずいぶん、やさしいんだな」

俺の言葉には応えず、

「早く拾え」

と常世は冷たい声で促した。

長さ、太さともに、ちょうど常世の小刀と同じくらいの枝を手に取った。左右に伸びた細い枝葉をむしり取りながら、

「そろそろ、どういうつもりか教えろ。話があると言ってきたのはそっちだろ」

と常世を睨みつけた。

「これがその話だ」

小刀を逆手に持ちかえ、常世は腰を沈めた。

次の瞬間、後ろでひとつくくりにした黒髪が靡き、常世の身体が地を這って迫ってきた。真下から、のど元目がけ斬り上げられた刃を、すんでのところで枝で叩き返す。休む間もなく、撫でつけるようなやわらかな動きとともに、小刀が襲いかかってきた。俺

は奴の右手の親指だけを見つめ、決して切っ先を視線で追わない。刃の動きは目くらましで、こちらが釣られて不用意に手を出すのを待っていると知っているからだ。鈍い光を放ち弧を描く刃を、ときにかわし、ときに枝で振り払い、ときに蹴りを返し牽制しつつ、黙々と常世と打ち合う様は、まるでかつての柘植屋敷の風景そのものだった。こんなふうに来る日も来る日も、俺たちは打ち合った。柘植屋敷が火事で焼失して、ちょうど二年になる。己の中でも、少しずつ記憶が薄まりつつあると思っていたが、相手の刀を受けるたびに蘇るこの感覚の鮮やかさといったらどうだろう。大坂勤めが決まり、同じ年くらいのなかから、誰よりも早く柘植屋敷を出た常世とは、刃を交えるのもひょっとしたら四、五年ぶりになるかもしれない。だが、互いの癖を、避けるべき間合いを身体が覚えている。何しろ、常世とは、俺が柘植屋敷に連れてこられたときからのつき合いだからだ。

なかなか決着がつかないことに焦りを感じ始めたのか、常世の振りが次第に大きくなってきた。すでにその口辺から笑みは消え、額にもかすかに汗が滲んでいる。

これまでにない激しい振りで常世が小刀を水平に薙ぎ払った直後、俺は勝負に出た。素早く間合いを寄せた俺に、常世はハッとした表情で小刀を持ち直し、すぐさま突きを放つ。同じく俺も枝を突き出し、相手の刃を真正面で受け止めた。相手の切っ先が太枝の断面に深く食いこんだ瞬間、俺は自分の腕をくぐるように身体をねじった。

回転する枝に刃を取られ、常世の手から小刀が離れた。「あッ」と薄く紅を引いた口から声が漏れたとき、俺は小刀ごと枝を投げ捨て、奴の手首を押さえつけた。

そのまま関節を砕こうと力をこめたとき、

「おぬしの負けだ――、風太郎」

という静かな声が耳を打った。

俺の首筋に、奴の左手から伸びた棒手裏剣が冷たい感触とともに吸いついていた。

「刃の先には毒が塗ってある。死にたければ、続けるがいい」

常世の毒なら、ほんの少し刃先が肉を切っただけであの世行きだろう。どうやらあの大振りは、俺を誘いこむための芝居だったようだ。隙を突いたつもりが、まんまと引っかかったのはこっちだった。

俺はため息をついて、常世の腕から手を離した。

常世も棒手裏剣を引っこめ、右手を振りながら、二、三歩離れた。

「毒が塗ってある、というのは嘘だ」

それを聞くと同時に、俺はふたたび拳を打ちこもうと足を踏み出したが、

「待て。終わりだ、風太郎」

と常世が両手を広げ、指の間につまんだ棒手裏剣を地面に落として見せたので、訝しく思いつつも腕を下ろした。

「何のつもりだ。いい加減、説明しろ。それともお前、ひょっとして因心居士なのか?」

「因心居士……？」

相手の端整な眉の間に不審そうなかげりが宿るのを見て、「いや、何でもない」と俺はすぐさま自分の言葉を打ち消した。

常世は土の上に転がった太枝を踏みつけ、先端が突き刺さったままの小刀を引き抜いた。

「おぬしを試した、ということだ。今も鍛えていたのだな」

刀を鞘に収め、常世は裾の乱れを直した。

「試した？　ど、どういうことだ……？」

突然、風が鳴くような音が奴の口から漏れ聞こえた。それは伊賀で修練を積んだ者しか操れぬ忍び言葉だった。

「風太郎、儂らは柘植屋敷の人間だ」

くっきりと引かれた二重の真ん中から、薄茶色の瞳がまっすぐ俺を捉えていた。相手の視線を受けきれず、俺は思わず目をそらした。

「それは昔の話だ――。今はもうちがう」

忍び言葉は使わずに返した。常世は俺の言葉をまるで聞いていないかのように、耳の上ではぐれていた髪を、指を添えて流れに戻し、「血が出ている」と俺の腕に視線を向けた。

「さて、帰るかな」

「お、おい、待てッ。話はまだ済んでいない」

「また来る。もしくは、おぬしから来ることになるだろう。そのときに自《おの》ずとわかる。それまでの間、もっと鍛えておけ。儂と互角のようでは、話にならん。儂は大坂城の奥で働く女じゃぞ」

常世は踵を返し、そのまま一度も振り向くことなく、畑へと戻る道をすたすたと下っていった。

常世の姿が見えなくなってしばらくして、俺はその場に座りこんだ。もっと鍛えろという奴の言葉は癪に障ったが、言い訳できぬほど身体が疲れきっていた。

よもぎを摘んでから、あばらやに戻った。腕の擦り傷によもぎを貼りつけ、板間に大の字になっていたら雨が降り始めた。屋根をしとしとと打つ雨音を聞きながら、お前が帰ったあとに常世が来たと伝えたら、黒弓の奴め、どんな顔をするだろうと思った。もっとも、何の用で来たのか訊ねられた途端、俺も言葉に詰まるだろうが。俺を本気で殺しにきたとは思えない。だが、奴の刀は常に俺の急所を狙っていた。死ぬことだって、じゅうぶんにあり得た話だ。

それでも、常世本人に対しての怒りは何も湧かなかった。どういう事情か知らぬが、俺を襲う必要があったということだ。逆の立場なら、俺だって迷わず同じことをする。それが柘植屋敷で育った者にとっての自然な行いだからだ。

屋根を雨が叩く音が急にやかましくなってきた。いつも雨漏りする場所に手桶を置き、ふたたび板間に寝転んだ。土産がわりに拾ってきた常世の棒手裏剣を指でもてあそんでいたら、よほど疲れていたようで知らぬ間に眠っていた。

＊

芥下から教えられたことには、まず雄の花も雌の花も、その花びらをすべて引きちぎる。

次に、雄の花の先端を、雌の花の中央になすりつける。

これで花の粉が、雌の花へと移る。

本来なら、花の香りに誘われた蛾あたりが、互いを行き来するうちに自然と粉も渡るそうだが、そんな不確かなものに頼るわけにはいかない。俺は雄の花を根元からちぎり、丹念に雌の花になすりつけて回った。

来る日も蛾の代わりに、粉をなすりつけているうちに五月が終わってしまった。六月の訪れと歩を合わせるように梅雨も明け、代わっておそろしいほどの暑さが盆地に充満した。毎日の雨降りも鬱陶しいことこの上なかったが、それでも涼しさをもたらす分ましだったと、早くもむかしを懐かしく思うくらい、容赦のない日照り具合だ。

おかげでひょうたんはさらに勢いよく伸張し、黒弓がこしらえた天井の網を縦横無尽に渡るようになった。もはや、つるの上を別の株のつるが走り、手がつけられない状態だ。雌の花も、その根元が少しずつ膨らみ始めた。なかには途中まで膨らむも、急に黒ずみ萎れてしまうものもあったが、ぷっくりとひょうたんらしき形を作りながら、自らの重みで下を向くものがあちこちに見受けられるようになった。つまり、実がなったのだ。

その成果を瓢六にて報告すると、

「はん」

と芥下はまったく興味のなさそうな声を発し、扇子でゆらゆらと首筋に風を送った。縁側が強烈な日差しにさらされているため、いつもより机を下げ、庇の影ぎりぎりに収まるように座っている。

「今日はわれが来てよかった。こんな暑い日に外を歩いていたら死んでしまうわ」

芥下は売り物の延命水の栓をひとつ開け、口元に持っていった。

「あるじはまだ荷物を運べんのか？　歩くぶんには元に戻ったように見えるが」

「遠出は無理じゃ。あれはもう年じゃな。どちらにしろ、重い物はやめておいたほうがいい」

「じゃあ、俺が来ない日に遠出の用ができたときは、誰が運んでいるんだ？」

「儂しかおらんじゃろう」

ひょうたんを口から離し、芥下が険のある眼差しを向けてくるので、俺はそそくさとのれんの前に移動し、奥のあるじに到着を知らせた。

瓢六から言いつけられた使いの先は高台院屋敷だった。預けた品を引き取りに行けとのことである。あまりの暑さに人出もまばらな産寧坂を、前の訪問からもう十日が過ぎたか、と指で数えながら下った。荒神口はいつにも増して土埃がひどく、人とすれ違うたびに、布で口元を覆いながら歩いた。高台院屋敷の勝手門の前で人を呼び、顔を出した男に瓢六の使いだと伝えた。そのまま、日よけになるものが何もない門の前で待つこと四半時。地面に影が焼けつくのではないか、というくらい日差しを浴びたところで、ようやくくぐり戸が開き、ふたたび男が顔を出した。

屋敷に入るなり、男は何も言わず先を歩き始めた。身の丈は低いが、背中から肩にかけての肉がやけに盛り上がっている。いかにも剣さばきが上手そうな手合いだと勝手に観察しながら、あとについて進んだ。

なぜか、男は建屋に向かわず庭へ出た。苔の海に浮かぶ踏み石を奥へと進み、池に架かった石橋を渡り、池のほとりに設けられた東屋の前で足を止めた。引き戸を開け、入れ、と男は低い声で告げた。

「あ、あの、――ひょうたんを取りにきたのでございますが」

入れ、ただそれだけを繰り返し、男は腰の刀の柄頭に手を置いた。

草鞋《わらじ》を脱いで、俺は東屋に上がった。

畳に立ったはいいものの、どうすべきかわからぬ俺に、

「そこに座れ」

と戸口から身体を半分だけのぞかせ、男は壁際を指差した。言われた場所に腰を下ろ

すと、

「待っていろ」

と無愛想に告げ、男は外から引き戸を閉めた。

東屋にひとり取り残され、落ち着かぬ気持ちで左右を見回した。どこにも引き取るべきひょうたんは見当たらない。さらには、前面の壁までが見当たらない。ここに来るまでの道からはわからなかったが、この建物は池に面した部分がなぜかまるごと取り払われていた。真正面に広がる、ぎらぎらと太陽を反射させている澱んだ池の水を眺め、いったい何の間違いでこんな場所に連れてこられたのか、と不安に思った。知らぬうちに何かまずいことでもしたか。先日預けたひょうたんに粗相でもあったか。だが、それならば荷物を突き返したら済む話で、わざわざこんなところに連れてくる必要はない。

東屋は吉田山の俺のあばらやと同じくらいの広さだろうか。池の水面に反射した光がゆらゆらと天井に波を作っている。緊張のせいでなかなか引かぬ首筋の汗を襟で拭き取ったとき、音もなく天井を走る光が大きく乱れた。

きいこ、という木が軋むかすかな響きとともに、いきなり目の前に舟が現れた。

東屋の池に面した部分は、縁側とでも言うべき板敷きが設けられ、鉤《かぎ》の形を描くように左端が突き出している。右手から登場した舟は、その縁側の造りにぴたりと収まるように減速した。

舟には二人が乗っていた。まず後部の人間が立ち、手にした竹を水面に突き立て、完全に舟の動きを止めた。その様子を、俺は息を呑んで見つめた。確かに、「また来る。もしくは、おぬしから来ることになる」と奴は言った。しかし、誰がこんな形で、常世とまた相見《あいまみ》えることになると想像しようか。

水面から突き出た杭に縄をかけ舟を固定したのち、常世は竿代わりに使っていた竹を引き上げた。縁側に立った常世は、両膝をついて右手で舟のへりをつかみ、左手を差し伸べた。

それまで、無言で座っていた舟中の人物が、「ほりゃ」とかけ声を発し立ち上がった。小柄だが、ふくよかな体型をした尼僧が、意外なほど軽やかな動きで、常世の手を取り、縁側にとんと降り立った。

年は六十手前くらいだろうか。尼頭巾からは、体型と同じく、丸い色白の顔がのぞいていた。縁側から畳に入ったところで足を止め、視力が悪いのかしきりに目を細め、俺の顔をじろじろと眺めていたが、

「そなた、名は？」

とよく響く声で訊ねた。

「ぷ、風太郎でございます」

唐突な間合いに気圧され、思わず平伏して答えた。

「常世や、この男なのか？」

「左様でございます」

「聞いていたよりも、ずいぶん頼りなさげに見えるが」

「申し訳ありませぬ」

依然、頭《こうべ》を垂れたまま、なぜ常世に勝手に謝られなければいかんのか、とひそかに鼻じわを寄せていると、

「風太郎、面を上げりゃ」

と声がかかった。

すでに尼僧は俺の左手に腰を下ろしていた。膝のあたりの着物のひだを整えながら、

「よう、わらわの館に参った」

と相変わらず音の高い声で告げた。

相手の言葉が意味するところを理解するのに、数拍の間が必要だった。

「あ」

口を開けたまま、続きが出ない俺を見て、

「わかりやすいおとこじゃな」

と尼僧は笑った。開いた口からのぞいた歯は、ところどころが抜けて黒い隙間ができていた。俺が思うより、本当はもっと年をとっているのかもしれなかった。

「こ、高台院様でございますか――」

やっと口を衝《つ》いて出た言葉に、尼僧は「はん」と鼻の奥で声を発し、

「常世、湯の用意を」

と東屋の隅に視線を向けた。

はい、と常世は音もなく畳に上がり、隅へと進んだ。すでに置かれていた炉と釜の前に膝をつき、慣れた手つきで壁際の鉢から炭を移し、炉に火を入れた。この妙な造りの東屋は茶室だったのか、とようやく気づいたとき、

「せっかくの機会じゃから、茶でも進ぜよう。そなたは、茶は好きか？」

という声が耳を打った。俺は言葉に詰まった。俺にとって茶好きとは、呂宋《るそん》の痰壺に大枚をはたき、ただ苦いだけのものをよろこんで飲む、世にも奇妙な表六《ひようろく》連中のことである。

「そ、それは、その……」

「このような茶ははじめてか」

「さ、左様でございます」

「ふむ、それはよいことを聞いた」

何がよいことなのかさっぱりわからぬが、湯が沸くまで、尼僧は上機嫌で常世との話に興じていた。尼僧は滅多にないほどの早口だった。話の終わりでは、必ずと言っていいほど声を出して笑った。常世は短く返すだけなので、ほとんど自分で言ったことに対し、けたけたと笑っていたことになる。ときにはのどが見えるほどのけぞって、甲高い声で笑うこの尼僧が、かの太閤の奥方であり、そんな大人物とほんの五尺離れた場所に座っているという事実が、なかなか頭に浸透しない。一方で、尼僧がこの館のあるじで

あろうとは、その余裕ある雰囲気からも自然と感じ取ることができた。そもそも、俺が勘違いで別人を「高台院様」と呼んだのなら、たいへんな不敬になる。すぐさま常世がそれを正すはずだ。

ねね様は日本でもっとも偉い女である――、とはいつか黒弓に教えてもらったことだ。何でも内裏から与えられた位が、江戸にいる今の将軍と同じものなのだという。いよいよ、そんな偉い人間が、たかがひょうたん屋に茶を振る舞うというのがおかしく感じられてくる。できることなら今すぐにでも常世を東屋の外に連れ出し、何のつもりか訊ねたい。しかし、湯が沸いたのを見て、常世は立ち上がると、縁側までさっさと下がってしまった。

尼僧は少し離れた釜の前まで、いちいち腰を上げるのが面倒だったのか、「よいしょ」と畳に手をつき、膝を擦るようにして丸い身体を移動させた。「ものぐさなことよのう」と言って、またけらけら笑った。不意に、「ああ、これはねね様だ」と思った。なぜかはわからぬが、こんな豪勢な屋敷に住むあるじが、いとも軽々とこのどこか愛敬ある、少々行儀が悪くさえある振る舞いをするというのが、いかにも太閤の奥方として相応しい気がしたのである。

もっとも、愉快な気持ちになったのはほんの一瞬で、俺の顔は徐々にこわばっていった。なぜなら、ねね様の前に、いつの間にか茶碗が用意されているのを見たからである。偉い連中が行う茶には、しち面倒な作法がある、と黒弓から聞いたことがある。もちろん、その中身については何も知らない。まさか、ここに来て、ねね様の茶を断ることなどできるはずがない。何しろ相手はこの国でもっとも偉い女人だ。背中が嫌な具合に汗ばんできた。腹のあたりがきゅうと締めつけられてくる。何でもよいから助け舟を出してくれぬかと、先ほどから常世に視線を送っているが、奴め、わざとにちがいない、池に目を遣ったまま、いっさいこちらを見ようとしない。

身動きできぬまま、時間だけが過ぎていく。しゃかしゃかと何かを泡立てる音が聞こえたのち、

「さ、飲むがよい」

と、とうとう目の前に茶碗が差し出された。

これはいけないと思った。何が非礼にあたるのか、皆目わからぬのが何といってもよくない。さながら、一度も手にしたことのない得物で、いきなり真剣勝負を挑まれるようなものである。できることなら逃げ出したい。屋外での勝負なら、本当にそうしただろうが、この東屋に逃げ場はない。畳にぽつんと置かれた、少し赤みを帯びた光沢ある茶碗が、とんでもない難敵に見えてきた。かつて、いくさの世が終わったとき、荒ぶる大名連中がこぞってこれを始めた理由がわかった気がした。これは打ち合いだ。見えぬ刀で、息を乱さず、畳の上で行う打ち合いだ。

いつまでも茶碗とにらめっこを続けるわけにはいかなかった。かといって、常世やねね様の顔を見ることもできなかった。今さら助けを求めているように見られたくない。

それに、先ほどからねね様の視線がじっと注がれていることを痛いくらいに感じている。

「いただきまする」

何とか腹から声を発し、俺は茶碗を片手で取った。両手を添えるのは、無用に丁寧な気がして、そのまま口に持っていった。なるべく背中は曲げず、作法など知ったことかと一気に中身をのどに流しこんだ。北野社で飲んだ一銭茶とは比較にならぬほど、苦くてまずかった。

「まずいか」

顔に出てしまっていたのか、すぐさま声が向けられた。

「い、いえ――、そんなことはございませぬ」

「無理せんでもよい」

ねね様の声は笑っていた。

「飲み終わったら、前に戻すがよい」

言葉のとおり、俺は元にあった位置に茶碗を戻し一礼した。

「これはの、でんかの真似じゃ」

ねね様は俺の茶碗を静かに引き取った。

「でんかはな、茶をやったことのない者を前触れなく、茶室に招くのが好きじゃった。そこでの相手の振る舞いを見たのじゃ。誰も最初はやり方などわからぬ。そのわからぬことを素直に表情に見せる者、わかったふりをして見栄を張る者、わからぬことを叱られると思い卑屈になる者、そもそもわからぬということすらわからぬ者、とにかく負けず嫌いで逆にわからんと怒りだす者――、それはもう、十人十色の飲み方があった」

でんかというのは亡き夫のことであろうか。天下人を前に、飲み方がわからぬ、と怒りだす者がいるというのが、にわかには信じがたい。しかし、伊賀の御殿《おんとの》のように気性の荒い武者がごろごろといた時代なら、そのようなこともあったかもしれぬ。

「そなたはえらく素直な飲み方をするおとこじゃの。でんかには、つまらん、もっと何かしでかす輩のほうがおもしろい、とあまり気に入られなかった口じゃな」

とねね様は抜けた歯のあとを隠そうともせずに、ころころと笑った。

「常世や」

はい、と常世が返事した。

「この者でよかろう。こういうときは、少々鈍いくらい素直な者のほうがよい。肝心の腕のほうは確かなのじゃな」

「は、問題ございませぬ」

ねね様は軽くうなずき、身体の正面を俺に向けた。両手を膝の上に置き、肉が二重になっているあごを少し引いた。いったい、「腕のほう」とは何のことかと考える間もなく、

「風太郎」

と急に厳《おごそ》かな調子で名を呼ばれ、俺は弾かれるように「は」と畳に手をつき頭を下げ

た。

ねね様はそのまま抑えた声で続けた。ある高位の公家の御曹司がいる。その御方はむかしから病弱で、屋敷から外に出る機会がなく、これまでたったの一度しか京の町を見たことがない。その御方自身は長すぎる屋敷暮らしを嫌い、外に出ることを望んでいるのだが、まわりの人間が御曹司の身体を心配して、これまで決してそれを許そうとしなかった。

「あまりに外に顔を出さぬため、なかには物忌《ものい》みの君などと陰口を叩く者もいると聞く」

まったく、口さがない者どもじゃ、とねね様は膝を叩き、大きく舌打ちした。本気で腹を立てているようで、その早口にいっそうの拍車がかかる。──男子たる者、外の世界に興味を持つのは当然である。それを無理に閉じこめておいても、百害あって一利もない。実はその御方から、ひそかに文を受け取った。そこには、ほんの一刻でよいから、このたびの祇園会《ぎおんえ》を見てみたい、はなやいだ都大路を練り歩いてみたい、という切なる訴えが記されていた──。

「わらわはその御方の望みをぜひ叶えて進ぜたい。そこでじゃ、その御方を連れ、祇園会を案内してたもれ」

どこまでも遠い、かけ離れた世界の出来事と思って聞いていた話が、いきなり己の真上から転がってきて、驚いて面を上げた。

「あ、案内するとは、俺が……い、いえ、拙者がでございますか」

「そうじゃ。受けてくれるかの」

物忌みの君――。何だか出来損ないの青菜のような顔が脳裏に浮かんだとき、庭を一陣の風が吹き抜けた。東屋を囲む木々がざわわと鳴り、池の水面を経て天井に届いた陽の光が無言で騒いだ。

風の音に紛れ、俺はかすかな常世の声を聞いた。

俺はゆっくりと縁側に視線を向けた。先日、吉田山で対峙したときよりも厳しい常世の表情にぶつかったとき、その言葉が本当だと知った。

「断ったときは、生きてこの屋敷を出ることはない」

ねね様には聞こえぬ忍び言葉で、そう常世は告げた。

やはり、ただのひょうたん屋が理由もなく、こんな茶室に招かれるはずがなかったのである。

＊

あとのことは常世から聞くがよい、との言葉を残し、ねね様は立ち上がった。

「左門《さもん》や」

引き戸がすうと開き、俺をここまで連れてきた男が、うずくまるようにして外に控えていた。間髪を入れず、舟から常世が履物を持ってくる。

「ゆるりとしていくがよい」

ねね様が東屋を出ると同時に、男は立ち上がった。引き戸に手をかけた男と一瞬、視線が交わった。屋敷に入ったときから変わらぬ、いっさいの表情を読み取らせない顔が、無言のまま戸の向こうに消えた。

ねね様と男の足音が聞こえなくなってから、俺は口を開いた。

「帰りは舟ではないのだな」

「そのときはおぬしを襲えという合図だ」

と平然とつぶやき、常世は釜を手に縁側に立った。

ひどい話だと俺は鼻を鳴らし、足の裏を合わせた。親指のあたりを両手で抑え、身体を揺らしながら、もしもねね様が舟で帰った場合は、きっと先ほどの男が俺を始末する手はずだったのだろうな、となぜか確信した。

「すべて、ねね様も承知のことなのか」

俺の問いかけに、常世は無言で釜を傾け、中の湯を池に捨てた。肯定も否定もしないということは、そういうことなのだろう。

「まったく、おそろしい世界だな」

あれほど終始、快活に笑っていたように見えて、その裏では人ひとりの命を平気でふるいにかけていたのである。しかも、たおやかな尼僧の姿で。あまりにあけすけな毒気に当てられ言葉もない俺の前で、縁側から戻った常世は、慎重な動作で釜を炉に下ろした。背中の壁に頭を預け、ぼんやりと室内を見回していたら、不意に床の間の掛け軸の下に一個のひょうたんを発見した。これまで気づかなかったが、上半分のまるみを斜めに大きく切り取り、内部の空洞に細竹を差しこんで花器としている。

「風太郎、機嫌を直せ。この話は決して世間に知られてはならぬものなのだ」

「別に怒ってなどおらん」

竹筒に生けられた撫子の花を見つめ、俺は物憂げに首を振った。

「ただ、大げさとは思うぞ。たかが幼子《おさなご》をお守《も》りするだけの話だろ？　それを少し事情を聞きかじった程度で殺すというのは、さすがに短気が過ぎる」

「なぜ、幼子と思う」

「ねね様も言っておったろう。これまで一度しか町に出たことがない、と。病がちな餓鬼ゆえに、からかわれているんだろ？　ええと、何だっけ――、そうだ、物忌みの君だ」

「その言葉、二度と使うでない」

声の底に漂う鋭く斬りつけるような響きに、俺は思わず視線を向けた。蒼白い顔から、刺すような強い眼差しが俺を捉えていた。

「二十《はたち》だ」

静かに目を据わらせたまま、常世は口を小さく動かした。

「二十？　いきなり何の話だ？」

「その御方の年齢だ」

俺はまじまじと常世の顔を見つめた。

「じ、冗談だろ？　俺たちと同じじゃないか。二十にもなって、たったの一度しか京の町に出たことがない？」

「そうだ」

どこまでも真面目くさった顔で、常世はうなずいた。

「からかうのはよせ。そんな奴、この世にいるわけないだろ。もしも本当にいるのなら、よほどの病持ちだ。とてもじゃないが面倒を見きれんぞ」

「風太郎、話はすでに決まっている。その御方を今度の祇園会にお連れする。ただし、連れ出したことを決して周囲に知られてはならぬ。あくまで隠密裏《おんみつり》に案内し、無事に送り返す。高台院様が関わっておられることも、むろん秘密じゃ」

「いったい誰なんだ、その御曹司ってのは」

「名を知る必要はない。おぬしはただ、その御方を案内さえすればよい」

俺はフンと鼻を鳴らし、片膝を立て壁から身を起こした。

「まさか、俺ひとりで案内しろ、などと言うなよ。俺は祇園会のことなど何も知らんぞ。雲霞《うんか》の如き人出と聞いて、そんな鬱陶しいところには死んでも行かぬ、と去年もずっと吉田山に引っこんでいたくらいだ」

「おぬしひとりに任せるわけなかろう。儂が同行する」

「お前が？　どうしてだ？　お前の仕事は大坂城での奥勤めだろうが」

「儂は大坂城に勤めているのではない。豊臣家に勤めている。今回は高台院様、直々の御命令だ」

「わざわざ大坂からお前を呼ばずとも、この屋敷に暇そうなのがいくらでもいるだろう」

「言ったはずだ。高台院様の名が表に出ることは許されない」

「大坂勤めのお前ならいいわけか」

「豊臣の名が出ることは、なおさら許されぬ」

お前、言っていることが無茶苦茶だぞ、と口を開こうとして、不意に奴の言葉の中に引っかかるものを感じた。何かを置き去りにしたまま、話を進めているような気がする。魚が跳ねたのか、池のほうからどぼんと水の音がした。常世がふいと顔を向ける。長い睫毛《まつげ》がまばたきのたびに大きく上下するのを見つめながら、俺はゆっくりと置き去りにしたものの正体にたどり着いた。

「常世」

と忍び言葉に変えて呼びかけた。

「吉田山でいきなり襲ってきたのは、俺がこの話を受けられるかどうか試すためだったのか」

しばしの沈黙ののち、常世はゆっくりと顔を戻した。「そうだ」と同じく忍び言葉で答えた。

「それも、ねね様からの御命令か？」

「どの家にも属さぬ、腕の立つ者で信用できるのを連れてくるように、とのことだった」

「なぜ、ねね様はお前にそんなことを頼む。お前はただの大坂城の奥に勤める、か弱い女房衆のはずだ」

風太郎、とほとんど吐息にしか聞こえぬ忍び言葉で、常世は俺の名を呼んだ。

「高台院様は、儂のことを知っている」

俺は息を呑み、常世の薄茶色の瞳を見つめた。常世はわずかに口元を歪め、俺の視線から逃れるように、天井にゆらゆらと紋を描く水面の反射を見上げた。

「お、お前……、まさか、しゃべったのか」

「大坂の使いとして、はじめてお会いしたときから見抜かれていた。祇園会につき添うよう命じられたときも、そなたならたやすかろう、どのようにでも姿を変えられるからな——、と言われた」

天井を仰ぐ常世の白く細い首筋を、言葉もなく見つめた。常世のすべてを見抜いていることを、その言葉は十全に示していた。確かに常世をうまく使えば、ねね様や豊臣家の関与を疑われることは決してあるまい。この件に、常世ほどうってつけの人材はいなかった。改めて、無邪気に甲高い笑い声を上げる、尼頭巾からのぞいた肉づきのよい顔を思い浮かべた。世の中にはとんでもない御方がいることを思い知らされ、背中にぞわりと寒気が走るのをじっと我慢した。

「ねね様は……、お前と伊賀のこともご存知なのか」

「それについて話したことはない」

出自も明らかではない一介の女中に大事を頼む一方で、話を聞いただけの俺が口封じに殺されかける。まるで釣り合いが取れていない。常世がすべてを語っていないことは明らかだが、それ以上、問いを重ねることはしなかった。常世がこの屋敷でどう振る舞おうと、俺には何の関係もない話だ。

「帰る」

忍び言葉をやめて俺は立ち上がった。

引き戸を開けると、いつの間にかひょうたんの木箱を入れた大きな袋と、包みがひとつ置かれていた。草鞋を履きながら、この仕事の報酬を訊ねた。驚くほどの額を常世はさらりと口にして、舟から持ってきた自分の履物に続いて足を通した。

「風太郎、祇園会を案内する日にちはあとで伝える」

「うむ」

「先ほど高台院様には、おぬしの腕は確かだと言ったが、あれは本心ではない」

「うるさい、わかっとるわ」

気分を悪くしたまま、勝手門まで先導した常世と別れた。ほんの少しだけ暑さが和らいだように感じる往来を、荷物を担ぎ産寧坂に向かった。店に戻るなり、ずいぶん遅かったな、と番をしていた瓢六に声をかけられた。ねね様に茶を振る舞われたゆえ、と正直に答えると、おもしろい奴じゃ、とかっかっかと笑われた。持ち帰った荷物を確かめると、ねね様は今回五つのひょうたんを買っていた。瓢六は上機嫌になって「もう今日は帰ってよい」と告げ、自らも仕事を切り上げた。

三日後、常世からの連絡が来た。

小便に向かおうとあばらやから出た俺の視界に、白い点が過《よ》ぎった。近づいて確かめると、杉の幹にこよりが打ちつけてあった。そこには懐かしい柘植文字で常世からの便りが記されていた。柘植文字とは、名のとおり柘植屋敷に伝わっていた独自の文字のことだ。

どこぞの御曹司を祇園会に案内するのは、十三日と決まったそうである。それに加え、当日御曹司に同行する者として、俺と常世のほかに、都の地理に詳しい人間がもうひとりほしい、と書かれていた。腕は問わない、信用できるか否かが条件との記述に、すぐさまひとりの顔が思い浮かんだのが我ながら残念だった。もしも常世からの頼みだと話を持ちかけたなら、黒弓め、一も二もなく承諾の返事をするだろうな、と考えながら、あばらやに戻り、湯でも沸かすかと薪の山に手を伸ばしたとき、ちょうど隙間に因心居士のひょうたんが見えた。底に手を突っこんで、ひょうたんを引き上げた。数えてみたら、すでにふた月近く因心居士の姿を見ていない。こうもごぶさただと、あの因心居士にまつわる出来事すべてが夢だったのではないか、とさえ思えてくる。

俺はひょうたんを板間に転がし、薪を三本、竈《かまど》に突っこんだ。

そのとき、不意に、あばらやの外に足音を聞いた。妙だったのは、徐々に近づいてくるのではなく、少し離れたあたりから突然、それが始まったことだ。足音は筵の向こうでぴたりと止まった。俺は竈からいちばん太いやつを一本、音を立てずに引き抜いた。

「誰だ」

「儂じゃよ」

まったく聞き覚えのない声だった。俺は背中に薪を隠し、筵の前に立った。

「何の用だ」

「儂じゃ、因心居士じゃよ」

何を言っている、奴ならそこに、と顔を向けたが、いつの間にか板の上からひょうたんが消えていた。

俺は筵を勢いよくめくり上げた。

見も知らぬ若い男が、そこに立っていた。

「ひさしぶりじゃのう、風太郎。その背中に隠しているものは何じゃ？　いくら振り回しても、儂にはかすりもせんぞ。さあ、さっさと湯を沸かすがよい」

なるほど因心居士のようである。俺はため息とともに、背中の薪を竈の中へ放った。

湯を沸かし、俺が茶碗の一杯をちびちびと飲む間、奴は板間で黙って胡坐をかいていた。

*

あの因心居士が隣にいるのだから、落ち着かないのは当然なのだが、それよりも気になるのが、この男は誰なのかということだ。

ちらりちらりと横目に捉えながら、これまで瓢六や芥下に成り代わって、散々俺を翻弄してきた因心居士だが、これこそは奴の偽りない本来の姿なのではないか、という考えがふと頭に閃《ひらめ》いた。というのも、男の見た目がひょうたんそのものだったからだ。顔ではない。体型がひょうたんなのである。とにかく大きく膨らんだ尻がいちばん下にあって、ほぼ寸胴《ずんどう》ではあるが腰のところでいったん落ち着いたのち、ふたたび肉づきのよい胸回りへと進み、最後はやけに小さな頭で終わっている。薄手の小袖を纏っているせいで、身体の線がはっきりと浮かび上がり、まるでひょうたんが肉づけされて鎮座しているようにしか見えない。

「それがお前の本当の姿なのか」

と試しに訊ねてみたら、

「ちがうわい」

とすぐさま首を横に振られた。

「じゃあ、誰なんだ」

「誰でもよかろう。別におぬしの知っている人間の格好で現れるという法はあるまい。それにしても、この男、太り過ぎじゃ。暑くてかなわん」

因心居士は胸元をはだけて、手のひらでゆるゆると風を送った。

「そう言えば、風太郎よ。近ごろおぬし、ずいぶん夜中の修練に力を入れておるようじゃのう」

「フン、お前には関係のないことだ」

「昼間から刃物を振りかざし、野卑な打ち合いをしておったが、あれのせいか？」

「ど、どうして、それを――？ お前はずっと薪の山に押しこまれていたはずだろう」

「ここは吉田の神域じゃぞ。すべて目の前にある出来事と同じじゃ。まったく、神域で刃物など、罰当たりな奴らじゃ」

ひょうたんの説教など聞きたくもない。俺は湯を飲み干すと、

「お前のその格好は、さむらいか？」

と刀は携えていないが、髷《まげ》を結っている相手の頭を見上げ訊ねた。

「いや、おそらくちがうな」

「何だよ、そのおそらくってのは」

男は俺の問いかけを無視して、

「そろそろ、行くぞ」

と筵のあたりをあごで示した。

「行くって、どこへ」

「そうじゃな。言うならば、儂の住みかだ」

「おいおい、そんな用のために、ひょうたんから出てきたのか？　悪いが、俺は仕事が忙しいんだ。好き放題に枝葉を伸ばすひょうたんが待っているんでね。間引きしないと棚があっという間に、つると葉っぱで埋め尽くされてしまう」

「あれはもう放っておいても、水と肥やしさえちゃんと与えておけば大事ない」

「そりゃあ、ご助言どうも、じゃあさっそく、水を遣りにいってくるわ」

「いま儂についてくれば、おぬしの前には二度と現れんぞ」

「いっしょに行こう。早く、それを言えよ」

俺があばらやの外に出ると、遅れて男が腰帯を締め直しながら姿を現した。改めて真正面から見上げるに、呆れるほどの巨体である。ゆうに六尺を超えているだろう。それが肥満しきった童の如き、何ともしまりのない身体をしているのだから、余計にみっともなく見えてしまう。いよいよ、因心居士がこの男の格好で登場した意図がわからぬ、と心で首を傾げていると、

「こっちじゃ」

と因心居士はあばらやの裏手に回り、そのまま山を斜めに横切るように登っていった。そのあとに俺も従う。奴の指摘どおり、俺は夜中の修練に力を入れるようになった。元

をたどれば、因心居士に手もなくひねられたのが、修練を再開するきっかけだったわけだが、不幸中の幸いだったのは、常世の訪問がそのあとだったことだ。以前のなまくらなままの俺なら、簡単に常世に殺されていただろう。それほど修練の有無が生み出す差は大きい。怠けていると、あっという間に腕が落ちる。それでいて元に戻るには、三倍の時間がかかる。結局は日々、修練を続けることがいちばん楽なのだが、わかっていても常に守るのは難しい。

それだけに俺が感心したのは、常世の腕が何ら落ちていなかったことだ。大坂城の奥に勤めながら腕を保つというのは、生半可なことではないだろう。もっとも、それが忍びだと言われたなら、ぐうの音も出ない。もしも、今も伊賀にいるはずの蟬左右衛門《せみざえもん》と刃を交える機会があったなら、俺はどれほどの勝負を繰り広げられるだろうか。柘植屋敷にいた時分は多少俺が劣勢だったが、その差はさらに開いているのだろうか。まあ、この先、二度と奴の泥鰌面にお目にかかることもなかろうし、考えても詮なきことだが

――、と木の幹をつかみ急な斜面を進むと、

「ここだ」

と前を行く因心居士が足を止めた。

道もない、草木が鬱蒼と生い茂る日当たりの悪い場所に、ちょうど腕で抱えられるほどの、小さな社が石組みの上にぽつんとたっていた。かつてはその骨組みの部分にも色が塗られていたのかもしれないが、今やすっかり朽ち果て、全体も左に傾いてしまって

いる。急な斜面の下には、吉田社の鮮やかな丹塗《にぬ》りの本殿がわずかに見えるから、きっとこの場所を修練の最中に通ったこともあるだろうに、いっさいその存在に気づかなかった。それほど、こぢんまりと周囲の木々に同化してしまっている。

「これが、お前の住みかなのか。ずいぶんぼろだな」

「そう、まったく、ひどいもんじゃ。吉田の神域にこれがあることを、もはや神主連中も知らぬ。すっかり忘れ去られてしまった」

「いつから、ここにあるんだ？」

「もう四十年も前からじゃな。当時のここの神官が儂を祀《まつ》るために造った。ずいぶん、鼻が利く男でな。早いうちから右府《うふ》にうまく取り入って、あるとき褒美に儂を授けられたんじゃ。右府から受け取った翌日には、さっそくここに儂を祀った。だが、大事にした時間も短かったな。十年も経たずに右府が消えてからは、一顧だにせんようになって――、あっという間にこの様じゃ。ほれ、もはや道も見当たらん」

「さっきから右府、右府って何のことだ？」

「織田信長という男のことじゃ。おぬしも、名くらいは聞いたことがあるじゃろう」

予想だにしない名前が突然登場し、俺は思わず息を呑んだ。聞いたことがあるどころではない。伊賀に住む人間で、その名を知らぬ者はそれこそ余所《よそ》からの潜《もぐ》りであろう。いまだその名を前にすると、古い伊賀者の顔は引きつる。ついでに俺の顔も引きつる。なぜなら、その織田信長こそ、柘植屋敷を生むきっかけになった張本人だからだ。

三十年以上も前の、天正の世の出来事ながら、奴が残した爪痕は今も彼の地にはっきりと残っている。伊賀と外界をつなぐ六口からいっせいに侵入した織田勢は、怒濤《どとう》の勢いで大地を蹂躙《じゅうりん》し、伊賀はあっという間に灰燼《かいじん》に帰した。織田勢による忍び狩りは酸鼻《さんび》を極め、疑わしきは女も童も容赦なく斬られ、伊賀の人間の三人にひとりが殺されたという。

俺も長らく住んで、つくづく感じたところだが、伊賀という国には何もない。すべてを山に囲まれ、平野も狭く、作物も多くは育たない。交通の便は悪く、商いにも適さない。ゆえに、忍びが育った。売るものが何もないゆえ、己の身ひとつを商いの道具としたのである。だが、その忍びも織田との一戦を経て、十人のうち九人が死んだ。伊賀は一度、完全に滅びたのだ。

織田という嵐が過ぎ去り、残された人々は国を立て直す仕事を始めた。国じゅうのほとんどの屋敷が燃やされたか、打ち壊されたかしたなか、たまたま織田勢の陣に使われたために残ったものがあった。生き残った忍びが、その屋敷で新たな忍びを育て始めた。俺が生まれる十年以上も前の出来事だ。近江にほど近い、柘植という土地にあったゆえ、自然、人々から柘植屋敷と呼ばれるようになった。

「ここを開けよ」

因心居士は社の前に腰を屈め、正面の小さな扉を指差した。

「自分では触れられぬのじゃ」

自分で開けたらよかろう、と俺が口を開くより前に奴の声が響いた。仕方がないので、手のひらほどの大きさの扉を左右に開けてやった。中は空っぽで蜘蛛の巣と葉屑が遠慮なく軒を借りていた。

「普段はここに、あのひょうたんが祀られていたわけか」

「そうだ」

「じゃあ、ここに来る前は、ずっと織田のもとにいたのか？」

「いや、儂はもともと都の町衆の屋敷に三百年近く置かれていた宝物じゃった。それを都に来たばかりの右府が、町衆はそれぞれの家いちばんの宝物を献ぜよ、と命じたのじゃ。応じぬものは家を焼くと聞かされ、慌てて差し出されたのが儂じゃ。しかし、右府は儂の価値をよう見極めんかった。たかが、ひょうたんと思うて、あっさり人にくれてやった。集めたなかに、神性が宿るのは儂だけじゃったのに、がらくた同然の茶碗や花瓶にばかり目を引かれ、むざむざ儂を手放したわけじゃ。所詮は、新奇なものと南蛮渡来のものばかりを好む、ただのふし穴田舎ざむらいだったというわけじゃな。もしも、儂を手放さなんだら、右府の世がその後も続いておったはずじゃ。必然、本能寺で骨屑になることもなかった」

「フン、ずいぶんな自信だな」

「これでも、儂には力がある。儂を手放した途端、町衆も商いの仕方を過《あやま》って、あっという間にすっからかんになりおった。右府も然り。ここの神官も、右府が死んで、この社に見向きもせんようになるまでは、そこそこ引き立ててやったつもりじゃ」

「ちょっと待て、俺は何の得も受けていないぞ」

「当たり前じゃろう。儂は今、この社に祀られている。もしも、おぬしが自ら頼んで、吉田社から儂を授けられたなら、おぬしに力が及ぶようになる。もちろん、朝な夕なに儂を崇《あが》めたらの話だが。もっとも、儂とこうして口を利くことで、ほんの少しは、おぬしにも力が及んでいるはずじゃぞ。その証拠に、おぬしの懐は儂に出会ってから、日に日に潤っておろう。この前も、ずいぶん実入りのよい仕事を引き受けたばかりではなかったか?」

一拍の間を置いて、相手が高台院屋敷での話をしていると気づいたときには、

「ど、どうして、それを知っている?」

と思わず言葉が口を衝いて出ていた。

「ひょうたんじゃよ。忘れたか、風太郎。あの座敷にはひょうたんが飾ってあった。この神域で起きたことが儂に伝わるように、この世のひょうたんはすべて儂の目となり、耳となる。とはいえ、世の中には腐るほどひょうたんがある。普段はいちいちその近辺の人間の話を聞くことなどない。右府が死んでからの三十年、儂はずっとこの社で静かにやっていた。ところが、ある日、袋いっぱいのひょうたんがこの山に運びこまれたのじゃ。滅多にないことゆえ、何事かとそのひょうたんを追ってみたら、おぬしのあばらやに入っていった。そこでおぬしとあのそそっかしいのが話すのを聞いた。そのとき、

儂は知ったのじゃよ。右府に差し出されてからというもの、とかく散々だった儂にも、とうとう最後の運が回ってきたとな」

因心居士は右手の人差し指を立てると、はだけた胸元からのぞく、己のなまっちろい膚《はだ》の上に置き、

「風太郎、くれぐれも、この男を死なすなよ。儂の運はこの男にかかっている」

とささやき、にやりと笑った。

＊

すべてのはじまりは、あの黒弓の奴めがひょうたん袋を担いで俺のあばらやを訪れたことにあって、おかげでこんなもののけ野郎に目をつけられる羽目になったのだ――、ともはや何度目かわからぬ、黒弓への湧き上がる怒りを、俺はそのまま目の前の男にぶつけてやった。

「おい、因心居士ッ。何なんだ、その運ってのは。いや、そもそも、お前の狙いは何なんだ。もういい加減、回りくどい話はやめろッ」

俺が唾を飛ばして迫ろうとも、因心居士はまるでどこ吹く風といった様子で、「そうじゃのう」と倒木の端に腰を下ろした。

「風太郎よ、儂なりに描いた手はずというものがある。もしも、おぬしにそれを明かして順序が狂うと、これほど愚かなことはない」

先ほどから気になっていたのだが、この男、ときどき、いかにも仰々しく声色と表情を作って話そうとする。しかし、いくら姿勢を正し神妙な顔つきを示しても、首から下には例の重ねまんじゅうの如きだらしない肉づきが控えているのだから、まったく威厳というものがついてこない。はじめはわざとやっているのかと思ったが、どうやら本人は至って真面目の様子で、いよいよ滑稽さが増してくる。

「手はずも何も、俺の前には金輪際現れぬと、さっき告げたばかりだろうが。このままじゃ俺は、気色の悪い蛾の粉を吸わされて、何も見えぬところに閉じこめられて、さんざん化かされただけの大間抜けだ。姿を消す前に、せめて何が狙いだったかくらい教えろッ。このままでは、寝つきが悪くてかなわんわ」

「なるほど、おぬしも少しは口が達者になったもんじゃな。これも外に出て、商いの手伝いをするようになったおかげかのう」

「はぐらかすなッ。ちゃんと答えたら――、そうだな、この台座をきれいにしてやるぞ」

ほう、それはよいな、と男は首を伸ばして、開いた扉の奥に視線を向けた。

「そこの蜘蛛の巣も払ってくれるか」

「お前次第だ」

仕方がないのう、と因心居士は首を戻し、例の大げさに背筋を伸ばした姿勢を作って、

「こほん」と軽く咳をした。

「儂は帰りたいのじゃよ、風太郎」

「そんなことはわかっている。だから、ここに戻ってきたのだろう」

「そうではない。こんなぼろ社のことを言っているのではない。儂が元々いたところに戻るという話じゃ。儂がひょうたんに己を宿して、もうどのくらいになるかのう。千年、二千年ではきかん気もする。そろそろ、こちらの世界に暇を告げてもよいかと思ったわけじゃ」

何を言っているのかこの男は、と俺はまじまじと相手を見つめた。

「そんなもの――、帰りたければ、今すぐにでも勝手に帰ればよかろう。別に俺とは何の関係もない話だろうが」

「それが、このままでは帰れん」

男は急にしかめ面になったかと思うと、姿勢を崩し、ふうと鼻から息を抜いた。背中が丸まったことで腹回りに肉が下りてきたのか、腰帯の位置を探りながら、

「もうひとり、いる」

とくぐもった声でつぶやいた。

「もうひとり？　誰が？」

「もちろん、儂じゃ」

因心居士は腰帯を弛めつつ、

「儂らはおぬしたちのように、ひとつひとつがわかりやすく離れておらぬ。ときにはひ

とつになるし、ときには分かれることもある。かといって二つになったわけではない。あくまで元はひとつのままじゃ。帰るためには、来たときと同じように、元ある姿に戻らねばならぬ――、わかるかの？」

とやけに深刻そうな声色で告げた。毎度、この手の禅問答のような話に持ちこまれ、結局、要領を得ないまま逃げられるのはもう御免である。俺はいっさい取り合うことなく、

「俺に蛾の粉を吸わせたと思ったら、今度は瓢六やら、芥下やら、こうして見たこともない奴に化けて出てくる。その目的は何だ？」

と己の知りたいことだけを突きつけた。

「もちろん、おぬしに連れていってもらうためじゃ」

「だから、そういう答え方はやめろッ。俺が知りたいのは――」

刹那、記憶の底で蠢《うごめ》くものの気配に、俺は口を閉じた。芥下に化けて因心居士が現れたとき、俺が気を失う寸前に残していった言葉が不意に蘇った。

「お前、大坂の果心居士がどうの……、とか言ってなかったか？」

「ほう――、よく覚えていたな」

と因心居士は目を細め、あごまわりの豊かな肉を手でしごいた。

「なら、もう言わずともよかろう。つまりは、そういうことだ」

俺が黙ったまま睨みつけていると、

「さてはおぬしも鈍い奴じゃのう。ここまで話してわからんか」

と大げさな手振りで、ため息をついて見せた。

俺は社の扉に手をかけ、

「このまま扉を閉めて帰るぞ。自分では開けられぬのだろう」

とめいっぱい低い声で告げた。

「そうだ、足元のその石組みにさえ触れられぬ。祀られるということは、封じられるということじゃからな」

「だいたい、開けられぬのなら、どうやって外に出た?」

「そこらへんで遊んでいた子猿に開けよと命じた。扉を開けたあと儂で遊ぼうとするから、少しの間、ひょうたんに吸いこんでやったら、外に戻った途端、気が狂ったように飛んで逃げていったわ」

フヘッヘッヘ、と因心居士は急に締まりのない笑い声を上げ、その幅の広い身体を揺すった。すぐさま、「この男の笑いは、どうも品がないのう」と顔をしかめた。

「わかった、わかった――、そう怖い顔をするな、風太郎。猿もそこそこ賢いが、さすがに掃除はできぬからのう。それに儂の留守中に勝手に扉を閉めおったからな。もう、連中は使わん」

男は大儀そうに身体を屈めると、足元から石ころを二つ拾い上げた。そのまま石ころをその大きな手のひらに転がし、

「これが儂じゃよ」

とつぶやいた。

「儂はかつて、二つでひと組のひょうたんじゃった。右府の求めに、町衆も二つをいっしょに差し出した。しかし、右府めはそれをわざわざ分けてから、人に与えおった。儂の力を感じ取らなんだばかりか、半分に削いだのだ。つくづく、どうしようもない田舎ざむらいじゃったわ。それで右府は、まずひとつを吉田の神官に与えた」

男は手のひらから、石ころを軽く放った。社の石組みの手前で、乾いた音を立てて止まった。

「問題は儂の片割れじゃ」

と渋い表情で、残ったひとつをひょいと真上に投げた。石ころは膝の上で待ち受ける手のひらの中央に、寸分の狂いもなく戻ってきた。

「いったん、己を分かち合い、異なるひょうたんに宿った以上、あやつは儂であって儂ではない。儂よりも人間《じんかん》に干渉することを好む癖があるし、何より戯れ心が過ぎる。儂と別れ、さらに右府の手を離れてからは、それこそ好き放題を始めよった。持ち主が替わるたびに、いよいよ調子に乗って、いつの間にやら、妙な名前を名乗り世間を騒がせるようになった」

「ま、まさか、それって……」

「そうだ、かつて果心居士と呼ばれた男のことだ。つまりあれは、儂じゃ」

あまりに急な話の成りゆきに、すぐには言葉が出なかった。なぜ、居士の姿で現れたことなど一度もないのに因心居士なのか、その理由がようやく呑みこめた。「因果」の片割れが果心居士と名乗ったならば、残るは因心居士のほかあるまい。

「じ、じゃあ、果心居士は今も……」

「そうだ、あやつは大坂にいる」

「ま、まだ、生きているのか？」

「当たり前じゃろう。あやつは儂じゃ。あやつが死んでいたら、儂もここにおらんわい」

男は石ころを、先ほどの倍の高さまで放った。やはり、膝の手のひらにすとんと落ちてきた。

「風太郎よ、どうじゃ、これですべてわかったろう？　儂は果心居士のもとへ行かねばならぬ。そこで元ある姿を取り戻さねばならぬ。わかったのなら、さっさと蜘蛛の巣を取り去らんか、葉屑も頼むぞ」

俺はふらふらと奥に手を突っこみ、言われるがままに巣を払い、葉屑をつまんだ。

「で、でも――、あの果心居士だろ？　俺がむかし聞いた話がどれも本当なら、お前が赴かずとも、いくらでもここに来られそうなもんだが」

「あやつのことは、それこそおぬしとは関係のない話じゃ。無駄口はよい、もっと手を動かせ」

「待てよ。話がおかしくないか？　俺に連れていけと言っておいて、もう二度と現れぬとはどういうことだ？」

と振り返ったとき、いきなり正面に石ころが迫っていた。額にぶつかる寸前のところで手で払い、

「な、何をするッ」

と鋭く声を上げたが、いつの間にか、目の前から因心居士の姿が消えていた。

ただ、倒木の上に、煤《すす》けたひょうたんがひとつ立っていた。

「おい、どういうつもりだッ。話の途中だぞ。だいたい、これからお前をどうしたらい？」

いくら声をかけても、ひょうたんはうんともすんとも応えない。仕方がないので、ひょうたんを拾い上げ、掃除を終えた社の台座に据え置いた。ぼろぼろの社に、みすぼらしいひょうたんという取り合わせが、何ともお似合いで哀れだった。扉を閉め、しばらく様子をうかがったが、向こう側から漏れ聞こえてくる声もない。拍子抜けするような別れ方だったが、金輪際現れぬと言う相手を呼び戻すつもりもなく、俺は社の前で軽く頭を下げてから、山を下りた。

＊

二日後、畑のひょうたんの様子を見にきたついでに、黒弓があばらやを訪れた。

「いよいよ、祇園会が始まったね。祭りといっても、どこで何をしているのか、よくわからないけど、町じゅうから笛の音やら、囃子《はやし》の声やら、はなやいだ気配が伝わってくるのがいいな。拙者ははじめての祇園会だから、楽しみで仕方がないよ。風太郎はもう去年見ているんだろ？」

人混みがひどいと聞いて、祭りの間は、ほとんど出なかったことを教えると、「信じられない」と板間に腰を下ろした黒弓は、まるで怒っているかのように目を剝いた。

「でも、今年は行くことにしたぞ。お前、十三日は忙しいか？」

「そのあたりは誰もが祭りに夢中で、拙者みたいな木っ端商人の相手なんぞしてくれる人はいないよ」

「なら、好都合だ。常世からお前への頼みごとを預かっている」

常世という名を聞いた途端、目を輝かせる黒弓に、奴の仲介でさる身元を明かされていない貴人を祇園会に案内することになったこと、ついては常世から都をよく知る者をひとり推挙してほしいと頼まれたことを告げた。話を聞き終えるなり、いつの間に常世殿と会っていたのか、とぼやく黒弓だったが、内心のうれしさが気の毒なほどに鼻下のあたりに浮かび上がっていて、何だかこちらまでむず痒くなってきた。

「どうだ？　時間があるなら、つき合え」

「それって、常世殿も同行するんだよね？」

そうだ、と俺がうなずくと、黒弓は予想どおり即座に承諾の意を示した。

「でも、どうしてそんな話に常世殿が絡んでいるんだ？　だって、普段は大坂城勤めだろ？」

まさか、ねね様の話を持ち出すわけにもいかず、「さあ、そういう話は何も聞いていない。金がよかったから引き受けただけだ」とぶっきらぼうに返しておいた。

「あと何日？　いやあ、仕事に張り合いが出るよ。常世殿、拙者のこと覚えているかなあ？　ねえ風太郎、常世殿は南蛮物などお好きかな。よい香りのする南蛮酒を差し上げるのは、どうだろう」

喜色を隠そうともしない黒弓の声を聞きながら、俺は板間に寝転び、天井を眺めた。ひと言伝えてやりたい気もしたが、ここは黒弓の助けがあったほうが、ことも進みやすいだろうし、何も言うまいと心に決めた。

翌朝、ふたたび柘植文字でしたためた文が、一度目と同じ場所に打ちつけられていた。十三日の明六つに御幸町《ごこうまち》通三条通の道意《どうい》に来いとある。道意とは、洛中でも一、二を争う値が張ることで有名な宿だ。これはいよいよ、貴人の程度も相当なものと見てよさそうだ。あのうらぶれた社の前で、因心居士は己の登場がきっかけで俺の懐が潤ってきたなどと、恩着せがましいことを言っていたが、その真偽のほどはさて置き、伊賀を追い出されて以来、ようやくツキのようなものが訪れているのは間違いない。こういう機会を逃さず、ものにすることこそが肝要だぞ、と俺は静かに心を高ぶらせつつ、当日の朝を迎えた。

待ち合わせ場所の三条大橋西詰に、黒弓は軽やかな足取りで現れた。早くも人の往来が見られる三条通を並んで進みつつ、

「そういえばお前、このあいだ公家の噂話を俺にしただろう」

とさりげなく問いを発した。

「ん？　どんな話だったたっけ？」

「物忌みの君がどうのとかいうやつだ。あれって、どこの公家の話だ？」

「え、そんな話した？　覚えてないなあ」

「お前が教えてくれたんだぞ。思い出せ、物忌みの君だ」

「知らないよ。それ、拙者じゃない」

「む？　なら、俺の勘違いか。まあ、いいや。瓢六で聞いたのかもしれぬ」

俺は早々に話を切り上げ、紙垂《しで》をつけたしめ縄が、どこまでも左右の軒に連なっているのを、「おお、祭りっぽいな」と指差し歩いた。

あばらやを訪れたついでに、黒弓はときどき公家連中の噂話を残していく。商いを通じて、屋敷の人間とかなり顔馴染みになっているようで、よくそんなことを知っているな、という話を披露してくれる。俺が好きなのは、ある年寄りの公家が自分で箸を持って食べず、常に誰かに食べさせてもらっている、という話だ。おさない頃からそう躾けられていたためで、生まれてこの方、本当に箸に触れたことがないらしい。その公家の親も、死ぬまで同じことをやっていたそうだ。公家には子がいないため、「あのしきた

りが途絶えてしまうなんて、もったいない」と黒弓は他人事ながらしきりに惜しんでいた。しもじもには理解しがたい習慣が、公家の暮らしにはまだいくらでも残っていることを、奴の話はよく伝えてくれた。

そんな耳年増の如き男ゆえ、物忌みの君にも心当たりがあるかと探りを入れたわけだが、空振りだった。ねね様と直接の交渉があるような家柄なのだから、かなりの名家と思われる。そのぶん、人の噂に上ることも多いはずだが、よほど秘された存在だということか。

三条通と御幸町通が交わる角に、目指す道意はあった。

「いい宿を取ったもんだね。ここを山鉾《やまほこ》が巡行するから、二階ならきっといちばんいい眺めが見られるよ」

と黒弓は目の前の三条通を手で示しながら、急にそわそわした様子で髷の格好などを整え始めた。

「黒弓、会っても取り乱すな」

宿屋ののれんを前にしての忠告も、奴にはまったく別の意図を含んだものとして伝わったようで、

「公家様とのつき合いなら、拙者のほうがずっと慣れているよ。風太郎こそ、粗相のないように頼むよ」

と妙に得意げな顔で返してきた。

のれんを潜って中に入ると、すぐさま宿の主人らしき老人が現れた。こちらが名乗るよりも早く、

「朝早うから、ようこそ。風の字の御方でございますか」

と腰を屈めた姿勢で声を発した。「そうだ」とうなずくも、普段はこの宿に出入りすることのない形《なり》だからだろう、しわの奥に潜む小さな目を、素早く俺と黒弓の間に走らせたのち、「こちらへ」と納得したのかしていないのか、表情の読み取れぬ顔で、廊下の先を手で示した。

「ここでお待ちくださいませ」

突き当たりの一室に案内したのち、老人は音もなく襖《ふすま》を閉めて立ち去った。玄関や廊下に置かれた調度も見るからに高価な様子だったが、この部屋も劣らずすごい。手前の襖では大きな龍が空を舞い、向こうでは虎が盛んに吠えている。もちろん足元は畳敷きで、替えたばかりなのか、部屋に入るなりいぐさの香りが鼻を撲った。天井は格子に区切られ、骨組みに囲まれた四角の面には、艶やかな色づかいの紋様がこれでもかと描きこまれ、見ているだけでめまいがしそうだ。床の間にはずいぶん立派な具足が一領飾られ、さらに棚には見たこともない角張ったものが置いてある。

「へえ、時計だ」

いったん下ろしかけた腰をふたたび浮かせ、黒弓は這うようにして棚に近づき、

「風太郎、これ、ポルトガルの時計だよ。しかも、かなりいい品だ。そうかあ、宿に買

ってもらうなんて手があるんだな」

とひとり勝手にうなり声を上げていた。

「おい、大人しくしとけ」

と注意しようとしたとき、襖がすうと開き、黒弓が相手に向けた尻を戻す間もなく、

「先にこれをお召しになって、準備を整えていただくように、とのことでございます。すべて済みましたら、お呼びになるとのことで」

と先ほどの老人が両手に大きな盆のようなものを抱え登場し、恭《うやうや》しく畳の上に置いた。

俺は眉をひそめ、目の前に差し出されたものを指でつまんだ。

「何だ、これは」

「はい、どちらでもお好きな方を」

「冗談だろう、こんなもの着たこともないぞ」

俺は慌てて触れた手を引っこめたが、

「そのようにとの仰せでございます」

と老人はにべもない返事をして、手をぽんぽんと叩いた。しばらくして、開いたままの襖の向こうから、のっそり女が入ってきた。背の低い、岩のような体格をした女で、何やら手元に漆塗りの箱を持っている。

「こちらをお召しになったのち、この女が仕上げをいたしますので」

「仕上げ？　何のだ？」

俺の顔を正面から見つめ、老人は突然、顔をくしゃりとさせた。一瞬たじろいだが、ああ、これは笑っているのだと気づいたときには、すでに立ち上がり部屋を去ろうとしていた。ひとり残された女は、部屋の隅で漆塗りの箱を脇に置き、いたく仏頂面で控えている。

「何なの、これ？」

と隣から黒弓がのぞきこんできた。

老人が置いていった盆の上には、見たこともないほど派手な色合いの着物が二枚、並んでいた。試しに襟元が白の着物を手に取ってみた。丈がやけに長い。何度か左手で送って、ようやく裾にたどり着いた。白地の生地に、雉やら、猿やら、狐やらの絵が色とりどりに躍っていたが、腰から背中にかけて、灰色の見たこともない大きなかたまりが描かれていた。

「何だ、この鼻の長いのは？」

「ああ、これは象だね」

「象？　こんな生き物が本当にいるのか？」

「いるよ、拙者も呂宋で見たことがある」

いかにも得意げな声色で答え、黒弓は残る襟元が赤のほうを取り上げた。

「拙者はこっちにするよ」

と早々に宣言し、黒弓は立ち上がった。

「うわ、ずいぶん長いな、これ」

広げた小袖は、確かに黒弓のくるぶしまで長さがあった。俺の取った白が、そこに描かれた図柄で目立つものなら、こちらは全身を覆う、まるで光を放つかのように強い赤そのものが目立つ。背中を返してみると、白鷺《しらさぎ》が鮮やかに羽を広げていた。

「これを着ろというのか？　俺は断るぞ。似合わんだろうし、こんなもの着て歩いてみろ。道行く連中のいい物笑いの種だ」

「そう？　拙者は別にいいけどなあ」

俺と黒弓が着物を手に言い合っていると、突然それまで息をしているかも定かではなかった隅の女が、

「さっさと着んか。おぬしらのためにこっちは朝早うから用意して待っとるんじゃッ」

と思いもせぬ大きな声を上げた。びくりとして同時に動きを止めた俺と黒弓に向かって、

「似合うも似合わぬもないわ。今日は祭りじゃぞ。まったく、いつまで、ごちゃごちゃ話しておる」

と忌々しそうに告げた。

互いに目線を交わしたのち、俺と黒弓はどちらからともなく立ち上がり、そそくさと帯を解き始めた。用意された小袖は確かに異様に丈が長く、上からのぞくと、足の甲だけが顔を出している。そこへさらに、いっしょに用意されていた、毒々しいまでに朱に

染まった帯を腰に巻きつけた。

「まるでかぶき者じゃないか」

真っ赤な小袖に、純白の帯を取り合わせた黒弓の姿を前に、俺は思わずつぶやいた。

「まだ、かぶき者ではないぞえ」

いつの間にか、俺のすぐ後ろに、女がその位置を変えていた。

「ほれ、儂の前に座れ」

と女は先に目が合った俺にあごで命じた。

顔じゅうに白粉をこれでもかと塗りたくった女の、得体の知れぬ迫力に押され、俺は言われるとおりに腰を下ろした。女は脇に置いた漆塗りの箱の蓋を開けた。筆やら、刷《は》毛《け》やら、ギヤマンの小さな器などが入っているのを見て、ようやくそれが化粧箱であることに気がついた。だが、わからないのは、なぜここに化粧箱が必要なのかということだ。

女はギヤマンの器を手に取り、水を垂らして手早く白粉を溶くと、

「ほれ、あごを上げい」

と刷毛を手にぞんざいに命じた。

「ち、ちょっと待て、何するつもりだ？」

「見たらわかるじゃろう」

「お、白粉を塗るのか？　おい、俺はそんなことするつもりは毛頭ないぞ」

「うるさい、黙っておれ」

女はいきなり俺の首の後ろに手を回すと、ぐいと顔を近づけた。べっとりと紅を引いた厚ぼったい唇が迫ってきて、「ひい」と顔を背けた途端、がら空きになったのど元にあっさり刷毛を引かれてしまった。

「ふん」

と鼻で笑いながら、女はぐいぐいと俺の首筋に刷毛を走らせた。あまりに簡単に、女の企みに引っかかったことにがっくりきた俺は、それからは人形のように鎮座し、相手のなすがままに白粉を塗られ、眉を引かれ、さらには唇に筆で紅までさされた。

「うわあ」

と歪《ゆが》んだ顔で俺を見下ろしている黒弓と、俺は無言で交替した。今度は奴を見下ろし、自分がどういう顔になったのかを確かめたが、「うわあ」と同じうめきしか出てこなかった。

「おぬしらの着ているのは、めっぽう高い生地ゆえ、暑うても決して袖で顔を拭くでないぞ」

女は懐紙の束を前に置くと、「お呼びしてくる。そこで待っておれ」と道具を片づけ、部屋を去っていった。

懐紙を手に腰を上げた黒弓と、改めて正面で向き合った。

阿呆が立っている、と思った。

「風太郎――、かぶき者って、こんなに厚化粧だったか?」

「いや、ちがう、もっと薄い」

今もときどき、往来でかぶき者にすれ違うことがあるが、こんなどうしようもない年増のように厚く塗りたくった輩は見たこともない。

「風太郎は小袖も白で、胸元からも白だから、何だか餅が縦に伸びてしゃべっているみたいだ」

「やめろ、もう二度と思ったことを口にするな」

黒弓の視線から逃れようと背中を向けた途端、正面の襖がいきなり開いた。向こう側には、男がひとり立っていた。俺と視線が合うなり、一瞬、明らかにたじろいだ表情を浮かべたが、

「よう来た、風太郎」

とすぐさま落ち着いた顔に戻って、部屋に足を踏み入れた。

「おいッ、こんな格好をさせて、いったいどういうつもりだ。だいたい、何でお前だけ、そんな薄化粧なんだよ」

相手もまた、俺と同じかぶき者の格好に身を変えていた。しかし、さすが素材のよさが際だっていると言うべきか、身体は小柄だが、匂うような色香がくやしいくらいに立ち昇っている。

「ひさしぶりじゃ、黒弓」

男は俺の肩越しに軽く目礼した。

「ん？　どこかでお会いしたことある……、かな？」

と後ろで黒弓が戸惑いの声を上げるのを聞きながら、

「常世だ」

と俺はなるべくさりげない風を装って伝えた。

「常世殿がどうしたんだ？」

「だから、お前の目の前に立っている」

「何言ってるんだ、風太郎？　だって、この御仁《ごじん》は――」

「すまない、黒弓。お前にはこれまで言うに言えなんだ」

俺は首をねじり、決して目線を合わせることなく、口早に真実を告げた。

「常世は、男だ」

＊

白粉で埋められた阿呆面の真ん中で、紅を引いた口がぱくぱくと魚のように音もなく開閉する様は、あまりに見るに忍びなく、

「常世よ、朝っぱらから何の真似だ。さっさと説明しろ」

と黒弓から目を背け、常世に向き直った。

「嘘だ……」

ほどなく、すがるようなか細い声が背中から聞こえてきた。

「嘘だと言ってくれ、常世殿」

胸に染み入る黒弓の訴えだったが、当の常世は表情ひとつ変えることなく、

「儂は男じゃよ」

と遠慮のない答えを返したのち、

「さて、風太郎。今日の手はずを伝えておく」

と腰を下ろし、さっそく用件に入った。

常世の前に片膝を立てて座りつつ、それとなく後ろの様子を確かめた。いつの間にか、黒弓はこちらに背を向け、棚の前にしゃがみこんでいた。南蛮渡来の時計を手に、「ちこちこちこ」と妙なことをつぶやいているのが、何とも哀れであった。

「待て。手はずよりも、まずはこの格好だ」

黒弓のことはいったん置いて、俺は腕を持ち上げ、鯉が元気に跳ねている袖の絵を常世の前でひらひらとさせた。

「伝えたはずだ、風太郎。このことは誰にも知られてはならぬと」

「逆だろう。こんな格好で歩けば、否応なしに目立つだろうが。お前、自分が何を着ているのかわかっているか?」

かくいう常世の小袖は、一見地味な淡い藤色だが、代わりに全身にいくつもの文箱が描かれている。箱を結ぶ紐がこれでもかと素地の上を躍り、よく見ると、腰帯の上に本

当の組み紐まで巻きつけていた。俺や黒弓とはまたちがう趣だが、これはこれでよく目立つだろう。

「仕方あるまい。かねてのご所望だったからだ」

「ご所望って——、誰が」

「ひさご様じゃ」

「ひさご様？」

「今日、儂らが案内差し上げる御方じゃ。一度、話に聞くかぶき者の装束を着て、都大路を練り歩きたかったそうじゃ。供の者も同じ装いにせよ、との仰せゆえ、おぬしらもそのような格好をすることに相成った。顔は誰かわからぬくらい白粉を塗るように、と儂が頼んでおいた。面をかぶっていると思えばよい。一日の辛抱だ」

俺は腕を組んで、常世の言を聞いていたが、

「なら、どうしてお前だけ、白粉の塗りが、そんな薄めなんだ」

と何より不満に思うことを真っ先にぶつけた。常世の化粧は、普段女の格好をしているときよりはるかに薄く、まるで河原歌舞伎の演者がそのまま外を出歩いているような観がある。

「当然じゃろう。儂は女に戻ったら、また厚くするのだぞ。同じ顔にしてどうする」

何だか小ずるい理屈である。だが、どう反論したらよいのかわからない。

「この部屋を出たら、もう名では呼ぶな。おぬしらにはすでに別の名が与えられてお

うに」

「そうじゃ。儂が十成《じゅうなり》、風太郎は百成《ひゃくなり》、黒弓は千成《せんなり》だ。今日一日は、互いにそう呼ぶよ

「それも、ひさご様か」

る」

常世は立ち上がると、

「これから、ひさご様におぬしらを紹介する。くれぐれも無礼のないよう頼むぞ」

と襖に手をかけ、凜々しい眼差しを向けた。

おい、と黒弓の肩を叩き、俺も立ち上がった。先ほどから完全に貝になっている黒弓だったが、無言のまま力なく腰を上げた。どれほど白粉を塗っても、人の表情というのはうかがえるのだな、と思わず発見するほど、奴の顔は悄気《しょげ》返っていた。だが、こればかりは言葉でどうなるものでもない。俺はもう一度、肩を叩き、常世に従い部屋を出た。

階段を上がり、廊下の曲がり角のところで常世は膝をつき、

「十成でござりまする」

とさっそく新たな名を口にして、襖を開けた。

常世とともに部屋に入り、平伏したところで、

「ひさご様、こちらが本日、都を案内する者どもでござりまする」

と常世が告げた。

なかなか返事が来ない。

そろりと目玉を持ち上げ、部屋の中の様子を盗み見た。ちょうど角にあたる部屋のようで、壁を二面使い、広く開け放たれた窓の敷居に腰掛け、男がひとり身を乗り出すようにして外の様子を眺めていた。

男は黒の小袖を纏っていた。その背中には、なぜか金色のひょうたんが躍っていた。真ん中に、ひときわ大きなひょうたんが口の部分を下にして描かれている。そのまわりを小さなひょうたんが、まるで湯が湧き出ているかのように埋め、背中からあふれ返ったやつが、尻を経て、ふとものあたりまで転がっていた。

「ひさご様、こちらより百成に、千成——、ともに信頼できる者でござりまする。都のことをよく存じている者どもゆえ、何なりとお申しつけくださりませ」

常世の目配せに促され、

「百成でござりまする」

「千成でござりまする」

と名乗ると、男はゆったりとした動作で欄干にもたれる姿勢を戻し、ようやくこちらに顔を向けた。

どこかで、わかっていたはずだった。

「ひさご」とは、言うまでもなくひょうたんのことだ。さらには、十成、百成、千成といったひょうたんの種類。とどめに、着物にあふれる金ひょうたん。これほどひょうたんづくしならば、満を持して現れるのはこれしかなかろう。

「さよか」

聞き覚えのある声とともに、男は窓を離れ、正面に置かれた、見たこともないくらいぶ厚い座布団に腰を下ろした。

常世が面を上げるのに合わせ、俺も上体を起こした。

因心居士がそこにいた。

先日、あばらやを訪れ、俺をぼろの社まで連れていった男が、座布団の上で背筋を伸ばし、例の仰々しい構えで胡坐をかいていた。産寧坂の瓢六には、高さ二尺半ほどの、ひときわ巨大なひょうたんが、同じく座布団にのって、客寄せも兼ね座敷の隅に置かれているが、まさにそれを人が演じているかと思うような眺めだった。男は俺や黒弓と同じく、その顔をぶ厚い白粉で塗りたくっていた。確かに常世の狙いどおり、この白塗り顔しか知らなければ、化粧を落とした当人と道ですれ違っても、誰も気づきはしないだろう。俺もその特徴ある、ひょうたんに似た体形や、声の記憶があるからこそ、確信が持てるのだ。

座布団に腰を下ろし、俺たちを前にしても、ひさご様は何もしゃべらなかった。こちらを見ようともせず、これからの行程を告げられても、虚空に視線を向け、「さよか」と短くうなずくばかりだ。

この男は因心居士なのか、それとも因心居士が化けた元の相手なのか——、といちいち見極めるまでもなかった。これは因心居士ではない。俺の前に姿を現すとき、奴はいつだって一方的に話を続け、用を終えたらさっさと姿を消した。その視線に、その言葉に、常に企みがあった。こんな大人しく座布団の上に座り、無言のままぼんやりするような時間の使い方はしない。何より因心居士なら、こんな間抜けな白塗り姿になどならない。

「支度が整いましたゆえ、いつでも出立できまする」

おぬしらは先に下に降りよ、と常世に耳打ちされ、俺と黒弓は部屋を退いた。玄関の前では、宿の主人の老人が下男とともに立っていた。

「これをお差しくださりますように、とのことでございます」

と朱鞘の鮮やかな、五尺はあろうかという長刀を差し出された。これぞまさにかぶき者という代物で、どこまでも徹底していると半ば呆れながら受け取るも、拍子抜けするほど軽い。中身を確かめようとしたが、抜くことができない。

それを見た老人は、また例のくしゃりとした顔になって、

「外見だけの刀でございますゆえ」

と下男の手からひと振りつかみ、細腕でもって軽々と上下させたのち、黒弓に手渡した。

さっそく腰に差して玄関に降りようとしたら、身体から長々とはみ出した鞘が、黒弓の鞘に当たって軽い音を立てた。

「道で角を曲がる際はご注意を。今日は祭りで人出も多ございますので」

と老人が忠告するのも宜なるかな、相手が血の気の多い輩なら、これだけで喧嘩である。かぶき者に喧嘩はつきものという印象があるが、こんなものを差して歩いていたら、放っておいても喧嘩があとから追ってくるだろう。

　玄関にはご丁寧に新しい草履まで用意されていた。宿の外に出ると、祭りの準備だろう、大きな笹の束を担いだ男たちが、小走りで目の前を通り過ぎていった。誰もが俺と黒弓を見て笑った。なかには指を差す奴までいた。次は女の三人連れがやってきた。いずれも笑いを隠すために、口元を袖で覆っている。本来ならば、かぶき者はこわもてで通っているはずだが、白粉を厚めに塗っただけで、こうも反応が変わるものなのか。さらには、稚児の化粧をした餓鬼どもが四、五人連れだって、

「われはどこの町の者じゃ？」

　ととぼけた顔で訊ねてきた。同じ化粧面ゆえ、祭りの役を演じていると思ったらしい。ここまで常世があらかじめ考えていたのなら大したものだと思いつつ、適当な町の名を告げて追い払っていたら、やっと常世とひさご様が宿から出てきた。

　同じ朱鞘の長刀を差し、ひさご様は目を細めて左右の往来を見渡した。相変わらず、俺と黒弓のことは一顧だにしない。果たして供の者と理解しているのかどうかも疑わしい。

「それでは、さっそく方広寺《ほうこうじ》から参りましょう」

　常世の声に、ひさご様はゆっくりと歩き始めた。隣に常世が並び、数歩の間を置いて

俺と黒弓が従う。常世の一件を伝えられてからというもの、まったく言葉を発しない黒弓を横目にうかがいつつ、

「わかってくれ、黒弓。常世のことは、奴が女として柘植屋敷を出た日から、誰も口にしてはならぬ、という決まりだったのだ」

と押し殺した声で伝えると、黒弓は白粉の向こうからじろりと目玉を向けた。

「何で常世殿だったんだよ」

「何?」

「柘植屋敷には、ほかにも女人がいただろ? 何で、わざわざ男の常世殿が選ばれるんだ?」

「あの顔を見たらわかるだろう。誰も常世のことを男だなんて思っていなかった。それに、大坂城の奥に勤めるのだ。見た目がよくないと雇ってもらえぬ」

「なら、百市《ももいち》でもよかったじゃないか」

「知らんよ。確かにそれは俺も思ったが、采女《うねめ》様が決めたことだ」

「じゃあ、どうして拙者を誘った? 常世殿の頼みとわざわざ断って、風太郎は拙者に話をもちかけてきた。その名を出したら、拙者が簡単に応じると思ったからだろ? 秘密だったのは仕方がない。でも、拙者をあえてだまそうとしたことが許せない」

「それについては、まったくもって俺が悪い。だが、都の道に詳しい者を紹介しろと言われても、悲しいかな、お前くらいしか、普段から知る奴がおらんのだ」

黒弓はフンと鼻を鳴らすと、あからさまな軽蔑の眼差しを残し、顔を背けた。これは機嫌が直るまでまだまだ時間がかかりそうだ、と穴のまわりまで白く塗られた奴の耳を眺めていたら、

「申し訳ありませぬ。ここで少々、お待ちを」

と前を進む常世が急に足を止めた。そのまま、ちょうど店を開けたばかりの履物屋に声をかけた。鼻緒の調子が悪いらしく、店先に座り、真新しい草履の片方を脱ぎ、あるじに差し出している。

その間、ひさご様は履物屋の軒からぶら下がっている色とりどりの足袋を見上げていた。かと思うと、脇を足早に通り過ぎる大原女《おはらめ》の後ろ姿を、角を曲がって見えなくなるまで追っていた。

「あれは何だ」

という草が靡いたような小さな声が聞こえたとき、それがひさご様から放たれたものとすぐには気づかなかった。

「百成、千成、あれは何だ」

と太い首をねじり、俺たちの名を呼ぶのを聞いてはじめて、ひさご様から直接話しかけられていると知った。弾かれるように「は」と揃って答える俺と黒弓に、ひさご様は前方を指差した。

ひさご様が何を訊ねているかを理解するのに、しばしの時間が必要だった。互いに引

き寄せられるように、黒弓と一瞬視線を交わしたのち、

「ええと、あれは……」

とまず俺が口を開いた。しかし、はっきりと最後まで物言う勇気がない俺のあとを、果敢にも黒弓が引き継いだ。

「牛でござります――、ひさご様」

ちょうど大原女が曲がった角のところに、背中に俵を積んだ牛が、尾をぶらぶらさせながら止まっていた。その尻を食い入るように見つめ、

「牛か」

とひさご様は重々しく声を発した。

そのとき、俺たちの視線を一身に浴びながら、牛が糞をした。ぼとり、とまず大きなかたまりが落ちた。さらに、ぼとぼとぼと、と脚の間を黒い影が続いたのを見て、不意にひさご様が笑った。

「フヘッヘッヘッヘ」

小刻みに大きな身体を揺らしながら、

「牛か」

とふたたびつぶやいた。

それからもひさご様はずいぶん長い間、低い声で笑っていたが、息継ぎがてら腰紐の位置を整えようとしたとき、

「はじめて見た――」

と吐息のようにささやいたのを、俺の耳は聞き逃さなかった。

＊

五条大橋を渡るあたりまでは、すれちがう連中から注がれる遠慮のない好奇の眼差しに、ときに顔を伏せ、ときに睨み返し、ときに何も気づいていないふりをし――、と厚化粧の下でひとり相撲を繰り広げていたが、方広寺の大仏殿に到着する頃には、もはや己を装うことをあきらめた。

こんな格好に身を窶《やつ》した以上、目立たぬほうが無理な話であるし、何よりも、ひさご様の態度に、少なからず感銘を受けたためである。

というのも、ひさご様はまったくもって堂々と道を歩いた。

往来の真ん中を、かぶき者四人が徒党を組んで進むのだ。道行く連中は当然、こちらを避けるようにして左右に流れる。その際、誰もが真っ先に目を向けるのは先頭を進むひさご様だった。

何しろ、ひさご様は六尺を超える巨軀である。

さらには、ひょうたんの如き肉づきのよさである。とどめは、厚く塗りたくった白粉顔だ。小袖の柄と朱鞘の長刀だけでも、じゅうぶん注目を集めるところへ、これだけ重なったのなら、犬だって通りを横切る足を止め、固まった姿勢でひさご様を凝視するというものである。

ところが、どれほど周囲の耳目を引こうとも、ひさご様はいっさい他者の視線というものを気にしなかった。すれ違うばあさまが目を見張り、餓鬼どもが口を開けて見上げ、女どもが意地の悪そうな嘲笑の眼差しを送り、親父たちがあからさまなからかいを放とうとも、いったい目と耳が塞がっているのではないかと疑うほど反応なく歩いた。しかし、決して何も見ていないわけではない。むしろその逆で、身体の割に小さな頭が、盛り上がった肩の上で細かく左右に動いていた。ひたすら自分が見たいものを見ることに忙しく、見られているという自覚がないらしい。

その胸を張り都大路を悠然と進む、泰然自若たる振る舞いを見ていると、不思議なことに、周囲の注目をいちいち気にしている己が、急に小さな人間に思えてきた。そのおかげか、大仏殿の鴟尾《しび》がくっきりと見えてきた頃には、いつしか集まる視線をへらへらと受け流せるまでになっていた。

常世もこの格好を選んだ以上、避けては通れぬ道と覚悟を決めたのか、あからさまに挑発めいた野次をぶつけてくる相手にも、とことん知らぬ存ぜぬの顔で通している。ひさご様の身を守ることが第一ならば、当然喧嘩は御法度であろう。そもそも俺たちには、刀を抜こうにも抜ける刀がないのだ。

宿を出て四半時、たどり着いた方広寺の境内は、ずいぶんな人で賑わっていた。門の外には駕籠がずらりと並び、馬が何頭も繫がれていることからもうかがえるとおり、いかにも身分の高そうな女人の列が大仏殿へとぞろぞろと進み、回廊にたむろする若侍たちは、柱にもたれながら鼻の下を伸ばしてその後ろ姿を追いかけている。町人ははたはたと扇子をあおぎ、裾を尻までたくし上げた野良姿の連中は門の外で売っている団子を頬張り、祭りの真っ最中ということもあろう、まさに老若男女が貴賤を問わず、続々と境内に吸いこまれていた。

それらの人々の波から頭ひとつ――、いや二つ三つと抜け出した格好で、ひさご様は門を潜り大仏殿へと向かった。

「こちらが大仏殿でございます」

改めて正面で常世が手で示すと、

「さよか」

と懐紙を手に、ひさご様は太い首に当てるようにして汗を吸い取った。

とにかく大きな建物だとは聞いていたが、実際にそれを目の前にして魂消《たまげ》た。生まれてこのかた、俺が間近に見たなかで最も大きなものといったら、言うまでもなく伊賀の御城だったが、堀の水に浸かって見上げた高石垣よりも、明らかに大仏殿の屋根の位置が遠い。ひょっとしたら、高石垣に御城の天守を加えても、まだ届かぬくらいかもしれぬ。

俺が口を開けて、庇を見上げていると、

「ひょっとして、これまで見たことなかったの？」

と四条の辻で牛を見かけて以来、長い沈黙を破り黒弓が声をかけてきた。

「ああ、もちろん。寺になんぞ、何の興味もないからな。作事の仕事をしていたときも、大仏殿は金払いはいいがとにかく人使いが荒い、とえらく評判が悪かったから敬遠していた。まあ、こんな馬鹿でかいものを造ったら、人手がいくらあっても足りんわな」

眉間にしわを寄せ、黒弓が何か言い返そうとするよりも早く、

「黙れ、百成」

と常世の鋭い声が飛んできた。

「な、何だよ、いきなり」

「いいから、黙っておれ」

細い首をねじり、やけに険しい眼差しを送ってくる常世の迫力に押され、俺は不承不承口を閉じた。俺たちのやりとりにもまったく関知する様子もなく、ひさご様はゆったりとした足取りで、人の流れに従い大仏殿に入っていく。それからほぼ半刻をかけて、大仏殿をぐるりと一周した。確かに大仏は信じがたい巨大さを誇り、その全身はくまなく黄金に彩られ、俺はふたたびあんぐり口を開け、ひたすらまばゆい偉容を仰ぐばかりだったが、まわりの連中のように地面にひざまずいて拝みでもしない限り、さすがに半刻も時間をかけるものではない。しかし、ひさご様は大仏を見終わってからも、柱やら、壁やら、天井やら、木の匂いも新しい堂内をとっくりと眺め、なかなか見学を終わろうとしない。退屈している気配が容易に伝わったのだろう、ようやく大仏殿をあとにした

とき、

「わかっているだろうが、今日のおぬしの役目はひさご様をお守りすることだ」

と常世がすうと隣に近づき、押し殺した声で釘を刺してきた。

「うむ、もちろん承知している」

と重々しくうなずいたが、先ほどからこみ上げてくるあくびを抑えることができない。

「だが、常世――、いや、ちがった、十成よ。それなら、なぜこんな玩具《おもちゃ》を用意したんだ？　本当にもしものことが起きたときどうする」

長刀の柄頭を叩き、ついでとばかりに訊きたかったことをぶつけてみると、

「こんなふざけた打物を売っている店がどこにある。中身をいちいち拵《こしら》える時間もなかったゆえ、外だけを揃えた。ただ、それだけのことよ。だいたい、本物があったとしても重すぎる。到底、お持ちいただくわけにはいかぬ」

と常世はちらりと前を進むひさご様の背中に視線を走らせた。刀と言っても、結局、その中身は鋼《はがね》である。常世の言うとおり、この長さなら相当な重さになるだろう。

「ところで百成、今日は何か持ってきているか？」

常世は声を一段潜《ひそ》め、己の刀の朱鞘を爪で弾いて見せた。

「打物のことか？　いや、何も持っていない」

常世は素早く手を伸ばし、俺の袖の内側に何かを落とした。袖に拳を突っこみ確かめるに、小刀のようである。

「短いが、刃には毒を塗ってある」

「ずいぶん大げさだな。せいぜい、からんできても酔っぱらいどまりだろう」

「あくまで、念のためだ」

わかった、とうなずいて袖から手を抜いた。

「ところで、ひとつだけ、ひさご様について訊ねたいことがあるのだが」

無言のまま返事を寄越さない常世の横顔に、

「本当にひさご様は俺たちと同じ歳なのか？」

と構わず問いかけた。

「そうだ」

「見えんだろう」

「言葉を慎め。れっきとした二十だ」

なぜか常世は怒ったような声で告げると、ひさご様の隣へ足早に戻ってしまった。

先日、ともに吉田山を登った蒼白い顔を思い返すに、二十五、二十六といったところが妥当に感じられる。やはり病が若さを奪ったのだろうか、などと勝手に慮《おもんぱか》っていると、俺が常世と話す間、交替でひさご様の横についていた黒弓が帰ってきた。

何やら口元に笑みを浮かべている。どうしたと訊ねると、

「おもしろいね、ひさご様って」

とくすくすと笑いながら言う。

「何がおもしろい。顔のことなら、お前もいっしょだぞ」

「今、ひさご様と少し話したんだ」

「話した？　さよか以外にも、ものを言うのか」

「当たり前だろ。何でそんな風に言うんだよ」

「お前は知らんだろうが、生まれてこのかた、今日までたったの一度しか屋敷を出たことがなかったんだ。四条の辻で牛を見たときも、はじめて見た、ってつぶやいていたからな」

え、そうなの？　とさすがに黒弓も驚いた声を上げたが、「じゃあ、やっぱり本当なのかなあ……」と首を傾げつぶやいた。

「どうかしたのか？」

「牛のことがあったからかもしれないけど、ひさご様が、これまで見た生き物のなかで、いちばん大きかったものは何だ？　って訊ねてきたんだ」

「ふん、それでお前は何て答えたんだ」

「拙者はもちろん、象だよ」

「ああ、そうだった。くそ、何だか腹立たしい」

「拙者もひさご様に、同じ問いをお返ししたんだ。なら、何て答えたと思う？」

「ふむ……、さすがに馬くらいは見たことがあるだろう」

「虎、だって」

「虎？　屏風の絵か何かと勘違いしているんじゃないのか？」

「小さい頃、屋敷で飼っていたそうだよ」

「まさか――、いや、でもお前から聞く公家の話じゃ、そんな奇矯な輩がいてもおかしくないか」

「毛皮や薬になった虎を買う公家はいても、さすがに本物は飼わないよ。だいたい、この国に虎はいないからね。でも、ひさご様はどこまでも真面目な顔で言うんだ。どう思う、風太郎？」

どう思うも何も、知らんわいそんなこと、と適当にあしらいつつ、方広寺の南門をくぐったとき、

「おぬしらはここらで待っておれ」

と常世が振り返った。門の外に居並ぶ、物売りたちの威勢のいい声を浴びながら、

「どうしてだ」と訊ねると、常世は隣の敷地にそびえる豊国社《とよくに》を目で示し、

「この格好で御神域に四人というのは、さすがにまずい」

と俺の耳に顔を近づけ、ひさご様には聞かれぬよう低い声でささやいた。二人でもじゅうぶんまずかろう、と思ったが、もちろん口には出さない。大きなひょうたん型の身体と、小柄な娘のような身体が並んで鳥居に向かうのを見送ってから、寺の門を出たところにある鐘楼の石組みに腰掛けた。大仏殿の大きさに相応しく、こちらも立派な釣り鐘がぶらさがっているのを見上げ、

「改めて、常世の件はすまなかった」

と隣に座った黒弓に謝ると、

「そのことはもういい。拙者だって、これでも忍びの端くれだ。見抜けなかった己が悪い。でも、当分、常世殿と話す気にはなれない。もしも、常世殿がそのことを気にして何か言ってきたら、風太郎のほうから適当に理由をつけておいて」

と複雑極まりない心境を吐露した。もはや何も言うことができず、袖に隠したままの常世からの小刀を生地の上からいじっていると、寺の坊主がやってきて、こちらに険しい視線を向けながら鐘楼の石段を上った。ほどなく、ごおん、と腹に染み入る、ときを知らせる鐘の響きが頭上から降ってきた。坊主は何度も威勢よく鐘をついてから帰っていった。最後の鐘の余韻が消え去ったとき、黒弓が改めてハアと沈みこむような大きなため息をついた。

常世とひさご様は、思っていたよりも早く、四半時も経たぬうちに帰ってきた。

「あらかじめ決めていた行き先は、これでひとまず終わりゆえ、あとはおぬしらにどこか案内してもらいたい」

という常世の言葉に、鐘の音に心の澱《おり》を少しでも洗い流したのか、殊勝にも黒弓が前に進み出て、「もしも、気になるようなものがございましたら」と都の名所を順に紹介し始めた。巨大な釣り鐘を見上げ、黙ってそれを聞いていたひさご様だったが、

「今の」

と途中で急に声を発した。

「今のところ、何ができると申した？」

これまで一度も発したことのないはっきりとした声色に、黒弓が慌てた様子で口にしたばかりのことを繰り返した。

「蹴鞠《けまり》――、か」

「左様でございます」

ひさご様はゆっくりと鐘から視線を戻すと、

「蹴鞠か」

と厚化粧に浮かぶ真っ赤な唇を左右に引き、にやりと笑った。

＊

黒弓の説明するところによると、祇園社の松林には「竹の坊」と「梅の坊」なる二つの坊舎が建っていて、ともに蹴鞠ができるらしい。ただ、両者は少々性格が異なっていて、

「梅の坊のほうは、蹴鞠のほかにも、綺麗な女人とその……、酒を飲んだり、戯《たわむ》れたりなどして、いろいろほかの楽しみもできるところでございまして――」

と黒弓がどこまで伝えていいものか、探るような口ぶりで詳細を語ろうとするのを、

「竹の坊だ」

と常世が遠慮なく途中で遮った。それに対し、ひさご様が異を唱える様子もなく、行き先はそのまま竹の坊と決まってしまった。

今度は俺と黒弓が先を進む形で、祇園社を目指し北へと向かった。道々、後ろの二人に聞こえぬよう、梅の坊のほうがよかったな、と俺がつぶやくと、黒弓も「はじめから、梅の坊しかない、と言えばよかった」と己の失敗を認めた。

「ところで黒弓よ、お前はこれまでそういうところに行ったことがあるのか?」

「あるわけないだろ。風太郎は?」

「まあ、男のたしなみとしてそれなりに、ってやつだな」

へえ、と黒弓は妙な具合に目を細め、物言いたげな眼差しを送ってきた。

「何だよ」

「風太郎って、着ているものがいつもいっしょだろ? あんなみすぼらしい着物じゃ、どこに行っても上げてもらえないと思うけれど――。あ、それとも、あばらやのどこかに、ここぞというときのためのを隠しているの?」

「フン、お前もすっかり嫌らしい都の話し方を身につけたもんだな」

「それに風太郎、滅多に風呂に入らないだろ? あれって、いちばん客が嫌われることだと思うんだな。何も言われない?」

祇園社に着くまで、それ以上、黒弓とは口を利かなかった。陽が高く上がるにつれ、いよいよ蒸し暑さは勢いを増し、道の先が陽炎となって揺れていた。今日あたり、さぞ延命水も売れているだろう、と瓢六のことなどを考えているうちに祇園社の松林に入った。

竹の坊と梅の坊は、祇園社の本殿の西面に、向かい合うようにして建っていた。どちらが竹で、どちらが梅かと確かめるまでもなかった。南に建つ坊舎から、風雅な三味線の調べが流れてくる。そこに楽しそうな女の笑い声が重なる。俺たちが到着したとき、ちょうど酔いつぶれた侍の三人組が、女たちに見送られ坊舎から出てきた。ふへえ、と黒弓と、入り口からのぞく女たちの艶やかな小袖姿に見とれていると、

「こっちだ」

と背後から常世の冷たい声が響いた。

「おい、ちょっと堅苦しすぎるんじゃないか。今日は祭りだぞ」

と抗議するも、

「己らだけの時間に、己らだけで行け」

ととりつく島もない態度で、常世はさっさと竹の坊に入ってしまった。

梅のほうとはちがって、入り口で出迎えたのは坊主だった。蹴鞠がしたいと常世が告げると、玄関からこちらの格好を見下ろし、露骨に嫌そうな顔を見せた。だが、そこは常世もわきまえたもので、

「少ないが、取っておいてくれ」

と素早く相手にいくらか握らせると、坊主はおもしろいほど態度を豹変させ、

「鞠場は奥のほうでございます」

と先だって案内を始めた。

蹴鞠のほかに、囲碁でも、楊弓遊《ようきゅう》びでも、何でもござりますゆえ、と坊主が愛想よく説明するのを聞きながら、縁側を進むと、庭が途切れ、何やら背の高い囲いが見えてきた。

竹矢来《たけやらい》で四方をぐるりと囲んだ場所で、すでに先客の四人が蹴鞠をしていた。それすらも追い出そうとする勢いの坊主を、常世が「待つからよい」と止めて、

「百成、千成。よう見とけ」

となぜか俺たちに目配せしてきた。

「見るって、何を」

「蹴鞠に決まっておろう。おぬしらもするのだぞ」

俺と黒弓が同時に「え」と声を漏らすのを無視して、常世は縁側に腰を下ろした。その隣では、ひさご様が胡坐をかいて、懐紙で汗をしきりに拭いている。それでも白粉はまったく剝げないのだから、よほど丹念に塗りたくったらしい。

縁側にかぶき者が四人、横一列に腰を下ろしている。全員が妙な化粧をして、ものも言わずに眺めている。気味が悪くなるのも当然だろう。蹴鞠がどういうものか見極める間もなく、先に興じていた四人は逃げるようにして立ち去ってしまった。意外なことに、四人のうち、ひとりが坊主で、あとの三人はどこにでもいそうな町人の親父だった。蹴

鞠とは公家連中の遊びとばかり思いこんでいたが、そうでもないようだ。

鞠場が無人になったところで、ひさご様がゆっくりと腰を上げた。

縁側の下には、蹴鞠用の沓《くつ》が何足も並べられている。そのうちのひとつに足を入れ、ひさご様は鞠場に立った。隅の鞠台から白い無地の鞠を手に取り、ひょいとそれを頭上に放った。地面に落ちる寸前で右足で拾い、二度、軽く蹴り上げてから、ふたたびぽんと鞠を上げた。今度はそれを肩で受け、胸、腹、ふともも と滑るように落としてから、最後にはやはり右足で拾った。

一見、鈍重そうですらある大きな身体からは到底想像もつかない、しなやかな身のこなしに、俺と黒弓がぽかんと口を開けていると、

「おぬしらも履け」

と常世が革の沓を放って寄越した。

俺たちが沓を履く間、ひさご様はひとりで鞠を蹴っていた。ときに狙いをずれて鞠が飛んでも、躍るように足を伸ばし、「ほっ」と気合いのこもった声とともに、見事にすくい上げた。俺たちが用意を終えるまで、ただの一度も地面に落とすことがなかった。明らかに、ひさご様は訓練された蹴鞠の腕前を持っていた。

「楽しそうだな、ひさご様」

と常世にささやくと、めずらしくうれしそうに目を細めた。常世は沓の足首を革紐で縛りながら、蹴鞠のおおよそのところを語った。曰く、手は使ってはいけない。鞠を蹴

るのは右足のみ。落とさなければ別にひとりで何度蹴ってもよいが、三足で返すのが美しいとされている――。

「お前はこれまで蹴鞠をやったことがあるのか？」

「ない。だが、何度か見たことはある。別に難しく考えず、来たものを蹴り返したらよい。儂らなら容易かろう」

とあっさりまとめて、常世は鞠場に進んだ。おそらく同じ柘植屋敷を出た忍びとして、「儂ら」という言葉を口にしたのだろうが、ちくりと胸が痛んだ。

生まれてはじめて履いた沓の感触に戸惑いつつ、鞠場の中央を挟み、ひさご様の正面に立った。黒弓は常世と向かい合う形で立ち、同じく履き慣れないのか、何度も沓で地面を踏み固めていた。

「一度、試しに蹴ってみよ。これは鹿の革を接ぎ合わせたものじゃ」

と常世が鞠を放ってきた。慌てて右足を合わせる。鈍い音を立てて、鞠はほとんど上がることなく地面に転がってしまった。

「結構、力を入れたほうがいいかもな」

拾い上げた鞠を、そのまま黒弓に放った。黒弓は跳ね上がるような軽快な動きとともに右足を伸ばすと、鞠をやわらかく受け止め、二度、三度と蹴って、易々《やすやす》とこちらに返してきた。そうだ、この男はこう見えて、とてつもなく身のこなしが巧みだったのだ、と本来の姿を思い出しつつ、今度は俺も何とか二度蹴ってから常世に戻した。

「数鞠をやるか」

とひさご様は常世から恭しく差し出された鞠を、両手で挟むようにして受け取った。

「地面に落とさぬよう、蹴り上げ続ける。それを数えるのだ」と常世が説明するのを待ち、ひさご様は胸の位置で止めていた鞠を、すっと放した。

「オウ」

という掛け声とともに、右足で蹴り、きっかり三度目で俺に渡した。

さすがに、はじめはうまくいかなかった。続いてもせいぜい十回、二十回といったところで、気を抜くとすぐに鞠はあさっての方向に飛んでいってしまう。それでも、ひとりは豊かな蹴鞠の素養がある貴人であり、残りはすべて忍びの出である。始めて四半時を過ぎる頃には、忍び組も完全に勘どころをつかんだ。「アリ、ヤ、オウ」の掛け声を響かせながら、いくらでも蹴り続けることができるようになった。

気がついたときには、鞠場を大勢の見物客が囲んでいた。竹矢来の向こうは祇園社の境内ゆえ、参拝の人間がいくらでも足を止めることができる。ただでさえ、奇矯な格好のかぶき者四人が、果てしなく蹴鞠をしているのだ。興味を惹かぬほうがおかしいだろう。縁側にも、奥の座敷で碁を打っていた老人たちがぞろぞろと出てきて、しわがれた声で応援を始めた。さらには、ここまで案内してきた坊主が、いつの間にか鞠場の隅に立ち、常世から聞き出した数の続きを、高らかに唱えだした。すなわち、十回鞠を蹴るたびに、「百八十ッ、百九十ッ」と大声で伝えていくのである。坊主の読み上げが二百を超えたときには喝采が湧いた。三百を超えたときには、よりぶ厚い拍手と歓声が鞠場を包んだ。四百を超えたときには、見物の連中が興奮して竹矢来をつかみ、囲いがぐらぐらと揺れて、坊主に「こらッ」と怒鳴られていた。

「今まで竹の坊でいちばん続いたのはいくらじゃッ？」

囲いの外から届いた声に、

「うちの記録は六百十じゃ。応仁のいくさの前から、一度も破られておらぬぞッ」

と坊主が叫び返した。

その言葉に、周囲の熱が一気に増したように感じられた。常世すらも、「もうすぐ五百じゃ、丁寧にやれ」と妙に力をこめて鞠を蹴ってくる。しかし、黒弓だけは数のことなどお構いなしに、必要もないのに肩をつかって鞠を受けたり、いちいち中央に背中を向け、わざと難しい蹴り方で背後に鞠を飛ばしたりするなど、明らかに周囲の目を意識したことを繰り返し、その都度、やんやと軽い喝采を受けていた。

無事、五百を数えたとき、俺は袖で額の汗を拭った。

白粉で袖が汚れようと、いちいち懐紙を取り出している場合ではなかった。背の高い松が頭上を覆っているため、直接日差しは届かぬが、容赦のない蒸し暑さに包まれていることに変わりはない。普段、ほとんど汗をかかぬ俺が、全身から汗を噴き出している。いわんやひさご様においては、顔じゅうに大粒の汗を浮かび上がらせていた。だが、ひさご様は決して音を上げなかった。大きな身体を躍らせ、ときに誰よりも張りのある掛け声を発し、鞠をつないだ。まったくもって、ひさご様は元気だった。これまでずっと、病で屋敷に閉じこもっていたなど、到底信じられぬほどに。

だが、五百を超えてから、ひさご様の動きが急に鈍くなってきた。五百半ばに差しかかると、右足の上がりが完全に遅れ始めた。それでもひさご様は何とか鞠を返し、その都度、観衆から安堵のため息が漏れた。次いで「負けるな、大きいのッ」だの、小袖の柄を見ての「ふんばれ、ひょうたんッ」といった、好き勝手な声援があちこちから放たれるようになった。ひさご様はまったく怒ることなく、むしろ声援に応えるように、頬を膨らませ、一心に鞠を追った。いつしか、どれほど黒弓が曲芸めいたことをしようとも、ひさご様がただ蹴ることが、いちばんの鞠場の歓声を呼ぶようになった。

ついに、数が六百を超えた。

それからはひとつ蹴るたびに、子どもも、女も、親父も、老人も、坊主も、全員が声を合わせ数を叫んだ。六百十回目はひさご様の番だった。俺がなるたけ丁寧に返した鞠に右足を伸ばそうとしたとき、突然、左の膝ががくりと落ちて、ひさご様の丸い身体が前につんのめった。

見物の連中からいっせいに悲鳴が上がった。

ひさご様は何とか体勢を立て直し、足を伸ばした。確かに右足は鞠をすくい上げたが、よほど力をこめてしまったのか、今度はとんでもない方向に大きく跳ね上がった。

そのまま、竹矢来を越えて、囲いの外まで鞠が飛び出ようとしたとき、

「御免」

という声とともに、俺の肩に何かがのった。

驚いて顔を上げた正面に、黒弓の下帯が見えた。

そのまま黒弓は高々と宙に躍り上がると、身体をねじりながら一回転し、ついでに鞠を蹴り返した。

鞠の落下する場所に素早く常世が走り、無事右足で落ち着かせた。黒弓は赤い小袖を鮮やかに翻し、音もなく着地した。

一瞬の静寂ののち、

「蜻蛉《とんぼ》返りじゃッ」

と誰かが叫び、揺れるような大歓声が鞠場を包んだ。

*

数鞠は六百と十八で終わった。

誰かが失敗したわけではない。

散々蹴られすぎたせいで、鞠の縫い目がほつれ、勝手に萎んでしまったのである。

右足で二度軽く蹴ってから、大きく蹴り上げようとして、いきなり歪《いびつ》な形になって宙に舞い上がった鞠を、常世は自ら両手でつかみ、

「先に鹿革のほうが根負けして破れてしもうたわい」

と舌打ちしたが、ひさご様もすでに限界が来ていたことだし、逆によい区切りとなったのかもしれぬ。

急に蹴鞠が中断したことにいったんは落胆のざわめきが広がるも、すぐさま健闘を称える声がそれを覆った。改めて坊主が蹴鞠の終了を告げ、俺たちは満座の喝采を浴びて鞠場をあとにした。先頭をきって縁側に戻った黒弓は、待ち受けていた大勢の老人や侍から、「ようやった」と好き放題に身体を叩かれ、「痛い、痛い」と悲鳴を上げていた。沓を脱ぎ、大きな身体を丸め縁側によじ上る、ひさご様の背中の金びょうたんを見て、

「よ、ひょうたんッ」

との声があちこちから発せられた。縁側に立ったひさご様が振り返り、軽く手を挙げて応えると、わっと歓声が起きた。そのとき、俺はひさご様の満面の笑みを見た。ああ、俺と同じ二十の顔だ、と思った。俺の視線に気づくと、ひさご様は一瞬、気恥ずかしそうな表情を見せたのち、「御苦労」とどこか遠慮気味にその大きな手を俺の肩に置いた。

「お見事でございました」

「うん」

とひさご様はうなずいて、坊主が用意してくれた一室へ向かった。部屋に入るなり、俺たちは崩れるように畳の上に尻餅をついた。ひさご様は柱に身体を預け、しばらく口を開けて放心していたが、

「御気分はいかがでございましょう」

と心配そうに声をかける常世に、

「大事ない」

とすぐに答えたことに、決して偽りはないようだった。

その証拠に、常世が頼んだ店屋物の重箱が運ばれてくるなり、ひさご様は誰よりも早くそれを平らげた。何しろ、ほぼ一刻にわたり休みなく蹴り続けたのだ。常世が気を利かせて、もう二人前を追加で頼んだら、

「あまり食べ過ぎると太るゆえ」

とひとつを俺と黒弓の前に押し出して、残りのひとつをこれまたあっという間に食べてしまった。

重箱の蓋を丁寧な手つきで戻し、

「おぬしら、蹴鞠ははじめてだったのか」

と食後の湯を飲みながら、ひさご様はゆったりとした口調で訊ねた。「左様でございます」とお裾分けされた重箱をつつく手を止め、俺が答えると、

「やはり、大したもんじゃのう」

と常世にちらりと視線を向けた。

そのとき、黙って隣に座っていた黒弓が、

「ちょっと、それ、ひとりで全部食べるつもり？　半分は拙者に分けてくれよ」

と押し殺した声とともに肘で小突いてきた。「わかった、わかった」と魚の焼物を無

理矢理口に押しこんでから重箱を渡してやると、

「フヘッヘッヘ」

とひさご様が急に低い声で笑った。吉田山で因心居士にも「品がない」と言われていたその笑い方は、確かにいかにも貴種であることを感じさせる他の振る舞いとは、釣り合わぬところがあった。だが、俺はふと、笑うことがないからではないか――、と思った。普段、声を出して笑う機会がないゆえの笑い下手ではなかろうか、と勝手に想像を進めていると、

「百成と千成は、いつもそのようにやり合っているのか？」

というひさご様の声が耳を打った。

質問の意図がよくわからぬまま、

「はあ……、この男とは、その、腐れ縁といいましょうか、悪縁といいましょうか、いっしょにいるとロクな目に遭わぬのですが、なぜか、いつもこうしてともに行動することばかりで――。でもおおよそはこいつが悪く……」

と支離滅裂なことを口走っていると、

「よいなあ」

とひさご様がぽつりとつぶやいた。

思わず視線を向けるより早く、ひさご様は立ち上がった。膨らんだ腹をさすりながら、隅に立てかけていた長刀を手に取った。俺も常世に続き腰を上げると、黒弓は慌てて重

箱の残りをかきこみ、案の定のどに詰まらせて、最後までひとり見苦しく騒いでいた。

竹の坊を出たところで、「今日はあと山鉾を見るくらいか」と常世に声をかけると、

「何を言っている。山鉾が曳かれるのは明日だ。宿で儂が説明したことを何も聞いていなかったのか」

といたく冷たい口調で返された。俺は軽く咳払いしたのち、

「じゃあ――、今夜は、ひさご様は道意に泊まるのか？」

と目線を合わさず訊ねた。

「そうなるな」

「大丈夫なのか？　屋敷からいなくなった、とか騒ぎにならんのか？」

「明日、山鉾の巡行が終わったらすぐに戻る。不在の間の手は打ってある。おぬしが、心配することではない」

その声にわずかな固さが漂っているのを、俺は敏感に感じ取ったが、これ以上、ひさご様のことに首を突っこむつもりはなかった。そんなことより、今も三味線の調べが漏れ聞こえる梅の坊の様子をうかがおうと振り返ったとき、なぜか目の前におかっぱ頭の女の童二人が立っていた。

「何じゃ――、おぬしら」

「あっちでおもしろいものをやってる」

「おもしろいもの？　何だ、それは」

「ようわからんが、都でいちばんおもしろいもの、見なけりゃ一生の損、じゃと」

二人の童は同時に松林の奥を指差し、ころころと笑い合ったのち、そのまま走り去ってしまった。

遅れて竹の坊から現れた黒弓が、どうしたの、と童の後ろ姿を見送りながら隣にやってきた。

「わからん。あっちに、都でいちばんおもしろいものがあるそうだ」

「へえ、何だろう？　行ってみようよ」

どうする？　と俺は常世に顔を向けた。

「せっかくここまで来たのだから、祇園社に参拝してから宿に帰るか――」

常世もそれとなく童の話に興味を惹かれたのか、

「それで、よろしゅうございますか」

と確認を取ると、ひさご様も黙ってうなずいた。

すっかり好奇心を焚きつけられた黒弓が自然と先頭に立ち、童らが指差した先へ向かった。細い道が松林の奥へと連なっている。本殿から離れつつあるように思うが、どうせどこかでまた本殿に戻る道につながるのだろう、と食後の気怠い満足感に浸って歩いていると、前を歩く黒弓が急に立ち止まった。

「どうした？」

都でいちばんとやらが見つかったか――、と続けようとして、俺も黒弓の隣で足を止めた。

道の先には両側に石灯籠がずらりと並んでいた。その石灯籠の陰から、派手な色合いの着物を纏った連中が五人、ゆらりと姿を現した。

「お前たち、どういう了見でそんな格好でここを歩いているんだ、あん？」

先頭の男が甲高い声とともに、足元の砂利を蹴飛ばした。それを合図とするように、後ろに従うある者は鞘ごと刀を肩に預け、ある者は唾を吐き、ある者は石灯籠に乱暴に足をかけ、ある者は手にしている、さして太くもない木の枝を折って見せた。

「儂らに断りもなく、あんな派手に蹴鞠で遊んでくれて、ちと我が物顔が過ぎるようじゃのう」

結い上げた男の髷の先で、爆発したように広がる髪が揺れた。男は顔に薄く白粉を塗り、目のまわりを赤く隈取っていた。どうやら本職のかぶき者のようだ。しかも、最初から喧嘩を吹っかける気に充ち満ちている。

「おい常世、面倒なことになる前に、とっとと逃げようぜ」

思わず十成と呼ぶことも忘れ振り返ったとき、俺の視線は常世を通り過ぎ、そのまま後方の景色に釘づけになった。俺たちが通ってきたばかりの道を、赤や黒や白といった、とにかく目立つ色ばかりを使った着物の連中が、ざっと十人、ぞろぞろとこちらに向かってくる。

俺の視線に気づいた常世が首をねじり、

「なるほど、そういうことか」

と低い声でつぶやいた。

「ん？　何のことだ？」

「これが都でいちばんおもしろいもの、ということだ。儂らは、はめられたのだ。さっきの童は駄賃でもつかまされて、儂らに話しかけるよう、頼まれたのだろう」

「ま、待てよ。どうして俺たち相手に、そんなことをする必要が――」

ハッとして言葉を呑みこみ、常世の隣で状況がわかっているのかいないのか、茫洋とした表情で正面を眺めているひさご様に素早く視線を向けた。

「風太郎――」

常世の忍び言葉が耳を打った。

「連中の狙いがひさご様かどうかは、まだわからぬ。だが、何があろうと、おぬしらはひさご様の身を守れ」

「悪いが、そこまでする義理はないぞ。刀を抜くようなことになったら、俺は真っ先に逃げる」

と俺も忍び言葉で返す。俺とひさご様は主従でも何でもない。ただ一日、金で雇われただけだ。もちろん酔漢あたりがからんできたときは、俺だって身体を張って守る。だが、十五人近いかぶき者が相手となると話は別だ。もしも、抜刀騒ぎにでもなったら、少なくとも怪我は免れまい。下手をすれば、こちらの命だって危なくなる。

「もしも、この場から逃げて、ひさご様の身に万一のことがあったときは、風太郎――、おぬし、地の果てまで追われることになるぞ」

「妙な脅しはやめろ。お前だって、俺の立場なら間違いなく同じことをするはずだ」

「脅しではない。高台院様は必ずおぬしを見つけだして殺す」

俺は思わず常世の顔をのぞいた。薄化粧の向こうから、どこまでも冷ややかな眼差しが注がれていた。どうやら、嘘ではないらしい。

「くそッ」

舌打ちとともに柄に手をかけようとして、刀が玩具だったことを思い出した。もう一度、大きく舌打ちして、前後の様子を確かめた。数えたところ、前から五人、後ろからは十一人。後詰めと歩調を合わせるように、石灯籠から現れた連中はゆっくりと近づいてくる。今さら逃げることはできそうにない。何しろ、こちらにはひさご様がいる。ただでさえ、散々蹴鞠をして疲れている。まともに走ったところで、到底逃げきれまい。

二間の距離を取って、前から近づいた五人が足を止めた。後ろの連中も同じくらいの間で立ち止まる。

「こんな大勢で儂らをどうするつもりだ」

常世が静かに問いかけた。

「そんな格好で勝手に練り歩かれちゃあ、示しというものがつかん。少々けじめをつけさせてもらおうかのう――」

赤い隈取りの男が、勿体ぶった口調で続けるのを遮り、

「何に腹を立てているのかしらんが、とにかく気分を害したのなら謝る。すまんかった」

と俺が口を挟むも、

「そんなふざけた顔で謝られてもな。それにすまんで済むなら、所司代はいらんわい」

と鼻で笑い、俺たちに勝るとも劣らぬほどの腰の長刀を抜いた。しかし、抜き慣れていないのか、途中で鞘に刃が引っかかり、まったく様になっていない。

「あの男が頭《かしら》のようだ。あれだけやるか。他の連中も散るかもしれん」

と耳打ちすると、常世は素早く前後に視線を走らせ、一瞬沈黙したのち、

「殺すなよ」

と念を押した。

「当たり前だ」

俺は刀を鞘ごと帯から引き抜いた。

「おい、何のつもりだッ」

とすぐさま反応する隈取りの男に、

「俺は争う気はないゆえ、ほら、刀を捨てるぞ」

と地面に朱鞘の長刀を放った。

男がせせら笑いを浮かべたまま、

「おぬしらが争うつもりがあろうとなかろうと、儂らの怒りは収まらん。そうじゃのう、その蹴鞠が達者な足の一本でも置いていってもらおうか」

とわざとらしく抜いた刀を肩に預けたとき、俺は柄が手前に来るよう転がしておいた刀を踏んだ。柄頭を押さえつけたと同時に、鍔《つば》を支えにして、朱鞘の先が跳ね上がった。俺は柄頭を右足の甲で拾い上げるようにして、思いきり宙に蹴り出した。

男が刀を構える間もなく、矢のように飛んだ玩具の刀が、相手の眉間を直撃していた。そのまま男は声もなく、背中から地面に倒れた。間髪を入れず、

「さあ、頭は寝たぞッ。まだ、やるかッ？」

と常世がひときわ大きな声で呼びかけたとき、

「囲め」

という静かな声が聞こえた。

場違いなくらい落ち着いた響きに思わず振り返ると、後方で固まっていたかぶき者達が散り、その中央から今まで人影に隠れ、頭の先しか見えなかった男が姿を現した。

俺は息を呑み、相手を凝視した。

いつぞや北野社で大男の手を斬り離した男がそこに立っていた。この暑さにもかかわらず、あの日と同じ黒い長羽織を纏っている。

月次《つきなみ》組の残菊《ざんきく》――、その名が蘇ったとき、まるでそれを待っていたかのように、薄く紅を引いた男の口に笑みが浮かんだ。

＊

「風太郎、あの男――」

黒弓がささやき声とともに、しきりに袖を引っ張ってくるのを、

「ああ、そうだ。北野で会ったあいつだ。お願いだから、ここで俺の名を口にしないでくれ」

と腕を払って黙らせた。

「知っているのか」

と鋭い視線を向ける常世に、北野社で一度会ったことがある、月次組というかぶき者連中の頭だ、と伝えた。

「おそらく、忍びだ」

最後に加えた言葉に、常世の表情が固まった。「まずいな」と唇を嚙んだ。

「ああ、さっきからそう言っている」

ひとりが倒れ、残り十五人が円を描き俺たちを取り囲んでいる。本殿から外れてはいるが、ここは境内の参道だ。人影もまばらにいたはずが、面倒事には関わりたくないと思ったか、いつの間にかすっかりいなくなっていた。祇園社で勤める雑役だろうか、背中から刈り取った枝葉を山のようにのぞかせている男が、向こうからひとり近づいてくるのみである。

なぜか、その男のひどく外股が目立つ歩き方に一瞬、視線が引っかかったとき、

「お前たちのなかで、いちばん偉いのはどいつだ」

と今度は、残菊の隣に立つ、恥ずかしいほど白い小袖を纏った男が、一歩前に進み出て、ぞんざいに告げた。

「儂だ」

「名前は」

「十成」

左右をことさらに睨みつけ、たっぷり時間を取ってから、
と常世は名乗った。

それに対し、男が何か言おうとしたとき、

「いや、ちがう」

とそれまで腕を組み、ただ涼しい目で様子を眺めていた残菊が口を開いた。

「いちばん偉いのは――、そこの大きいのだ」

と帯から扇子を抜き取り、その先をひさご様に向けた。

「そいつだけ置いていけ。そうすれば、お前たちは見逃してやろう」

「断ったら？」

「断る？」

残菊は小さく笑った。

「抜け」

と手にした扇子の先を宙に跳ね上げた途端、奴を除く全員がいっせいに抜刀した。

「これでも断るか？」

それまでずっと正面に顔を向けたまま、微動だにしなかったひさご様がゆっくりと首をねじった。窮屈そうに首に肉を寄せ、しばらく残菊を見つめていたが、

「十成、百成、千成――、帰ろうぞ」

といかにもつまらなそうにつぶやいた。

帰りたくても帰れない状況は自明と思われたが、いきなりひさご様が歩きだしたのには驚いた。だが、それより慌てたのは相手のほうである。揃って刀を構えているにもかかわらず、ひさご様が向かう先に立つ男は後退り、困惑の眼差しを残菊に投げかけた。

「止まれ」

と残菊が命じた。これまでより、声に力がこもっていた。

それでも、ひさご様は足を止めない。常世がまわりを警戒しながら横につく。俺も地面に転がったままの自分の刀は放って、黒弓の背中を引っ張り、あとに続いた。

輪全体が、ひさご様の歩く速さに合わせて移動する。

「止まれ」

俺たちを追って横に歩きながら、ふたたび残菊が声を発した。今度は明らかに、苛立ちの色が含まれている。

しかし、やはりひさご様には通じない。

残菊の表情にはじめて歪みの影が浮かんだ。

まずい、と思った。あの北野社で、いっさいの警告なく相手の腕を切り離した男である。ただの脅しじゃない、とひさご様に伝えようとするより早く、

「斬れ、全員だ」

という残菊の声が響いた。

常世がひさご様の前に飛び出し、その歩みを止めさせた。すでに、常世の両手は袖の中に潜っている。刀が抜けるものではない以上、何かそこに得物を用意しているのだろう。常世に渡された小刀ひとつで向かうなど冗談じゃないと思いつつ、俺も慌てて袖に手を入れたとき、

「こらッ、そこの者ども――」

という声が突然、輪の外から聞こえた。

「そんな大勢で何をしておる。刀まで抜きおって。ここは、御神域じゃぞッ」

張りのある声が近づいてくる。ひさご様の肩越しにのぞくに、声の主は先ほど見かけた外股歩きの男だった。「御神域」という言葉が効いたのか、それとも強くたしなめる調子に気圧されたか、男の呼びかけはまさに絶妙の間を衝き、かぶき者連中の出鼻を挫いた。誰もが刀を構えたまま動きを止め、男の次の行動を見守っている。

男は菅笠《すげがさ》をかぶっていた。どこぞの木を刈り取ったばかりなのか、背中の大きな籠に、

葉のついたままの枝をこれでもかというくらい突っこんでいる。丸腰にもかかわらず、何の躊躇いもなく、男はかぶき者たちの間を割って入ると、常世の前で足を止め、ふいと面を上げた。

「あ」

背は低いが肩幅のあるその男の顔に見覚えがあった。高台院屋敷にて、ねね様と対面した東屋まで俺を案内した男だ。確かねね様からは「左門」と呼ばれていた。それで歩き方を知っていたのか、と合点がいったとき、正面からの強い視線を感じた。ハッとして顔を向けると、残菊が能面のような表情で俺を見つめていた。

しまった、読まれた、と気づいたが、ときすでに遅く、

「全員斬れ、その男も仲間だ」

と乾ききった声が放たれ、刀の輪がいっせいに揺れた。

「この罰当たり者どもめがッ」

とその背の低い身体からは想像つかぬほど、割れた声が大きく轟いた。その声の圧に輪の動きがふたたび止まった隙に、左門は素早く俺たちに背を向けた。

「使え」

何のことだと考える間もなく、籠から突き出した枝の束に常世が手を突っこんだ。

「よいぞ」

という常世の声と同時に、左門の背中から籠が離れ、どさりと地面に落ちた。倒れた

籠から、いっせいに枝がこぼれ落ちる。常世の手にはいつの間にか、四振りの刀が残っていた。

それを見て、左右からひとりずつ、奇声を上げて襲いかかってきた。

右からのひとりは、素早く常世から刀を受け取った左門の抜刀の一撃で、胸を縦に斬り裂かれた。左からのひとりは、常世の袖の内から放たれた棒手裏剣をのど元に受け、刀を放り出して地面に転がった。

胸を斬られた男から、すさまじい勢いで噴き出した血が、容赦なく頭から降り注ごうとも、刀を構えたまま左門は微動だにしなかった。俺も赤い雨を頬に感じながら、常世から刀を二振り受け取る。「うわあ」と血しぶきを手で払っている黒弓にひと振りを押しつけ、正面の相手の攻撃に備えた。

「おい、千成」

と早口で黒弓に呼びかけた。

「別に逃げても構わんぞ。お前には何の関係もない話だ。残ったところで、一文の得にもならん」

「どうしてそういうことを言うんだ?」

顔についた血を拭いながら、思わぬ強い調子で黒弓は俺を睨みつけた。

「ひさご様を置いて逃げるなんてできっこないだろ。何、言ってんだ?」

そのまっすぐな眼差しを前にして、「お前が逃げるというなら、仕方がない。俺もいっしょに逃げてやろう」と次に用意していた言葉を虚しく呑みこむしかなかった。

「くそッ」

と吐き捨て、俺は鞘を払った。当然、これまでこんな多勢を相手にしたことはない。そもそも、忍びは侍ではない。刀を抜くは下等、頭を使ってことを為すが上等――、が信条だ。こんな状況で刀を構えるなど、まったく下の下もいいところである。

左門は味方と見てよかろう。ならば、ひさご様は数に入れぬとして、俺たちは四人。それに対し、すでに三人が倒れたが、相手はまだ十三人もいる。

この連中がただのかぶき者ではないことは明らかだった。腕のよしあしは別として、あれだけ血しぶきを上げて仲間が死んでも、誰ひとり弱気を見せない。人の死に様によほど慣れているのか、それとも弱気を見せたくても見せられないのか。

身体の向きをずらし、視線の端で左門の正面に立つ残菊を捉えた。凪のように静かな表情で、相変わらず扇子を片手に立っている。仲間が斬られたことへの怒りは、そこからはいっさい感じられない。

まったく気味の悪い野郎だ、と顔を戻したとき、正面に立つ細身の男が甲高い声とともに、刀を振り上げ突っこんできた。

俺より先に動いたのは黒弓だった。

手にした刀を抜くこともなく、男の前に無防備に飛びこんだ。斜め上から繰り出された一撃を、黒弓は上体をぐいと反らし、いとも簡単にやり過ごした。思わず見入るほどの身体のやわらかさだった。自分の振った刀の勢いに負け、無様に身体が流れたかぶき者の脇腹に、黒弓は刀の鞘の先を思いきりめりこませた。

細身の男がうめきながら倒れる。その向こうから、次の男が襲いかかってきた。

「千成、気をつけろッ」

俺が叫んだのには理由がある。

なぜなら、俺たちを囲む輪の中に、明らかにかぶき者の格好が似合っていない連中が複数含まれていたからだ。俺や黒弓と同じく、派手好みな着物とは根本から相容れぬ顔立ちの男が、少なくとも五人、混じっていた。そのひとりが黒弓に向かっている。

俺の声が聞こえているのかいないのか、またもや黒弓は、刀が舞う先へと飛びこんでいった。相手がただ者ではないことは、ほんのひと振りでわかった。相手の一撃を黒弓が鮮やかな身のこなしでかわす。しかし、それをとうに見越して、蹴りが放たれていた。油断したのか、気づかなかったのか、正面からそれを腹に受け、「うげ」と声を漏らし黒弓が吹っ飛んだ。そこへまた別の、五人のうちに数えていた男が身を屈めすり寄っていく。

俺が助太刀を繰り出さなければ、黒弓はとうにあの世行きだったろう。横手から放った俺の刺突に対する、男の動きは見事のひと言だった。俺の刃が先に身体を貫くと判断した瞬間、地面を蹴って一気に前方へ、刀の届かぬところに跳んだ。ついでに俺と黒弓に何かを放った。ひとつを刀で叩き落とし、同時に、黒弓の肩を思いきり蹴倒した。

「な、何するんだよ」

　黒弓の声を無視して、足元を確かめると案の定、十字の手裏剣が落ちていた。黒弓の前に立ち、「早く起きろ」とかかとで後ろを小突く。

　腹をさすりながら立ち上がった黒弓の耳元に、

「気をつけろ、こいつら二人とも忍びだ」

とささやいたとき、何かが折れる鈍い音が聞こえた。思わず顔を向けると、常世がひとりの頭の上に、玩具の長い刀を振り落としたところだった。見事に朱鞘が真っ二つに折れ、頭を抱え男が地面に崩れ落ちた。常世の刀はというと、ひさご様が持っていた。ただ、当人はまったく構える気がないようで、鞘に収めたまま右手にぶら下げ、目の前の乱闘を眺めるばかりである。

　左門の足元に倒れた死体は、二人増えて三つになっていた。高台院屋敷で出会ったときから、その寡黙そうな面構えに相当な使い手の気配を感じていたが、想像をはるかに超える腕だった。これでさらに四人が減り、相手の残りは九人。ひょっとすると何とかなるやもしれぬ、と黒弓を引っ張り、ひさご様の背中に貼りつくように立ち位置を戻した。首をねじり、背後の残菊を視界に入れる。

「お前たちは――、何者だ」

と残菊は細い眉を寄せた。

　左門はそれに答えることなく、

「儂がここに残る。おぬしらは早く行け。南門のところに駕籠を用意してある。そこまで行けば人もおる。こやつらも刀は振り回せまい」

とひさご様を挟んだ向こうから、押し殺した声で告げた。

「鬱陶しい男だな」

残菊の長羽織の裾がゆらりと風を受けて靡いた。砂利を踏む音とともに手にした扇子を帯に戻し、まったく気負う様子もなく、残菊は左門の間合いに入った。

それまで長羽織に隠れていた右の脇差し一本がのぞいたとき、北野社での記憶が不意に蘇った。

「逆手だッ」

思わず叫んだと同時に、左門が打ちかかった。ちょうど、残菊が左門の正面に位置したために、身体に隠れた奴の動きは見えなかった。「キン」という刃と刃がぶつかり合う硬い高音のあとに、

「走れ」

という左門のかすれた声が聞こえ、その向こうに残菊の顔が現れた。それはすなわち、左門が崩れ落ちつつあるということだった。

*

残菊は笑っていた。

何とか膝をついて倒れるのを踏みとどまった左門を、へらへらと笑いながら見下ろしていた。

「走……れ」

今にも途切れそうな左門の声がその丸まった背中から発せられた。

常世がぐいと俺の袖を引いた。

顔を向けたときには、すでに常世はひさご様の腕を取り、走りだしていた。黒弓もすぐさま、そのあとに続く。

それを見て残菊の両隣に立つ男が慌てて追う体勢に入ろうとしたが、左門がいきなり両手を広げ立ち上がった。それに反応して足を止めたひとりに、左門は右手の刀を放った。

刀は見事に相手の胸を貫いた。

左門は急に身体を屈めた。俺にはその背中しか見えなかったが、身体が小さく震えたのち、脇差しを携えた右手が現れた。

残菊に貫かれた脇差しを自ら抜いたのだと気づいたときには、左門の手から脇差しが消えていた。常世を追って走り始めていた男が、「ぎゃっ」という叫び声とともにひっくり返った。その太ももには、左門の投げた脇差しが光っていた。

「死に損ないめが」

忌々しげにつぶやき、残菊は胸を刺し貫かれたばかりの男から刀を引き抜いた。

左門がゆっくりと首をねじった。

菅笠の下から、顔じゅうに血しぶきを受けた凄惨な表情をさらし、目の端で俺に視線を定めた。

「行け――」

と声を出さずに告げられたとき、俺は地面を蹴って駆けだした。

数間、離れたところで、

「ぽん」

という奇妙な響きが聞こえた。

走りながら、思わず振り返った。

ちょうど残菊が刀を振り下ろし、左門の首が笠ごところりと地面に落ちたところだった。首を失った身体は、不思議とそのままの姿勢を保っていたが、数拍の間を置いたのち、突然、高々と血を噴き出し、どうと倒れた。

顔じゅうに浴びた血をぬぐい、残菊はいかにも物憂げに、手にした刀を倒れた左門の横腹に突き刺した。

残菊がこちらを向いた。

「なぜ逆手と知っていた」

目が合った瞬間、俺は顔を背け、常世とひさご様を追う足を一気に速めた。絶対にあの男には敵わない、と確信した。人を斬ったばかりなのに、あんな表情のない目をする奴に勝てるわけがない。

何とか落ち着くよう心を叱咤しながら、相手の残りを数えた。左門が死の間際に二人を片づけたおかげで、相手は七人に減っているはずだ。たったひとりで五人も屠《ほふ》るとは、何という猛者だったろうか。しかし、その左門を、あの男はたったの一撃で、しかも脇差し一本で仕留めたのだ。

のたのたと走っているひさご様に早々に追いつき、後ろを確かめた。裾を翻し、血相を変えた連中が向かってくる。残菊は太ももに刃が突き刺さったまま倒れている男から己の脇差しを引き抜き、相手の着物で血を拭っていた。残菊が追っ手に入っていないことに、かすかな安心を感じる己が滑稽だった。なぜなら先を進む四人は、明らかに走り方が、足の運びが地を摺るような忍びのそれだったからである。

「千成、ひさご様を頼む」

常世が黒弓に早口で告げた。

「儂と百成でここは持ちこたえる。ひさご様を南門までお連れせよ」

黒弓がうなずいて、ひさご様の横につく。ひさご様は危険がすぐ後ろに迫っていることに気づいているのかいないのか、こんなときも姿勢正しく正面に顔を向け走っている。だが、この速さでは、到底連中を引き離すことなどできない。誰かが踏みとどまって時間稼ぎをするしかないのだが、己が名指しされるのは迷惑以外の何ものでもなかった。

「二人だけであいつらを相手にするなんて、冗談じゃないぞ。わかっているだろ？　前を走る奴ら、四人とも忍びだぞ」

と忍び言葉で訴えるも、

「儂ひとりで防ぐのは無理だ。おぬしがいないと儂は死ぬ。儂が死ねば、ひさご様も死ぬ」

と常世は同じく忍び言葉で返し、懐から吹き矢を取り出した。

「十倍だ」

「何？」

「もし、生き残ったら、この前、高台院屋敷で言っていた分の十倍の金を寄越せ。こんな命懸けのお守りになるなんて、ひと言も聞いてなかったからな。嫌なら、俺は逃げる」

常世の険しい眼差しと一瞬、ぶつかったのち、

「わかった」

と不愉快そうな返事が聞こえてきた。

「左の奴から狙っていく。相手の隙を逃すな」

と後ろの連中には見えぬよう、常世は走りながら吹き矢を構えた。そんなものまで用意しているなんて、まるでこうなることを知っていたみたいだな、と皮肉のひとつでもぶつけてやりたかったが、

「いくぞ、百成ッ」

という声がかかった途端、俺の頭からいっさいの思念が消えた。

常世が振り返り、吹き矢を放った。

同時に俺は踵を返し、数間の距離まで追いついていた男たちに突っこんでいった。不意打ちは功を奏し、先駆けの四人のうち、端のひとりが俺が刀を合わせる前に首を押さえて倒れた。さらに、正面から斬りかかると見せかけて、俺が急に身体を沈めたとき、頭上を抜けた吹き矢を受け、もうひとりが頰のあたりを押さえ、身体をねじらせ転がった。矢には容赦のない毒が仕こまれていたのだろう。尋常ではない叫び声とともに、男たちは地面をのたうち回っている。

「この野郎ッ」

という憎しみのこもった怒声とともに、残りの二人が斬りかかってきた。相手が相当な使い手であることは、踏みこみの鋭さからも容易に感じ取れた。ひとりは枯れ枝のように瘦せた、異様に骨張った顔をした男だった。ひとりは頭を完全に剃り上げ、俵のような顔の形をした大男だった。ともに薄化粧を施し、赤い隈取りを目のまわりに入れていたが、一見して、その残忍な性格をうかがわせる目つきをしていた。柘植屋敷で出会った目付の多くも、同じ目をしていた。厄介なのは、この目をした忍びは、もれなく刀さばきが巧いことだ。隙を見せることなく、蛇のように執拗に攻めてくる——、という俺の予想どおり、決して踏みこみすぎず、反撃できない絶妙な間合いで、二人は次々と刀を繰り出してきた。

間合いを詰められたら、常世の吹き矢は使えない。二人は必ず常世との間に俺を挟むように身体をさばき、刀を振るった。ほんの数度刃を交えただけで、すでに股と二の腕を剣先がかすった。興奮のせいで痛みは感じなかったが、見ると白い生地に赤い紋が、じわじわと浮かび上がっている。

この小袖は到底使い物になるまい、と道意で化粧をしてくれた女の顔を一瞬、思い浮かべたとき、倒れている男から拾った刀を手に、常世が俺の背後から躍り出て、二人に斬りかかった。

体勢を崩しながら、何とか一撃をかわした骨張った男の左手を刃はかすめ、指の先がいくつか宙に飛んだ。しかし、男はいっさい表情を変えることなく、

「おぬしら、伊賀者だな」

と刀を構え直し、話しかけてきた。

「いや。ただの、かぶき者よ」

と常世が返す。その声を聞いてまさかと思い視線を向けたが、刀を携える常世の顔には不気味なくらい静かな笑みが浮かんでいた。そこへ、忍びの足に追いつけなかった二人が到着し、相手はまた四人に増えた。すぐさま残菊の姿を探した。連中が大勢倒れている場所にすでに姿はなく、どこへ行ったと目を泳がせたとき、

「柳竹《りゅうちく》、琵琶《びわ》、こいつらは捨て置け。玉は走っているあの大きいのだ」

といきなり奴の声が聞こえた。

　ギョッとする間もなく、いつ追いついたのか、俵頭の身体の向こうから、残菊が姿を現した。

　左門の血を満身に浴び、いっそう冷たさを増した眼差しを放ちながら、

「あの大きいのは何者だ」

　と残菊は赤い口を開いた。

「教えたら、お前たちの命は助けてやる」

　じりじりと後退りつつ、素早く目の端で隣の常世の顔を捉えた。この際、ひさご様の身元を売ってでも、命が助かる余地を広げたほうがいいのではないか、と念を送ったが、常世の口元により妖しさを増した笑みが漂うのを見て、俺は早々にその希望を捨てた。

「黙れ、下衆《げす》」

　予想どおりどうしようもない返事とともに、常世が袖から何かを投げつけた。すさまじい速さで残菊が脇差しを逆手で抜き放つ。地面に真っ二つに割れて転がったのは、吹き矢の筒だった。残菊の抜刀の一撃を封じるための囮《おとり》だと気づいたときには、すでに常世が身を沈め、奴の前に迫っていた。

　踊るように繰り出された常世の刀を、残菊は逆手に持った脇差し一本で受け止めた。

「柳竹」「琵琶」と呼ばれた二人が、慌てて常世を囲もうとするも、剣先が思いもよらぬ動きをするために、近づくことができない。ひさご様が逃げる時間を稼ぐために、常世が決死の攻撃を仕掛けているのは明らかだった。振り返って、ひさご様の姿を確かめた。

まだ二人の背中が見える。遠目にものろのろと走っているとわかるひさご様に、黒弓がしきりに声をかけている。息切れしたひさご様を励ましているのか。だが、あの距離なら、あっという間に忍びの足に追いつかれてしまうだろう。

そのとき、唐突に心の隅でささやく声が聞こえた。

逃げるなら――、今だぞ。

常世がすべての注意を引きつけている今なら、この場から脱出できる。ひさご様と別の方向へ走ったなら、誰も俺を追ってこないだろう。

「柳竹、琵琶――、何をしている。お前たちは、さっさと玉を追え。息の根を止めろ」

常世との間合いがわずかに開いた隙を縫い、残菊が助太刀に入りかねていた二人に鋭い声を発した。

刀の切っ先を残菊に向けたまま、常世が首をねじった。

俺に新たな動きを求める強い眼差しと目が合ったのは一瞬だった。

なぜなら、そのときにはもう、俺のほうが背中を向けていたからである。

俺はひさご様の家来ではない。ひさご様のために、もしくは常世のために、ここで己の命を張る理由はひとつだってない。まともな忍びなら、誰でもこうする。ひさご様が死んだらねね様が黙っていないと言うが、すべては命あっての物種、常世もいちいち恨むまい、と走りだしたとき、

「逃げろ、十成ッ、百成ッ」

という声が突然、横手から聞こえた。

驚いて顔を向けた視界の先に、なぜか黒弓の姿が飛びこんできた。裾を大きく翻し、跳ねるような速さでこちらに駆けながら、左右の手に黒いものを持っている。

火薬玉だ――。

そう気づいたとき、俺は握った刀を放りだして、袖に手を突っこんだ。

「そいつから離れろ、常世ッ」

と忍び言葉を叫びながら、常世から渡された小刀を残菊目がけ投げつけた。

残菊は易々とそれを叩き落とした。

だが、脇差しを構え直したときには、目の前から常世の姿が消えていた。

黒い玉が二つ、奴の頭の上に静かに降ってきた。

少しでもその場から離れるべく、俺は思いきり地面を蹴った。それでも視界の隅では残菊の姿を捉え続けた。火薬玉の飛来に気づいた瞬間、残菊は動いた。常世の斬りこみを前に、どうしたらよいかわからず、ただ突っ立っていただけのかぶき者の帯をぐいと引き寄せ、それを盾にするようにして、己は背後に沈んだ。

連続する爆発音とともに、追いかけてきた衝撃に身体が浮いた。耳が遠くなった向こうで、

「こっ――だ、風太――、常――殿ッ」

とか細い声が聞こえた。

あたりにはいっせいに煙が立ちこめ、完全に視界は塞がれている。声の在りかを頼りに煙の中を突っ切った。ほんの少し前を常世が走っているのが見えた。煙幕を抜けると黒弓が立っていた。煙玉だろう、すでに白いものを吹き出しはじめている小さな玉を、

「これが最後」

と地面に転がして、すぐさま踵を返した。

奴の逃げ足は速かった。

常世よりも足が速い男を俺ははじめて見た。竹の坊あたりをほとんど歩くようにして走っていたひさご様に無事追いつき、常世はそのまま駕籠が待っていると左門が言っていた南門に向かい、屈強な侍五人を引き連れ戻ってきた。

南門が見えてきたところで、あとはすべて常世に任せ、俺と黒弓は祇園社から消えた。血に汚れた着物は松林に早々に打ち捨て、黒弓とも別れた。下帯一本で東山に逃げこみ、慎重に山の峰を伝いながら、日が暮れるのを待って、ようやく吉田山のあばらやに戻った。

第五章

祇園社で受けた太ももの傷は思いのほか深く、自分で傷口を縫ったのち、毎日薬草などをすりこみながら養生しているうちに、いつの間にか七月を迎えてしまった。

ようやく引きずることなく歩けるようになった足で畑に向かう。

あの日から、黒弓《くろゆみ》とは会っていない。

畑にもまったく顔を出している様子が見られない。ほんの道案内を頼んだはずが、あんな目に遭わせてしまったのだ。多少は俺にも負い目がある。せっかくここまで育てたものを枯らすのも忍びなく、奴の畑もついでに水をまいてやった。黒弓と同じく、常世《とこよ》からも何の便りもないままだ。俺から連絡する手段もないため、約束の金は一銭も受け取れずにいる。

黒弓の畑に水をまき終え、棚の下で一服した。頭上では縦横無尽につるが棚を這い、盛大に緑の屋根を作っている。花が咲く時期はとうに過ぎ、たわわに実ったひょうたんが、あちこちからぶら下がっている。

まだ青みを残す実の表面には、みっしりとうぶ毛が生えている。意外なくらい、ひょうたんの実は固い。試しにぐいと指に力をこめてみても、まったく押しこむことができない。

今も、ありありと左門《さもん》の死が心に残っている。

なぜ、ねね様の屋敷に勤める男が、命を賭してまで、ひさご様を守らなければならなかったのか。「行け」と声を出さずに告げた、血まみれの無骨な横顔がふとした拍子に蘇る。こうも死んだ人間を思い返すなど記憶にない。まったくもって俺らしくない、とひょうたんから手を離し、そのまま棚の下から出た。

小径への斜面を上り、やかましい蟬《せみ》の声に包まれ、あばらやへ戻ろうと歩き始めたとき、背後から俺の名を呼ぶ女の声がした。

振り返ると、小径の先にこちらへ向かって歩いてくる人影が見える。俺はその場に留まり、相手が近づいてくるのを待った。

「何じゃ、生きておったのか」

俺の顔を見上げ、何だか不満そうな口ぶりとともに芥下《げげ》は歩みを止めた。

ここに来るまで、さんざん陽の下を歩いたからだろう。鼻の頭に、細かい玉の汗が浮かんでいる。しばらく見ないうちに、肌がいっそう黒くなったように感じられる。おかげで、俺を睨み上げる白目が、いつにも増してくっきり浮かんでいた。

「瓢六《ひょうろく》から様子を見てこいと言われた」

と面倒そうな態度を隠そうともせず、芥下は首に巻いた手拭いの端を鼻の下に走らせた。

「なぜ、われは手伝いに来ん」

「う、うむ……、実は山で薪を集めているときに、うっかり斧をあてて、このへんを深く怪我してしまってな。しばらく動けなかったのだ」

祇園会の一件があったのち、俺は瓢六の仕事をすべて休んでいた。己の太ももを指差し、曖昧に理由を述べるも、芥下は胡散臭いものを見る眼差しとともに、

「われが休むせいで、儂《わし》が暑いなか荷物を全部運んでいる」

と物憂げに鼻を鳴らした。なるほど、それで一段と黒くなったのか、と合点しつつ、

「何も伝えず休んだのは悪かった。だが、伝えようにも手がなかったものでな」

と俺は軽く頭を下げた。

「それで、われはもう仕事に戻ることはできるのか」

「ううむ、それは……」

まだ、しばらく町には出たくない、というのが偽らざる本音だった。清水から祇園社は、それこそ目と鼻の先だ。残菊《ざんきく》たちが産寧坂を歩くところに出くわすことだって、ないとは言えない。黒弓が放った火薬玉で残菊が死んでいるとは、万にひとつも期待していなかった。あの男は間違いなく生きている。もし、また出会うことがあったときは、奴は必ず俺を殺すだろう。

「おい、芥下よ。最近、何か噂話を聞いていないか？」

「噂話？　何のじゃ？」

「そうだな……、たとえば、この前の祇園会の話なんかどうだ」

「知らんわ。儂は祭りには興味がない。人が多いところなんぞ、まっぴら御免じゃ」

まるで最近までの俺のようなことを言って、断りもなく芥下は俺の畑に降りていった。

「今年の祇園会は一度も、雨が降らんかっただろう。だから、大勢の人が祭りに繰り出して、いろいろおもしろい話もあったかと思うのだが」

「だから、知らん」

にべもない返事に、俺は一瞬躊躇したのち、

「じゃあ、喧嘩の話とかはどうだ？」

と一歩踏みこんで投げかけてみた。畑に降りた芥下が、俺の顔を訝しげに見上げた。

「いや、祭りに喧嘩はつきものだからな。あれだけ大勢いると、そんな話のひとつや二つあるかな、と思って――」

と慌てて言葉を並べるも、芥下はすぐさま背中を向け、

「これ、捨てるぞ」

と棚からぶら下がったひょうたんを指差した。

何の話だと考える間もなく、芥下はいつの間にか手にしていた小刀で、ひょうたんを切り離し、ぞんざいに地面に放り投げた。

「わ、な、何しやがる」

俺も急いで畑に降りるが、芥下は素知らぬ顔で隣の二つを素早く切り取り、またもや足元に投げ捨てた。

「や、やめろ、やめてくれッ」

祇園社で大勢のかぶき者連中に囲まれたときも、こんな裏返った声は出なかった。芥下の横に駆け寄り、迷わず四個目のひょうたんに伸ばそうとする細い腕をつかんだ。

「お、おいッ。せっかく育てたのに何をするッ」

「見たらわかるじゃろうが。摘むのじゃ。まだ山ほどある。さっさと仕事を片づけさせろ」

「仕事だと?」

「瓢六に言われて来たと教えたじゃろうが。形の悪いものは売り物にならんから摘む。そのぶん、形のいいやつが少しでも大きくなるようにする」

俺は足元に転がったひょうたんに視線を落とした。大小の丸みの間にくびれが挟まった、いわゆるひょうたんの姿とはほど遠い、歪な形のものや、明らかに小さいものが落ちている。芥下が次に手を伸ばそうとしたひょうたんは、完全にくびれが消え、そのまくちばしのように先細っていた。確かに、瓢六の店先に、こんな形のひょうたんは一度も見たことがない。

「われも手伝え。いくつ摘む必要があるかわからん」

と芥下はわんさと実った棚のひょうたんを見渡した。

それから二人してひょうたんを摘んだ。せっかく育てた実を、次々と地面に捨てるのは胸が痛んだ。これは売り物になるだろうと思って残したものを、後ろから来た芥下が躊躇なく切り取ったときは結構な言い合いにもなった。腹が立って、こいつとはもう口を利かぬと決めても、

「これはよいひょうたんじゃな」

とちょうど一尺ほどありそうな、形のいいひとつを褒《ほ》められた途端、「だろう、だろう。それは俺も一目置いていた」とすぐに釣られて、相好を崩している己が情けなかった。

芥下によると、形のいいひょうたんというのは、上のふくらみ、くびれ、下のふくらみの比が、五・三・七になっているものを言うらしい。なるほど、芥下が褒めた一個はほぼそのとおりの比に出来上がっていた。これがいつか漆で仕上げられ、箱に収まってねね様の屋敷に運ばれるような逸品になる日が来るやもしれぬ、と想像すると頰のあたりが急に熱くなるのを感じた。

すべての選別を終えたとき、地面に散乱する青い実は二百を軽く超えていた。手塩にかけたものが無惨に捨てられるのを見て、悄気返っていると、はじめて育てたにしては筋がいいほうだ、と慰められた。

「お前は何年、この仕事をしているんだ？」

「四年じゃ」

「年はいくつだ？」

「十八じゃ」

「ずっと京の育ちなのか」

そんなところじゃ、と芥下は小径への斜面を上り、

「あっちはどうする？」

と黒弓の畑を指差した。奴もひょうたんを売り物にすることを目的として育てていたのだ。ならばとついでに摘むことに決めた。自分の畑では残しておいたであろうひょうたんも、他人の畑になった途端、容赦なく切り落とすことができた。七十ほどを残し摘み終えると、収穫は月の終わり頃じゃろう、と芥下は見通しを語った。ひょうたんのうぶ毛がこれから次第に薄くなり、表面がつるつるになったあたりが収穫どきなのだという。

「いつ、瓢六に手伝いに来る」

去り際の問いかけに、俺は明確な返事をしなかった。芥下もそれ以上、来いとも来るなとも言わず、相変わらず鼻の頭に汗を浮かばせたまま、来た道を戻っていった。

結局、七月が終わるまで、俺は瓢六に顔を出さなかった。その間にひょうたんの葉は緑から黄に色褪せ、茎は痩せ細り、奔放に跳ねていたつるはどれも茶色に枯れた。ただ、形のいい実ばかりが棚から頼もしげに揺れていた。

八月を迎え、芥下の言葉どおり、ひょうたんの表面からうぶ毛が消えた。俺は満を持

してひょうたんの収穫を行った。行李いっぱいに詰めたひょうたんを背負い、何度も畑とあばらやを往復した。黒弓は七月の間も、一度も姿を現さなかった。奴の畑のひょうたんも切り取り、あばらやに運んだ。

実が姿を消すと、棚は華やかさを失い、急に貧相に成り下がった。黒弓のぶんも合わせ棚を解体し、およそ五カ月にわたる、俺のひょうたんを育てる日々は終わりを迎えた。

＊

祇園会からふた月が経ち、これはひょっとすると奴とも二度と会うことがないのではないか、とぼんやり思い始めた矢先、黒弓がひょっこりと姿を現した。

「やあ風太郎《ぷうたろう》、ひさしぶり。息災にしてた？」

あばらやの脇で薪を割っているところに、何事もなかった顔でやってきて、

「京は上を下への大騒ぎだね」

とどこか上気した口ぶりとともに背中の荷物を下ろした。

「大騒ぎ？　何がだ？」

え、と大げさなくらいに急に動きを止め、

「ひょっとして知らないの？」

と黒弓は眉間にことさらしわを寄せた。

「何だ、いくさでも起きるのか」

「知ってるじゃないか」

え、と今度は俺が薪を割る動きを止める番だった。

「冗談だろ」

「なんだ、本当に知らないの」

黒弓は袖からちまきを取り出し、「食べる?」と差し伸ばしてきた。返事もせずに奪い取り、すぐさま笹をほどいて、中身にかぶりつく。

「急にどういうことだ、いくさって。一揆でも起きたか」

真面目に訊ねたつもりが、「風太郎は相変わらず呑気だなあ」と呆れた顔で返された。

黒弓は薪割りの台に腰を下ろすと、笹を丁寧に剝ぎ取り、おちょぼ口でちまきを囓った。

「この前、ひさご様や常世殿と方広寺に行っただろ」

いきなり、その話に入るのかと思ったが、黒弓の言うところは別だった。

「鐘を覚えている?」

「鐘? 俺たちが座る真上で、坊主が鳴らしていたやつか?」

「そう、あのあとすぐに、大仏が完成したのに合わせて、新鋳のもっと大きなやつに取り替えたんだ。でも、その銘文がどうもまずかったみたい」

「何だ、銘文って」

「鐘の表面に刻む文章のことだよ。その内容が問題になって、十日前に行うはずだった大仏供養がいきなり流れてしまった。この話も知らない?」

その頃は、脇目も振らずにせっせとひょうたんを収穫していた。もちろん、大仏供養のことなんて聞いたこともない。

「祇園会よりもたくさんの人が、供養の日に合わせて町に集まっていたんだよ。どこの宿も坊さんだらけだったからね。それが突然中止になったものだから、それはもう、たいへんな騒ぎだった」

「話がさっぱり見えんぞ。どうして鐘の銘文から、いきなりいくさに話が飛ぶんだ？ そもそも、今さら誰がいくさなんてする」

「そんなの、江戸と大坂に決まっているじゃないか」

何？ と俺はちまきの残りを口に押しこむ手を止めた。江戸と大坂とはつまり、徳川と豊臣ということである。

「まさか」

「だから、大騒ぎなんだよ」

黒弓によると、鐘の銘文の内容に激怒した駿府《すんぷ》の大御所が、問答無用とばかりに大仏供養を中止に追いこみ、さらにこのままいくさをも辞さずという態度を取っているらしい。

「ないわ」

と俺は笑いながら頭を振った。

「たかが鐘に書いたことでいくさなんて、そんな馬鹿な話があるか。そんなの、餓鬼の喧嘩の理由にもならぬわ。だいたい鐘に何が刻まれていようと、黒くて見えんぞ」

「だからこそ、大騒ぎなんだよ」

「どういうことだ」

「冗談のような話が冗談になっていない。それだけ、向こうは本気だってことさ。噂じゃ、大坂から豊臣家の家老が慌てて駿府のほうに謝りにいったそうだよ」

俺は黙ってちまきを咀嚼した。自然とねね様の、尼頭巾からのぞく肉づきのよい顔が思い浮かぶ。黒弓の話が本当なら、今ごろあの屋敷は大騒ぎになっているだろう。大坂の常世も安閑としていられまい。伊賀の御殿《おんとの》が、駿府の大御所とべったりであることは誰もが知っている話だ。忍びとしての役割も、俄然意味を持ってくるというものである。

「あれから、常世殿とは？」

「まだ一度も会っていない。当分、俺に構っている余裕はないだろう。だから、金はもう少し待ってくれ」

「別にそれはいつでもいいよ」

と黒弓は食べ終えたちまきの笹を捨て、懐からおもむろに細長いものを取り出した。

「何だお前、煙草を始めたのか。相変わらず、生意気な奴だな」

黒弓はにやりと笑って、

「これ、ひさご様からもらったんだ」

と煙管《きせる》を指の先でくるくると器用に回してみせた。

「ひさご様から？　いつ？」

「祇園社でね。風太郎と常世殿が残って、拙者がひさご様を連れて逃げただろ？　あのとき、走りながらひさご様がくれたんだ。山鉾の巡行を見ながらふかしたかったのに無理だった、ってとても残念そうに言っていた」

煙草をほぐしたものを煙管の先に詰め、

「知ってる？　tabaco《タバコ》ってポルトガルの言葉なんだよ」

と得意げに火を点けた。煙管をくわえ、ゆっくりと息を吸いこみ、優雅に鼻から煙を吐き出す――、と思ったら、いきなり咳きこみだした。

「駄目だ、なかなか慣れない」

としばらくごほごほと続けたのち、涙まで出てきたのか目尻をしきりに拭った。

「何でお前だけなんだ。あの場で身体を張って助けたのは、俺と常世だぞ」

もう少しで常世を置いて逃げだすところだったことは完全に棚に上げて、俺は鼻の穴を膨らませた。

「頼まれたんだ」

「頼まれた？」

「自分はひとりで南門まで走れるから、千成はあの者たちの加勢に向かうように、って言われた。ひさご様をお守りしなくてはいけないからそれはできない、と伝えたら、急にこれを渡してきて、行けって」

薄い紫煙をくゆらせている煙管を、黒弓は持ち上げて見せた。

「煙管を渡されたからどうなる話じゃないと思うけど、とても伝わるものがあった。ひさご様は本気で風太郎と常世殿のことを心配していた。拙者は、やはりひとりにはできないって言ったけど、あの大きな身体に首根っこをつかまれて、無理矢理来た道に押し返されたんだ」

南門目指し、のろのろと逃げるひさご様に黒弓が声をかけているのを、遠目に見た記憶がかすかに残っている。ちょうどそのやり取りの最中だったのか。

「だから、お前がいきなり現れたわけか」

「そういうことだね」

「でも、あの火薬玉に煙玉はどうした？　あんなもの、どこから持ってきた」

「いつも持っているよ。今だって、ここに持っている」

と黒弓は左の袖を上げて、振って見せた。手を伸ばして触れると、袂の底に丸いものが二つ収まっている。

「火薬玉か？」

「そうだよ」

「お前、こんなものを持っているそばで煙草なんか吸うなよ」

俺が硬い声で告げると、

「あ、そうだった」

と黒弓は慌てて煙管の先を地面に向けて塊を落とした。これで吸うところを風太郎に見せたくてさ、とぼそぼそ言い訳するのを無視して、

「どうして、こんな物騒なものをいつも持ち歩く必要があるんだ?」

と険しい眼差しのまま訊ねた。

「何言ってんの。拙者にとって、これが本来の商いだよ。硝石を運ぶ南蛮船でずっと働いていた、って教えなかったっけ?」

焦げたかたまりとなって地面に落ちた煙草の葉を、黒弓は草鞋の底でもみ潰した。

「扇子やら、茶碗やらを売っていたのはどうした?」

「わかってないなあ、風太郎は。ああいうものは世の中が平和で、皆が退屈しているときの遊びとして売れるんだよ。これからしばらくは流行《はや》らないだろうから、代わりにこっちで儲けさせてもらうつもり。さっそく、大名屋敷に火薬が売れ始めているそうだよ。いくら屋敷に火縄銃を備えていても、何年も使っていないから、火薬が全部駄目になっているのさ。動く金が扇子や茶碗の比じゃないから、これは本腰を入れないとね」

まったくたくましいのか、節操がないのかわからん、と思いつつ、奴の煙管を眺めた。さすが貴人の持ち物だっただけあって、先端の金物の部分に細かな装飾が施されている。

「お前、このままいくさになると思うのか」

「そんなこと、拙者にはわからないよ」

「でも、いくさになったほうが、商いにはいいわけだろ?」

「本当にいくさになったら、きっと商いどころじゃなくなるよ。寸前でじりじりしてくれるのが、いちばんありがたいかな」

とわかったような口を叩き、黒弓は薪割り台から立ち上がった。

「邪魔したね、風太郎」

「何だ、もう帰るのか」

「これから大坂に戻る。大仏供養が流れたあと、大坂に宿を移したんだ。商いにも都合がいいし、当分は向こうにいるかな」

ああ、そうだ、と黒弓は地面の荷物を拾おうとして屈んだ格好のまま、

「大事なことを言うの忘れてた。まだ、気をつけたほうがいいと思うよ」

と首をねじって、妙に深刻な声を寄越してきた。

「気をつける？　何に？」

「わからない」

「はあ？　何だそりゃ」

「あの祇園会のあと、風太郎はどうしていた？」

「ここに籠もっている。瓢六にも、まだ一度も行っていない」

「祇園会の噂はその後、何か聞いた？」

芥下に訊ねてもなしのつぶてだったことを思い出しながら、「いや、何も」と首を横に振った。

「拙者もしばらくは宿に閉じ籠もっていた。ほとぼりもさめたかなという頃に外に出て、人に話を聞いて回ったけど、誰もあの騒ぎを知らなかった」

何だと？　と俺は思わず声を上げた。

「拙者が見ただけでも、明らかに五人が死んでいた。ただの喧嘩で済む話じゃない。それなのに誰も知らないんだ。月次組《つきなみ》の仕業ってことまで明らかなのに、しかも祇園会の真っ最中の出来事だというのに、いっさい噂に上がっていない」

あの場には、死人のほかに怪我人も大勢いた。それにこの男が盛大に爆発させた火薬玉のことだってある。左門に至っては、首まで落とされたのだ。鐘の銘文なんかより、よほど大騒ぎになって然るべき話のはずである。

「どういう……ことだ」

「わからない。だから、危ないんだよ。それって、わざと伏せられたってことだろ？」

「伏せられた？　残菊の野郎の肩を持つ奴がいるってことか？」

黒弓は俺の問いには答えず、荷物を担ぎ「よいしょ」と立ち上がった。手にしたままの煙管の表面を指で撫でながら、

「ひさご様のこと、ひとつ訊いていい？」

と急に話題を変えてきた。

「あの日の朝、道意に行く途中で、急に物忌みの君の話をしてきただろ？　あれってひさご様のこと？」

俺はちらりと黒弓の顔を確かめた。今さら誤魔化す必要もないので、

「まあ……、そんなところだ」

とうなずいて見せた。

「でも、何で今さらそんなことを訊く？」

「五条の宿で、公家相手に商いをしている同業にそれとなく訊いてみたんだ。でも、誰も物忌みの君なんて知らなかった。三十年、都で商売をやっている古参のじいさまも聞いたことがない、って。風太郎はその呼び名を誰から聞いたんだ？」

さすがにねね様の名を持ち出すわけにはいかず、「常世だ」と答えておいた。

「呼び名のほかにも、何か教えてもらったことは？」

「そうだなあ……、病弱ゆえに屋敷の外に出られず、これまで京の町を一度しか歩いたことがない公家の御曹司――、くらいか？　町を歩いたことがない、というのは本当だと思うぞ。何せ、牛を知らんかったからな。でも、病弱というのはどうだろう。くたくたになっても、あれだけ蹴鞠を続けられたんだ。まあ――、確かなところはわからんよ。二度と会うこともないだろうしな。どうした？　物忌みの君がどこにお住まいか、突き止めでもしたか」

依然、煙管を撫でつつ、黒弓はやけに難しい顔で何かを考えていたが、「まさか……、そんなわけないよね」とくぐもった声でつぶやき、帯に煙管を差した。何だよそれ、と俺が訊ねても、黒弓は勝手に話を切り上げ、

「とにかく、風太郎も気をつけて。また、そのうち遊びにくるよ」

と言い残して、さっさと立ち去ってしまった。

奴の姿が見えなくなってから、ひょうたんの話をすることをすっかり忘れていたことに気がついた。あばらやは今、ひょうたんの城と呼んでもいいくらい、俺と奴の分を合わせ、山のようなひょうたんで埋め尽くされているというのに。

＊

黒弓が訪れた四日後、祇園会からゆうにふた月が経ってようやく町に出た。と言っても洛中には入らず、産寧坂の瓢六に足を運んだだけであったが。

さすがに祇園社を突っ切るのは避け、鴨川べりを歩いてから高台寺《こうだいじ》へと向かう道を選んだ。高台寺の表門は閉ざされ、その向こうに人の気配は感じられなかったが、左門のことを思い出さずにはいられなかった。果たしてねね様は左門が帰還しなかったことをご存じなのか。黒弓の言うとおり、祇園社での騒動が伏せられているのなら、左門の死もまた、なかったとされたことになる。きっと左門は、自分にまつわるいっさいの手がかりを残さなかっただろう。首を斬り離されたのち、まともに葬られたとも思えない。

俺は心の内で短く合掌して高台寺の前を通り過ぎ、産寧坂に入った。

町じゅうがずいぶんな騒ぎになっているような黒弓の話しぶりだったが、清水へと向かう人のにぎわいに別段ちがった様子は見られなかった。のんびりとばあさまたちが石段を上る後ろについて歩きながら、漏れ聞こえてくる、どこぞの店の反物が値段の割にものがよいとか、三条の橋のたもとで売っていたしじみ汁を飲んだら腹を下したとか、そんな世間話を聞いていると、どうやってもいくさになんぞなるわけがないと思えてくる。

瓢六の店先には、芥下が座っていた。

よう、と声をかけて店の前に立ったが、ほんの少し目線を向けただけで、すぐさま手元の仕事に戻ってしまった。

「われは誰じゃ」

しばらくしてずいぶん意地の悪い声が返ってきた。

「今ごろ来ても、今日の荷物は全部儂が運んだわ」

さっそく恨み言をぶつけられ、居心地が悪いことはなはだしかったが、その話題には乗らず、

「畑のひょうたんを収穫した。数えてみたら、全部で三百近くあった。俺のあばらやに置いているのだが、場所を取って仕方がない。次はどうしたらいい？」

と己の訊きたいことだけを伝えた。

これまでは要所要所で芥下が畑まで顔を出してくれたおかげで、何とかひょうたんを育てることができたが、実の選別に来たきり、ひと月半が経ってもいっこうに姿を見せない。できることなら、まだ吉田山に籠もっていたかったが、あばらやに充満するひょ

うたんの圧迫に負け、とうとう自分から詣でることになったのである。

　俺の言葉が聞こえているくせに、芥下は椿油であろうか、布に何かを染みこませてひょうたんを磨く作業にかかりきりで、まったく顔を上げようとしない。これは埒《らち》が明かぬとのれんをくぐって店の奥をのぞいてみたが、運悪く瓢六も留守だった。仕方ないので店の前に戻り、軒先に腰を下ろした。そのまま四半時が経った頃ようやく、

「種出しをせい」

　と芥下が口を開いた。

　何だ種出しって、と首をねじると、芥下はすうと立ち上がり、黙って奥へと消えてしまった。よほどの嫌われようである。今日のところは退散するか、とため息とともに立ち上がったとき、桶を手に芥下が戻ってきた。

「入れ」

　と短くあごで告げられ、俺はのれんをくぐった。土間に置かれた桶には水が張られ、そこにひとつ、青々としたひょうたんが浮いていた。

　芥下は壁際の棚から、小刀と一尺半ほどある細い鉄の棒を取った。桶のひょうたんをつかみ、茎の部分がまだ残っている先端を小刀で切り取った。次に鉄の棒を切り口に添え、「む」と力をこめて突き刺した。

「こうやって、ひょうたんの中をかき混ぜるようにして、内側の肉を潰す」

　鉄の棒を何度も出し入れしたのち、芥下は手にしたひょうたんを桶に沈めた。ひょう

たんの口から上ってくる小さな泡が途切れたところで水から揚げ、「持っておれ」と俺に預けると、座敷の端に置いてあった小さな箱に手を伸ばした。箱の中には木の栓がどっさりと詰まっていた。その一つを渡され、俺は泡が中途半端に顔を出している入り口に押しこんだ。

「中身を潰したひょうたんに水を飲ませて五十日、水に浸けて放っておく。そうすると、中身が全部腐る。表面の薄皮も剝ける。種といっしょに中身を吐き出させ、乾燥させたら完成じゃ」

「五十日？」

聞き間違えかと思い訊き直したが、芥下はあっさり「そうじゃ」とうなずいた。今から五十日後と言ったら、九月をすっ飛ばし、十月に入ってしまうではないか。

「ち、ちょっと待てよ。ひょっとして、収穫した全部にこんなしち面倒なことをやれ、って言うんじゃないだろうな？」

芥下は当たり前だろうという表情を隠しもせずに、

「瓢六が買い取るのは種出しの済んだひょうたんだけじゃ。そこからやっと儂らの仕事が始まる。形のいいやつには漆を塗ったり、彫ったりして、さらに半年くらい時間をかけて、ようやく出来上がりじゃ」

と座敷の奥の棚を指差した。棚に飾られた、きらびやかなひょうたんの値段を、一度訊いたことがある。どれも驚くくらい値が張ったが、なるほど、それほど手間がかかるものとは知らなんだ。

「無茶だ。俺ひとりで、三百個もいちいち穴を空けて水に漬けるなんて、できっこないだろう」

「そんなこと知らんわ」

芥下はどこまでも醒めた一瞥とともに、

「この前は実を摘むたびに、摘むな摘むなとうるさく言い、今度は多すぎると文句をつける。まったく、どうしようもない男じゃな」

と非常に痛いところをついてきた。まさにぐうの音も出ず、俺は渋い顔で話題を変えた。

「そう言えば、いくさになるやもしれぬ、と小耳に挟んだのだが、それは、本当か?」

「さあ。知らん」

無愛想なつぶやきとともに、芥下は俺が差し出したひょうたんを桶に戻した。たっぷり水を飲まされたひょうたんは、ゆっくりと底に沈んでいった。

「瓢六殿は何か言っておったか?」

芥下はじろりと俺を睨み上げると、「われに渡すものがあったわ」と桶を提げ、いったん奥に引っこみ、しばらくして紙に包んだものを手に戻ってきた。

「これでひょうたんを育てる分は終わりじゃ」

受け取った手のひらの重さからして銅銭であろう。「忝《かたじけ》ない」と頭の前に掲げ、懐にしまいこんだ。「これも使え」と先ほどひょうたんに突き刺したばかりの、よく見ると先端が錐のように尖った鉄の棒も渡された。どの程度ありがたいものなのか判然としなかったが、取りあえず礼を言って受け取っておいた。用も済んだので、「瓢六殿によろしく伝えておいてくれ」と軽く手を挙げ、のれんを潜ろうとしたとき、

「儂は、嫌いじゃ」

というか細い声が聞こえた。

何事かと振り返った。

「儂は、いくさは大嫌いじゃ」

まるでその部分だけ光を帯びているかのように、薄闇のなか、相手の白目がくっきりと浮かんでいた。咄嗟に言葉を返せずにいると、さっさと座敷に上がり、こちらに背を向け仕事の続きを始めた。その小さな背中をしばらく見つめたが、結局何も言えぬまま、俺は黙って瓢六をあとにした。

次の日、さっそくひょうたんの種出しに取りかかった。

さすがにひとりで三百ものひょうたんを相手にするのは荷が重いので、思いきって下のばあさんを雇うことにした。駄賃をはずむゆえ手伝ってくれと頼むと、小さなひ孫を連れて、嬉々としてばあさんはやってきた。いちばんの悩みどころだった、ひょうたんを水に漬ける器のことも、ばあさんに相談してあっさり解決を見た。すなわち、村の水車小屋で埃をかぶっていた甕《かめ》のことを思い出したばあさんが世話役に話をつけ、小屋の

横での作業が許されたのである。

俺が水車小屋までひたすらひょうたんを運び、五歳になったばかりという洟垂れ小僧のひ孫が、器用に小刀でひょうたんの上部を切り取り、ばあさんが鉄の棒で中身を潰す。すべてのひょうたんをあばらやから運んだのちは、「これは便利じゃのう」とばあさんが鉄の棒をひょうたんに押しこむ後ろで、せっせと甕に水を注いだ。

ぎいこぎいこと水車が軋むのを聞きながら、ばあさんから受け取ったひょうたんを甕に沈めた。水面に一列になって浮かんでくる気泡を見つめている間に、

「こんなにのどかじゃと、いくさがどうとか嘘のようじゃわい」

と思いがけずばあさんがつぶやいた。どこでその噂を聞いたのかと訊ねると、どこもその話で持ちきりじゃ、とばあさんは細腕の割に豪快な動きで鉄の棒を出し入れしたのち、「ほれ」とひょうたんを投げて寄越した。その横で洟垂れ小僧が、「大仏の鐘、大仏の鐘」とうれしそうに連呼する。これは都じゅうがすでに承知していると見てよさそうである。

「ばあさんは、このままいくさになると思うか」

泡を吐き終えた口に、木栓を詰める。水の中で手を放すと、音もなくひょうたんは甕の底に沈んでいった。

「そうじゃなあ」

ばあさんは急に思案顔になって、日に焼けたしわだらけの手でひょうたんを小僧から

受け取り、

「昨日まで何事もなく平穏だったものが、突然崩れてやってくるのがいくさじゃからな」

とやけに神妙な声になって表面についた土を払った。

「何だ急に。ばあさんらしくない、ずいぶん深いお言葉だな」

「何を言う」

ばあさんは手の動きを止め、垂れ下がったまぶたをぐいと剝いて見せた。

「これでも、都に生まれて七十五年。身をもって学んだことじゃ。毎日安穏に暮らしているときこそ、いちばん気をつけなくてはいかん。気がついたときには、もう始まっているのがいくさというものじゃ。それに人というものは、退屈になるといくさを呼びこむ悪い癖があるからのう。そろそろ、退屈が過ぎ、しびれを切らし始めた頃やもしれん」

「もしも、いくさになったら、どちらが勝つかな?」

そうじゃなあ、と口をすぼめるようにして、ばあさんは首を傾げたが、

「そりゃあ――、豊家《ほうけ》が勝つに決まっておろうな」

と自信のこもった声とともに、一本だけ残った前歯をさらし、ひゃひゃひゃと笑った。

結局、一日ですべてを片づけることはできず、二日がかりでようやく三百のひょうたんを甕に沈めた。ばあさんと小僧に駄賃を渡すと、

「次は十月かえ？　また手伝うから、誘っとくれ」

と上機嫌で戻っていった。

四方を覆っていたひょうたんが姿を消し、急にがらんとしたあばらやで九月を迎えた。月の半ばも過ぎた頃、そろそろ祇園会から三月《みつき》も経つことだし荷運びの手伝いを再開するか、とようやく重い腰を上げ吉田山を出た。

「何だ、こりゃ」

ひと月ぶりに訪れた瓢六は、思わず声が漏れるほど、座敷から土間から、さらに奥まで、見る限りひょうたんの入った袋で埋まっていた。俺の顔を見るなり、あるじの老人はあいさつも抜きで、

「いいところに来たわい」

と大きな袋を二つ示し、さっそく使いの仕事を頼んできた。何事かと訊ねると、「神風じゃ」とひどく悪い顔になって、かっかっかと笑った。

それからほぼ毎日、瓢六に出向き、荷物を運んだ。袋の中身はいずれも、何の手も加えていないただのひょうたんで、運ぶ先は決まって武家屋敷だった。

かつて黒弓が、茶器や扇子といったものは世の中が平穏なときの遊びの道具だ、というようなことを言っていたが、店の棚に飾られたきらびやかなひょうたんは、まさしくその仲間と呼べるはずのものだった。しかしここに来て突如、いくさ場に水を携える器として、その最も根本の使い途を必要とされるようになった。つまり、ひょうたんは今

や火薬の仲間に相成ったのである。

　四条の糞小路と呼ばれる、刀剣や甲冑を売る店が軒を連ねる通りでは、具足の値が八月の倍に跳ね上がったという。本当にいくさになるのか否か、そんなことは俺のあずかり知るところではなかったが、いくさの気配が日に日に近づきつつあることだけは、否でも応でも感じずにはいられなかった。

＊

　ひょうたんを詰めこんだ袋を担ぎ、洛中と瓢六とを往復しているうちに、町の様子が一変した。

　下のばあさんは気がついたときには始まっているのがいくさだとのたまっていたが、その言葉どおり、いつの間にか、町はいくさのど真ん中にいた。

　大坂の連中が攻めてくるという噂が砂塵《さじん》の如く都大路を吹き渡り、洛中の人間は競って家財をまとめ、公家屋敷の庭に放りこんだ。いくさが近づくとそうやって公家を頼るのが、むかしからのやり方だそうだ。そんなもの火を放たれたら公家もへったくれもなかろうと思うのだが、どういうわけか、いくさは武家のもので公家は関係ない、という妙な信頼が成立しているらしい。

　道々、山と荷物を積んだ台車とすれ違いながら、ひょうたんを武家屋敷に届け、産寧坂に戻った。店先ではあるじの瓢六がのれんを下ろしていた。すでに夜は外に出るなという触れが所司代から発せられ、御土居の出入りも厳しくなっている。将軍塚が夜中に鳴動し、うんかの大群が北野社を覆った、という噂も耳にした。いずれも、町の人間によると、いくさがいよいよ近づきつつある兆しなのだという。ほんの三月ほど前まで、陽気に祇園会をしていたことが信じられない町の空気の変わりようだった。瓢六も、ありったけのひょうたんをきれいに売りさばいたのちは仕入れを止め、世間が落ち着くまで当分の間、店を休むことを決めた。

「半年かもしれぬ、一年かもしれぬ。とにかくいくさが終わるまでじゃ。何しろ、相手は太閤が腕によりをかけて築いた大坂城じゃからな。関東の連中もさぞ手を焼くことじゃろう」

と瓢六は言ったが、実のところ、都における公方及び大御所の評判はまったくもってよろしくない。誰もが当の大仏殿の鐘がどのようなものか知っているだけに、それに難癖をつける無理を鼻白んだ思いで眺めている。加えて、今もって衰えぬ太閤の人気ぶりがある。さらには難攻不落と名高い大坂城の存在がある。遠い江戸よりも、近い大坂に肩入れしたくなるのが人の情というもの。噂では豊家有利の声が依然、根強い。ひょうたんを届けた先の武家屋敷でも、この都にいる以上、関東方につくのは決まっているわけだが、「本当に大丈夫かのう」と心配そうに眉根を寄せる侍の声を多く聞いた。

差し出した使いの売上を、瓢六はご苦労ご苦労と上機嫌で受け取った。器用な手つきでのれん棒に布を巻きつけ、

「ここに店を構えて二十年になるが、こんなに稼がせてもらったことはなかったわい。おぬしもよう働いてくれた。しばらく仕事もなくなるゆえ、いつもより多めに入れておいたぞ」

と座敷のへりに置いてあった小さな巾着を、「ほれ」と放って寄越した。慌てて受け取った袋は、思いのほかずしりときた。

あばらやに戻る途中、山の麓あたりですれ違った餓鬼に呼び止められた。誰かと顔を見返すと、先日ひょうたんの種出しを手伝ってもらった下のばあさんのひ孫である。

「そろそろ、五十日が経つぞ。まだ、水は捨てんのか。また、大ばあさまと俺に駄賃をくれい」

とぞんざいに手のひらを差し出されてはじめて、瓢六で働き詰めだった間、甕に沈めたひょうたんの存在をすっかり忘れていたことに気がついた。だが、今になってあの三百近いひょうたんを甕から取り出したところで、肝心の瓢六は店閉まいである。次はいつじゃ、としつこく裾を引っ張ってくる餓鬼の坊主頭をひとまず小突いて追い払った。

翌日、水車小屋に向かった。

小屋の隅には、大きな甕が四つ並んでいる。どの蓋の上にも、置いた記憶のない石がのっていた。誰の仕業かと訝しがりながら、ひとつを下ろして蓋を開けた。

途端、何とも言えぬ悪臭が立ち昇った。

うへっと思わず顔をそらした。距離を取っておそるおそる甕の中をのぞくに、水の表面に妙な膜ができている。俺は顔をしかめ、近くにあった板きれを甕に突っこんだ。薄汚い緑がかった膜が割れ、ひょうたんががらがらと姿を見せた。ちょうど水面に浮かび上がった八寸ほどのひょうたんを手に取った。鼻を近づけると、嘔吐《えず》きたくなるほどくさかった。まさに、どぶの臭いである。

逃げるように外に出て、新鮮な空気を吸った。ひょうたんもついでに持ってきてしまったので、小川につっこみ、ぬるぬるとした表面を洗ってみた。強く指でこすると、ずるりと薄皮が剝けた。端をつまんで慎重に引っ張ったら、一気に剝がれた。次に口に詰めていた栓を抜いて、中身を流した。得体のしれぬどろりとしたものが、白い種といっしょに川の流れに落ちていった。一度では中身を出しきることができず、三度か四度、川に沈めては水を飲ませ、勢いよく振って種を吐き出させた。

まさにその言葉のとおり、たった一個の「種出し」を済ませるのに、ゆうに四半時はかかった。もしも三百近いひょうたんすべてを種出ししたら、いったいどれほどの時間がかかることだろう。もはや二個目に取りかかる気にはなれなかった。これは瓢六が仕事を再開するまで置いておこう、と早々に決め、悪臭が満ちる小屋に戻った。息を止めて蓋を閉め、あまりの臭いに誰かが持ってきたのであろう石をのせた。入り口脇の棚に、ひょうたんの中身を潰すときに使った細い鉄の棒を見つけたので、それを持って外に出た。小屋の裏手に回り、日当たりのよい地面に棒を突き刺す。そこに種出しを終えたばかりのひょうたんを逆さに通した。

薄皮を剝いたおかげで、艶やかな表情を見せるひょうたんは、ずいぶんと形がよかった。以前、芥下に教えてもらった膨らみとくびれの比にも、見事合致している。これが乾いてようやく一個が出来上がりか、とここに至るまでの途方もない手間を改めて思い返しながら、指の臭いを嗅いだ。川の水で念入りに洗ったにもかかわらず、どぶの臭いが存分に残っていた。

あばらやには帰らず、その足で洛中に向かうことにした。まだ一軒、瓢六から掛け金の回収を頼まれるも、あるじが不在で済ませていないものがあったからである。

荒神口から洛中に入るなり、昨日とは異なる空気に気がついた。道行く人々の足の歩みも、どこか落ち着きがないように見える。通りを塞ぐように、前方に人だかりができていた。何気なしに人垣の向こうをのぞいたとき、足の動きが止まった。

天正の世が突如として目の前に蘇ったかの如く、具足を纏った連中が通りをぞろぞろと歩いていた。雑兵が担ぐ長持ちに印された家紋を指差し、ひそひそと噂する声を耳が拾った。一度も聞いたことがない大名の名前だった。はるか遠い、東の国からやってきたのだという。

いよいよ、いくさが本当に始まった――。

鼻に触れるほど指を近づけ、思いきり息を吸いこんだ。相変わらずのどぶの臭いに気持ちを鎮めてから、人の列から離れた。目指す糞小路の外れにある店への道を、足早に進んだ。俺の前をみすぼらしい格好の、背中を丸めたばあさんがよろよろと歩いていた。

店への近道になる小路にばあさんが入ったのを追うように、俺も角を曲がった。

正面には、無人の小路がまっすぐ十間は続いていた。ばあさんの姿はどこにも見当たらない。

とても、嫌な予感がした。

素早く左右の塀の上に視線を走らせたとき、

「相変わらず、風《ふう》は鈍いわね」

と背後から声が聞こえた。

振り返って確かめるまでもなく、俺はその声の主を知っていた。

「何の用だ」

正面に身体を向けたまま、俺は硬い声で訊ねた。

「戻らない？」

「何？」

「だから、戻らないって訊いているの」

どこへ、と俺は思わず首をねじった。

「そんなの決まっているじゃない」

先ほどのばあさんの外見とはまったくちがう、もみじの葉が一面に舞う艶やかな小袖を纏った女がそこに立っていた。

「伊賀の忍びに戻らない、風太郎？」

口元に妖しい笑みを浮かべながら、百《もも》はその白い指で俺の胸を軽く突いた。

＊

伊賀上野の鍵屋《かぎや》ノ辻《つじ》で見送られて以来、およそ二年ぶりの再会になるにもかかわらず、まるで昨日頼んだ用事を確かめるような気安さで、百は「どう？」とふたたび指を押し当てた。

俺は一歩下がり、

「なぜ、ここにいる」

と内心の混乱を悟られぬよう、めいっぱいの低い声で返した。

「そんなの、仕事があるからに決まっているじゃない」

「忍びか」

「ちがうわよ、女房衆のほう。もう少ししたら、御殿が兵を連れて都にお入りになる。その準備のため、先に御屋敷に詰めているわけ。朝からずっと掃除で、埃ばかり吸わされて、やってられない」

と百はことさらに顔をしかめて見せた。二条城の南にある藤堂《とうどう》家の大名屋敷には、さいわいと言うべきか、ひょうたんの注文もなく、これまで一度も訪れたことはない。

「いつから俺をつけていた？」

さあ、と百はにやりと笑って、俺の問いをはぐらかした。

「ひょうたん屋で働いていると聞いたときは、そんなの風にできっこない、って思ったけど、案外、真面目にやってるようじゃない」

「うるさい」

俺は相手の言葉を遮り、

「どうして今ごろになって、戻れなんて言ってくる？」

といかにもぶっきらぼうな態を装い、その実、何よりも確かめたい質問をぶつけた。

「そんなの、知らないわよ。私は言われて、ここに来ただけだから」

「言われたって、誰に」

「采女《うねめ》様」

その言葉を聞いた途端、身体じゅうに強い緊張が走った。しばし無言のまま、百の顔を睨みつけた。さすが女房衆のなかにいるだけあって、伊賀の女とはとうてい思えぬ、それどころか、そこらの京の女よりもよほど垢抜けた粧《よそお》いをしている。だが、この女の呆れるほどのずる賢さをよく知るだけに、その器量のよさはむしろ、俺にいっそうの警戒の念を呼び起こさせた。

「采女様は御屋敷にいるのか」

「二日前に到着したばかり」

「もう一度、訊く。どうして俺なんだ」

長い睫毛の向こうから、いかにも物憂げな視線を寄越し、百は首を横に振った。

「なぜ、そんなことを訊くの？」

「なぜって——、当たり前だろう。これまでずっと放ったらかしにされていたんだ。それが突然、忍びに戻れと言われて、はい、そうですか、となるわけがないだろう」

「でも、風は柘植《つげ》屋敷を出ている。いつ忍びの仕事が来てもおかしくない——、でしょ？」

「いや、それは……」

伊賀を追い出されて二年の間、幾度となく心の底から掬っては、虚しく流れ落ちていった、苦く、みじめったらしい、泥のような思いがじわじわと蘇ってきた。やっとのことで振り切った「忍び」の二字が、今は目の前、手を伸ばせばすぐ届く場所にいとも無造作に置かれている。あまりに呆気ない顚末に、頭のほうがうまくついていかない。だが、この積もりに積もった湿った思いを、今さら百に伝えたところで何になるか。

「俺はもう、忍びじゃない」

気がつけば、これまで数えきれぬほど心で唱えた言葉を、はじめて声に出して告げていた。

「はん」

強く紅を引いた百の口元が、はっきりと歪んだ。

「風も偉くなったものね」

低く、嘲笑うような声とともに、

「それは、あんたが勝手に決められることじゃない」

と俺の目を見据え、冷たく言い放った。

その瞬間、長く忘れていた忍びの感覚が、おそろしいほど生々しく心の内側で跳ね返った。無意識のうちに、拳をぎゅうと握り締めた。小路を吹き抜ける風が、足元で淡い土埃を巻いていった。雲が太陽を隠したのか、百の白い顔にすうと影が差す。確か俺より二つ年上だったはずだが、日陰となった左目の下に漂う薄いくすみを見て、ああ、百市も少し年を取った、と思った。

「これから、本当にいくさになるのか」

「何、呑気なこと言ってんの。そんなもの、とっくに始まってる」

百は馬鹿にしたような笑みを口の端にのせ、

「それじゃあ、風。返事を考えておいて。あまり悠長に考えている暇はないと思うけど」

と踵を返した。

そのまま振り向くことなく、来た道の角を曲がり百の姿はすぐに見えなくなった。しばらくその場に立ち尽くしたのち、俺はのろのろと歩みを再開した。聞こえてくる喧噪など、どこふく風といった様子で、頭の上を赤とんぼの群れがふわふわと泳いでいた。今も術にかけられているかのような、足元がはっきりせぬ感覚を引きずりながら小路を抜け、次の近道になる小路へと入った。

金の支払いを受けたのち訪れた産寧坂の瓢六は、座敷の部分が雨戸に塞がれ、昨日までのれんが垂れ下がっていた横手の入り口だけがぽっかりと空いていた。もともと看板のなかった店ゆえ、のれんもないとまるで空き家の趣だな、と石段を上りきったとき、ちょうど中から芥下が背中を丸め出てきた。こちらに気づくなり、急にハッとした顔になって、光の加減でまったく中がうかがえぬ土間を振り返った。

「瓢六殿はおるか。一軒残していた集金を、済ませてきたわ」

と声をかけたが、まったく微動だにしない。

「おい、どうした」

芥下はゆっくりと首を戻し、「今はおらん」と妙に硬い声でつぶやいた。なぜか、その顔はひどく緊張しているように見えた。

「中に誰かおるのか？」

口元を固く閉じたまま、芥下は何も答えなかった。あでやかな紅が引かれた百とは、何もかもがちがう、少し端の皮が剝けた唇が、「知らぬ」と怒ったようにほんの一瞬、開いた。俺を見上げる白目がいつになく光を宿していた。芥下はそのまま俺の脇を足早に抜け、石段を下りていった。今の今まで中にいて知らぬとは何ごとだと憤慨したい思いを抑えつつ、

「おうい、誰かおらんのか」

と土間に足を踏み入れ、奥に向かって呼びかけたとき、

「おるぞ、ここに」

といきなり横手から声がした。

ギョッとして顔を向けると、雨戸のせいで完全な暗がりとなった座敷の隅に、胡坐をかく男の影が浮かんでいた。

「ずいぶん、ひさしぶりじゃのう、風太郎。わかるか、儂が」

丸っこい身体の形につい、ひさご様を思い浮かべたが、それよりも明らかにふた回りは小さい相手に向かって目を細めたとき、

「あ」

と思わず声が口を衝いた。

「ぎ、義左衛門《ぎざえもん》様――」

目が慣れてきたその先で、男が歯を見せて笑った。

「どうしているかと案じておったが、元気にやっておるようじゃな。安心したわい」

「な、なぜ、ここに」

なぜ？　義左衛門はゆっくりと立ち上がると、

「そうか、おぬしはまだ知らんのか」

と雨戸の前に進み、少しだけ一枚を横にずらした。ほんのわずかな隙間でも、座敷に淡い光が取りこまれ、義左衛門の姿がくっきりと現れた。

「なぜも何も、ここは儂の店じゃからな。言ってみれば、京の萬屋《よろずや》じゃ」

相手の言うことが咄嗟には理解できぬ俺の顔を見下ろし、義左衛門は「ほほう、二年見ぬうちに、少しはたくましい面構えになった——、かの？」と言って笑った。

「二条の御屋敷だと人目にもつきやすいゆえ、萬屋の人間が京で集う際は、いつもここを使っておった。儂もふた月に一度は訪れておったかの。店を閉めてから集うゆえ、おぬしが儂らに会うことはなかっただろうがな。瓢六から、おぬしのことは聞いておったぞ。無愛想は相変わらずじゃが、悪くない奴じゃ、と褒めておったわ」

ふたたび元の場所に戻り、義左衛門は腰を下ろした。二年前よりも腹回りがさらに立派になったのか、その動作はひどく窮屈そうに見える。

「瓢六はそのむかし、上野の萬屋で働いていたのじゃ。二十年前に都に店を出すことが決まったとき、儂があやつをこちらに連れてきた。好きなことをすればよい、と任せることにしたら、ひょうたんを売りたい、などと言い出してな。そんなもの儲かるわけなかろう、と思ったが、いやはや、ひょうたんという奴は馬鹿にできぬもんじゃな。このひと月の儲けを聞いて、儂も魂消たわい」

ひょうたんの話が出たところで、忘れぬうちにと、今日のぶんを懐から取り出し、畳に置いた。「瓢六殿に」と添えようとして、ふと、ある事実に気がついた。萬屋で働く者は、すべて忍びの筋で占められていたのではなかったか——。

「で、では、瓢六殿も……」

そうじゃ、と義左衛門はにやりと笑ってうなずいた。

「今はすっかりじいさんになってしもうたが、儂が忍びになりたての頃は、かなりの使い手として伊賀じゅうに名が知れておった。一度、膝を痛めてからは、萬屋で帳面をつけるようになってもうての。近ごろ、荷物を運んでいるときにまた同じところを痛めたと嘆いておったが、まったく年は取りたくないもんじゃのう」

義左衛門の言葉に、薬指がおよそ半分欠けた、瓢六の干からびた右手を思い出した。素直にひょうたんだけを扱っていたら、なかなか指は失うまい。今日は瓢六は来ないのかと訊ねると、義左衛門は「もう、ここには来んよ」と身体を揺すって笑った。

「やっこさん、昨日のうちに伊賀に戻ってしもうた。これからは向こうで隠居じいとしてのんびり暮らすそうじゃ」

「え？　でも、いくさが終わったらまた再開すると——」

「瓢六がそう言っておったか？　いや、その目はもうないな。ここはこのまま閉じる。わかるか？　結局は大坂に豊家あってこその、この京なのじゃ。もし、この先豊家がいなくなったら、ここに店を構える必要はない。おそらく、次は江戸に移ることになるじゃろう。そうそう、そのことをさっき芥下に話したら、勝手に閉めるなとずいぶん怒っておった。思いのほか、この店のことが気に入っていたらしい」

瓢六がもう都にいないというのも寝耳に水であったが、すでに義左衛門がいくさのあとを見越して動いていることにも新鮮な驚きを感じた。だが、それらを軽く吹き飛ばしたのは、

「気づいておったか？　芥下も忍びじゃぞ」

という新たな義左衛門のひと言だった。

「え」

完全な不意打ちに、俺は次の言葉をいっさい接ぐことができなかった。

「わからんかったか。もちろん柘植屋敷の出ではないが、十四までは伊賀で修行しておった。確か萬屋でも、最後の二年ほど働いていたかのう」

俺の畑に実を摘みに来たとき、京の育ちなのかと訊ねた俺に、そんなところじゃ、とつまらなそうに答えた芥下の色の黒い横顔が、ぼんやりと思い浮かんだ。

「で、では、俺のことも知って……」

「おぬしがここに流れてくることになった顚末を一度、話してやったことはあったかのう」

どうやら、この店で何も知らず、無邪気にひょうたんを運んでいたのは俺だけだったらしい。

そもそも、俺がここで働くことになったのは、黒弓があばらやにひょうたんの袋を届けにきたからだ。黒弓はそれを商いの途中、たまさか出会った萬屋の者から渡されたと言っていた。ひょうたんとともに授かった義左衛門の伝言に従い、俺は瓢六を訪れた。男手が欲しかったという老人の言葉を真に受け、せっせと荷物を運び、ひょうたんまで育てた。どれも己の意思で選んだ結果と思っていたが、とんでもない。すべては義左衛門の引いた線を、忠実にたどっていただけだったのだ。

＊

「なぜ——、俺をここに？」

そうじゃのう、と義左衛門は腕を組み、大きく鼻から息を吐いた。

「不憫に思うたからじゃよ」

俺の視線を避けるように、光差す雨戸の隙間に顔を向け、いかにもまぶしそうに目を細めた。

「おぬし、町でウチの若いのを呼び止め、吉田山に住んでいると伝えたことがあったろう。それを聞いたとき、何とも言えず不憫に感じてのう。まともに働いている様子もなかったというから、瓢六で雇おうと考えたのじゃ。ちょうど、瓢六が人手が足りぬと騒いでおったからな。この店と萬屋とのことを伝えなかったのは、まあ……、仕方あるまいて。おぬしに妙な期待をかけさせるのは酷じゃったからな。おぬし、忍びに戻りたかったのだろう。別に答えずともよい。そうでもなければ、わざわざ己の住みかを伝えたりはせんわい」

義左衛門は言葉を区切り、ゆっくりと俺に顔を戻した。何もかもお見通しで、俺はひと言もなかった。

「余計なおせっかいだったかの」

「い、いえ、滅相もございませぬ」

慌てて首を横に振った。皮肉でも何でもなく、本心からの言葉だった。

「おぬし、これからどうするつもりだ。何ぞほかにあてでもあるのか」

たった今、瓢六がこのまま畳まれることを知らされたばかりで、あても何もあったものではない。百の顔が一瞬、脳裏に浮かんだが、すぐさま追い払ったところへ、

「餞別じゃ。少ないが、取っておけ」

と義左衛門は袖口から取り出した巾着を放り投げた。目の前の畳に着地し、ほんの少しだけ滑った巾着を見下ろし、二年前も萬屋でこんな風景を見たなと思い返したとき、

「おぬしにはよくよく餞別を渡す縁があるらしい」

と同じ記憶を掘り起こしたのか、義左衛門が低く笑った。

「もしも、困ったときは、荷運びの仕事を探したらよい。いくさの間、大坂を攻める連中は、米をすべて都から運ぶしかないからの。しばらくは運び手が引っ張りだこになるはずじゃ」

俺は頭を深く下げて、巾着を受け取った。

義左衛門は立ち上がり、雨戸の隙間を閉めた。これで話は終わりということである。

俺は懐に巾着をねじこみながら、

「義左衛門様、ひとつだけよろしいでしょうか」

と思いきって問いを投げかけた。

「何じゃ」

「月次組という、かぶき者連中について教えてほしゅうございます」

暗闇に立つ義左衛門の目が光った。

「月次組か」

むう、と唸る声が聞こえたのち、

「確かなことは儂にもわからん。だが、ただのかぶき者ではないな。何せ、奴らの後ろには所司代がついておる」

と慎重な口ぶりで告げた。

「所司代？」

「毒をもって毒を制するというやつじゃ。ここ二、三年の間に、月次組を使って、よそのタチの悪いかぶき者の集まりを片っ端から潰していった。キリシタンの寺院の焼き討ちにも手を貸していたという噂じゃ。所司代がおおっぴらには手を下せぬところを、裏で代わりにやっているわけじゃな」

こうして都での商いも手がけていた義左衛門なら、何か知っているのではないかと期待し訊ねてみたのだが、とんでもない相手が出てきた。所司代といったら、この都を統べる公方の出先である。いわば京のあるじである。

「なぜ、そんなことを訊く？　どこぞで因縁をつけられでもしたか？」

「いえ――、花見のときに北野社で、酔っぱらいと奴らが喧嘩しているのを見まして、以来気になっていたもので……」

本当は忍びのことまで踏みこみたかったが、祇園会の一件について迂闊には触れられぬ以上、口にできるのはここまでだった。俺は瓢六には世話になった、今後会うことがあれば礼を伝えておいてほしいと告げ、もう一度、頭を下げた。

「また、どこかで会う機会もあろう。それまで達者でな。賢く稼げよ」

義左衛門は肥えた身体を引っ提げ正面にやってくると、思わずよろけるほどの勢いで、俺の肩を叩いた。

「あと、上野でも言ったはずじゃぞ。おぬし、もっと笑え。今日もひさしぶりに会ったというのに、ぶすっと難しい顔ばかりしおって。まったく、店で何を学んでいた。この石頭め」

俺の頭を軽く小突いたのち、義左衛門はそのまま土間に降り立ち、ひとり大きく笑いながら奥へと消えていった。

義左衛門に会うと心が不思議とやわらかくなる。懐で揺れる巾着の重みを味わいながら店をあとにした。吉田山に戻る途中、水車小屋に寄って、乾かしておいたひょうたんを鉄の棒ごと引き抜いた。あばらやに持ち帰り、南側の地面に棒を突き刺し、ふたたびひょうたんを通す。半日、陽に当てたおかげで、ふくらみの部分からは水気が消えていた。一方のくびれの部分は触れるとまだひんやりと冷たい。湿っているところだけ、くっきりと色むらが残り、乾き具合が一目瞭然だ。このむらが消え、一個がきれいな白みに染まったとき、ようやく完成となるわけである。

　雨の日には、ひょうたんをあばらやに避難させ、あとは天日干しにしておいたところ、四日で色むらは完全に消えた。手にしたひょうたんは、気味が悪いくらい軽かった。確かに売り物のひょうたんはどれもこんなものだが、あのずっしりと手応えのある実の感触を覚えているだけに、張り子のような軽さに戸惑いを拭えない。

　懐に余裕ができたのでひさびさ買ってきた米に、山で採れたきのこをわんさと入れて雑炊を作った。竈《かまど》に鍋をかけ、炊き上がるまでの間、板間に寝転びながらひょうたんを鑑賞した。たまさか甕から拾い上げた一個だったが、我ながらほればれするほどよい形をしていた。以前、芥下から、ほとんどのひょうたんは安い値にしかならぬが、特別に形がよいものは高く買い上げ、化粧を施してから売るという話を聞いたが、これはきっと高いほうにちがいない――、と勝手に気分が盛り上がっているところへ、鍋が吹きこぼれる音が割りこみ、俺は慌てて身体を起こした。

「風太郎」

　そのとき、どこからか名を呼ぶ声が聞こえた気がした。

「風太郎」

　空耳かと思ったが、鍋の音にまぎれ、確かに二度目が届いた。しかも、なぜか下のほうから聞こえてくる。

　釣られるように、顔を下ろした。

ちょうど視線を落とした先、左手に持ったひょうたんの口から、

「ひさしぶりじゃ、風太郎」

とはっきりと声が発せられるのを目撃すると同時に、転がるように俺は竈の火に向かってひょうたんを投げこんだ。

しかし、その試みは失敗に終わった。投げる前から、手のひらにつかんだはずのひょうたんの感触は失われ、ついでに竈の火もどこかに消えていた。代わって訪れたのは、周囲を完全に覆い尽くす暗黒だった。

「相変わらず、短気な男じゃのう」

いかにも呆れたような声が頭上から降ってきた。

「因心居士《いんしんこじ》か」

「いちいち訊くまでもあるまい。儂以外に誰がおる」

そのぞんざいな口ぶりに、俺はこれ見よがしに舌打ちして、頼りない足元に胡坐をかき腕を組んだ。

「ここはひょうたんの中か」

「そうなるのう」

「おい、話がちがうだろッ。この前、金輪際俺の前には現れぬと約束したはずだ。だから、俺はお前を社に納めたんだぞ」

「別に約束を違えた覚えはないがのう」

とぬけぬけと言い放ち、因心居士は何もおもしろいことなどないのに、ほっほっほと笑った。

「じゃあ、これは何だッ」

と真っ暗な地面を拳で叩いたが、何の手応えもなく、逆に身体が前に倒れそうになり、慌てて姿勢を戻した。

「儂は何も約束を破ってなどおらぬ。あのときおぬしが納めたひょうたんは、今も社に鎮座したままじゃ。おぬしの前には現れておらん。そうじゃろう?」

「へ、屁理屈をぬかすなッ。二度と現れぬとは、俺に声をかけることもないという意味だろうがッ」

「それはおぬしの勝手な早とちりじゃ。儂はそんな約束をした覚えはない」

何ら悪びれる様子もない声が天上から響き、俺はもはや言い返すのも馬鹿馬鹿しくなって、唇を固く結び虚空を睨みつけた。

「言ったはずじゃ。儂にはやらねばならぬことがある。大坂にいる片割れのもとに会いにいかねばならぬ。ゆえに、時間をかけてこうして身体も新たにした」

「何?」

黙っているつもりが、思わず口を開いてしまった。

「風太郎よ、よくぞここまで儂を立派に育てた。大いに褒めてつかわすぞ」

「待て、俺はお前なんかを育てたつもりは――」

「忘れたか、風太郎。おぬしが畑に蒔いた種には、儂の中からのものも混ざっていたことを。このひょうたんは、そのときのひとつから育ったのだ」

そうだった。芥下から渡された種袋に、黒弓の野郎が、あの社に戻した古びょうたんの種を勝手に混ぜ、結局、区別もつかぬまま畑に蒔く羽目になったのだ。

「やはり、これがお前の狙いか――」

うめくように漏らした俺の声を、快活な笑いが軽々と弾き飛ばした。

「ちがうぞ、風太郎。これから、ようやく始まるのだ」

よろこびを隠そうともしない声で因心居士は続けた。

「風太郎、存分に儂を粧《よそお》え。大坂の果心居士《かしんこじ》の奴めが、首を長うして儂を待っている」

＊

「もしも、黒弓がひょうたんを育てようとしなかったらどうするつもりだったんだ？お前の種はずっとひょうたんの中でくすぶったままだったはずだぞ」

「そのときは、おぬしに種を出させたらよい」

「ふざけるな、誰がお前の指図なんか受けるか」

「そうかな？　儂の言うことを聞かぬ限り、このままひょうたんから出さぬぞ、と脅したら、おぬしどうする？」

俺は言葉に詰まり、思わず唇を噛んだ。そうなのだ、たったそれだけのことで、俺はこのもののけひょうたんの言いなりになるしかないのだ。つくづく、あのときあばらやでくしゃみを連発した黒弓が恨めしい。あのくしゃみさえなければ、俺も蛾の粉を吸うことなく、こんな不愉快な場所に閉じこめられることもなかった。

「どうして俺だけなんだ?」

「何の話じゃ」

「あのとき、蛾の粉を吸いこんだのは俺ひとりじゃない。黒弓も騒いでいた。それなのに、なぜ奴にはちょっかいをかけず、俺にばかりつきまとう? 俺だけが貧乏くじを引かされる理由は何だ?」

「ああ、そんなことか」

何を今さら、とでも言いたげな声で、因心居士は頭上の闇から語りかけてきた。

「おぬしにしか儂の力が及ばなかったからじゃよ。儂だって、できることなら、おぬしのような愚図愚図した男にすべてを委ねとうはない。ひとりより、二人でことにあたるほうが物事も早く進む。だが、あの黒弓という男には、儂の力が届かなんだ」

「届かなかった——? ど、どういうことだ?」

「儂の言葉が通じなかったと言うべきかのう。たとえば、おぬしとあの男が向かい合って座っているところへ、儂がひょうたんからいくら声を上げても、儂の言葉を拾えるのはおぬしだけじゃ。あの男の耳には聞こえぬ。聞こえぬ相手には、話のしようがない」

「なんで——、なんで、あいつだけなんだ? 俺よりも、吸いこむ粉の量が少なかったからか？」

「そんなことは関係ない」

「じ、じゃあ、どうやって――？」

「さあな。知らぬ」

「自分の力が通じなかったんだぞ？　気にならんのか？」

「あの男は言葉がちがう。それ以上でも、それ以下でもない」

それっきり黒弓のことについて訊ねても、この話は打ち切りとばかりに、因心居士はうんともすんとも言わなくなってしまった。

はなはだ不公平だと思った。黒弓に対し、こんなにもうらやましさを感じたことはこれまで一度もなかった。言葉がちがう、とは何なのだ。天川生まれで、南蛮語を操るということか。ならば、明日からでも大坂に出向き、奴を見つけて弟子入りし、南蛮語を覚えてやってもよい。

「おい、因心居士。あと、ひとつ教えろ」

「儂は儂の用件でおぬしを呼んだのだ。おぬしのために現れたのではないぞ」

「うるさいッ、お前のせいでこっちは死にかけたんだ。少しくらいはつき合え」

もう二度と会うこともないゆえ、ひさご様の一件について確かめる手はないと思っていたが、こうして再会したからにはきっちり説明してもらわなければならぬ。何しろ大勢が死に、左門は首まで飛ばされた。さらには、月次組の後ろに所司代がいたという話までである。

確かに所司代なら、祇園会の一件をうやむやにできるやもしれぬ。しかし、その場合は、非常に重大な事実が代わりに浮かび上がる。すなわち、月次組は所司代の命を受け、祇園社で俺たちを襲ったことになる。これまで同じかぶき者の集まりを潰してきたというが、まさか俺たちがかぶき者の姿をしているのを見て、喧嘩を仕掛けたわけではあるまい。残菊は明らかに「玉」として、ひさご様だけを狙っていた。いったい、どうして、牛を生まれてはじめて見て、無邪気に驚いているような公家ひとりに、わざわざ所司代が乗り出さねばならなかったのか。

「お前が最後に化けて出た男は、何者だったんだ？」

「ははあ、その話か」

「ははあ、じゃない。祇園会で俺が会うと知って、あの男の格好で現れたんだろ？　それどころか、俺たちが襲われることまで知っていたから、『この男を死なすなよ』と忠告したんだろ？」

「儂も先のことをすべて見通す力までは持ち合わせておらぬ。ただ、あの男が儂の運を司っていると思ったから、そう伝えたまでだ」

「運を司る？　ただの世間知らずな公家の御曹司だぞ？　どうして、そんな男のために、所司代までが乗り出してくるんだ？　隠さず教えろッ、あの男はいったい何者だ？」

ふうむ、と思案げな声が風のように渡ったのち、

「それはまだ、おぬしに伝えることはできんな」

とゆっくりとした口調で因心居士は告げた。

「だが、心配せんでも、あの男は息災にやっておる」

「どうしてそんなことがわかるんだ」

わかるのじゃよ、と因心居士はほっほっほと笑った。

「聞け、風太郎。物には順序というものがある。儂は今、慎重にその順を踏んで進んでいるところだ。これからは、おぬしの力がいっそう必要になる。だから、おぬしに伝えるべきことは伝えよう。だが、何においても順序があることをわきまえよ」

「ハッ、そんなもの、結局、自分の都合のいい話しか教えないってことだろうが」

「儂が今、言えるのはこれだけだ。それに、おぬしに出会った頃には考えもしなかった厄介な問題が、大坂のほうで頭をもたげようとしておる」

「いくさか」

「儂も決して安閑とはしておれぬ。ひょっとしたら、目論見《もくろみ》がすべてご破算になることだってあり得る」

「おい、ひとついいか？」

「何じゃ」

「お前は会うたびに、元ある形に帰りたいだの、大坂に連れていけだの言っているが、果心居士とやらが大坂にいるのがわかっているのなら、俺が明日にでも、お前を届けてやるぞ。いくさがどうこう言う前に、さっさとカタをつけたらいい。そうしたら俺もお前から解放され、皆が万々歳だ——、ちがうか？」

暗闇が丸ごと震えるような嘆息が響いたのち、

「おぬしはまったくわかっておらぬな」

と明らかに侮蔑の色を含んだ声が虚空から降ってきた。

「おぬしは大事な用がある相手に会うとき、着物も纏わず、下帯もつけず行くのか？」

「いきなり、何の話だ？」

「答えよ、風太郎。素っ裸でも平気で会いにいくのか？」

「会いにいかぬだろうな」

問いかけの意味もわからぬまま、俺は勢いに押され首を横に振った。

「ならば、どうして、儂がこんな何の粧いも加えぬ、みすぼらしい格好のまま大坂に赴かねばならぬ。そんなことなら、おぬしが社に納めた古株をとっとと運ばせたら済む話じゃ。よいか風太郎、果心居士とは実に四十年ぶりの再会になる。万一こんな裸の姿で会おうものなら、未来永劫あやつに嗤われるわ」

まったく憤懣《ふんまん》やるかたないといった口ぶりだが、その何の粧いもまだ加えていないひょうたんを勝手に選び、登場したのは当の因心居士である。戸惑いつつもそのことを指摘すると、

「そうじゃ、ひときわ形がよかったから、儂も気に入った。おぬしが乾かし終えるのを

待って、次の住みかにすることを決めたのだ。風太郎、これはなかなかいい出来ぞ。おぬしもよく甕からこの一個を拾い上げたものじゃ」

といよいよわからぬことを言ってきた。

「でも……、その真新しいひょうたんのままじゃ会えないんだろ？」

「そうじゃ。だから、おぬしに頼んでおる」

「頼む？　何を？」

「儂を粧え、風太郎」

頼むという感触とはほど遠い口調で、因心居士は告げた。

「おぬしもあのひょうたん屋で見たであろう。美しく飾られたひょうたんを。こうして儂も新しい身体に移ったからには、あとは最上の粧いを施してこそ、果心居士に会えるというものじゃ」

俺は徐々に理解し始めていた。つまり、このもののけひょうたんは、別れた片割れと再会するにあたり、ただ見栄を張るためだけに、ひょうたんを新調し、さらには化粧まで施そうというのである。

「何だよ……、それ」

俺は呆れた。こんな場所に閉じこめられ、くだらない話を延々聞かされていることが心底馬鹿馬鹿しく感じられた。まったく、たかがひょうたんが何をほざくと叫んでやりたかったが、

「で、俺にどうしろと言うんだ？」

とあえてやさしい声で訊ね返した。いちいちつっかかるよりも、さっさと用件を聞いてここを出るに如くはなし、と決めたのである。

「儂を果心居士の前に出ても恥ずかしくないくらい、いや、むしろあやつが霞むくらい粧うがよい。無論、儂を扱う資格のある者は、当代一の名工に限られるぞ」

「当代一の名工？　おいおい、無茶を言うな。そんな連中、ひとりだって知らんぞ」

「ならば、紹介してもらえばよい」

「誰に？　瓢六のあるじなら、伊賀に帰ってしまったぞ」

「いかん、いかん。そんな店の棚に置く程度の出来にしてどうする。この世でもっとも美しいひょうたんに仕上げるのじゃ。洛中でもっとも腕のよい者を紹介してもらえ」

「そう願うのはお前の勝手だが、悪いな、俺はそんなに顔が広くない」

「つくづくおぬしは忘れやすい頭をしておるな。ひとり使えるのがおるじゃろう」

まったく思い当たる節のないまま、

「誰だ？」

と俺は眉間にしわを寄せ、闇を見上げた。

「高台院じゃ」

いとも簡単に言い放ち、因心居士はほっほっと短く笑った。

「な――、何を言っている」

「あの者に頼んだら、間違いなく都でいちばんの名工を紹介してくれる。そうであろう？」

「ふ、ふざけるのもたいがいにしろッ」

「誰もふざけてなどおらぬ。儂はどこまでも本気じゃ」

自信に満ちた因心居士の声に、俺はこのまま正面から立ち向かうことの不毛さをすぐに察知した。

「そんな夢物語を並べる前に、そもそも金はあるのか？　お前が馬鹿にする店の棚のやつだって、とんでもない値がしたぞ。ねね様に紹介を頼む相手なら、いくら取られるかわからん。言っておくが、俺はびた一文払わん」

「心配は要らぬ。すべて高台院が払う」

まるですでに約束が成立しているかのような口ぶりで、因心居士は淀みなく言葉を連ねた。

「おぬしはただ儂の言うとおりに動けばよい。高台院のもとを訪れ、ひょうたんを粧いたいゆえ、最高の腕を持った工人を紹介するよう頼むのだ。そのあと、ひと言だけつけ加えよ。あとは高台院が滞りなくやってくれるじゃろう」

漆黒から届く声が途切れ、一瞬の静寂が訪れた。

「つけ加えるって、何を――」

そろそろ見上げてばかりで痛くなってきた首もそのままに訊ねた。

「出来上がったひょうたんは、ひさご様の元に持参する。そう伝えよ」

因心居士は厳かに告げたのち、ほっほっほと笑った。それは徐々に、ほひゃほひゃほひゃに崩れ、最後にはひゃっひゃっひゃと腹の底からの笑いに変わって、天上をやかましく覆い尽くした。

第六章

新月の夜を前に、俺は吉田山を出た。

そろそろ夕暮れが訪れようかという頃に洛中に入り、川沿いに立ち並ぶ寺の敷地に忍びこんだ。そのまま竹藪に身を潜め、丑の刻のあたりでむくりと起き上がった。

風に流され、竹の葉が鳴るのを頭上に聞きながら、荷物を解き忍び装束を取り出した。あばらや裏の槐《えんじゅ》の根元から掘り起こしたばかりの忍び装束は、袖を通すと、当然ながら少々かび臭い。次いで炭を手のひらに転がし、頭巾からのぞく鼻や目のまわりに丹念に塗りつける。炭の香りに包まれながら立ち上がり、築地塀によじ登った。

夜間の外出が禁じられているため、塀の向こうの路地に人の気配は感じられない。寺がひしめく区画を、塀瓦の上を伝って一気に走り抜けた。

ところどころが崩れ落ち、心細いことになっている塀瓦の先に、大路を挟んで高台院《こうだいいん》屋敷の敷地が巨大な影となって現れた。寺に潜りこむ前に、屋敷のまわりを一周したが、やはりと言うべきか、表門と勝手門に常ならぬ人数が配置されていた。ねね様が自ら置いたのか、それとも関東方の人間が詰めているのか、そのものものしい雰囲気は、屋敷のあるじがいくさの当事者であることを如実に語っていた。

俺は瓦を蹴る足を一気に速めた。

全身の力をこめて踏み切り、大路の空へ跳躍した。

ぴゅうと耳が風を切り、二の腕の布地が空気を受けて膨らんだ。

音を立てずに高台院屋敷の塀瓦に着地し、すぐさまもう一度跳んだ。新月の闇夜に紛れた忍び装束を認めるのは、至近の距離でも難しい。よしんば、大路の警固の人間が、上空の闇が蠢《うごめ》いたのに気づいたとしても、改めて目を凝らしたときには、すでに俺は屋敷への侵入を果たし、庭の植えこみを駆け抜けていたはずである。

一度も足の動きを止めることなく庭を突っ切った。屋根に這い上がると、素早く屋根裏に忍びこみ、完全な暗黒の中、一心に梁を伝った。頭の中にはすでに屋敷の図面が出来上がっていた。すべては因心居士《いんしんこじ》から教えられたものだ。もっとも、その図面が正しい保証はどこにもない。屋敷じゅうに置かれたひょうたんが儂《わし》の目となり耳となる、と奴は豪語したが、もしも間違って護衛の連中が詰めている部屋に飛びこもうものなら、あっという間に八つ裂きの目に遭うだろう。

まったく、俺はどこまで因心居士に毒されてしまったのか。

あばらやで準備を進める間、俺の心は不気味なくらい落ち着いていた。今も驚くほど冷静に、屋根裏の梁を進んでいる。因心居士が新たなひょうたんを使い現れてからの十日間、普段の数倍、修練に励んだ効果なのだろうか。いや、いつの間にか、因心居士の力を信用してしまっていることに理由があるのは明白だった。

よくない傾向だ、と眉間のしわを寄せつつ、因心居士から指示された場所で梁からぶら下がり、天井の板を少しだけずらした。それだけで、下の部屋にねね様がいることが自然と了解された。なぜなら、とてもよい香の薫りが、手元からすうと立ち昇ってきたからである。

板をすべて外し、畳の上に降り立った。

部屋のあるじに声をかける前に、周囲を見回した。床の間には、瓢六《ひょうろく》から買い求めたものか、ひょうたんの置物の影が浮かんでいた。なるほど、因心居士も自信満々の口ぶりでねね様の寝所のありかを告げてきたわけである。

畳に片膝を立て、

「申し訳ございませぬ」

とささやき声で呼びかけた。

布団がごそごそと動いたが、起き上がる様子はない。

「高台院様」

と今度は少し語調を強めて呼びかけた。

さすがに、丸めた背中にじっとりと汗が染み出すのを感じた。ここで下手に騒がれたら、すべてが終わりである。

ふたたび、布団がもぞもぞと蠢めき、何やらくぐもったつぶやきが聞こえたのち、

「何じゃ、夢ではないのか」

とはっきりとした声が布団から発せられた。

「高台院様――、こんな夜更けに、まこと申し訳ございませぬ」

「そなたは誰じゃ」

布団から身体を起こすことなく、問いが放たれた。

「それがしは風太郎《ぷうたろう》でございます。祇園会の前に、常世《とこよ》の紹介で一度東屋《あずまや》にて茶をふるまわれ――」

言葉の途中で、「ああ、思い出した、そんな声じゃったわ」と遮《さえぎ》られ、

「その風太郎が何用じゃ」

といかにも不機嫌そうな声が返ってきた。

「は――、今夜は、ねずみのひげの使いで参りましてございまする」

「何？」

しばしの沈黙ののち、

「今、何と言った」

と感情のいっさいうかがえぬ低い声が聞こえてきた。

「ねずみのひげの使い――、でございまする」

今度は先ほどの五倍近くの長い沈黙が流れたのち、

「そなたは意味を知って、それを口にしておるのか」

といよいよ低い声が響いた。

「は――」

「知らんのか」

あばらやを出発する前に、因心居士は俺に告げた。おぬしが現れても、高台院は騒がぬじゃろう、負けず嫌いな女じゃ、まずはひとりで応じるはず、おぬしは誰かと訊かれたら素直に己《おのれ》の名を告げたらよい、次に何の用かと訊かれたら、こう答えよ――。

「何だ、ねずみのひげって」

と俺が訊ねても、因心居士はほっほっほと笑い、「それだけ言えば済む」と言った。

果たして、それだけで済んでいるのか皆目見当がつかぬ間が空いたのち、

「で、その使いがわらわの元に何をしに来た」

とねね様は上半身だけを起こし、暗がりのなかで襟元を整えた。俺は詰めていた息をほうっと吐き出し、

「は、このたびは、ぜひねね様のお力添えを頂戴したく、参上仕《つかまつ》りました次第でございまする」

と用意した口上を述べた。こんな真夜中に忍びこみ、相手を無理矢理起こして話すべき内容ではないとは百も承知しつつ、俺はどこまでも正直に、収穫して種出しを終えたひょうたんを豪華に粧《よそお》いたいゆえ、腕のいい工人を紹介してほしいと願い出た。

なかなか、布団からの返事は発せられなかった。

暗がりを隔てた先から強い視線が放たれているのを感じながら、俺は畳に手をつき、待ち続けた。屋根裏のどこかで、「ぼき」と梁が軋《きし》む音が響いたとき、

「そなたは、それを言うためだけに、わざわざここに来たのか」

とゆっくりと言葉をひとつずつ踏んでいくような口ぶりで、ねね様は声を発した。

「左様でございます」

「わらわがここで大声を上げたら、そなたは死ぬのじゃぞ」

返すべき言葉もなく、俺は黙ってその場に控え続けた。

「妙なおとこじゃのう」

ねね様はふふふと笑った。

「ひょうたんはいくつ細工するのじゃ」

「ひとつでございまする」

「たったの、ひとつか」

また、ふふふと笑った。

わからんのう、とねね様は指を額に持っていき、生え際のあたりを掻いた。暗がりからも、髪にだいぶ白いものが混じっているのが見て取れた。東屋で会ったときは、尼頭巾をかぶっていたため気づかなかったが、出家はしていても、髪は剃っていないらしい。

「そんなことをして、何になるのじゃ」

至極もっともな疑問だった。俺は因心居士から言い含められたとおり、ひょうたんが

出来上がったあかつきには、それをある御方の元に持参するつもりだ、と答えた。

「ある御方？」

「ひさご様――、でございまする」

案の定、生え際に置かれた、ねね様の人差し指の動きが止まった。

「そなたは――、その御方がどこにいるか知ってそれを申しておるのか」

静かなれど、刃のような緊張がその言葉の裏に潜んでいるのを感じ、俺は全身を硬くした。

なぜ、むかしの片割れに会いたいはずの因心居士から、急にひさご様の名が出てきたのか？　どれだけ俺が問いを重ねても、奴はひと言もその理由を語ろうとしなかった。ひょっとして、ひさご様自身が果心居士《かしんこじ》なのではないか、と一瞬勘繰ったが、すぐさま打ち消した。果心居士が本当にいたとして、牛を知らぬなどという話がまずあり得ぬし、何より、身近で接した感触から、ひさご様が相当の世間知らずであろうと、まっとうな生身の人間であることを、俺自身がよく知っている。

「どこにいるのかも知らぬ相手に、出来上がったひょうたんをどうやって届けるつもりじゃ」

ねね様のふたたびの問いかけに対し、俺は無言を貫いた。わからぬことはすべて黙っておれ、という因心居士の指示に、ここは従うほかなかった。

「それらは皆、先ほどのねずみのひげとやらが申しておるのか」

「左様でございまする」

「風太郎や」

「は」

「そのねずみのひげは人か?」

　想像だにしなかった言葉に、すぐには声が出なかった。これまでのやり取りのなかに、そのような問いが生まれ得る余地があったかと慌てて記憶をひっくり返したが、まったく思い当たる節がない。頭巾で覆われたこめかみを、音もなく汗が落ちていった。改めて、とんでもない女人《にょにん》と対峙していることを思い知らされつつ、

「わ、わかりませぬ」

とかぶりを振った。

　薄闇に浮かぶ小柄な上半身が「フン」と鼻で笑ったのち、

「よいわ」

　と短くつぶやいた。

「は?」

「だから、よいと申しておる。近ごろ、そなたのような阿呆にはとんとお目にかからぬ。紹介の文を書いてつかわそう」

　あ、ありがとうございまするッ、と思わず高い声を上げてしまい、慌てて途中で抑えた。それからねね様は、「火を灯せ」「文机をここへ」「文箱を開けよ」と矢継ぎ早に命

じた。上半身だけをねじり、布団の真横に置いた机の上で、ねね様はさらさらと筆を走らせた。

「本阿弥《ほんあみ》の元に行くがよい。あとはあれが、何かれ差配するじゃろう」

ねね様は書き上げた文を差し出した。

「ところで、風太郎よ」

「は」

「左門《さもん》はよい死に様じゃったか」

受け取った文を懐に差しこむ手を止め、俺はハッとして面を上げた。

燭台からの明かりに照らされ、ねね様の半身が揺らいでいた。この部屋に入り、はじめて正面から捉えたねね様の顔は、以前のふくふくとした様子と比べ、頰のあたりがずいぶん痩せていた。

「見事でございました」

少しでも伝われればよい、と俺は腹に力をこめて答えた。

「そうか」

ねね様はぽつりとつぶやくと、

「わらわは寝る。そなたもさっさと帰れ」

と布団に潜りこみ横になった。

まだ金ももらっていないひさご様の一件を、これ以上、訊ねることはできなかった。

灯りを消し、文机を元の位置に戻し、布団から少しだけのぞくねね様の後頭部に一礼してから、天井に跳んだ。屋根裏の板を元に戻したときには、すでに下の部屋から静かな寝息が聞こえていた。

＊

ふたたび寺の竹藪に戻り、朝を迎えるのを待ってから、荒神口《こうじんぐち》を出て吉田山に戻った。

俺が甕《かめ》の水を飲みながら首尾を報告すると、

「光悦《こうえつ》か、悪くないのう」

と勝手に板間に立っていたひょうたんが、いかにも満足そうな声を発した。

ねね様が言っていた本阿弥とは、名を光悦と呼ぶ男らしい。もちろん、聞いたこともない名前だが、因心居士が悪くないと言うのなら俺に文句があろうはずがない。

「さっそくだが、その光悦とやらのところに行ってくる」

「よかろう。飛鳥井《あすかい》家の向かいに住んでいるはずじゃ」

「金の話はいっさい出なかったぞ」

「心配ない、高台院につけ替えておけばよい」

「そんな勝手なことが通用するわけないだろう」

「構わぬ。金に糸目はつけず、最高の出来にするよう光悦に伝えよ」

それっきり、もののけひょうたんはただのもの言わぬひょうたんになってしまった。

ひょうたんを巾着に収めて腰にくくりつけ、昼前にあばらやを出発した。

もはや、都はいくさ一色に染まっていた。

大路を進む俺の前を、二人連れの坊主が世間話をしながら歩いていた。説教慣れしているゆえかよく通る声で、徳川か豊臣かと遠慮なく議論している。片方は徳川が勝つと言い、片方は豊臣が勝つと言った。

「とにかく、一年じゃ」

と豊家《ほうけ》びいきの坊主が指を立てた。ただ城から出ずに守りさえすればよい、丸一年も家を空けて、わざわざ遠くの城を囲みたいと願う輩はいない、そのうち金がなくなる、あんな葦《あし》だらけの土地で過ごしていれば気も滅入《めい》る、やがて自然と流れがやってくる、と力説した。

「それこそ、まさに画餅と言うべきじゃな」

相方の言を、徳川びいきは一笑に付した。

曰く、大坂に続々入りつつあると聞く浪人連中は何の為に集まっているのか、それはただ暴れて喧嘩がしたい為である、ならば一年など到底大人しくしていられまい、ひと月だって我慢できるかどうか、放っておいても勝手に城の外に出てくる、それで策は破れたりじゃ――。

さらには、三日前に駿府《すんぷ》から大御所が二条城に到着したことを挙げ、

「何しろ相手は徳川家康、あの太閤さえ勝てなんだ百戦錬磨の弓取りじゃ。結局、太閤

恩顧の大名連中も、誰ひとり大坂にはつかんかった。大坂城に集まったのは、はずれくじの奴らばかりじゃ。そんな烏合《うごう》の衆、赤子の手をひねるように、大御所に蹴散らされるだけじゃろうて」

とまるで戦う前から勝負は決まっているかの如く胸を反らして見せた。

次の辻で坊主とは別れた。

すでに大御所が都に入っていたとは知らなんだ。これまで、このいくさでどちらが勝つかなど、考えたこともなかったが、今の坊主の話のあとでは、少なくとも徳川が負けるという目はなさそうだ、と当たり前のように思った。

不意に、燭台の灯を受けたねね様の顔が脳裏に蘇った。徳川が勝つということは、大坂城にいるねね様の子が負けるということだ。もちろん、ねね様は大御所が都にいることをとうに知っていただろう。心労が積み重なっているところへ、あんな夜更けに忍びこみ、よく殺されずに済んだな、と今さらながらに思った。いったい何を考え、ねね様は眠りを破った無礼な忍びに、わざわざ便宜を図ろうと思い立ったのか、いくら頭を絞ってもわからなかった。

大路に面した飛鳥井屋敷の塀に沿って、細い道に入った。屋敷と向かいあうように、通りには小さな門が並んでいた。頭の上に盥《たらい》をのせた女とすれちがいざま、本阿弥家はどれだと訊ねたら、このあたりは全部が本阿弥の一族じゃ、といかにも馬鹿にしたような返事を寄越してきた。

「なら、光悦殿は？」

「そこじゃな」

女は首をねじって、しばらく前方の門構えをあごで示し立ち去った。

開け放された門より中をのぞくと、そこそこ広い敷地に、小屋がひとつ、母屋がひとつ、あと鶏が三羽遊んでいるのが見えた。母屋の横には立派な楓の木が立っている。ほとんど紅葉を終えているが、まだ少しだけ赤い葉が残っていた。

「御免」

誰もいないのだから、当然返事もない。母屋に向かい戸口の前で、

「御免」

と今一度呼びかけた。

「何だ」

内からくぐもった声が聞こえた。

「本阿弥光悦殿はおられるか」

「儂だ」

足を一歩踏み出して、母屋をのぞいた。

薄暗い板間に男がひとり、囲炉裏の前で何かうどんのようなものを食べていた。

「何の用だ」

「仕事の話だ」

「知らぬ者からの仕事は受けぬことにしている」

「高台院様からの紹介の書状を持参した」

しばしの間があったのち、

「食事中だ、外で待っておれ」

と男はうつむいて、手にした器の汁をすすった。

言われたとおり外に出て、楓の木の下で待っていると、しばらくして腹の帯の位置を整えながら痩せぎすな男が出てきた。

「高台院様からの書状とか申しておったな」

俺は懐の文を、黙って男の前に差し出した。

男はちらりと俺の顔をのぞいてから、文を受け取った。男の切れ長な目が素早く文字を追って上下する様を、遠慮なく観察した。不思議な面相の男だった。何をしている人間なのか、その横顔からまったく伝わってこない。年は五十を過ぎた頃だろうか。武家でないのは、肉の薄い猫背気味の背中や、その色白な肌からも一目瞭然だった。といって商人《あきんど》でもない。俺も瓢六で半年間働いたゆえ、商人が放つあの独特な粘りの気配を、ほんの少し言葉を交わしただけで感じ取れるようになった。この男の声には、その粘りがかけらもなかった。工人でもなさそうだ。なぜなら、文を持つ指がとてもきれいだからである。爪も汚れていない。

因心居士はこの男の名を聞いただけでよしとした。何よりも、ねね様が名指ししたことが、男の腕を証明していた。だが、肝心の何の腕を持っているのかがわからない。もう少し詳しいところを因心居士に聞いておけばよかったわい、と心でぼやきながら、男が文を読み終えるのを待った。ときどき、光悦は目を細め、紙に顔を近づけるなどしていたが、端まで視線がたどり着いたところでおもむろに口を開いた。

「これは本当に高台院様の手によるものか？」

「無論だ」

「下手すぎるな」

「急いでお書きになったからだろう。疑うのなら、御屋敷まで確かめにいくがよい」

となるたけ無愛想に返した。もちろん、己の狼藉《ろうぜき》を蒸し返すことになる真似などしてほしくないに決まっているが、ここはそう答えるよりほかなかった。

男はしばらく俺の顔を見つめていたが、ふっと目をそらし、

「それで儂に頼みたいものとは何だ。ここには何も書かれていないが」

と手元の文を軽く持ち上げた。俺は腰の巾着をほどき、中身をむき出しにして光悦の前に示した。

「何だ、これは」

「ひょうたんだ」

「見たらわかるわ。これを拵えという話ではあるまいな」

「いや、この一個を頼みたい」

光悦は無言で俺の手元に目を落としていたが、無造作にひょうたんを引き上げた。顔の前でゆっくりと回し、次に手のひらにのせて遠ざけて眺め、最後はなぜか鼻に近づけて嗅いだのち、巾着にふたたび戻した。

「今は無理だな」

と男は乾いた声を放った。

「なぜだ」

「いくさが始まる。いくさの最中は心が乱れる。何がいちばんよいか、判断することが難しくなるゆえ、仕事は受けぬ。だが、高台院様直々の話を無下に断るわけにもゆかぬ。いくさが終わったらまた来い」

男は一方的に告げると、文を畳み、懐に収めた。

「もしも、いくさが一年続いたらどうする」

「一年待って来たらよかろう」

当たり前だろう、と言わんばかりの口ぶりで、男は目玉だけをこちらに向けた。

「ところで、お前は名を何という」

「風太郎だ」

「忍びもいろいろたいへんじゃのう、風太郎」

と光悦は口元に薄ら笑いを浮かべ、つぶやいた。

考えるよりも先に身体が動いた。

男との間合いを取るために後ろに跳び、腰を屈め、手を後ろに回したとき、

「やめんか」

とその場から微動だにせず、光悦が鋭い声を発した。

万が一のときのため、帯に隠した小刀の感触を指の先に捉えながら、俺は光悦を睨みつけた。

「儂は洛中一の、いや本邦一の目利きじゃぞ。人も物も、その真の姿を見極めるのが仕事だ」

光悦は切れ長な目に骨張った人差し指を添え、「これを使ってな」とにやりと笑った。

「いくさが終わったらまた来い」

光悦は背中を丸め、母屋に戻っていった。その冴えない後ろ姿を、俺は一歩も動くことができぬまま見送った。

＊

十一月に入り、吉田山にも冬が来た。

こんな風は強いわ、朝から寒いわという日に、いくさに駆り出される連中は不憫《ふびん》じゃのう、とあたたかい雑炊をすすっていると、あばらやの外で足音が聞こえた。いかにも軽い、落ち葉を踏む音に、村の童かなと耳をそばだてる間もなく、筵《むしろ》の前で足音は止まった。

「いるか」

ぶっきらぼうな呼びかけに、「ああ、いる」と答えたら、筵が揺れて色黒な顔がのぞいた。

めずらしいことに訪問者は芥下《げげ》だった。

「われへの文が瓢六に届いたから持ってきた」

芥下は目線も合わさずに、筵の向こうに身体を残したまま、手だけを伸ばして板間の端に文を放った。

「文？　誰からだ」

「黒弓《くろゆみ》の使いと大坂から来た者が言っておった」

依然、筵から顔だけのぞかせて、芥下は無愛想に告げた。

「今、瓢六に届いたと言わなかったか？　何だ、まだ店はやっているのか」

芥下は首を横に振り、義左衛門《ぎざえもん》たちが今も集会に使っていて、普段は自分が留守番をしているため文を受け取った、と面倒そうに答えた。

「そういうことか、それはご苦労様だったな」

せっかく来たのだから雑炊でもどうだ、と誘ったが、最後まで聞く前に、芥下はさっさと筵の向こうに消えてしまった。

「おい、待て待て」

草鞋《わらじ》を指先で引っかけ慌てて追いかけると、すでに斜面を下ろうとしている芥下が振り返った。

「何じゃ」

「待てというに、少し訊きたいことがある」

「別にわれと話すことなどない」

「お前、忍びだったんだってな」

芥下は首をねじったまま、うっすらと目を細めた。

「義左衛門殿から聞いた」

「だから、何じゃ」

「いや、その――、瓢六が店じまいになっただろ？　お前はこれからどうするんだ。伊賀に戻るのか？」

寒風が背中から追い越すように吹き下ろし、足元の落ち葉を、騒々しく掃いていった。

芥下は首の回りに巻いていた布の位置をずらし、唇の下まで持ち上げた。

「さあ、知らぬ。儂は言われたことをするだけじゃから」

突き放したような声とともに、芥下はめずらしく口の端を歪《ゆが》めて見せた。

「われは、いくさに行くのか？」

「俺が？　まさか」

「瓢六では大人たちが集まって、ずっとその話ばかりしとる」

あの雨戸を閉め切った暗い板間で、義左衛門たちが背中を丸め、ひそひそと額をつき合わせて相談する絵が自然と思い浮かんだ。

「われはいくさに行かずともよいのか？」

「行くも行かぬも、俺には関係のない話だからな」

「でも、われは忍びに戻りたいのじゃろう？」

遠慮のない物言いに、今度は俺が口の端を歪める番だった。

「われはなぜ忍びになった」

「何？」

「親も忍びか」

「いや、俺は捨て子だ」

なぜ、芥下相手にこんな話をしているのか、と不思議に思いながら、三歳のときに拾われて以来、柘植《つげ》屋敷で育ったことを手短に伝えた。

「お前も伊賀で育ったんだろ？　柘植屋敷の名は聞いたことはあったか？」

芥下は小さくうなずいたが、

「でも――、見えんな」

と俺の足元から頭まで、じろじろと視線を走らせつぶやいた。

「儂が聞いたのは、そこで伊賀でいちばんの忍びを育てているという話じゃった。でも、われがいちばんとか嘘じゃろう」

ああ、と思わずのど奥から声が漏れた。それはだな、と俺は腕を組んで、口の中に残った、雑炊に入れていた木の実のかけらをぷっと吐き出した。

「そのいちばんとやらを育てている最中に火事があったのだ。腕の立つ、まともな連中は、そのとき全員死んでしもうた。生き残ったのは俺を入れて三人、いや、先に屋敷を出ていた奴を入れて四人か――、まあ、どうしようもないのばかりだ」

目付の大人どもを含め、四十人近くが暮らしていた柘植屋敷のなかで生き残ったのは、すでに大坂城に勤めていた常世に加えて、俺と百市《ももいち》、蟬左右衛門《せみざえもん》の合わせて四人だった。表向きの原因は火事ということにされているが、実際は母屋の隣にあった物置小屋の爆発によるものである。そこに貯めこんでいた火薬に引火し、屋敷全体が一気に炎に包まれたのだ。真夜中の出来事だった。身体が寝床から浮くくらいの衝撃に目が覚めたときには、天井を猛烈な勢いで炎が走っていた。上体を起こそうとしたとき、屋根が崩れ落ちてきた。それで大半の人間は死んだ。俺は屋根に潰《つぶ》される前に、割れた床板の合間から、たまたま床下に転がり落ちた。煙が充満し、何も見えない床下を息を止めて這った。今でも俺が助かった理由は、ひとえに肺が強かったから、ということしかないと思っている。やみくもに前に進み、もう駄目だと思ったとき、駆けつけた村の人間に引きずり出された。

めんめらと燃える屋敷を呆然と見つめていると、しばらくして蟬がやってきた。髪がちりちりに焼け、下帯すらつけぬ素っ裸で隣に座り、黙って泥鰌髭《どじょうひげ》をもてあそんだ。肩から背中に広がる大きなやけどが、炎に照らされてらてらと光っていた。大勢の人間が消火に当たったが、俺と蟬以外に生きて助け出されたのは百ひとりだった。それでも煙を存分に吸ったようで、三日三晩意識が戻らぬ状態が続いた。身体に蟬と同じく大きなやけどが残ったそうだが、もちろんそれは俺が確認できることではなかった。

「せっかく生き残ったのに、われはまた、いくさに行くのか」

首をねじった姿勢を変えず、芥下は責めるような眼差しを向けた。

「だから、誰もそんな話はしておらんだろうが――」

手を振り否定しようとしたところへ、

「儂も親なしじゃ」

という芥下の暗い声がすうと割りこんできた。

「関ヶ原のいくさのときに殺された」

芥下はゆっくりと身体の向きを変え、俺を正面に捉えた。

「ただ、いくさ場の見通しをよくするだけのために家を焼かれ、まるで犬ころのように二人とも殺された。儂も殺されるところじゃったが逃げた。その様子を離れてずっと見ていた忍びに助けられた」

まばたきひとつせずに、芥下は淡々と言葉を続けた。冷たい風が俺の髷《まげ》を揺らしてから、芥下の髪をさらっていった。顔の半分に覆いかかる髪が好き勝手に騒いでも、芥下はそれを払おうともしなかった。乱れる髪の下に色黒な表情がのぞくたび、白目が異様にくっきりと浮かんで見えた。

「それって……、お前がいくつのときの話だ」

「四つじゃ」

まさか自分よりも年若の人間のなかに、ここまでいくさの惨禍をまともに被っている者がいようとは、想像したことさえなかった。

「儂は、いくさは大嫌いじゃ」

それが以前、瓢六で今度のいくさの話を持ちかけた際、土間の暗がりで聞いたのと同じ言葉だと気がついたときには、すでに芥下は背中を向けていた。

「い、いや、だから俺は――」

乾いた口に唾をかき集め声を発したが、芥下は一度も振り返らず斜面を下っていた。

小さな背中はあっという間に、木立に隠れ見えなくなった。

冷たい風にしばらく吹かれてから、芥下が文を届けに来たことを思い出した。あばらやに戻り、板間の端に置かれた文を手に取り、中身をのぞいた。

異様に墨の濃い、下手くそな文字が紙全体に躍っていた。先日のねね様の文も悪筆であったようだが、あれはまだ寝起きに走り書きしたものという理由が立つ。黒弓の字を見るのははじめてだったが、いかにも型のない奴らしい手で、はなはだ読みづらかった。文はまず、まわりに吉田山を知る者がいないので、届かぬことがないよう産寧坂《さんねいざか》の瓢六に届ける、というところから始まり、今は堺《さかい》に滞在している、火薬の商いが盛況でとにかく人手が足りない、金は弾むゆえ手伝いに来てほしい、と堺の旅籠《はたご》町にある宿の名前が記されていた。ご丁寧に、淀川に沿って大坂に向かう道は兵でいっぱいだろうから、奈良を経由して来たほうが面倒も少なかろう、と道案内まで添えられていた。

以前、俺のような無愛想な輩《やから》は使いようがないなどと好き放題言っておいて、今ごろ何を勝手なことをぬかすのか、と憤慨しつつ目を通したが、最後まで読み終えた俺の心に宿ったのは、意外なことに、まだ見ぬものを見てみたいという、思いのほかくっきりとした気持ちだった。堺が名だたる港町であることくらい、俺も知っている。つまり、堺に行けば海が見られる。

気がついたときには、雑炊の後片づけをして、旅の準備に入っていた。ここに引きこもって、無聊《ぶりょう》をかこち続けていても仕方がない。菅笠をかぶり、路銀を懐にねじこみ、「ちょっと堺に行ってくるわ」と窓枠から垂れさがったひょうたんに声をかけた。やはりと言うべきか、因心居士からの返事はなかった。本阿弥屋敷で光悦に依頼を断られたときから、どこかへ消え去ったのかというくらい、因心居士は完全な沈黙を守っていた。代わりの工人を探せとも言ってこないということは、光悦の言葉を受け入れたのだろうと勝手に決めつけていたが、ならばいくさが終わるまで俺がどこへ行こうと問題あるまい。

そもそも、近ごろの俺はあんな人外のものの言いなりになり過ぎていた。少しは京から離れ、耳目を広める機会に触れたほうがよい。加えて百《もも》の一件もある。忍びに戻れなどと声をかけてきておいて、すでに二十日も音沙汰がない。奴の言葉にこれ以上惑わされぬためにも、こちらから都を出て行ってやる。俺は草鞋の紐をきつく締め、勢いよく筵をかき上げた。

鴨川べりに出て、川沿いの道を流れとともにひたすら下り、途中で伏見街道に入った。そのあたりで日が暮れ始め、闇夜を走ることができるのはよかったが、おかげでまったく周囲の景色を楽しむことなく奈良で一泊した。黒弓の文では、奈良は兵馬も少ないといったようなことが書かれていたが、宿のおやじに聞くに、こちらも劣らず大勢の兵が日々集まっては西へと流れていくとのことだった。明るくなってからは道が混むと聞いたので、暗いうちに宿を出て、結局奈良がどういうところかもわからぬまま、竜田《たつた》越えで河内《かわち》に入った。

河内をひたすら西に進む間、いっさい兵の姿を見ることはなかった。本当にいくさが行われているのかと訝しみつつ、街道の先に、堀に囲まれた左右に長く広がる堺の町を認めたのは昼前のことだった。

中央に開いた入り口から町に足を踏み入れるなり、寺だろうか、広い敷地がまるごと焼けた跡にぶつかった。黒弓の文にあった旅籠町に向かう間にも、あちこちに焼け跡を見かけた。しかし、町の人間は何事もなかったようにその前を歩いている。

宿の名前は戎屋《えびすや》と言った。さぞ奴の羽振りのよさが伝わってくる宿なのだろうと予想したが、大路から離れた場所に、拍子抜けするほど質素な造りとともに建っていた。玄関で黒弓の名を告げると、宿のおやじが「ああ、あの若いのか。さっき、厠《かわや》の前で会ったからおるじゃろう」と二階の部屋の場所を教えてくれた。

黒弓の部屋は廊下の突き当たりだった。

「俺だ、来てやったぞ」

襖《ふすま》の前で声をかけたが、中からは何も聞こえてこない。

「おい黒弓、寝てるのか？」

と返事も待たずに襖を勢いよく開けた。

「何だ、いるじゃないか」

窓際の文机に向かう背中が正面に見えたので舌打ちすると、

「おやおや、これはめずらしい客が来たもんだな」

と笑いをこらえるような声が聞こえてきた。

相手が立ち上がるより早く、俺は襖を閉めた。すぐさま踵《きびす》を返したが、狭い廊下を挟んだ両側の部屋から、音もなく男二人が現れた。

手元にクナイや小刀を構えた男の前を、徒手で通り過ぎる気にはなれなかった。男に目で促され、俺は身体の向きを戻し、ふたたび襖を開けた。

案の定、見たくもない顔が、薄ら笑いを浮かべ立っていた。

「フン、そういうことか」

「そういうことだ、風太郎」

相変わらずの泥鰌髭を指で撫でつけ、伊賀の天守以来の再会になる蝉が「入れ」と鷹《おう》揚《よう》にあごで告げた。

＊

黒弓はどこにいる、という俺の問いに、奴なら大坂だ、いくさが終わるまでは城から出られんだろうな、と蟬はぞんざいな口ぶりで答えた。

「城って――、まさか、あいつ、いくさに加わったのか？」

「ちがうわ、町のほうにいる」

「町のほう？」

蟬はどかりと床板に腰を下ろすと、「知らんのか、この田舎者め」と鼻で笑った。続けて奴が言うには、大坂の町とは、そのほとんどがすっぽりと城壁に取りこまれる造りになっているらしい。京に勝るとも劣らぬにぎわいと聞く大坂の町が、城の内側に丸々収まってしまうというのがどうにも想像できず、「御土居《おどい》がすべて城壁になって、都がひとつの城になるようなものか」と訊ねたら、「何だ、御土居って」と返ってきた。しばらく奴を見下ろしてから、「知らんのか、この田舎者め」と鼻で笑ってやったら、いきなり足払いを仕掛けられ、よける間もなく床板に叩きつけられた。

「相変わらず、行儀が悪い奴だな」

という声に跳ね起き、つかみかかろうとしたとき、後ろからぐいと襟を引っ張られた。

いつの間にか、廊下の先に顔を出した男のうちのひとりが怖い顔で立っていた。

黙って襟元を正し、蟬の前に胡坐《あぐら》をかいた。

「あの下手くそな筆の文はお前か？　だいたい、どうして、お前が黒弓の行方を知っているんだ」

と目線を合わさずに訊ねた。

「先月まで、あいつもこの堺にいたからな。といっても、ほとんど儂らと入れ違うように、大坂へ行きおったが。あいつの宿帳の字をだいたい真似て、文を送ったわけだ」

「わざわざ、あんなものを作るために、黒弓をつけ回していたのか。フン、ご苦労なことだな」

「つけ回す？　冗談はよせ。あんな南蛮野郎に、かかずらっている暇などないわ。儂らがここに到着した日に、そこの大路を妙ちきりんな真っ赤な合羽《かっぱ》を着た男が歩いていたのだ。儂はあんな奴のことは忘れていたが、萬屋《よろずや》の手伝いで都の商いをしていたひとりが黒弓と気がついた。それで、おぬしを呼び出すのに都合がよいから使ったまでよ」

襖の音に振り返ると、廊下の先に見た二人目の男が部屋に入り、襖の前を塞ぐように腰を下ろすところだった。

「わかるか。吉田山から、ずっとおぬしをつけていた」

三十前後の、眼の細い顔にもう一度、視線を走らせてから、俺は無言で首を前に戻した。まったく気づかなかったという動揺を何とか隠し、

「なぜ、俺を呼んだ」

と声がかすれぬよう腹に力をこめて訊ねた。

「百から聞いているだろう」

「忍びに戻るかどうか、返事を考えておけ、というだけだったぞ」

蟬はあからさまな侮蔑の笑みを浮かべた。

「風太郎よ、離れていた間に脳味噌がふやけきったか。まさか、己が選べる立場にあると本気で思うたわけではあるまい」

「断ったらどうなる」

「明日、おぬしの死体が港に浮かぶだけだな。言っておくが、この宿の正体は萬屋だ。今は儂らしか泊まっておらん。多少騒いだところで、誰にも気づかれぬ」

俺はゆっくりと部屋を見回した。蟬の背面の窓が開いているが、隣の建屋の壁とほとんど接している。背後の襖の前にひとり、右手に俺の襟をつかんだ男がひとり。「逃げられぬぞ」と蟬に言われるまでもなく、そんな気自体起こらなかった。

「おぬしに文を送ったのは、必ず呼び戻せとの強いお達しがあったからだ」

「お達しって、誰の」

「采女《うねめ》様だ」

蟬とはじめて正面で視線が合った。しばらくの沈黙が流れたのち、

「おぬし、何をした？」

と蟬は泥鰌髭をつまみ訊ねた。

「采女様がおぬしを求める理由を教えろ」

「知らんわ。お前のせいで伊賀を追い出されてから、これまで一度の関わりもない」

「儂のせい？　何の話だ」

「忘れたか。お前が城の白壁に打ちこんだクナイのことを、御殿《おんとの》に告げ口したのだろうが」

　ああ、あれか、と蟬は間抜けな声を上げ、泥鰌髭を指でしごいた。

「おぬし、何もわかっておらんな。あれは儂がおぬしの命を救ったのだぞ」

「救った？　出鱈目《でたらめ》もいい加減にしろよ。俺は知っているんだ。お前があのとき、御殿に鉄砲を手渡していたことを」

　すでに二年前の出来事である。近ごろは思い出すことさえまれだったのに、こうして話しているうちに、むらむらと怒りがぶり返してきた。

「確かに、クナイのことを御殿にお伝えしたのは儂だったが、まさか撃ち殺すから、種子島《たねがしま》を持ってこいという話になるとは思わんだろう。さすがにそれはやり過ぎじゃと思うて、御殿のもとに届ける前に照準をずらしておいた。覚えているか？　五発、御殿が撃った弾はすべておぬしを外れた。御殿の腕ではあり得ぬことだ」

　蟬の言うとおり、御殿の弾はただ一発が太ももをかすったきりだった。だが、俺だって必死で走って逃げたのだ。蟬の言葉が本当である証はどこにもない。

「じゃあ、京橋口の橋番の件はどうなんだ。俺は針を残すようなヘマはしていない。お前が俺のせいだと吹きこんだんだろ?」

「橋番? 何のことだ、儂は知らんぞ」

とぼけるな、と俺が声を荒らげようとしたとき、

「いい加減にしろ」

と右手に座っていた男が野太い声を発した。

「下の広間にもう孫兵衛《まごべえ》たちが集まっておる。お前もだ、いつまで待たせるつもりだ」

その言葉に蟬がすうと立ち上がった。お前もだ、とあごで伝えられ、仕方なく腰を上げると、いきなり蟬に腰の帯をつかまれた。

「余計なものは全部出せ」

「おいおい、仲間を信用しないのか?」

「そういうことは、仕事をいっぺん最後まで終わらせたときに言え」

俺がまだ一度も忍びの仕事をまともに引き受けたことがないと知っての言葉かと思わず怯《ひる》んだ隙に、帯に隠した小刀を素早く引き抜かれた。ついでに、ふくらはぎを内側から蹴られ、「これもだ」と隠していた棒手裏剣も捨てさせられた。

蟬たちに挟まれるようにして、一階に下りた。玄関はすでに閉めきられ、奥の広間に入ると八人の男が座って待っていた。

「蟬左右衛門、話は終わったか」

上座で胡坐をかいている男の呼びかけに、蟬は「は」と応じた。聞いたことがある声

だと思ったら、先ほど顔を合わせたばかりの宿のおやじである。「この男は柘植屋敷の風太郎でござる」と蟬が俺を短く紹介した。柘植屋敷という部分に反応してか、「ほう」というため息のような声が湧き起こるのを聞きながら、俺はぎこちなく頭を下げた。

二階からの四人が合流して十二人になったのを数えたのち、揃ったなとつぶやいて、

「儂は貝野《かいの》孫兵衛だ」

と宿のおやじが俺に顔を向けた。

この宿の正体は萬屋と蟬が言ったとおり、あるじからして忍びらしい。戎屋という宿の名は、きっとこの男からとったのだろう。というのも、歳は五十過ぎあたりか、豊かな肉がついた頰に、その横から出っ張った福耳に、柔和な表情が宿る垂れ目に、当人がずいぶんと立派な戎顔の持ち主だったからだ。

「今日に入り、御殿の軍勢は北へ、住吉《すみよし》社まで陣を進めた。儂らがすべきは夕暮れ前にここを出発し、敵方の様子を探ることだ」

と簡潔に仕事の内容を説明し、孫兵衛は地図を広げた。

車座になって、男たちが地図を囲む。俺も後ろから首を伸ばしてのぞきこむ。大坂城の縄張りが地図の端に見える。なるほど、難攻不落とはよく言ったもので、城の三方が太い川に囲まれていた。ただ、城の南側だけが川もなく、のっぺりとした土地が続いている。ゆえに城の南面を目指し、御殿が北上し、奈良を経由して続々と軍兵が河内へと入るわけである。

「堺がここ、御殿のいる住吉がここじゃ」

と孫兵衛は筆を取って、墨で丸を書きこんでいった。堺は大坂城のまだまだ南に位置している。住吉は堺の少し北である。堺に来るまでいくさの気配をまったく感じなかったのも当然で、すでに前線は北へ、城のほうへと移っていたのである。

「この天王寺《てんのうじ》のあたりで相手の様子を探る」

住吉から一気に城に近づいた位置まで筆を進め、孫兵衛は丸を打った。出発の時間を告げ、それまで身体を休めよ、と落ち着いた口調で告げた。周囲の男たちはよほど仕事にも慣れている様子で、いっさいの質問もなく、めいめいが広間から散っていった。

「風太郎」

と蟬と並んで突っ立ったままの俺に、孫兵衛が地図を畳みながら声をかけた。

「おぬしは蟬と組め」

隣からすぐさま舌打ちが聞こえてきた。俺も負けじと舌を打って応戦しようとしたが、

「こたびのいくさで、御殿は先鋒の栄誉を授かっておる。物見の儂らの働きが、そのまま御殿の助けになるのだ。気を抜くなよ」

との孫兵衛の声を聞いた途端、急に胸のあたりが熱くなるのを感じた。

蟬と二階の部屋に戻っても、心臓の高鳴りがなかなか収まらなかった。床に寝転がり、天井の板目の紋様を眺めながら、本当に忍びに戻るのだと何度も心でつぶやいた。うれしいという気持ちはなかった。不安もなかった。ただ仕事をやることに対し、神経が研

ぎ澄まされていく、より狭いところに意識が集中していく感覚が頭の裏側のへんで燻《くすぶ》っていた。俺は目をつぶった。なぜか意味もなく口笛を吹いてしまい、自分でも驚いた。

出発まで二刻近く時間があったが、蟬とはいっさい口を利かなかった。二人だけの部屋で、奴は不貞腐《ふてくさ》れたようにクナイを研いでいた。伊賀を離れてから二年の間、お互い何をしていたのか、訊ね合うこともなかった。近所に茶屋があるようで、ときどき風に乗って届く三味線の調べを聞きながらうたた寝していたら、階下から床を踏む音が急に繁《しげ》くなるのが背中越しに伝わってきた。時間のようである。身体を起こすと、同じく窓際で寝転んでいた蟬がむくりと首だけをもたげた。蟬は起き上がると、

「これを着ろ」

と部屋の隅に置いてあった行李《こうり》を足で蹴って寄越した。蓋《ふた》を開くと、中には暗い色合いの野良着と忍び装束の頭巾が入っていた。さらに「おぬしのだ」と、蟬は手にしたものを投げてきた。慌てて手を伸ばしてつかむと、先ほど取り上げられた小刀だった。

「足手まといになるなよ」

こちらが言い返す間もなく、先に用意を終えた蟬は部屋を出ていった。

一階の広間に、野良着姿の男たちがふたたび集まった。

「この笛の音が聞こえたときは、どんなことがあろうとも、途中で放って退散せよ。三度吹く、よいな」

孫兵衛は首元に提げた木笛を口に持っていった。肉づきのよい頰が膨らみ、耳をつん

ざく高音が広間に響いた。

「あと、万が一敵の手に捕らえられたときは、己が才覚で逃げよ。助けはないと心得よ」

座りながら、膀胱《ぼうこう》のあたりがきゅうと締めつけられるのを感じた。「行くぞ」と孫兵衛が声を発すると、男たちがいっせいに音も出さずに立ち上がった。

二人ずつが組となって、時間を空けて順に宿の裏口から表に出た。日が暮れ始めた大路を、蟬の二歩後ろに従いながら、ところどころに見る焼け跡のことを訊ねたら、先月大坂方が攻めてきたときのものだ、と返ってきた。ほんの十日前は、この堺はまだ大坂方のものだったが、御殿が攻めてくると聞いて尻尾を巻いて大坂城に逃げ帰ったのだという。

町を出たのちは、熊野街道を北上し、住吉の手前で夜が訪れるのを待った。暗闇に紛れ、御殿はじめ味方の兵が布陣する脇を抜け、一気に天王寺まで走った。

茶臼山《ちゃうすやま》という、山とはいうが実際は小さな丘陵の上で、十二人が集結した。全員が懐から取り出した忍び頭巾で顔を覆っている。孫兵衛は山の東側に連なる民家の影を指差し、

「おそらく、この南北の道を御殿は進むことになろう。そのため見晴らしをよくしておくように、との采女様からの命じゃ。ひとり十軒、火をつけよ。騒ぐ者はその場で斬り捨てよ。とにかく燃やせ」

と忍び言葉で告げた。

思わずのどの奥から「え」と声が漏れたが、孫兵衛の両隣に立つ男たちが藍染めの袋を地面に下ろす音に掻き消された。袋の内側には、ぎっしりと藁束《わらたば》が詰まっていた。蟬が束ねられたひとつを引き抜き、無言で投げて寄越した。頬が蒼褪《あおざ》めているのを頭巾の下にありありと感じながら、俺は唾を呑みこみ、それを受け取った。

＊

男たちはひとつに固まって茶臼山を下りた。先頭の孫兵衛が忍び言葉を放ったたびに、ひと組ずつ音もなく離れていく。三度目の忍び言葉で、俺と蟬は道を逸れ、集落脇の藪に身を潜めた。

暗闇の向こうに孫兵衛らの背中が消えていくのを見送りながら、

「物見じゃなかったのか」

と別に訊ねるつもりもなく、つぶやいた。

「ただの物見に十二人もいらんだろう」

さっそく火打石を用意している蟬の言葉に、確かにそのとおりだと今さらながら思った。

「だが、物見といっちゃ物見だな。もしも、近所に敵がいたら、燃えた火を見てすぐに寄ってくる。こちらも探す手間が省けて、一石二鳥だ」

「フン、ずいぶんと知った風な口を利くな」

「奈良から河内に入って以来、もう何度もやってるからな」

蝉は何事もないように答えると、

「近ごろ、雨が降っていないから、今夜はよく燃えるぞ」

と言葉の端にどこかうれしそうな響きを滲《にじ》ませ、「風上からやるぞ。最初はあれだ」

と右手に見える建物の影を指差した。

木々の向こう、闇に沈む家屋の群れは、まるで置物のように生気なくたたずんでいた。忍びの気配を感じたのか、遠くで犬がかすかに吠えているのが聞こえたがすぐに静かになった。ひょっとしたら、誰かが手を加えたのかもしれない。

準備を終えた蝉と並ぶように落ち葉の上に腹這いになると、周囲からいっさいの物音が消えた。頭巾からのぞく肌の部分から、しんとした冷気が入りこんでくるのを感じながら、俺は左手に握ったままの藁束を見つめた。茶臼山で孫兵衛の話を聞いたときから、ともすれば耳の底で蘇《よみがえ》るのは芥下の声だった。ただ、見晴らしをよくするために家を焼かれた、と芥下は言った。儂はいくさは大嫌いじゃ、と芥下は言った。あれほどいくさには行かぬと口答えしておいて、俺がいる場所は正真正銘いくさ場のど真ん中だった。これからすべきは、見晴らしをよくするためだけに家を焼くことだった。

「おい——、蝉」

「何だ」

「火をつけたあとはどうする」

「どうもこうも、十軒に火をつけて逃げる、それだけだ」

「騒がれたりはせんのか」

フッと蟬は息だけで笑った。

「己の家を焼かれるんだぞ、騒ぐに決まってるだろう。だが、その前に儂らは退散するから、顔を合わせることはないな。いや、一度だけ、厄介なのがあったかの。火をつけた途端、じいさんが鶴みたいな声を上げて家の中から飛び出してきやがった。年寄りだから、眠りが浅いんだ」

「それで……、どうしたんだ」

「殺したさ」

あっけらかんと蟬はささやいた。

「どうした。臆《おく》したか、風太郎」

意地の悪い笑みを浮かべていることが容易に想像できる声色とともに、蟬が太もものあたりを蹴ってきたとき、か細く、甲高い音が、冷えた空気に乗って悲鳴のように伝わってきた。

孫兵衛の木笛だった。蟬は素早く身体を起こし、「行くぞ」と身体にまとわりついた落ち葉を払った。

黒い影となった蟬が、先にあばらやの壁に張りつき、耳をあてて内の様子をうかがう。

一度、軽くうなずいたのち、蟬は「裏に回って待っていろ」と残し、すぐ近くの茂みに消えた。

腰を落とし、そろりそろりと壁沿いに裏手に向かい、少しでも目立たぬようにとうずくまった。冷たく澄んだ空に、せわしないほど星が浮かんでいた。板壁を隔て、ほんの数尺向こうに人が寝ているとは到底思えない静けさだった。蟬が消えた茂みのあたりから、一瞬だけ硬い音が聞こえた。火打ちの音だろう。俺は両手に用意した藁束を無意識のうちに強く握りしめた。

茂みから現れた蟬の右手には、小さな生き物のように、か弱い炎がゆらめいていた。蟬はそれを左の藁束に移した。俺は蟬を迎えるように立ち上がり、無言で両手の藁束を差し出し火を受け取った。

火影に揺れる表情のない蟬の顔に、泥鰌髭がおまけのようにへばりついていた。

「行け」

押し殺した声を聞いた瞬間、頭の隅から、それまでちらついていた芥下の姿が消えた。右手の藁束を蟬は屋根に放った。炎が音もなく踊りながら頭上に消えていった。同時に蟬は左手の藁束で板壁を撫でた。炎がからみつくべき板目をくっきりと浮かび上がらせるのを捉えてから、俺は隣の家屋にすり寄った。蟬に倣《なら》い、ひとつを屋根に投げ、裏手の壁に引っかけてあった菅笠から壁際の空桶へと、残りのひとつを押し当てた。よほど水気が失われていたのだろう。吸いつくように炎は菅笠を這い上った。桶に藁束を捨て、次の藁束二本を懐から取り出す。桶から早くもちろちろと顔を出す炎に藁束を近づけると、炎が身体をねじらせながら藁を舐め、いったん黒く萎《しお》れた先端に、ふわっと包みこむように燃え移った。

板が鈍く軋む音に振り返ると、すでに最初に仕掛けた火はあばらやの角を回りこみ、俺の背丈の高さまで成長していた。屋根からも炎がかすかに立ち上っている。もちろん、蝉の姿はもう見えない。思いのほか、時間は少ないようだ。これでは、すぐにでも騒ぎ始める者が出てきてもおかしくない。俺は走りながら次の屋根に藁束を投げ、裏手にもう一本を置いた。火が燃え移るかどうか確かめる間もなく、次の二本に火種を移す。十間ほど離れた先に、三軒のあばらやが肩を寄せ合うように建っていた。俺は身を屈め、それらの風上へと回りこみ、藁束をひとつ屋根に放った。

そのとき、背後から甲高い女の悲鳴が聞こえてきた。さらには、

「火事だッ、火事だぞッ」

という男の野太い怒鳴り声が続いた。

咄嗟《とっさ》に、手元で明るく揺れる残りひとつを隣の屋根に放り投げ、その真下の壁に張りついた。壁伝いにも、内側で寝ていた連中が跳ねるように起き上がり、床を踏みつけ外に飛び出す様子がありありと感じ取れた。ほかの二軒からも人が出てきたようで、三軒のあばらやの中央、ちょうど俺がいる場所の裏手から、男たちの喚き合う声が聞こえてきた。誰もがはじめ火事だと叫び、次に子どもの名を引きちぎられるような声で呼んだ。

動くことはかえって危険だった。俺は背中を丸め、その場にうずくまった。

「徳川じゃッ、徳川の奴らが攻めてきたぞッ、逃げろおッ」

最初に火を放ったあたりから、急にしわがれた老人の声が響いた。うずくまった姿勢のまま顔を向けると、すでに家屋は丸ごと炎に呑みこまれ、同じく周囲の建物と重なり合って、夜を完全に駆逐する勢いで燃え盛っていた。声のあるじの姿は見えぬが、

「早《はよ》う逃げろッ、すぐそこまで来ているぞッ」

とその切迫した調子に押され、裏手に集まっていた男連中が、言葉にならぬ叫びを上げ、いっせいに走りだす足音が聞こえた。俺のすぐ脇を、泣き喚く子を抱いて女が駆けていったが、まったく気づかれることはなかった。

じゅうぶん気配が遠ざかってから、俺は舌打ちとともに身体を起こした。蟬に借りを作ったことが、はなはだ気に入らなかった。徳川など来るはずがない。先鋒の御殿ですら、まだ住吉だ。老人の声真似は蟬が得意とする技だった。どこから放ったのかわからぬが、俺が動けないのを見ての仕業だろう。

あばらやの角からそっと顔をのぞかせた。蟬の言葉を真に受け、人の姿は消えていた。隣の屋根はその大半が炎に覆われ、火の粉を盛んに飛ばしていた。頭の上でも屋根がぱちぱち音を立てている。まだ一軒、無傷の家が残っているが、放っておいても勝手に火を貰うだろう。どこで落ち合うか決めていなかったが、蟬と隠れていた藪に戻ろう、と建屋の陰から飛び出したとき、何の前触れもなく、無傷のあばらやから男がひょいと現

れた。男は何かを胸の前に抱えていた。だが、すぐさま隣家の屋根が崩れ始めたのに気づき、ぎょっとした様子で立ち止まった。

完全に全身を晒した状態のまま、俺はほんの数間前に立つ男の背中を凝視した。男はまだ俺に気がついていなかった。このまま走り去るべきか否か——、と考える間もなく、いきなり頭の上で爆《は》ぜる音が響いた。

飛び上がるようにして振り返った男と正面で目が合った。

眉の太い、実直そうな顔をした若い男だった。男は胸の前に刀を抱えていた。俺の姿を捉えるなり、炎に照らされたその目が吊り上がった。

「やめ——」

と手を挙げようとしたときには、すでに男の手元から鞘が落ちていた。振りかぶることなく、いきなり男は突いてきた。俺は後ろに跳び退《すさ》り、背中の帯に差した小刀に手をかけた。

「こ、この、素破《すっぱ》めがッ。よ、よ、よくもわいらの家を——」

ここで見知らぬ相手と刀を交えても何の意味もなかった。「すまぬ、俺は逃げる」と踵を返し走り去ろうとしたとき、耳元を何かが風を切って抜けていった。

俺を追おうと一歩足を踏み出した男の手から刀が落ちた。男は首を押さえ、つんのめるようにして前に崩れた。地面に倒れる瞬間、首筋に食いついた棒手裏剣を、炎が浮かび上がらせたのを俺は見逃さなかった。

振り返ると、次々と崩れ落ちる家屋を背に、炎に縁取られた人影がゆっくりと近づいてくるところだった。ああ、こいつはこんな外股だった、と思い出しながら唾を吐いた。

「余計なことをするな」

「足手纏いにはなるなと言ったはずだ」

どこまでも冷たい声とともに、蟬は行くぞとあごで命じた。フンと鼻を鳴らし、奴のあとを追おうとして、もう一度、地面に転がった男に視線を戻した。喉に穴が開いたのだろう、ひゅうひゅうと嫌な音を立てながら、男は身体をくの字に曲げてのたうっていた。湿っぽい響きは血を吐き出しているのだろうか、咳きこむ勢いがいよいよ増してきた。俺は足を止め、しばらく男を眺めていたが、背中の小刀を抜いた。

「何をするつもりだ」

それに目ざとく気づいた蟬を無視して、俺は男に近づいた。

「やるなら、一撃で仕留められるところに打て」

舌打ちしたきり、蟬は何も返さなかった。三軒のうち、最初に火を放った屋根が勢いよく崩れ落ち、ごうっと蓮の花のように炎が膨らんで噴き上がった。男が潜んでいたあばらやにも火が燃え移り、壁を舐めるように炎が広がっている。地面に顔をこすりつけ、激しく咳きこむ男の背中に素早く回った。切っ先をあて、「御免」と深く心臓まで刺しこんだ。

小刀を手に立ち上がった俺を見て、蟬は何も言わなかった。俺に背中を向け、外股で走り去った。男の着物で刀を拭い、あとを追おうとしたとき、不意に目の前のあばらやの壁に影が映し出された。何かを判断する時間はなかった。ただ、己の真後ろに打物を振りかざした大男が迫っているということだけを理解した。

咄嗟に小刀で背後を払い、俺は前方に跳んだ。間に合わず、背中に刀が突き刺さる瞬間を覚悟したが、何事も起こらぬまま、俺は無様な格好で地面に転がった。手応えはあった。何かに引っかかり、小刀が持っていかれたからである。俺は素早く体勢を整え、相手を確かめた。

なぜか、俺が立っていた場所に、四つか五つほどの女の童がたたずんでいた。童は男が払った鞘を手に、己の脇のあたりをぼんやりと見下ろしていた。そこには俺が手放した小刀が深々と突き刺さっていた。

童の正面の壁に、背後の炎を受け巨大に膨らんだ影が揺れるのを見つめながら、俺はふらふらと立ち上がった。どこかで木笛が三度吹かれるのが風に乗って伝わってきた。

「行くぞ、風太郎」

いつの間に戻っていたのか、真後ろに蟬の声が聞こえた。

「ちがうんだ蟬、お、俺はただ脚を払おうとしただけで――」

「行くぞ」

肩をぐいと引っ張られた。「ちがうんだ」と口走るなり顔を殴られた。

「走れ」

「お、俺は」

もう一発殴られた。

蟬に肘をつかまれ、童の横をすり抜けた。童の瞳は力なく俺を追っていた。柿染めの着物が炎に照らされ、妙に明るい色を放っていた。切るときに失敗したのか、ぶ厚い前髪が歪《いびつ》な段を作っていた。「おとう」とかすれた声でつぶやいて、童は先に倒れている男の手前に突っ伏した。

*

堺では一度も海を見なかった。

おそらく戎屋を出て、ほんの数町歩いたら、すぐに港にぶつかったのだろうが、宿から一歩も出ることなく、焼き討ちの三日後、堺を去った。

どこへ行くのか、これから何をするのか、孫兵衛が広間に全員を集め説明していたが、俺は何も聞いていなかった。ただ、まわりが動くのに従って宿をあとにし、気がついたときには住吉の御殿の陣に加わり、陣笠をかぶり、革の鎧《よろい》を纏《まと》い、雑兵のひとりに仕立て上げられていた。

陣中に紛れこんでからも、相変わらず何も考えずに済んだのは、俺が後方に回されたからである。そこで来る日も来る日も竹盾を作り続けた。陣屋脇の作業場には、常に百人近くが呼ばれていただろうか。昼間の仕事だけでは足りず、夜も火を焚いて交代で竹を切り、幅は八尺、高さ四尺の盾を組み立てた。竹の表面は銃弾をそらしやすい。これを身体の正面に置き、相手の銃撃に耐えながら、しゃがんだ姿勢でじりじりと相手の陣地へと進んでいくのだという。

もっとも、所詮は竹を重ねただけのものゆえ、やられるときにはやられる。俺は昼間の当番だったが、大坂城の方角からの銃声はやむことがなく、命を落とした者が多いときには日に十人、戸板にのせられ運ばれてきた。銃に撃たれるというのがどういうことか知らぬ連中は、最初のうちは死体がやってくるたびに、戸板を取り囲み、やれ腕が取れているだの、やれ胸に穴が開いているだのうるさかったが、三日もすればそれにも慣れ、五日経ったときには戸板が到着しても、誰も見向きもしなくなっていた。

竹盾の作業が一段落すると、今度は仕寄道《しよりみち》を掘る仕事に回された。仕寄道とはいくさ場を縦横無尽に走る溝のことである。溝といっても、大人が二人並んで歩けるほどの結構な深さと幅を持っていた。味方が竹盾や竹束を並べて押し進み、さんざんに撃ち返されながらも確保した足場まで、とにかく掘り続ける。その際、掘ったものはすべて前に運んで盛り土にする。そのあたりは、さすが城狂いとして名高い御殿だった。伊賀から城造りの工人たちを呼び寄せ、兵も前列で銃を構える者のほかは、ほとんどがもっこを担ぎ、わずか十日で藤堂《とうどう》家の陣の前に、高さ五間、幅三十間に及ぶ巨大な築山《つきやま》を造り上げてしまった。

竹盾を作る以上に、俺はこの土掘りの仕事に馴染んだ。一日じゅう土を削り、それを運ぶのに、何の頭も使う必要がなかったからである。ひんやりと冷えた空気が溜まる仕寄道を、土を詰めた重い俵を担いで一列になって歩いた。後ろで同じく俵を運ぶ連中が、今日から師走《しわす》に入るらしいと話していた。もう、そんな頃なのかと曇天を見上げ、俺は仕寄道の終点から築山へと登った。途中から斜面に腹這いになって俵を押し上げる。同じく築山のてっぺんで腹這いになった男が、二人がかりで俵をつかみ引き上げた。それを築山のへりの部分に、壁のように積み重ねるのだ。

俺のひとつ後ろで師走を話題にしていた男は、声が太い割に小柄な男で、腹這いの姿勢で俵を押し上げようとしても、上の連中が伸ばす手に届かなかった。「誰か助けてやれい」という上からの言葉に、後ろで順を待つ仲間の男が手を貸そうとしたら、

「余計なことすんじゃねえッ」

と男が怒鳴り始めた。

「だいたい、こんなしち面倒なやり方で持ち上げなくたって、こうすりゃいいんだよッ」

男はやにわに立ち上がり、「おらよッ」と俵を両足の間に持ち上げ、ふらふらと斜面を登っていった。

ずだあん、と一発銃声が轟いた。男が身体ごと吹っ飛び、何かを撒き散らしながら斜面をずり落ちてきた。頭を下にして、男はちょうど仕寄道を戻ろうとした俺の足元で止まった。左目に弾が命中したらしく、顔の半分が消えていた。それからしばらくの間、

誰もが地面に埋もれるくらい腹這いの姿勢を守って俵を築山に届けた。俺は戸板に死体を移し、陣屋まで運ぶのを手伝った。後ろを担うのは、俵を持ち上げるのを助けようとした男で、

「おめえ、嫁とおっかあと子ども、どうすんだよう」

と動かぬ身体に向かって、ぶつぶつとつぶやいていた。

「同じ村から来たんだ。こいつ、餓鬼が四人もいるんだ。まだまだ、どいつも小っちゃいのによう」

陣屋で検分役の侍を待つ間、男はしきりに話しかけてきたが、俺は一度も言葉を返さなかった。返すべき言葉など、何も持たなかったからである。男は苛立った眼差しを俺に向け、赤く充血した目を土まみれの親指で拭《ぬぐ》った。戸板の男は顔の半分を失ったまま、ぽかんと口を開けていた。おめえ、よくそんな平気な顔で眺められるな、と男が揺れる声で言った。顔を上げると、男と目が合った。男はすぐに視線をそらした。やはり話すことはなかった。何を見ても、何を聞いても、俺はもう何も思わなかったのだ。

築山が一応の完成を見ると、頭の侍から、夜明けまでの警固を命じられた。交代の時間が訪れ、俺は築山に登った。師走に入っただけあって夜も早い。俵がうずたかく積まれた頂上には、すでに先着がいた。「よろしく頼む」と声をかけると、ちょうど幟《のぼり》の足元で胡坐をかいている影が派手に舌打ちした。

「何だ、お前か」

そこに蟬がいることにも、舌打ちだけで奴だとわかったことにも、両方にがっかりしながら、俺は思わず萎れた声を漏らした。

「それは儂の言葉じゃ。おぬしの持ち場はあっちだ。さっさと行け」

蟬は面も上げず、ぞんざいに横手を指差した。五間離れた場所に、紺地に白丸が三つの藤堂家の旗が、積み上げた俵の間に差してあった。中腰で向かうと、幟の下に鉄兜《てつかぶと》がひとつ転がっていた。物見用ということだろう。間抜けな話だが、俺はまだ築山の向こうの風景を知らなかった。竹を組み、土を掘り、あとは頭上に細長い空しか見えぬ仕寄道を俵を担ぎ往復している間に、築山が完成してしまったからである。

俺は鍋のように底が深い兜をかぶり、そうっと俵から向こうをのぞいた。

しばらく、正面の風景を見つめたのち、左右の様子を確かめた。

「おい」

いったん腰を屈めてから、蟬に向かって声をかけた。

「いつもこうなのか？」

「こうって何が」

「提灯《ちょうちん》だ」

「ああ、朝までこうだ」

つまらなそうな口ぶりの蟬の返事を聞きながら、俺はもう一度、俵から頭を出した。

何とも不思議な光景が眼前に広がっていた。

闇の中に、提灯がやわらかな光を放ち、ぼんやりと浮かび上がっている。藤堂家の前だけではない。藤堂家の両翼には、他の大名家が同じように山を築き、ゆるやかな下り坂に沿って、ずらりと陣を構えているが、それらの前方にも提灯が連なっていた。坂道に従い、明かりもゆっくりと傾斜を描いている。その数はゆうに百を超えていただろう。築山から提灯までの距離はおよそ五十間。提灯の張り紙がばらばらゆえに、赤に白、ときに青や緑――、色とりどりの光が風に揺れるのを眺めながら、俺はほうっとため息をついた。まったく、いくさ場の眺めではなかった。

城壁と城方の備えである木柵との狭間に縄が張られ、そこに提灯が吊り下げられていた。住吉の陣に加わってから、かなり北進したとは思っていたが、まさかこんな至近まで攻め寄せていたとは。城壁の銃眼から銃を構える相手と、たったの五十間しか離れていない。腕のいい奴なら、簡単に狙い撃つことができる。そりゃあ、一発で頭も撃ち抜かれる。竹盾もわんさと必要になる。

いくら暗くても用心するに越したことはない。俺は早々に頭を引っこめ、腰を下ろし、股間に鉄兜を置いた。俵に頭を預け、ああ寒い、と空を見上げた。西の空低くに浮かぶ三日月を視界の端に捉えながら、大坂の西側はすべて海だというが、あの月にかかる雲の下も海なのだろうかと考えた。黒弓の文に騙《だま》され、吉田山を出てすでに一カ月が経つ。そもそも海が見たくて都を離れたのに、こんな土くれのてっぺんで俺は何をしているのか。

澄んだ光を放つ星々に、白い息を吐きかけた。隣から、かすかに鼾《いびき》が聞こえてきた。こうも底冷えするなかでよく眠れるものだな、と呆れた視線を投げかけたとき、そう言えばこの男、小姓勤めだったはずだが、どうしてこんな下っ端が働く場所にいるのだろう、と気がついた。小姓が順番で物見に立つ決まりでもあるのか。いや、それならば、俺と同じ粗末な革鎧ではなく、もう少しましな具足を与えられているはずである。

柘植屋敷が焼け、生き残った俺と蟬と百の三人が否応なしに外に放り出されることになったとき、いちばん最初に新たな役目が決まったのは蟬だった。火事以来、一度も顔を合わせることがなかったのに、わざわざ俺が居候する百姓家までやってきて、得々とそのことを告げて帰っていった。これで御殿の覚えも目出度《めでた》くなるわ、と下卑た笑みを浮かべる、鬱陶《うっとう》しい泥鰌面が今でも忘れられない。もっとも、あの猛者《もさ》揃いの柘植屋敷で一、二を争う刀の使い手だった蟬が小姓に任じられるのは、別におかしいことではなかった。特に秀でたところもない俺が、その後、萬屋に回されたのもおかしいことではなかった。ただ、柘植屋敷のあらゆる女とそりが合わなかった百が、女房衆に加わったことだけは、どう考えてもおかしいと思った。

丑の刻に、夜食の差し入れがあった。握り飯を二つ寄越し、

「さっきから向こうが、騒がしいな」

と蟬がはじめて話しかけてきた。

「向こう？」

「東のほうだ。兵が集まっている」

俺は握り飯を頰張りながら、東の空をのぞいた。何も感じられぬまま握り飯を食べ終えたとき、いきなり闇が丸ごと鳴動する勢いで銃声が轟《とどろ》いた。あまりの迫力に、思わず座っていた尻が浮いた。これまで陣屋の脇で聞いたものとは、桁違いの音の重なり方だった。何百、いや千の銃がいっせいに火を噴かないと、ここまで空は震えない。

築山の下がいっせいに騒がしくなった。何人かが慌てて斜面を登ってきたが、どれほど東を仰ごうとも、見えるのは暗闇と城壁に沿って静かに浮かぶ、淡い提灯の列だけだった。

銃声はしばらく続いたのち、ぱたりとやんだ。それから半刻の間は何も聞こえず、築山の上はふたたび俺と蟬の二人になった。蟬は「動いている」とだけつぶやいて、じっと東を見つめていた。

さらに一刻が過ぎ、生駒山《いこまやま》のふちがようやく薄い紅色に染まり始めた。白みゆく空の下で、提灯の明かりは急速にその光を失っていった。俺は鉄兜をかぶり、露わになった城の全景を正面に捉えた。どこまでも直線が続いているように思われた城壁だったが、東へたどっていくと急に手前に突き出しているのが見えた。

「どうして、あそこだけあんなに出っ張っているんだ?」

「真田丸《さなだまる》だ――。真田家の連中がこもっているから真田丸だ」

ふうんとうなずいて、その真田丸とやらをとっくり眺めた。塀から櫓《やぐら》から、やたらと赤い幟が翻っていた。よほどの目立ちたがり屋がこもっている出丸なのだなと思った。

ふと動くものの気配に視線を戻すと、正面の城壁の手前で、提灯が音もなく移動していた。これからいくさが始まるやもしれぬのに、明け方の仕事が淡々とこなされていることに、何とも不思議な気分になった。銃声が連なって響き渡り、真田丸の方角から、はっきりとそれとわかる鬨《とき》の声が聞こえてきた。またひとつ、提灯が動き始めた。いくさになど構っておれぬ、と言わんばかりに縄を伝い、提灯は塀に穿《うが》たれた四角い穴に消えていった。

＊

いくさとはとことん、いきなり始まりが訪れるものらしい。法螺貝《ほらがい》の響きとともに、黒い芥子粒《けしつぶ》のような人影が真田丸の前に現れたかと思うと、あれよあれよという間に数が増え、気がついたときには巨大な赤てんとうむしの死骸にたかる小蟻のように、赤旗が靡《なび》く出丸を目指し何千もの兵が木柵に迫っていた。

さらに驚いたのは、真田丸前に至るまで、およそ九町の間にわたって布陣する他の大名家の兵が、それに釣られるように鬨の声を上げ、前面の城壁に向けていっせいに攻撃の態勢に入ったことである。

俺と蟬は築山の右端に寄り、見やすいように角の俵を一個引き落とし、嫌々ながら鉄兜を寄せ合って様子を眺めていたが、

「こいつら、話が決まっていたな」

と蟬がつぶやくのも宜《うべ》なるかな、こんな夜明けと同時にいきなり大勢を叩き起こし、打って出られるはずもない。前もって約束があり、準備を整えていたと見るべきだろう。

「御殿はその話の輪に入っていないということか」

だろうな、と蟬はうなずいて、ちらりと後ろに視線を向けた。俺たちの背後では、いかにも起きたてという顔を引っさげ、藤堂家の侍どもが今も甲高い声で話し合っている。連中にとっても、まさしく寝耳に水の出来事だったようで、慌てて築山にやってきて、真田丸の様子を食い入るように見つめている。

夜明けまでの物見当番という話だったが、俺と蟬が人一倍遠目がきくことがわかると、ここに留まり逐一動きを伝えるよう言われた。だが、伝えるも何も、真田丸への攻撃に引っ張られるように、遠方から順に諸大名の軍勢が動き始め、遅れじと隣に陣する松平《まつだいら》勢からも、ついに法螺貝が高らかに吹きあげられた。藤堂家に比べ、いかにも中途半端な出来の築山の脇から、槍を携えた連中が続々と湧き出してくる。陣太鼓が派手に打ち鳴らされ、松平勢の先鋒は我先にと雪崩《なだれ》をうって城に向かって走り始めた。

男たちは口々に奇声を上げ、何の躊躇《ためら》いもなく城壁へと突進した。されど、具足をしっかり着こんでいるものだから、見るからに足が遅い。木柵を乗り越える際も、刀や槍が柵に引っかかって、鈍くさいにも程がある。

それにしても妙なのは城方の動きだった。真田丸をはじめ、すべての鉄砲が沈黙を守っていた。最初の木柵を突破し、松平勢が続々と空堀に侵入する段になっても、いっかな銃声が轟かない。

蟬はとうとう俵から顔を完全に出して、前方の様子を堂々と眺め始めた。確かに、目と鼻の先で空堀を渡っている奴が見逃されているのなら、五十間離れた俺たちが狙われるのは不公平である。俺も思いきって蟬の隣に立ってみた。もっとも、奴と同様に鉄兜は離さなかった。

朝靄《あさもや》が晴れ、真田丸の遠景がいよいよ明らかになってきた。出丸の周囲はもはや完全に人に埋め尽くされていた。ひとつ目の木柵は引き倒され、空堀も突破され、城壁の手前に立ち塞《ふさ》がる最後の木柵に寄せ手があふれ返っている。

「術だな、こりゃ」

泥鰌髭をいじり、同じく真田丸の方角に顔を向けていた蟬がぼそりとつぶやいた。その言葉にハッとすると同時に、蟬が意図するところがすとんと了解できた。そうだ、これは術だ。何千もの兵を相手に、火の中に手を突っこんでも火傷をしない、と思いこませる術を仕掛けているのだ。

そのとき、真田丸に動きがあった。ひときわ高い幟が城壁の内側に幾本も並び立ち、何かを伝えようとするかのように左右に揺れた。

「来るぞ」

蟬が押し殺した声に重ねるように、真田丸から一発の銃声が放たれたのが合図だった。

それまで何の動きもなかった城壁に、鉄砲隊がいっせいに姿を現した。

その細長い筒先が、真下で蠢く相手に冷静に照準を合わせるのを見て、人間とはつくづく阿呆な生き物だと思った。誰もが、そのときが来ることをわかっていたはずだった。しかし、相手が音無《おとな》しの構えであるのをいいことに、現状をとことん都合よく解釈した。かくいう俺も、「真田丸の援護に全員が誘われ、城壁の向こうは留守なのかもしれない」とか、「ひょっとして、総攻撃を察し、敵兵はすでに逃げ去っているのではないか」などと、ふやけた理由を頭の隅に思い浮かべていたくらいだ。

寄せ手の呑気さは、俺をさらに超えていた。信じられないことに、連中は鉄盾はもちろん、竹束、竹盾のひとつすらも携えていなかった。術から覚めると同時に、まんまと敵の誘いに乗って、引き返せぬほどの深みに入りこんでしまったことに気づいても、もはやすべてが手遅れだったのである。

真田丸から連なる城壁のすべてが火を噴いた。視界がくらむほどの轟音に、思わず俵に身を隠した。まさか狙った弾が外れることなどなかった。城壁の手前、今も提灯のための縄がくくりつけられている木柵にへばりついた連中など、わざわざ銃眼の前に腹を晒しているようなものだった。

俵から顔を出すと、朝靄が舞い戻ったかのように、城壁は硝煙《しょうえん》に覆われていた。やがて風に乗って煙が取っ払われたとき、木柵から人間の姿はことごとく消えていた。ところどころに、柵を握ったままちぎれた腕が残っていた。ふたたび銃声が鳴り響いた。木柵の足元に倒れている死体を乗り越え、空堀へ逃げこもうとした男の首が兜ごと宙に飛んだ。同じく、空堀への斜面を下っていた男の真っ赤な鎧に、一尺近い穴が突然ぽっかり空くのを見た。空堀の底から聞こえる悲鳴はもはや人のものではなかった。鶏か犬の鳴き声のような叫びのなかに、「おっかあ」という若い声を何度か聞いた。母を知らぬ俺には、この場で口にするなんて、想像さえしない言葉だった。ひそかに驚きを嚙みしめる先で、容赦なく空堀に弾が撃ちこまれた。親を呼ぶ声はそれきりぱたりと聞こえなくなった。

太鼓が鳴った。法螺貝も響いた。火薬の匂いが充満する城壁までのほんの五十間に、逃げる者、鉄砲を撃ち返す者、腰が抜けただ泣き叫ぶ者、怪我人を運ぶ者、片腕を失ったまま空堀から這い上がってくる者があふれ返った。もう何もかもが滅茶苦茶だった。膝から下を失った男が、地面を這って逃げていた。空堀から生還したばかりのこの男を狙い、銃弾が続けざまに撃ちこまれた。しかし、一発も男を捕らえることができず、地面が無駄に土を弾いた。真田丸を指差し、「真田の連中が打って出てきやがった」と隣で蟬がかすれた声を上げたが、男から目を離すことができなかった。ふたたび、銃弾が男の周囲で跳ねた。だが、何かに魅入られたように男には当たらない。男は肘で上体を支え、じりじりと進む。そこへ仲間らしき二人が男に気づき、助けに入ろうと駆け寄った。

俺はいつの間にか、拳を握りしめていた。

すべては喧噪にまみれた、何百もの兵が右往左往するなかでの、とても静かな風景だった。最初に駆けつけた男の首筋を音もなく矢が貫いた。それを見て逃げようとしたもうひとりの背中と足に、続けざまに三本、矢が突き刺さった。左右に倒れた仲間の身体を、肘で上体を起こした姿勢のまま、男は呆然と見つめていた。

男はふたたび這い始めた。男は泣いていた。地面でのたうっている仲間を放って、男は肘で上体を運び続けた。俺は男が生き残るのではないかと思った。いや、生き残ってほしいと思った。そのとき、男の身体がびくりと震えた。男が首をねじると、膝下を失った足の太ももに、矢が一本、突き刺さっていた。男は矢を自ら引き抜いた。その間も、男のまわりに次々と矢が降り注ぐ。背中にも何本かが落ちてきて、いくつかは跳ね返り、一本が具足の隙間を刺し抜いた。

敵の連中は何としても、このか弱いひとりを生かして帰すまいと考えているようだった。背中に矢を受けたまま、男はそれでも肘を前に出し進もうとしたが、その勢いはめっきり衰えた。敵味方の区別なく、いくつも重なり合った銃声のひとつが、とうとう男を捕らえた。一瞬、男は激しく海老《えび》反《ぞ》った。俺にはどこを撃たれたのかわからなかったが、男の肘から急に力が抜けた。頬を地面に置き、そのまま動かなくなった。それっきりだった。男の前を、何人もの兵が転がるようにして逃げていった。土埃が舞い立ち、あっという間に男の屍は見えなくなった。

すでに、築山は侍たちで充満していた。阿《あ》鼻叫喚《びきょうかん》の眺めが目の前で繰り広げられようとも、固く陣を守り、藤堂家の兵は誰も助けに出ようとしなかった。なぜなら、松平勢は何ら助けるべき対象ではなかったからだ。他家とは他人のことだ。城の向こうに籠もる連中と同じくらいの他人ということだ。侍のひとりが、城方の某《なにがし》という将が夜明けに合わせ裏切る、という話を真に受けて諸隊がいっせいに動いたらしい、と興奮した様子で語っていた。術の種明かしは、馬鹿馬鹿しいほど単純なものだった。そんな子どもだましの詐術ひとつで、何千もの兵が動き、この惨状を招いたのである。

俺は鉄兜を脱いで足元に置いた。交代相手の確認もせず、そのまま築山を下りた。誰も俺のことになど気づかなかった。蟬は目の端で俺を見送った。陣屋に戻ると、裏手で煙草売りが筵を広げ、いつもと変わらぬ商いに励んでいた。休憩に入った藤堂家の兵が列を成して順番を待っている。金を払った兵は、煙管《きせる》ごと借り受け、中に詰められた煙草がなくなるまで、地面にしゃがみ煙を吐き出した。銃声は今もやむことなく鳴り渡っているが、修羅場《しゅらば》からほんの一、二町離れただけで、その咆哮《ほうこう》は別世界からのこだまと成り果てていた。

「結局、儂らは一発も鉄砲を撃たんで、一回も刀を抜かんで、国に帰るんかのう」

とひとりの男が、鼻からもうもうと煙を吐き出しながら言った。

「こっちに来て覚えたのは具足のつけ方と、これだけということじゃ」

と隣の男はからからと笑い、手にした煙管を掲げて見せた。店の持ち物を示す、「イ」と白字で記された何の変哲もない黒塗りの煙管にふと視線が引っかかったが、何が気になったのか、今はもう頭をうまく働かせることができなかった。兵舎に入り、ときどき、かたまりのように連なる銃声に目を覚ましつつ、具足もつけたまま昼過ぎまで眠った。

日暮れ前に築山に戻ったときには、すべてが終わっていた。ふたたび築山の物見に回されたが、今度は蟬ではない別の男との当番だった。鉄兜を頭にのせ向こうをのぞくと、何事もなかったかのように、城壁に沿って提灯が静かに光を放っていた。完全に陽が沈んでから、隣の松平家の陣から人が出てきた。誰もが戸板を持ち、空堀までの間に野ざらしになっていた死体をその上にのせた。三日月が薄らと彼らの影を浮かび上がらせたが、城からそれを狙い撃とうとする者はいなかった。

何事もなく朝を迎え、陣屋に帰った。昼まで眠り、また同じ夜が続くのかと憂鬱《ゆううつ》な気持ちで築山に向かうと、妙に硬い空気が漂っていた。頭《かしら》のところに顔を出すと、「刀は使えるか」といきなり訊ねられ、答える前に「まあいい、あっちの組に入れ」と理由も告げられず、築山の手前にたむろしている五十人ほどの集まりに強引に送られた。

そこには蟬がいた。奴だけではなく、堺の戎屋で出会った連中が揃っていた。ただ孫兵衛の姿だけ見つけられなかった。にわかにこみ上げる嫌な予感を抑えつつ、

「何だ、これは」

と蟬の隣に立ち、忍び言葉で訊ねた。

「日が暮れたら、正面を攻める」

「じ、冗談だろ。そんなの鉄砲に蜂の巣にされて終わりだぞ」

俺の引きつった笑いを、蟬は表情のない顔で見返した。「持っておけ」とまわりに見えぬよう棒手裏剣を三本渡してきたことが奴の返事だった。

「毒が塗ってある」

笑いを引っこめようとしたが、寒さで顔の筋肉が固まり、まるで泣き面のような具合になりながら、黙ってそれを受け取った。

＊

さすがに御殿の兵は阿呆ではないようで、鉄盾に背の高い竹束をずらりと用意し、俺も刀を渡され、鉄板を張った胴に具足を交換させられた。だが、どれほど守りを固めたところで、無茶な攻めに変わりはない。いくら胸の前を守ろうと、ただの陣笠をかぶるだけの頭を狙われたらおしまいである。誰もが昨日の惨劇を知っているだけに、準備の間も、陣中には異様な静けさが漂っていた。手裏剣を一本、臑《すね》に潜ませたついでに、隣に立っている男の臑当の紐がほどけていたので結んでやったら、

「す、すまねえ」

とかさついた声が上から聞こえてきた。立ち上がると、ずいぶんおさない顔にぶつかった。幾つだと訊いたら、十六だと答えた。薄い唇がかすかに震えていた。励ましたり、安心させたりする言葉は何も聞かせてやれなかった。まだいくらでも子どもの気配が残る、その瞳の奥に揺れるものを、触れるように感じながら、ただ具足越しに相手の肩を

叩いた。男は弱々しい笑みを浮かべ、ぎこちないうなずきを返した。

兵たちは寒風に晒され、身体を小さくしながら合図のときを待った。蟬は忍び連中だけで隅に固まり、決して漏れ聞こえぬ声で何かを相談していた。てっきり、連中の姿を見たときは、また仕事に加えられるのかと身構えたが、単に同じ組に入ってしまっただけのことらしい。すっかり夜に覆われた空を仰ぎ、足元から這い上がってくるおののきが、おそれから来るものなのか、それとも寒さからくるものなのか考えたが、自分でもよくわからなかった。それをくっきりと判別するには、俺はあまりにいくさの空気に泥《なず》み過ぎていた。柘植屋敷の経験から、否応なしに己の命を晒すほかない十六歳の気持ちを慮《おもんばか》ることはできても、同じ感情を得ることはもはやないと知っていた。

日が暮れて半刻が経ったとき、先頭に立つ侍の手が上がった。夜討ちを前に陣太鼓も法螺貝もなかった。白い息を吐きつつ、男たちはいっせいに動き始めた。築山のところどころに設けられた切り通しを駆け抜けると、一気に視界が広がった。城壁の前に、淡い提灯の光が横一列に浮かんでいた。冷気を吸い取りすっかり固くなった畑の土を踏みつけ、男たちは木柵に近づいた。城からの銃声が数発鳴り響いたが、あくまで散発でしか聞こえてこなかった。すでに先鋒の連中が柵を根元から切り倒し、一画がぽっかりと空いたところから、男たちは続々と空堀に侵入した。振り返ると、連なる築山の足元から、夜に紛れ、こんこんと人影が湧き出していた。誰も声を発さない。具足が鳴る音だけが、闇を圧して迫ってきた。

空堀への急な斜面を滑り降り、逆茂木《さかもぎ》が設けられ、乱杭《らんぐい》がむき出しになった堀底を慎重に進んだ。不思議なことに、城壁の向こうから騒ぎ声は伝わってくるのに、肝心の銃声はほとんど聞こえてこない。

乱杭の間に仕掛けられた剝き出しの刀をまたぎ、斜面を這うようにして上りきると、最後の木柵が現れた。城壁と柵との狭間に吊されていた提灯はとうに切り落とされ、煙玉が放たれたのだろう、煙がもうもうと立ち昇っていた。そこへ梯子《はしご》が運ばれてくる。突入が間近に迫ったことに気づいたのか、城壁からの銃撃がようやく激しさを増してきた。煙と闇に視界を遮られ、出鱈目に放たれた銃弾は、ときに地面にめりこみ、ときに木柵を削り、ときに人を倒した。隣から荒い息づかいが聞こえてきて顔を向けると、先ほどの十六歳が柵に手をかけ、肩で息をしていた。男も俺に気づき、何か声をかけてこようとしたとき、ほとんど真上から放たれた轟音に聴覚が一瞬途絶えた。顔じゅうに生ぬるいものが降りかかるのを感じながら、後ろに倒れこむ男の胸元を咄嗟につかんだ。しかし、あごから先、顔の影がほとんど残っていなかった。「くそッ」鎧を離すと、鈍い音を立て人形《ひとがた》は空堀にずり落ちていった。

「くそッ、くそッ、くそッ」

煙に覆われたままの城壁に向かって、棒手裏剣を二本投げつけた。さらに襦から三本目を取り出し振りかぶろうとした腕をぐいとつかまれた。

「無駄遣いするな」

憎らしいくらい落ち着いた蟬の声が耳元で聞こえた。「うるさいッ」と振り払おうとしたが、奴の手はいよいよ強く、手首の関節を嫌な具合に締めつけた。

「わかった――、わかった」

己に言い聞かすように腕の力を抜くと、蟬の手が離れていった。木柵を思いきり蹴りつけ、血の味がする何かを顔から拭った。振り返ると、堀から男の足だけがむなしくのぞいていた。俺が結んでやらなかった足の臑当の紐がほどけているのをしばらく見つめ、俺は木柵をよじ登った。

城壁の手前には、踏みつけられた提灯の残骸が散らばっていた。白壁にはクナイが三本打ちこまれ、忍びたちが順に登っている。煙がさらに焚《た》かれ、忍びたちの姿を味方からも隠した。左右では梯子が塀に架けられ、いよいよ侵入が始まっている。塀の向こうから早くも湧き起こる怒号《どごう》の応酬を聞きながら、俺は蟬が登ったあとのクナイに手をかけた。

城壁を乗り越えてすぐの足場に守兵の死体が三つ、鉄砲を抱えたまま転がっていた。どれも首元への一撃で息の根を止められていた。蟬が素早く鉄砲を引き剝がし、城の外に投げ捨てる。眼下では、続々と降り立つ味方と守兵との衝突が始まっていた。煙に紛れているのをいいことに、蟬は腰にくくりつけていた袋から平然と火薬玉を取り出した。

「儂らは仕事を片づけてくる。無駄には死ぬな。どうせ、茶番のいくさだ。今は向こうも混乱しているが、すぐに加勢がくる。風向きが変わったらさっさと逃げるんだな」

「茶番？」

何のことだ、と続きを訊ねるよりも早く、蟬は点火した火薬玉を敵が密集する真上に放りこみ、足場から飛び降りた。爆発音とともに悲鳴が湧き起こったときには、他の忍び連中とともに敵のまっただ中に斬りこんでいた。

蟬たちの突入を機に、場は一気に乱戦の様相を呈し始めた。背の高い井楼《せいろう》の足元に用意された篝火《かがりび》の明かりが、引き延ばされた男たちの影をそこかしこにまき散らした。もはや、頭の侍の下知《げち》はいっさい兵たちに伝わらなかった。ひたすら興奮に促されるまま、男たちは刀を抜いた。この場に蠢くほとんどの人間が、はじめていくさ場で刀を使った。はじめて人を斬った。刺した。ほどなく血の臭いが立ちこめ、男たちは篝火からの明かりに身体を浮かび上がらせながら、ひたすら互いの肉を斬りつけ合った。具足がぶつかり、刃が触れる音と重なるように聞こえてくるのは、不規則な息づかいと、ときにギョッとするほどの絶叫と、「手がなくなった、手がなくなった」と気が狂ったように連呼する、敵か味方か知れぬ若い声で、突如それらの悲鳴はぷつんと途切れるのだった。

前も後ろもない、いつ同士討ちが起きてもおかしくない混戦ゆえに、決して敵とは相まみえぬよう小賢《こざか》しく立ち回っていた俺だったが、急に前方の人のかたまりが横に流れ、ぽっかり空いた正面に立っていた男と、引き寄せられるように向かい合ってしまった。

「つ、月ッ」

と槍を突きつけ、男は叫んだ。もちろん、返すべき言葉など知るはずもない。男は

「あ」だか「わ」だかを発した口の形のまま、遮二無二《しゃにむに》突っこんできた。近づいてくる槍先よりも、相手の顔をまず確かめた。十九歳か、いやそれよりも下か、とにかく馬鹿みたいにあどけない顔をした餓鬼だった。踏みこみは甘く、槍さばきも蠅が止まりそうなくらい鈍臭かった。こんな腕でいくさに出ようとするお目出度さが、ただただ腹立たしかった。向かってきた槍を素手で簡単にそらし、相手が体勢を崩した隙に鼻頭に拳をめりこませた。ギャッという悲鳴とともに男は槍を手放しひっくり返ったが、すぐさま立ち上がり、鼻血を流しながら、今度は刀を抜いて言葉にならぬ喚き声をまき散らした。

「やめておけ」

憤怒《ふんぬ》に燃える眼差しを前に、俺の言葉は何の意味も持たなかった。さらに間の悪いことに、二人の槍持ちが加勢につき、男が刀を振りかぶると同時に、左右に分かれて突進してきた。

俺は素早く屈みこみ、臑《すね》に手を伸ばした。最後に残った棒手裏剣で、まず左側の男の目を貫いた。次いで右側からの槍を蹴り上げ、一気に間合いを詰める勢いで刀を横になぎ払った。左のひとりは毒にのたうち、右のひとりは首から血を噴いて倒れた。真ん中の男は刀を振り上げたままの姿勢で固まっていた。失禁したのか、嫌な匂いが下のほうから立ち昇ってきた。力ない声でまだ何かを言っていたが、目を合わせなかった。相手が刀を振り下ろすよりも早く懐に潜りこみ、脇の具足の隙間から男の臓腑《ぞうふ》を斜めに刺し貫いた。

城の外から、帰還を命じる法螺貝の音が届くまでに、俺はさらに二人を屠《ほふ》った。両方とも槍の構え方、刀の持ち方さえまともに学んでいない、どうしようもない相手だった。倒木に打ちこむような易しさで、俺は二人の命を奪った。誰を殺しても、もう俺は何も思わないのだろうな、と五人目の喉を刺し抜いたときにはっきりと感じた。法螺貝の音を聞いて、俺は真っ先に足場をよじ登り城壁を越えた。空堀を渡って築山へ戻る途中、腰に重そうなものをぶら下げている、ひどい外股の男を前方に見つけた。隣に追いついた俺に気づき、蟬は舌打ちした。「何だそれは」と訊ねてもはじめは無視されたが、しばらく経って、

「首だ」

と短く返してきた。

「どうして、そんな重たいものをわざわざ持って帰ってきた。名のある奴でも倒したか」

ちがうわ、と蟬は妙に暗い声でつぶやいた。

「いくさが始まる前から、城の中に潜んでいた仲間の首だ。この者たちが、先に騒ぎを起こしたから、城の鉄砲も大人しかったのだ」

「なんで味方の首なんか――、まさか、お前がやったのか？」

「そうだ」

「ど、どうして――？　裏切りでもしたのか？」

「知らん、采女様の命令じゃ」

蟬が足場のところで一度だけ口にした「仕事」の内容を知り、俺はしばし絶句した。

「で、でも、向こうはきっと、お前たちが迎えにきたと思ったはずだぞ。だから、こうやって――」

「うるさいッ、理由は知らんと言っとるだろうがッ。言われたとおりにやらねば、儂らが殺されるのじゃ。儂は孫兵衛のように意味もなく死ぬのは御免じゃ」

「死んだ？　孫兵衛が？」

「ああ、切腹してな」

「ど、どうして？」

どうしてどうしてとうるさい男じゃのッ、と吐き捨て、蟬はそれきりいっさい口を利かなくなった。まだ色濃く記憶に残る孫兵衛の顔が、声が、脳裏に蘇った。あの戎顔はもうこの世にはいないのだという。

「それも――、采女様か」

やはり、蟬からの返事はなかった。

築山から物見が吹いているのだろう、法螺貝の音が澄んだ空気によく鳴り渡った。無事、帰還を果たした誰もが、安堵の気持ちとともにその響きを受け入れたのだろうが、俺の内側には、えも言われぬ不安が寒風とともに吹き抜けていた。

やることがなかった。

やることがないから、冷えきった地面でも、寝転んで時間を潰すほかなかった。他の連中も同じように寝転んでいる。もしくは、槍か刀を支えに胡坐をかいてまどろんでいる。ひさしぶりに風もやんで、日差しも穏やかだ。隣からは大御所が住吉から茶臼山に本陣を移したそうじゃ、という話が聞こえてくる。

姿勢を変え、話をしている連中に背を向けた。ひと月前、孫兵衛に率いられて登った、あの濠《ほり》に囲まれた小さな丘に、今は大御所がいるというのが何とも奇妙に感じられた。もちろん茶臼山の総大将は知るはずもないだろうが、孫兵衛は大御所に殺されたのだ。あの夜の天王寺の焼き討ちについて、後日、余計な狼藉をするなと大御所は御殿を叱責した。そのとばっちりを孫兵衛が受けた。伊賀の家族の面倒はじゅうぶんに見るという条件と引き替えに、孫兵衛は腹を切った——。夜討ちから戻り、孫兵衛の件を執拗《しつよう》に問い詰める俺に、蝉が口を開いたのはここまでだった。

「見晴らしをよくしろ、という采女様の命だと、はっきり孫兵衛が言ったのを俺は聞いたぞ。それに従っただけの孫兵衛が何で腹を切らねばならんのだ」

蝉は何も答えなかった。暗い顔で唇の端を噛みながら、その采女様が待つ陣屋へ、腰にくくりつけた仲間の首とともに去っていった。

＊

蝉とはそれきり、会っていない。

夜討ちを終えても、俺は物見の役に戻ることなく、そのまま足軽の組に留まるよう頭の侍に告げられた。築山からだいぶ離れた陣の中程に位置する俺の組は、それこそ昼寝ぐらいしかすることがなくなったが、何も仕事がないわけではない。

たとえば、一日に三度、大声を出す。

次いで、耳を塞ぐ。

日が暮れてから、酉、亥、寅のそれぞれの刻に、陣太鼓の音に合わせ、陣中の人間がいっせいに鬨の声を上げた。夜明け前であろうとも、寝ている者全員が叩き起こされ、それに加わった。御殿の陣だけではない、城の南表にずらりと並ぶ寄せ手すべてがひとつに声を合わせた。さらに、そのあとに銃をぶっ放した。空砲でも、何万とある種子島が重ねて撃ち鳴らされる迫力は想像を絶するものだった。誰もが耳の穴に布きれを詰めて、己の鼓膜を守らねばならなかった。布越しでさえも、銃声が放たれた瞬間、身体じゅうを何かが打ち抜いていく衝撃が走った。銃声がやんでも、四半時はその残響が身体から消えなかった。大坂の空からは、鳥がいなくなった。

あまりに暇そうにしていたからか、あるとき急に組から十人の男が呼ばれ、俺もそのひとりに選ばれた。そのまま俺たちは仕寄道に連れていかれ、いきなり土掘りの仕事に放りこまれた。といっても、仕寄道の続きを掘るわけではない。地面の底に新たな穴を穿ち、地下に道を造るのだという。

大坂城の天守の真下まで掘り進め、そこで山ほどの火薬を点火させ、城ごと倒壊させるのが目的だと頭の侍が明かした。簡単に天守までと言うが、いったいどれほど掘らねばならぬのか。いくら攻め手が見つからぬとはいえ、御殿は頭がどうかしてしまったのではないか、と思ったが、穴掘りのための人足がすでにどこぞの銀山から呼ばれていた。早くも数間掘り進められている坑道《こうどう》をのぞくと、幅と高さは九尺近くあり、左右には支柱を立て、天井に梁も渡した立派な造りだった。どうやら御殿は本気も本気のようである。

翌日から、俺は起きている間はずっと穴ぐらに閉じこもり、ときに地盤を砕くための槌《つち》を持ち、ときに石や土を詰めたもっこを担ぎ、天守を目指し掘り続けた。ろうそくの明かりだけが地膚《じはだ》を照らす陰気な仕事場だったが、地上でのんべんだらりと過ごすよりは、少しはましだったかもしれない。

というのも、御殿の次なる仕掛けが始まったからである。築山のひとつに大筒が備えられ、そこから朝も昼もなく城への砲撃が加えられた。俺がもぐらのように土の下にこもって壁を削っていると、どしんと大筒が発射された振動が伝わってくる。一発放たれるたびに、頭上の梁が震え、嫌な具合に土砂がかさかさと降ってくる。誰もが手の動きを止め、不安そうに天井を見上げるのだが、寒風に吹きさらされながら、ひたすら間近から響く衝撃に耐え続けるよりはよかったはずだ。

夜も交替で人が入り、脇目も振らずに穴掘りを進めたにもかかわらず、このもぐらの真似事は六日目であっさり終結を迎えた。

もちろん、天守の下にたどり着いたからではない。

唐突に、いくさが終わったからである。

頭の侍が言うには、和議が成り立ったらしい。その証《あかし》なのか、大筒はすっかりなりを潜め、夕刻になっても鬨の声はどこからも聞こえてこなかった。いくさが終わり、この寒い土地からおさらばできるのは当然よろこばしいことなのに、陣中にいまひとつ華やいだ空気が広がらなかったのは、誰もが半信半疑の心持ちを拭えなかったからである。

何しろ、城方が和議に応じる理由が見当たらない。確かに日に三度狂ったように城の外から叫ばれ、空砲をさんざん打ちこまれ、やかましいこと甚《はなは》だしいだろうが、それはこちらとて同じ、いや迷惑ぶりは向こう以上である。大筒を打ちこまれたことによる被害だって、真田丸への仕掛けから始まった二日間の戦いで寄せ手が野に晒した膨大な屍の数に比べたら、それこそ取るに足らぬものだろう。

しかし、和議の話はどこまでも本当だった。知らぬうちに始まるのがいくさなら、知らぬうちに終わるのもまたいくさであることを俺は学んだ。いったい、どういう交渉を経てそんな不利な条件を城方に呑ませたのかわからぬが、これまで築山から眺めるばかりだった城壁をすべて取っ払い、空堀も埋めることが決まったのだという。地下の穴掘りに大筒に、苦し紛れの策を打っていたのはこちらなのに、まるで辻褄《つじつま》が合わない。そんなこちらにばかり虫のいい話があるか、とどこまでも疑り深く構えていたが、城壁に翻っていた幟が次々と下ろされ、井楼が解体され、ついには谷町口《たにまちぐち》の門扉が開けられたのを見たときには、さすがに考えを改めざるを得なかった。

もっともいくさの最中も、終わってからも、俺がやることといったら、滑稽なくらいに同じだった。地下から地表へと場所を移し、手にした道具はそのままに、うずたかく積んだ築山の土を崩し、仕寄道を埋める仕事に取りかかった。和議が正式に成立した翌日には、さっそく城壁の解体が始まった。ほんの昨日まで、銃を構え、険しい顔で城壁を睨んでいた寄せ手の兵が陣から飛び出し、木柵から石垣から白壁から、何もかもを崩し、空堀に投げこんだ。

藤堂勢も総出で正面の惣構《そうがま》えの破却に挑み、俺も大槌を振るって白壁を叩き割った。わずか三日で真田丸も含め城壁はすべて跡形もなく片づけられ、空堀も丁寧に地ならしされ、ただの土の色が異なる坂道に成りかわった。

昼前に奉行がやってきて普請《ふしん》の終了を告げ、兵たちは一日の休養を言い渡された。今度は二の丸を埋めにいくらしいぞ、と話す雑兵たちの声を聞きながら、俺は土に覆われた、かつての空堀の上に立ち、夜討ちのときに渡ったのはどのへんだったか見回したが、すっかり様変わりした風景に手がかりさえつかめなかった。そのままゆるやかな勾配を何とはなしに歩いていると、石段にぶつかった。石段を上りきったところに、一本の槐《えんじゅ》が立っていた。吉田山のあばらやの裏に、忍び道具を隠していた木と同じやつなので葉をつけていなくてもすぐにわかった。築山にて物見の仕事を任されたときに、城壁のずっと向こうに樹木の頭の部分がぽつんとのぞいているのを望んだ記憶があるが、少し高台になっている槐の足元から陣のあった南側を見返したとき、なるほど、これを見ていたのかと了解した。

周囲の木はすべていくさに使われたのだろう、石段脇の斜面には切り株があちこちに見受けられ、それこそ生き残っているのはこの一本だけである。なぜ、これだけが、と不思議に思いながら回りこんだとき、「ははあ」と思わず声が漏れた。槐の根元には、こぢんまりした祠《ほこら》が置かれ、小さな鏡とその手前に白い杯が供えられていた。よくよく見ると、幹にも細いしめ縄が巻かれている。ご神木だったのだ。

横手から話し声が聞こえてきて顔を向けると、少し離れたところに町人らしき連中が二十人ほど集まって、眼下の様子をうかがっていた。いちばん手前のじいさまが目が合うなり、「お前さん、空堀のほうから上ってきたが、儂らが下りても大丈夫かのう?」と訊ねてきた。

「いや、徳川の陣に煙草売りが出ていると聞いたもんでな。城の中では阿呆みたいに煙草が高くなって手が出ないもんじゃから、ひさびさにこうやって——、すぱっと、のう」

と煙管を吸う真似をして見せた。そうか、大坂の町は城の内側にまるまる囲まれていたのだったと思い出しながら、普請が終わったことを教えると、じいさまはうれしそうに石段を下りていった。全員が煙草目当てなのか、ほかの連中もぞろぞろとそれに続くのを見送っていると、いきなり見覚えのある赤い合羽が人の列の奥から登場し、俺はギョッとしてその持ち主の顔を確かめた。

「あれ？　あれ？」

向こうが俺に気づくのもほぼ同じだった。

「何でここにいるんだ、風太郎？」

「お前だってどうしてここにいる」

相変わらず不必要なまでに目立つ合羽にくるまれた黒弓と、しばし言葉もなく向かい合った。

「拙者はこれから、堺に行こうと思って――。ここに御殿の陣が敷かれているって聞いたから、ついでにどんなものか見に来たんだ。ちょうどこの巳《みい》さんの前から熊野街道が堺まで続いているんだ」

「みいさん？」

「ああ、この祠のことだよ。むかしから、白蛇が住んでいるって言われてるんだってさ。ほら、そこの鏡――、白蛇が支えているだろ」

先ほどは気づかなかったが、確かに祠の鏡は白く塗られた木彫りにはめこまれていて、下手くそだが、蛇の彫り物に見えないこともない。

「それにしても、驚いたなあ――。まさか、こんなところで風太郎に会うなんて。ひょっとして、御殿の陣にいたの？」

うむ、とうなずいて、俺は用もなく革鎧の位置を直した。鎧の表面には藤堂蔦が描かれているので、どの大名家に属する兵なのかひと目でわかる。もはや具足を纏う必要はないのだが、寒さを少しでも防ぐために、誰もが脱がずにそのままの格好で普請に勤《いそ》しんでいるのだった。

「それで風太郎は御殿の陣で、何していたんだ？」

「俺か？　そうだな――、半分以上は穴を掘っていたな」

天守の下まで坑道を掘って、火薬で爆破させる手はずだったことを説明したら、

「たぶん、大坂じゅうにある火薬を集めて点火しても、天守相手だと無理じゃないかな。で、どのへんまで掘り進めたの？」

と黒弓は笑いながら訊ねた。

「思っていたより進みが早くて、四十間近くは掘ったぞ」

「それって和議のあとにわざわざ埋め直したの？」

「入り口だけ埋めておく、って話だった。あれだけ立派に掘ったのだから、何かに使えたら……って無理だな。それより、何でお前は大坂に来たんだ？　堺で大人しくしておけば、いくさに巻きこまれることもなかったろうに」

「それそれ、まったく災難だったよ。ちょっとした用で大坂に来たら、いきなり外との出入りを禁じられてさ。堺の宿に金を全部預けていたから、こっちの宿のツケが溜まっちゃって。堺までこれから金を取りに戻るんだけど――、あれ？　でも、何で拙者が堺

にいたこと知っているんだ？」

「堺にいる蝉に呼び出されて、お前が少し前までいたと聞かされたんだ」

「そうか、それで御殿の陣にいたわけだ。じゃあ、忍びに戻ったってこと？　よかったじゃないか、風太郎」

「よかった？　何がだ？」

「だって、ずっと忍びに戻りたいと思っていたんだろ？」

あまりにまっすぐな問いかけに、俺は言葉に詰まり、思わず目を伏せた。火に包まれた天王寺の集落から、蝉に腕をつかまれたまま逃げる己の姿が急に蘇った。視線の先の土に汚れた右手を一度握り、また開いた。もう、女の童を刺した感触を思い出すことができなかった。ほかに奪ったはずの、どの命の感触も思い出すことができなかった。

「いくさが終わったから、また茶碗が売れるかもしれないな。風太郎は都に戻らないのか？」

俺はゆっくりと面を上げた。いくさの前と何ら変わることのない、黒弓の無邪気な眼差しにぶつかったとき、ああ、俺はすっかり変わってしまったのだ、と気がついた。


（下巻につづく）

初出　週刊文春　二〇一一年六月二十三日号〜
二〇一三年五月三十日号
単行本　二〇一三年九月　文藝春秋刊
文庫化にあたり、上下二分冊としました。

文春文庫

とっぴんぱらりの風太郎《ぷうたろう》　上

定価はカバーに
表示してあります

2016年9月10日　第1刷

著　者　万城目《まきめ》　学《まなぶ》

発行者　飯窪成幸
発行所　株式会社　文藝春秋

東京都千代田区紀尾井町 3-23　〒102-8008
TEL　03・3265・1211
文藝春秋ホームページ　http://www.bunshun.co.jp

落丁、乱丁本は、お手数ですが小社製作部宛お送り下さい。送料小社負担でお取替致します。

印刷・凸版印刷　製本・加藤製本　Printed in Japan
ISBN978-4-16-790689-4

（　）内は解説者。品切の節はご容赦下さい。

平 安寿子
ぬるい男と浮いてる女
信じられるのは自分とお金だけという六十過ぎの独身女、小さく生きて自己満足の草食男子……。見てるだけなら面白い、でも近くにいるとちょっと困るヘンな男女を描く。（藤田香織）
た-57-3

田口ランディ
被爆のマリア
結婚式のキャンドルサービスに「原爆の火」を使えって？　戦後六十年を経てなお日本人の心を重く揺さぶる闇を、被爆者ではない四つの視点から見つめる渾身の問題作。（伏見憲明）
た-61-3

高野和明
幽霊人命救助隊
神様から天国行きを条件に、自殺志願者百人の命を救えと命令された男女四人の幽霊たち。地上に戻った彼らが繰り広げる怒濤の救助作戦。タイムリミット迄あと四十九日——。（養老孟司）
た-65-1

高杉 良
炎の経営者
戦時中の大阪で町工場を興し、財界重鎮を口説き、旧満鉄技術者をスカウトするなど、持ち前の大胆さと粘り腰で世界的な石油化学工業会社を築いた伝説の経営者を描く実名経済小説。
た-72-1

高杉 良
烈風
小説通商産業省
「局長を罷めさせろ」と書かれた怪文書を契機に官僚、永田町、財界、マスコミを巻き込んだ権力闘争が勃発した。かつて通産省で起こった「四人組」事件を基にした経済小説の傑作。（山内昌之）
た-72-3

竹本健治
キララ、探偵す。
オタク大学生・乙島侑平の下宿に、美少女メイドロボット・キララがやって来た！　普段はどじっ娘だがスイッチが入れば女王様キャラに大変身して難事件もズバリ解決!?（蔓葉信博）
た-75-1

橘 玲《あきら》
亜玖夢《あくむ》博士の経済入門
己の学識で悩める衆生の救済を志す亜玖夢博士。多重債務もいじめもすべて経済学で解決できるというが!?　爆笑の一話一理論でノーベル賞級経済理論が身につきます。（吉本佳生）
た-77-1

（　）内は解説者。品切の節はご容赦下さい。

橘　玲
亜玖夢博士のマインドサイエンス入門
ひきこもりもパワハラも詐欺も、依頼人の悩みはすべて脳で解決!?　経済に続き今度は、脳科学の最新トピックが学べる、ブラックユーモア小説第二弾。（茂木健一郎）
た-77-2

滝本竜彦
僕のエア
友人も恋人も定職も貯金も生きがいも根性も何もないダメダメ24歳男子。ある事故から、希望や夢を俺に与えようとするヤツが現れた。自虐的笑いで抱腹絶倒の青春小説。（海猫沢めろん）
た-86-1

筒井康隆
壊れかた指南
猫が、タヌキが、妻が、編集者が壊れ続ける！　ラストが絶対読めない、天才作家の悪魔的なストーリーテリングが堪能できる短篇集。（福田和也）
つ-1-15

筒井康隆
巨船ベラス・レトラス
人気作家を狙った爆弾テロが勃発！　虚実の境界を自在に行き来しながら、現代の文学を取り巻く状況を痛烈に風刺。『大いなる助走』から三十年、再び文壇が震撼する。（市川真人）
つ-1-16

辻原　登
闇の奥
太平洋戦争末期に北ボルネオで姿を消した民族学者、三上隆。彼の生存を信じる捜索隊は、ジャングルの奥地で妖しい世界に迷い込む——。小人伝説をめぐる冒険ロマン。（鴻巣友季子）
つ-8-8

辻村深月
水底フェスタ
彼女は復讐のために村に帰って来た——過疎の村に帰郷した女優・由貴美。彼女との恋に溺れた少年は彼女の企みに引きずり込まれる。待ち受ける破滅を予感しながら…。（千街晶之）
つ-18-2

戸梶圭太
なぎら☆ツイスター
寒風吹きすさぶ北関東の町にエリートヤクザが降り立った時、驚天動地のカウントダウンが始まる。地元ヤクザとの抗争、田舎ヤンキーとのバトル！　これは現代版「仁義なき戦い」だ！
と-21-2

（　）内は解説者。品切の節はご容赦下さい。

永田俊也
県立コガネムシ高校野球部
ITビジネスで成功した美人女性実業家・小金澤結子が、長野の弱小野球部の実権をのっとった。手練手管の経営戦術で、めざすは甲子園出場。汗まみれかつカネまみれな異色青春小説！
な-66-1

中島京子
小さいおうち
昭和初期の東京、女中タキは美しい奥様を心から慕う。戦争の影が濃くなる中での家庭の風景や人々の心情。回想録に秘めた思いと意外な結末が胸を衝く、直木賞受賞作。（対談・船曳由美）
な-68-1

西木正明
ガモウ戦記
うまい酒、気心のしれた呑気な隣人、そして色っぽい美人。戦争で総てを失った男が辿りついた秋田の村は別世界だった。読めば心があたたかくなるふるさと賛歌！（内館牧子）
に-9-7

仁木英之
海遊記　義浄西征伝
天竺取経の三大スター法顕・玄奘・義浄のうち、最も危険な海路をもちいた変わり者・義浄が主人公。妖術あり海賊ありの波乱万丈の旅を、史実を巧みに織りこんで描く。（蟬丸P）
に-23-1

林　真理子
最終便に間に合えば
新進のフラワーデザイナーとして訪れた旅先で、7年ぶりに再会した昔の男。冷めた大人の孤独と狡猾さがお互いを探り合う会話に満ちた、直木賞受賞作を含むあざやかな傑作短編集。
は-3-38

林　真理子
下流の宴
中流家庭の主婦・由美子の悩みは、高校中退した息子が連れてきた下品な娘。「うちは〝下流〟になるの⁉」現代の格差と人間模様を赤裸々に描ききった傑作長編。（桐野夏生）
は-3-39

坂東眞砂子
貌孕《かおはら》み
整形を繰り返す妻の顔が、若いころに捨てた女にどんどん似ていくではないか！　天狗の千里眼が抉り出す、人間たちの業の深さ。時空を超えて語られる異色のホラー短編集。
は-18-4

（　）内は解説者。品切の節はご容赦下さい。

馳　星周
9・11倶楽部
妻子を亡くした孤独な男が出会った、新宿で生きる戸籍のない子どもたち。理不尽な現実と不公平な社会に復讐するため、彼らが始めた危険な〝遊び〟とは——。（千街晶之）
は-25-6

馳　星周
光あれ
原発がなければ成り立たない、未来を描けない地方都市で、男は生まれ育ち、家庭を持った。窒息しそうな日々を揺れ惑った挙げ句に、男が見極めた人生の真の姿とは。（東　えりか）
は-25-7

原田マハ
キネマの神様
四十歳を前に突然会社を辞め無職になった娘と、借金が発覚したギャンブル依存のダメな父。ふたりに奇跡が舞い降りた！　壊れかけた家族を映画が救う、感動の物語。（片桐はいり）
は-40-1

濱　嘉之
内閣官房長官・小山内和博　電光石火
権力闘争、テロ、外交漂流……次々と官邸に起こる危機を元警視庁公安部出身の著者が内閣官房長官を主人公に徹底的なリアリティーで描く。　著者待望の新シリーズ、堂々登場！
は-41-30

橋本　紡
いつかのきみへ
進学校に通う陸には、本当の友達がいない。潔癖で繊細な少年たちの交流が光る傑作「大富橋」ほか、水の都・深川で、昨日と少し違う今日を生きる彼と彼女を描く秀作六篇。（笹生陽子）
は-42-1

橋本　紡
半分の月がのぼる空（全四冊）
高校生・裕一は入院先で難病の美少女・里香に出会う。読書好きで無類のワガママの彼女に振り回される日々。「聖地巡礼」を生んだ青春小説の金字塔、新イラストで登場。（飯田一史）
は-42-2

東野圭吾
手紙
兄は強盗殺人の罪で服役中。弟のもとには月に一度、獄中から手紙が届く。だが、弟が幸せを摑もうとするたび苛酷な運命が立ち塞がる。爆発的ヒットを記録したベストセラー。（井上夢人）
ひ-13-6

（　）内は解説者。品切の節はご容赦下さい。

藤本ひとみ
ハプスブルクの宝剣（上下）
十八世紀前半のヨーロッパ戦国時代、ハプスブルクと女帝マリア・テレジアを支えた隻眼の青年がいた。野望と挫折、絶望と再生のドラマをダイナミックに描く傑作大河ロマン。（山内昌之）
ふ-13-1

藤田宜永
愛ある追跡
娘の不倫相手が殺された。第一発見者の娘は、自分は殺っていないという電話を残して逃亡した。父親は殺人容疑をかけられた娘の無実を信じ、その跡を追うが――。（井家上隆幸）
ふ-14-9

藤原伊織
てのひらの闇
二十年前に起きたテレビCM事故が、二人の男の運命を変えた。男は、もう一人の男の自死の謎を解くべく孤独な戦いに身を投じる……。傑作長篇ハードボイルド。（逢坂　剛）
ふ-16-2

藤原伊織
名残り火　てのひらの闇Ⅱ
堀江の無二の親友・柿島がオヤジ狩りに遭い殺された。納得がいかない堀江は調査に乗り出し、事件そのものに疑問を覚える。著者最後の長篇ミステリー。（逢坂　剛・吉野　仁）
ふ-16-6

古川日出男
ベルカ、吠えないのか？
日本軍が撤収した後、キスカ島にとり残された四頭の軍用犬。彼らを始祖として交配と混血を繰り返し繁殖した無数のイヌが、あらゆる境界を越え、〝戦争の世紀＝二十世紀〟を駆け抜ける。
ふ-25-2

福澤徹三
Iターン
広告代理店の冴えない営業・狛江が単身赴任したのはリストラ寸前の北九州支店。待っていたのは借金地獄にヤクザの抗争。もんどりうって辿りつく、男の姿とは!?（木内　昇）
ふ-35-1

福澤徹三
侠飯《おとこめし》
就職活動中の大学生が暮らす1Kのマンションに転がり込んできたヤクザは、妙に「食」にウルサイ男だった！　まったく異質なふたつが交差して生まれた、新感覚の任侠グルメ小説。
ふ-35-2

（　）内は解説者。品切の節はご容赦下さい。

誉田哲也
武士道セブンティーン
スポーツと剣道、暴力と剣道の狭間で揺れる17歳、柔の早苗と剛の香織。横浜と福岡に分かれた二人は、別々に武士道とは何かを追い求めてゆく。「武士道」シリーズ第二巻。（藤田香織）
ほ-15-3

誉田哲也
武士道エイティーン
福岡と神奈川で、互いに武士道を極めた早苗と香織が、最後のインターハイで、激突。その後に立ち塞がる進路問題。二人の女子高生が下した決断とは。武士道シリーズ、第三巻。（有川　浩）
ほ-15-4

誉田哲也
レイジ
才能は普通だがコミュニケーション能力の高いワタル、高みを目指すがゆえ、周囲と妥協できない礼二。二人の少年の苦悩と成長を描くほろ苦く切ない青春ロック小説。（瀬木ヤコー）
ほ-15-6

本城雅人
ビーンボール
スポーツ代理人・善場圭一の事件簿
嫌われ者の敏腕スポーツ代理人・善場は、ひょんなことから失踪した球界の問題児・瀬司を捜索することに。代理人が主人公の異色野球小説。『オールマイティ』を改題。（鷲田　康）
ほ-18-2

本城雅人
球界消滅
球団の経営難が続くなか、もし、日本のプロ野球に球界再編と、メジャーへの編入が同時に起きるとしたら……。日本球界へ警鐘を鳴らす、戦慄のシミュレーション小説。（小島圭市）
ほ-18-3

堀川アサコ
予言村の転校生
村長になった父とこよみ村に移り住んだ中学二年生の奈央は様々な不思議な体験をする。村には「予言暦」という秘密があった。ほんのり怖いけれど癒される青春ファンタジー。（沢村　凜）
ほ-19-1

万城目　学
プリンセス・トヨトミ
東京から来た会計検査院調査官三人と大阪下町育ちの少年少女が、四百年にわたる歴史の封印を解く時、大阪が全停止する!?万城目ワールド真骨頂。大阪を巡るエッセイも巻末収録。
ま-24-2

（　）内は解説者。品切の節はご容赦下さい。

真山 仁
コラプティオ
震災後の日本に現れたカリスマ総理・宮藤は、原発輸出を推し進めるが、徐々に独裁色を強める政権の闇を暴こうとするメディアとの暗闘が始まる。謀略渦巻く超本格政治ドラマ。（永江 朗）
ま-33-1

三羽省吾
厭世フレーバー
父親が失踪。次男十四歳は部活を、長女十七歳は優等生を、長男二十七歳は会社をやめた。母四十二歳は酒浸り、祖父七十三歳はボケ進行中。家族の崩壊と再生をポップに描く。（角田光代）
み-31-2

三羽省吾
路地裏ビルヂング
おんぼろ「辻堂ビルヂング」は変な店子ぞろい。同じ小さなビルの中で働きながら、それぞれの人生とすれちがう小さな奇跡。あたたかな気持ちになれる連作短篇集。（津村記久子）
み-31-3

光原百合
扉守《とびらもり》
潮ノ道の旅人
帰ってくる死者、絵の中の少年、拗ねたピアノ。人々と幻想が共に生きる瀬戸内の海と山に囲まれた懐かしい町・潮ノ道には小さな奇跡が溢れている。第一回広島本大賞受賞。（児玉憲宗）
み-34-2

水野敬也
雨の日も、晴れ男
二人の幼い神のいたずらで不幸な出来事が次々起こるアレックスだが、どんな不幸に見舞われても前向きに生きていく……人生で一番大切な事は何かを教えてくれる感動の自己啓発小説。
み-35-1

三浦しをん
まほろ駅前多田便利軒
東京郊外〝まほろ市〟で便利屋を営む多田のもとに、高校時代の同級生・行天が転がりこんだ。通常の依頼のはずが彼らにかかると、ややこしい事態が出来《しゅったい》して。直木賞受賞作。（鴻巣友季子）
み-36-1

三浦しをん
まほろ駅前番外地
東京郊外のまほろ市で便利屋を営む多田と行天。汚部屋清掃、遺品整理に子守も多田便利軒が承ります。まほろの愉快な奴らが帰ってきた！　七編のスピンアウトストーリー。（池田真紀子）
み-36-2

（　）内は解説者。品切の節はご容赦下さい。

三浦しをん・あさのあつこ・近藤史恵
シティ・マラソンズ
社長の娘の監視のためにマラソンに参加することになった広和は、かつて長距離選手だったが（「純白のライン」）。NY、東京、パリ。アスリートのその後を描く三つの都市を走る物語。
み-36-3

道尾秀介
月と蟹
二人の少年と母のない少女、寄る辺ない大人達。誰もが秘密を抱えるなか、子供達の始めた願い事遊びはやがて切実な儀式に変わり——哀しい祈りが胸に迫る直木賞受賞作。（伊集院　静）
み-38-2

宮下奈都
田舎の紳士服店のモデルの妻
ゆるやかに変わってゆく。私も家族も——田舎行きに戸惑い、夫とすれ違い、子育てに迷い、恋に胸を騒がせる。じんわりと胸にしみてゆく、愛おしい「普通の私」の物語。（辻村深月）
み-43-1

群　ようこ
挑む女
編集者、家事手伝い、子持ちの主婦にお気楽ＯＬ。年齢も立場もバラバラな女四人が、今の生活を変えようと動きだした。それぞれの生活と奮闘ぶりをユーモアたっぷりに描く痛快小説。
む-4-9

村山由佳
星々の舟
禁断の恋に悩む兄妹、他人の恋人ばかり好きになる末っ子、居場所を探す団塊世代の長兄、そして父は戦争の傷痕を抱えて——愛とは、家族とはなにか。心震える感動の直木賞受賞作。
む-13-1

森　絵都
カラフル
生前の罪により僕の魂は輪廻サイクルから外されたが、天使業界の抽選に当たり再挑戦のチャンスを得る。それは自殺を図った少年の体へのホームステイから始まって……。（阿川佐和子）
も-20-1

森　絵都
風に舞いあがるビニールシート
自分だけの価値観を守り、お金よりも大切な何かのために懸命に生きる人々を描いた、著者ならではの短編小説集。あたたかくて力強い６篇を収める。第一三五回直木賞受賞作。（藤田香織）
も-20-3